有爱的青春陪伴者

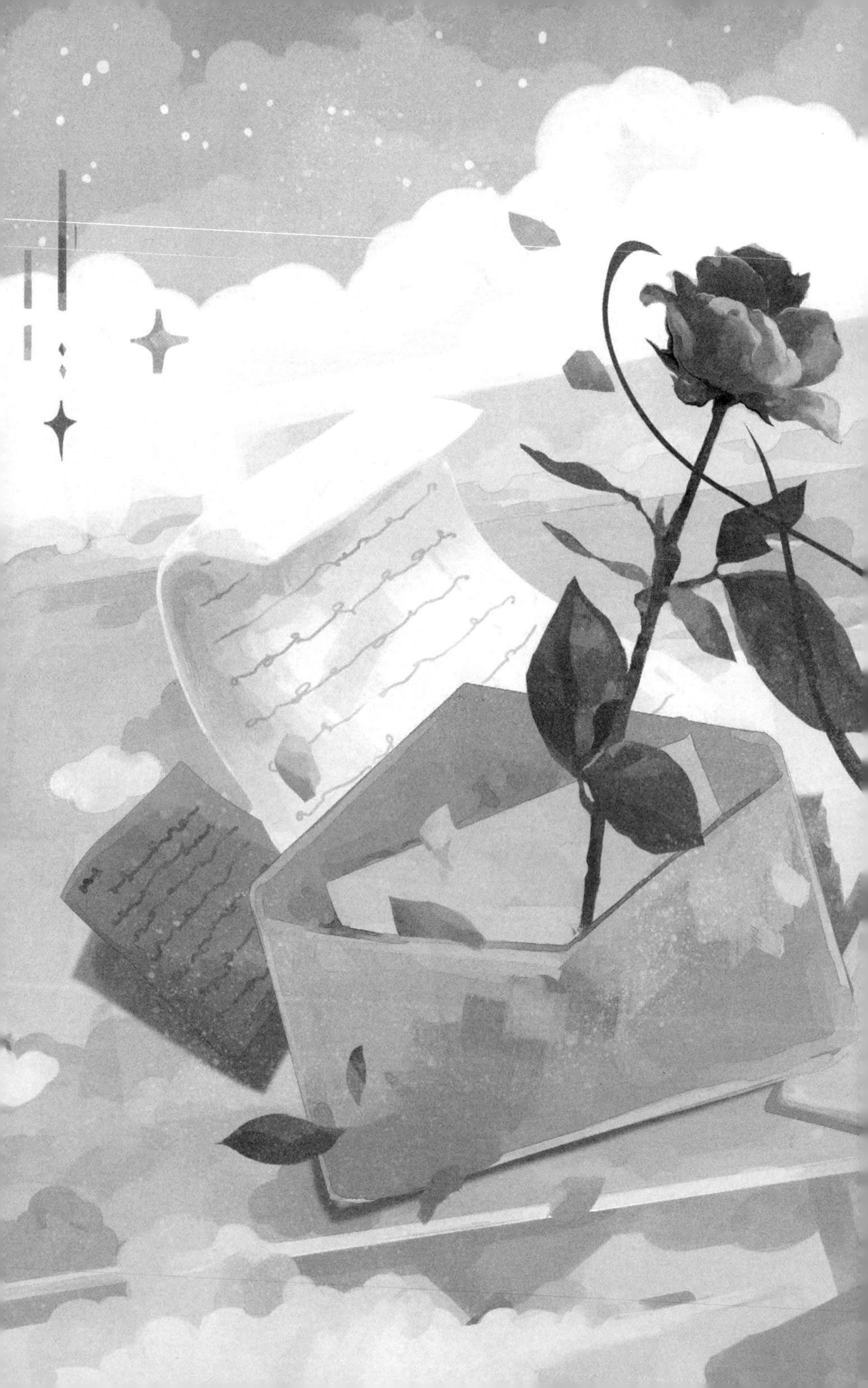

写给梁嘉奇

Write to Liang Jia Qi

春与鸢 著

江苏凤凰文艺出版社
JIANGSU PHOENIX LITERATURE AND ART PUBLISHING

图书在版编目（CIP）数据

写给梁嘉聿 / 春与鸢著. -- 南京 : 江苏凤凰文艺出版社, 2025. 2. -- ISBN 978-7-5594-9393-4

Ⅰ. I247.5

中国国家版本馆CIP数据核字第2025RW4834号

写给梁嘉聿

春与鸢 著

责任编辑	王昕宁
特约编辑	欧雅婷
责任校对	言 一
出版发行	江苏凤凰文艺出版社
	南京市中央路165号，邮编：210009
网　　址	http://www.jswenyi.com
印　　刷	天津睿和印艺科技有限公司
开　　本	880mm×1230mm 1/32
印　　张	10
字　　数	317千字
版　　次	2025年2月第1版
印　　次	2025年2月第1次印刷
书　　号	ISBN 978-7-5594-9393-4
定　　价	42.80元

江苏凤凰文艺版图书凡印刷、装订错误，可向出版社调换，联系电话025-83280257

目录

第一章 /001
新婚登记

第二章 /037
空心巧克力

第三章 /077
甜蜜陷阱

第四章 /114
我想你了，梁嘉聿

第五章 /151
劳伦斯与西西莉亚

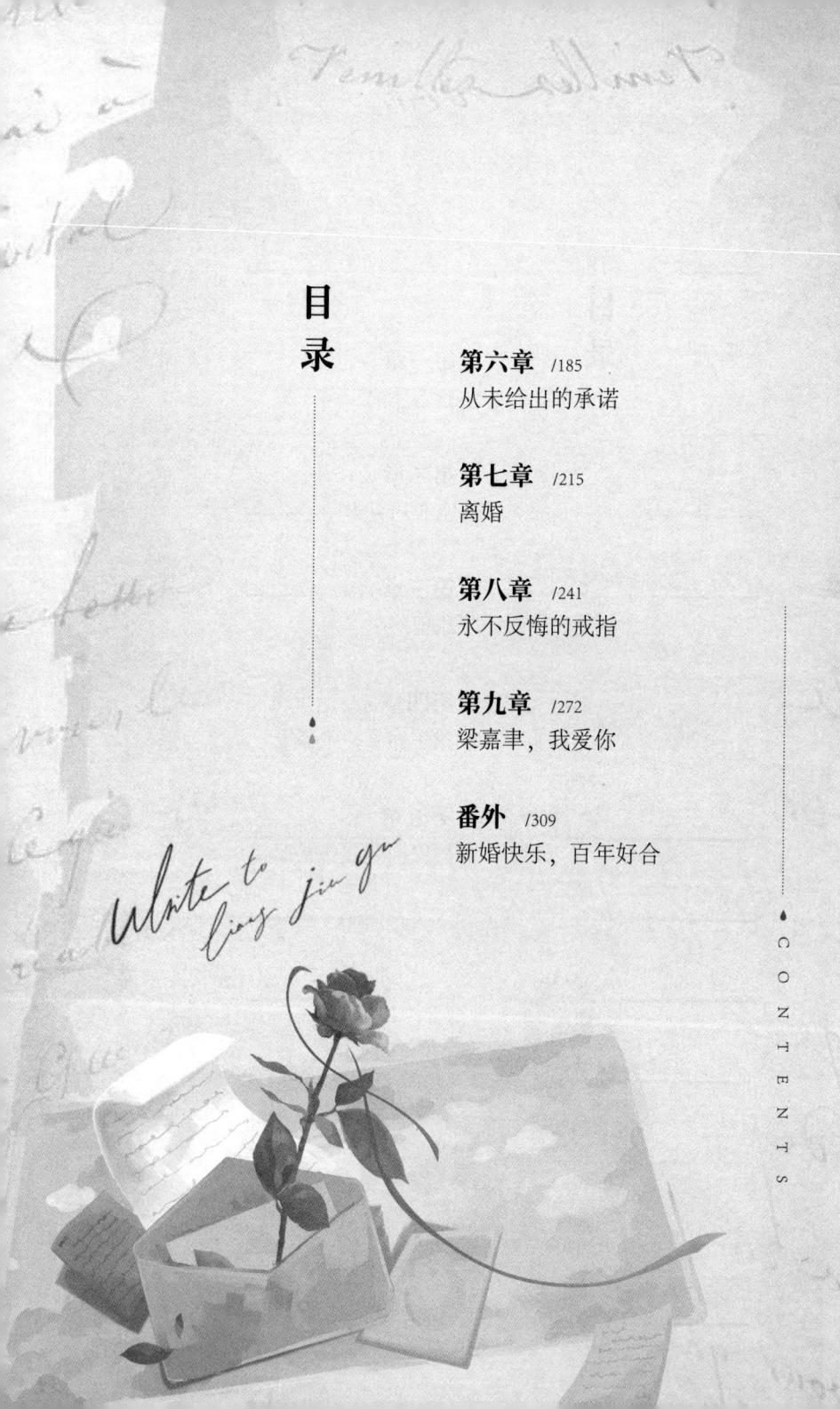

目录

第六章 /185
从未给出的承诺

第七章 /215
离婚

第八章 /241
永不反悔的戒指

第九章 /272
梁嘉聿,我爱你

番外 /309
新婚快乐,百年好合

第一章 新婚登记

登记窗口后面，工作人员笑得毫不收敛："林小姐，你把你老公的名字写错了。"

林知书面前被推过来那张刚刚被工作人员拿去复印的中国绿卡，上面写着"梁嘉聿"。多有人情味，外籍人士拿中国绿卡，也可添加上自己的中文名。

只是叫林知书的身子轰地热起来。婚姻登记大厅里空调开得足，今日气温高达三十六摄氏度，林知书手心里却直出汗。

"啊，对，不好意思，我写错了。"她笑得有些干，但应该并未展露出过多的尴尬。

只是这声"不好意思"，不知是说给谁听的。

自告奋勇来填两人的信息表，谁知道犯下这样的错。可林知书又有什么办法，光是同梁嘉聿登记结婚这件事，就已经耗尽了她所有的精力，哪里记得起来，她其实根本不知道他的姓名如何写。

以前他的名字只知道怎么读，从未在证件上看过。方才下笔时才发觉根本不知道怎么写，她硬着头皮碰运气，写下"梁嘉誉"。

"不打紧，我平时并不常用中文名。"梁嘉聿的声音在一侧响起。他声音干燥，温和得像是稳定输出的空调风，不缓不急，没有半分窘迫。

信息表上容不得半点涂改，工作人员换来新表格。

林知书侧脸去看梁嘉聿，表情依旧镇定，说："梁先生，要不还是你来？"

原本这信息表一人一张，各自填写各自的是应当。林知书帮填，有讨好的意思。眼下闹了个笑话，林知书担心自己再填错，耽误时间，叫梁嘉聿不开心。

"我不赶时间,小书。"

空调轰轰作响,林知书又埋下头去写那张新表格。

她叫他梁先生,他叫她小书。

她写错他姓名,他给她解围。

再一次填写,林知书写得很仔细。她一手漂亮的小楷,行正而清秀,是父亲早年间逼她练字的结果。母亲走得早,父亲实行严苛教育。从前两人多有争执、隔阂,反倒是在人走了之后,她一直记起他的好。

填表的几分钟里,林知书思绪丛生,又被她一一斩断。

照片、表格、证件都齐全,两人被领着去二楼盖章。结婚领证这么大一件事,真正程序走下来不过十余分钟。

快得像是做梦,直到走出大门,林知书才发现外面原来更热了。像是一脚踏入蒸笼,热得她头晕目眩,差点站不住。

梁嘉聿没有碰她,只抬手虚揽在她身侧,以防她跌倒。梁嘉聿也没有催她。

结婚这样一件大事,林知书还没到能欣然接受的年纪。她今年刚过法定结婚年龄,简直像是正赶着一样。书才读到大三,昨天和辅导员请假,说今天家里有事,没办法上课。辅导员还关心她是不是她父亲的事。

林父去世那段时间,她请假很多。现下已隔了一段时间,但是辅导员没忘。辅导员给她批了假条,叫她如果有什么需要帮忙的,一定来找自己。

这世界上好人真多。辅导员是,梁嘉聿更是。不对,梁嘉聿是大善人,是菩萨,是林知书晚上睡觉都要供起来的活神仙。

林知书的父亲林暮经营本地一家床品公司,除了手里有几家本地的床品门店,酒店是最主要的供货对象。

几年前,梁嘉聿来南市给自家酒店选床品供应商,林暮运气好搭上梁家这个庞然大物,而后几年发展迅速,算是赚得盆满钵满。

谁知道一朝兴盛、一朝衰败。

九月底林知书开学没多久,接到员工的电话,说林暮在公司突发心梗,被送去了医院。

事情发展得超出林知书的想象,林暮人还没死,从前她叫叔叔的那些人已找上门来咄咄逼人,询问股权分配的事情。林暮这边的几个亲戚帮忙将那些人赶了出去，骂他们不要脸。关上门，他们却又劝说林知书还是多相信家里人，钱放在自家人身上最稳妥。

林暮躺在医院里，林知书被推入火坑。她从前对公司管理一无所知，原本以为家里还有不少积蓄，谁知道林暮这时才告诉她，这几年他沉迷炒股，早已亏了一大半。另一半套在股市里取不出来，多半也是亏损的命。

而公司股权林暮虽占大头，但其他股东此刻虎视眈眈，绝不答应由林知书来做公司大老板。林暮若是离开，林知书可能会一无所有。

她当然害怕一无所有。她如今不过二十岁，还在读大学。原本生活富足、平静，她不敢想象一朝落入泥潭的生活。

可那些人，都在盯着林暮公司那块肥肉。

十月初，林暮状况越来越差，意识清醒的时候不多，床头总围着好多人，叫他签这个、签那个。

梁嘉聿的电话是在十月初的一个傍晚打来的。

林家床品生意一直没停，但是总归也受到了不少影响。梁嘉聿不可能不知道。

林知书十六岁时，林暮开始同梁家做生意。林知书偶尔也会见到来南市出差的梁嘉聿。但是那天晚上，梁嘉聿出现在父亲的病房，林知书已有一年多没见过他。

梁嘉聿是最不会觊觎林暮公司股份的人。林知书从前总听林暮提起，梁家抖落下来的边角订单，够养活几百人的公司三辈子。他不是来抢夺自己的公司的，林知书在他面前大哭。

父亲在那天晚上又难得清醒过来，他叫林知书先出去，他和梁嘉聿有话要说。当天林暮状态很好，一直同梁嘉聿聊到凌晨。

半夜来了律师，林暮立了遗嘱。

闻讯而来的那些叔叔和亲戚，把病房挤得水泄不通。

林暮状态好极了，几乎叫林知书以为他是不是要好了，何必再立这些遗嘱。后来林知书才知道，这是人死前的回光返照。

公司最多的股份留给林知书。原本大家都是不同意的，林知书年纪小，从未管理过公司，拿到公司最多的股份，占最重的话语权，大家怎么可能服气。

直到林暮说,梁嘉聿会同林知书结婚,林知书的股份会暂时放在梁嘉聿名下代为管理。

这下大家不必再担心公司管理的事。

谁敢对梁嘉聿随便置喙,他是这里所有人的衣食父母。

林知书没有反对,因父亲早先已与她单独说过,婚约只延续到她大学毕业,到期梁嘉聿会和她主动解除婚约,并返还公司股份。

约莫两年时间,叫她得以心无旁骛地好好读书,发展自己。两年后,一切就看她自己的了。

当然,梁嘉聿也不是傻子。婚前协议必然要签,林知书分不走梁嘉聿身上的一分钱。

一群豺狼之中,林知书和林暮选择了梁嘉聿。但他们其实也别无选择。

林知书思考过梁嘉聿为何要这么做,她不敢问,生怕得出可怕的答案。

或许,世界上就有这样的菩萨、神仙,他是来普度众生的,遇见要坠落山崖的人,就抬手施救一下。

又或者,他就是有点喜欢林知书,想要睡她。但是,林知书确定,梁嘉聿犯不上为了睡她而娶她。他那样的人,身边不会缺少漂亮女人。

梁嘉聿说,是因为他和她父亲也算是多年的合作关系。

两年婚姻不过是为了堵住外人的嘴,家人和员工前面注意些,之后局势稳定了,大家自便即可。

林知书自知冒昧,但她还是问出了口:"那我也可以自由恋爱?"

梁嘉聿点头:"当然,这些事情不会传到你的学校。"

"那你也可以自由恋爱?"

梁嘉聿笑了:"我这里讲人人平等。"

林知书也笑了。梁嘉聿是一个很好的人。

司机把车停在民政局门口,林知书缓和了眩晕同梁嘉聿一起往前走。车沿着为民路一路向东,停在金水苑十八栋。

一套新买的平层公寓。

从前梁嘉聿来南市出差,市中心酒店有他专属的总统套房。但是今时已不同往日。

梁嘉聿在门口打开电子门锁，叫林知书先伸出拇指。

林知书想，梁嘉聿是不是不知道什么叫赔钱买卖。他为她做戏，要买一套新公寓？

"梁先生，你这里……"林知书不用把话说完，她也没那个脸面说完。她不觉得梁嘉聿是为了和她做戏，买下的这套公寓。

或许是他自己要住。

林知书出了不少汗，拇指按在门锁上，就是识别不出来。门锁发出"嘀嘀嘀"的指纹识别错误的声音，林知书心脏跟着"怦怦怦"乱跳。

"我指纹录不上就算了。"她说着就要收手。

梁嘉聿握住她的手腕。

现在哪还有人用手帕？梁嘉聿却能掏出一块丝绸质地的白色方巾。他一只手圈住林知书的手腕，一只手用方巾擦净了她手心的汗。

"再试试。"他说。

梁嘉聿握住林知书的手，再一次按上了电子门锁。

心跳快得像要跳出她的身体，好在这次拇指干燥，指纹清晰。数秒之后，电子锁传来"指纹录入成功"的声音。

梁嘉聿把门关上，叫林知书试着重新开锁。她放上手指，电子锁在瞬间打开。

大门拉开，吹来穿堂的风。

林知书条件反射地闭上双眼，正要松口气，听见梁嘉聿说："公寓是给你买的，小书。"

商人哪有做好事不留名的。梁嘉聿可不是什么喜好匿名捐款的人。这是他为了同林知书做戏买的公寓，也就有必要让林知书知道。

这公寓对梁嘉聿来说算什么？林知书清楚得很，根本不算什么。可对于林知书来说，就是天大的恩赐。

结婚、买房，在南市有安定的住所。哪有人结了婚还常住酒店的？梁嘉聿做事不叫人留口舌，随意施展些身手，却已叫林知书喘不过气。

可她最近喘不过气来的事情太多了，真要一件件事全心全意地去应对，

那林知书怕是要崩溃。

"多谢你，梁先生。"比谢谢还要多一些，林知书说多谢你。

有谢意，但并不能真的匹配上他给的东西。可这已是她目前能做的全部。

梁嘉聿毫不介意："不客气。"

房门在林知书身后关上，梁嘉聿开了客厅的窗。

公寓采光极好，面朝南，全天哪个时间段都有充足的日照。楼层在八楼，并不高。与地气不接着，却也与高耸的树木不远。一个极佳的高度，叫林知书看见落地窗外满眼的绿色。

她站在玄关处有些出神，像是紧绷着的神经在这一刻被释放。屋子里开着空调，温度舒适极了。落地窗外的绿色树叶在阳光的照耀下显示出不同深浅的绿色，应该是有风，不然不会那样轻盈地摇曳着。

公寓隔音极好，林知书想要躺在面前这片干净的木地板上。

梁嘉聿已换了一身家居服出来，林知书迅速换上拖鞋，又对梁嘉聿说谢谢。

"你说过了。"他站在客厅的吧台处，拿出两只玻璃杯。

林知书走上前，主动去倒旁边的水："我说多少遍都不为过。"

梁嘉聿笑起来，伸手去接倒满的水杯："我知道你现在精神压力很大。"

林知书握住自己的水杯，放在冰箱里的水透过杯子传出镇定的寒意："我不是第一次经历这样的事，但是这次我只有一个人了。"

林知书的母亲走得早，那时她还不过六岁。简单的一场车祸，那时林知书还不清楚什么叫"去世"。眼下，父亲也走了。

林知书想缓解气氛，调侃说自己是不是"克星"。但她说不出这样的话。

"学校里功课怎么样？"梁嘉聿岔开了话题。

林知书抬起头，他们并未站在一起，梁嘉聿站在吧台的内侧，她站在外侧。

时间已临近傍晚，夕阳的光线变成朦胧的金粉。

林知书需要抬着头仰望梁嘉聿，像她十六岁那年第一次见到梁嘉聿时那样——

林暮难得开车去接她放学，半路接到电话，既兴奋又焦急，说大客户路过南市问他方不方便吃个饭。林暮随即把车停在路边，叫林知书自行打车回家。

林知书不肯。正是下班放学高峰期，她到哪里去打车。她赖在副驾不肯走，林暮眼看要迟到，最后只能把她带上，一路上叮嘱她到了后别乱说话。

赶到饭店，大客户还没到。

林暮叫她坐到一边的沙发上去写作业。林知书也懒得掺和林暮生意上的事，拿出数学作业来写。她脑袋灵光，从小学习就没叫林暮愁过。功课上的事不需要太多努力，就可以轻松拿到高分。

高中数学并不太难，林知书倚着沙发扶手，在草稿纸上写着数学公式。

梁嘉聿在这时走进来。包间里很安静，他第一眼便看见林知书的双腿。并非他存有什么邪念，而是林知书的坐姿实在算不上高雅。她穿着高中的校服，雪白薄窄的短袖衬衫，下面是一条深蓝色的百褶裙。人斜着倚靠在沙发一边宽阔的扶手上，双腿自然地往前笔直地伸出。漆皮的方圆头玛丽珍鞋，鞋头在灯光的照耀下亮如灯泡。

林暮未在第一时间听到动静，倒是林知书抬起了头。她望着站在门口的梁嘉聿久久未动，直到厘清手里题目的思绪，才又立刻低下头去书写。可落笔时，大脑却在一瞬间空空如也。

林知书生得漂亮。她母亲当年是小有名气的模特，去照相馆拍照必被人询问是否可以在店内展示。林知书之于她母亲，只赢不输。

朋友说过，第一次见她，忘记自己要去哪里，只傻站在原地。林知书笑她胡说八道。

却在此时此刻知道，你若是真见到那个人，就知道什么叫大脑空空。

又抬起头来，林暮已与梁嘉聿打声招呼。父亲弯腰，喜上眉梢地同梁嘉聿握手。

"这是梁先生，小书快过来打招呼。"林暮朝林知书招手，林知书起身走了过去。

站在梁嘉聿面前，她须得仰望他。他身上有淡极了的古龙香水的味道，抓不住，像是他脸上仿佛下一秒就会消失的笑。

但那笑并未消失，他有礼貌极了。

"梁嘉聿。"他开口。

"林知书。"她回道。

"知书达理？"他问。

"家喻户晓？"她回。

默契极了的一声笑，像是他们已熟知多年。

饭局并未立马开始，林知书回到自己的位置继续写作业。

黑色签字笔在草稿纸上留下断断续续的痕迹，脑海里是梁嘉聿。

他长得可……真贵气啊。林知书失语。仅用帅来形容梁嘉聿简直太过浅薄。他穿黑色西装、白色衬衫，深蓝色领结恰到好处地卡住领口，一丝不苟。笑容是松弛的、轻盈的、毫不费力的。身型挺拔宽阔是他身上最不足为道的优点。

他说他叫梁嘉聿。林知书不知道是哪几个字，但肯定不是家喻户晓的"家喻"。

思绪还在纷飞，直到察觉眼前光影被遮住，才发现梁嘉聿和父亲走到了自己面前。

"我家小书刚上高二，学习努力，成绩还不错。"父亲夸女儿总带着谦虚，怕被人说骄傲。

林知书却抬起头，看着梁嘉聿："我上周月考，总成绩全年级第三，数学满分。"

"谦虚一点，林知书。"林暮又开口。

林知书却笑了起来。她想，梁嘉聿是一个比她"高级"的人。

"高级"的意思是，某方面比她强。比如财富，比如外貌，比如某方面的能力。而林知书喜欢和这些人交流，喜欢被这些人认可。

梁嘉聿扬眉，称赞不留余地："你很厉害。"

林知书笑得很肆无忌惮。

"但是为什么在这里思考了这么久？"他看到林知书草稿本上犹豫的、连绵的、胡乱的线。

"我在思考一件事情。"林知书脑筋飞转。

"什么？"

林知书抬手把书包里的东西翻了出来。

她喜欢梁嘉聿。不是男女之情的喜欢，而是人对人的那种喜欢。

他身上有自上而下的贵气，但是没有世俗的傲慢。他不吝啬自己的夸赞，说明他是一个内心自足的男人，不会担心对别人的夸赞会造成对自己的不自信。而看见林知书草稿本上凌乱的线条，他没有不当一回事，而是对其提出疑问。

父亲不会这样关心林知书。父亲的关心是庞大的、笼统的、自以为是的，而梁嘉聿的"关心"是具体的。

林知书摊开手里的本子，上面写着"援助计划"。异想天开的计划，社会实践课她和同学组队选题，选到资助山里的学生读书。

捐钱，意味着自己要有钱可捐。但是长年累月地捐下去，没有一定的家底就有些强人所难。

大家集中精力头脑风暴，提出许多想法。林知书指着最后一条，是她提出的："大家合力凑钱，存进银行，本金不动，用利息资助学生读书。"

林暮嗤笑出声："小孩子异想天开，梁先生你别介意。"

林知书看着梁嘉聿，她想，这也是她给梁嘉聿出的面试题。

他是什么样的人，就会做出什么样的反应。

梁嘉聿说："有意思。"

第二天，林知书收到梁嘉聿托林暮转交给她的一个信封。林暮催着她快点打开，他也要看。林知书拆开信封，里面是一张银行卡和一张写有密码的字条。

字条的最下方是一行遒劲有力的字：算我入股。

林暮火速带着林知书去银行，银行卡插进去，是一百万元人民币。

你看，这就是梁嘉聿。他随心所欲，从不按常理出牌。

所以当他提出要和林知书结婚时，林知书并没有太惊讶。只是如今，她实在是欠了他太多的人情。

水杯送到嘴边，林知书小口啜饮。

她已比从前稳重太多。世事无常，富家小姐也被磨平了棱角。但其实她生活并未比从前差多少，只是少了父亲为她遮风挡雨。

林知书喝得很慢，但她很渴。思绪飞着飞着，在水杯清空的瞬间才着陆。放下杯子，看见梁嘉聿正望着她。

"你在……等我？"林知书问。

梁嘉聿笑，答案不言而喻。

"我刚刚走神了。"她说。

"在想什么？"

"未来。"林知书说，"我害怕自己饿死。"

"不会发生那样的事。"

"是吗？"林知书总觉得很虚无，"我在想这个寒假我应该去实习，这样以后可以有更多的机会找到工作。"

"你父亲留了公司给你。"

"现在也不在我的名下。"林知书没把话说完，他们心里都清楚。林暮的资金都套在股市里，拿不拿得出来都是个问题。而公司的股份，如今全权由梁嘉聿代管。

林知书有理由觉得不安。说到底，她不信任梁嘉聿，即使那些钱在梁嘉聿眼里算不上什么。

"你担心两年后我不把公司还给你。"梁嘉聿直截了当地说。

林知书望着他。很奇怪，虽然她并没有和梁嘉聿长时间地相处过，但是她觉得他们没那么不熟。

一百万拿到手之后，林知书真的取出来放在自己的名下。她存了定期，把利息捐给山里的学生。

逢年过节，林知书常会收到一些学生的感谢信。她攒一攒，就寄给梁嘉聿。

对的，她从林暮那里要到了梁嘉聿的联系方式。其实林暮也乐得促成这件事，他与梁嘉聿做生意，巴不得梁嘉聿与他家多来往。

每每要邮寄学生感谢信时，林知书自己也会写一张卡片感谢梁嘉聿。

从十六岁一直到二十岁，五年，时间不算短。

林知书觉得，梁嘉聿不是一个坏人。

"我有点担心，"她不想隐瞒，"但我又觉得……"

"觉得我没那么坏？"梁嘉聿接她的话。

林知书说："……那么穷。"她说完，没憋住，和梁嘉聿一起笑了出来。

梁嘉聿把手里的杯子放下，玻璃与台面敲出清脆的声响。

外面已不那么亮了，他的面庞隐在光线之后。

"你说得没错，"他看着林知书，"我没那么穷，但是——"

林知书今天穿了一条鹅黄色的连衣裙。她已二十岁，比他第一次见她时长大了太多。上一次见她，是她十八岁左右，刚上大学，头发染成雾青色，烫着大卷，迫不及待地成为大人。而这次再见她，已又变成黑色长发。病房里，她抓着他的衣袖哭，白皙的五官皱在一起，也好看得叫人很难挪眼。

她时常在三月和九月联系他，问他当下的住址，要给他寄感谢信。但是这一次，他等到九月末也没等来。

生活太平静了。一切都在掌控之中，巨轮在海水之中前行，没有任何可以威胁它的东西。足以掀翻游船的冰川，巨轮驶入，也如利刃裁剪白纸。

林知书朝那片平静的海面，每年丢两颗石子。

你知道她有多有趣。

这么多年，她对梁嘉聿的称呼没有重复过。

梁先生、梁大善人、梁老板、梁菩萨……

再次见到林知书，她褪去些年少时的青涩。医院的灯光并不明亮，她含泪的双眸像是月色下晃荡的湖面。果实成熟了，到了可以采摘的季节了。

提出结婚的建议着实有些冲动。但他想到，接下来几年，事业正巧都要在国内多奔波。梁嘉聿不介意承认其中的动机并不单纯，因他原本就不是那样的人。

"小书，我没那么穷，"梁嘉聿一双眼睛望着林知书，"但我也未必没那么坏。"

有多坏？能有那些虎视眈眈、在林暮还没咽气时就找上门的叔叔们坏？

坏到给她父亲妥善处理后事、陪她去登记结婚，确保林暮的公司不会流落到别人的手里。至少现在，林知书找不到另一个可以依靠的人。

说来有些可笑，父亲在的时候从未觉得自己会这样无助。住在遮风挡雨的屋檐下，时常也和那些叔叔、亲戚吃饭。可是父亲一离开，所有人就都变了样子。

一夕之间，屋檐被风掀翻，可她还未学得任何自保的能力，是梁嘉聿给她打了一把伞。

"坏人不会入股我的援助计划。"林知书说。

"我是入股你。"

"有什么不一样？"

梁嘉聿又笑："我相信你知道。"

梁嘉聿喜欢笑，但林知书很早之前就知道，他的笑并不真实。可他掩饰得很好，从未在人前就早早落下嘴角。但他也并非在表达奚落、嘲弄，林知书想，他其实并不喜欢笑，生活里没那么多让他开心的事情。

但他笑起来的时候，会让林知书觉得有些松口气。只要梁嘉聿还对她笑，说明一切都没那么糟。

林知书也笑了笑。她就笑得有些勉强，嘴角上扬又无力地急着下落。她累极了。

今日周五，原本有一节体育课。她选课时网速太卡，最后被调剂到打网球。烈日当空，不如趁早叫她去死。选在今天请假登记，也是为了顺理成章地避开那节课。

林知书累极了，生理上、心理上。

"想睡觉了？"梁嘉聿问。

林知书点点头。

"来看看你的房间。"

林知书不太担心梁嘉聿是那种乘人之危的人，因为他根本不需要。

一套平层公寓，两间采光极好的卧室。林知书的卧室在走廊的右手边。

"之后你放假都来这里住，原来的房子尽量不要去了。"

林知书点点头。

原来的别墅是用公司的名义买的，林暮还在的时候大家不议论，现下林暮走了，亲戚总是上门来说这事，说林知书一人住不了这么大的房子。其他地方没占到便宜，于是就在房子上打主意。

"我这两年常住国内，除了出差，都会待在南市。"

林知书目光投过去。

"这几年国内酒店业发展蓬勃，我回来分一杯羹。"梁嘉聿说道。

"你不是一直都在国内有酒店吗？"

"还是太少了。"

"开酒店是不是很赚钱？"林知书问。

"可以赚一点。"

"一点还是亿点?"

梁嘉聿看着林知书,笑了起来。她看起来真的有些累了,但眼睛还是亮晶晶的。抬头望着自己,目不转睛。

"亿点。"他说。

林知书羡慕:"真好。"

"你还在担心钱的问题?"

林知书点头:"我知道你或许真的是好人,两年后会把公司还给我。但是,我总有一种很深的担心。我没有那个能力去经营好公司,或许很快公司会倒闭在我手上。我在想到时候是否可以把公司折现,钱存进银行,总好过我把它亏光。可这些是我爸爸的心血。"

梁嘉聿看着她:"你希望我说些欺骗你的话还是实话?"

林知书眨眨眼:"可以选择不说话吗?"

"当然可以。"

林知书有些释然地笑了笑:"我住这间卧室,对面那间是你的,对吗?"

"是。"梁嘉聿没有要和她睡一起的意思,林知书心头更放松了一些。

其实,他们也已讲到了话题的尽头。

是他问她想不想睡觉的,家里也简单介绍过了,林知书也已走到了自己的卧室。可总觉得要挪开脚步有些困难,像是难以轻易地从梁嘉聿给的帮助前利落地掉头离开。

眼睛蒙上薄薄的雾气,林知书低头又说谢谢。谢谢,谢谢,她说了太多遍。

"我不记得你以前这样爱哭?"梁嘉聿说。

林知书抬手胡乱抹抹眼泪,抬头看他:"你又不怎么认识我。"

"我不认识你吗?"

"以前不过见过几次面。"

"你还一直给我写信。"

林知书忍不住了,破涕为笑:"说得好像是我在给你写情书。"

"Chloe 一直这样认为。"梁嘉聿说。

"Chloe 是谁?"

"我的秘书,她帮我收发信件。以为有个小姑娘追了我四年,每年来两封情书。"

林知书笑得更厉害了。

"你怎么说?"

"我说来信人年纪太小,我不犯法。"

林知书倚靠在门框上,笑得弯下腰去。黑色的长发从她的肩背上一同滑下,在空中晃荡出柔软的弧度。她笑够了才直起身来。

梁嘉聿抬手开了灯,外面已经黑了。

"笑够了吗?"他问。

"什么?"

"心情好点了吗?"他又问。林知书脸庞热起来。

"心情好点就去睡一个小时。"梁嘉聿说。

林知书缓了声音:"你呢?"

"我不进你房间。"

"我不是这个意思。"

"我知道你不是这个意思。"

"……那你为什么还这么说?"

"因为你既相信又不相信我。"

梁嘉聿不喜欢打谜语,至少林知书觉得在她面前,他不是个装模作样的人。又或者,是他段位实在太高深,林知书看不透。

但至少现在,林知书觉得,和梁嘉聿待在一起很舒适。他花时间在她身上,三言两语逗她开心,最后给她安心,叫她去睡一个小时。

人脆弱的时候,很容易被这样的行为渗透。林知书尚有理智,知道他做的这些事情其实对他自己来说,不值一提。

"谢谢,最后一次。"林知书郑重地说,"下午安。"她随后关上了房门。

下午六七点光景睡觉,最容易叫人迷失时间。林知书醒来的时候,以为是第二天早上。黑暗中浑浑噩噩,摸到手机,才记起今日还未过完。

她坐起身,开了房间的灯。梁嘉聿已经不知去向,林知书也没有去找他。家里什么都有,林知书觉得毫不意外。他是那样思虑周密的人。

明天周六在这里休息一天，周日是林暮的葬礼。他们约好葬礼结束之后，一起去把林暮别墅里林知书的东西拿来公寓，其他的就先放在那里。

周五晚上，梁嘉聿没有回来。他给了林知书很大的自由。但是林知书这天晚上没有睡好。

周六早上六点，林知书早早起来洗漱完毕。冰箱里有麦片牛奶，她吃饱后，径直出了门。

夏天的早晨还未那样燥热，晨露蒸发到空气中，带来舒适的潮湿。林知书坐公交车回到了自己家原来的别墅。

从今年三月份到现在，她又陆陆续续收到过几封学校和学生寄来的感谢信。那些信都被她收在别墅的书房里。她想在下一次见到梁嘉聿之前，把今年的感谢信给他，算是自己尚能为他做的一点事。

公交车到站，林知书还得再往山上爬一小段路。从前车接车送，她没这样辛苦过。其实现在也不必，她并非没有钱。只是林知书还是担心，她好怕自己还沉浸在一切无虞的美梦里醒不过来。

父亲已经走了，她应该吃一吃现实的苦，知道生活不是那么容易。要自己独立，自己有能力，才不会永远需要依靠别人。

爬到半山腰时，太阳已经完全发力。林知书头上出了薄薄的汗，她用手背擦了去。

她抬手去掀电子锁的盖，却发现怎么也掀不开。林知书两只手握住用力往上掀，可还是无济于事。警惕心随即上来，她往后退两步，左右看看，果然发现不远处的门廊下装了一个摄像头。

梁嘉聿赶到的时候，林知书就坐在别墅的客厅里。她旁边围着好些亲戚朋友。他们面红耳赤，看起来好似已大战过一场。

梁嘉聿早告知过林知书不合适再回别墅。林暮死后，这些亲戚朋友没占到一点便宜，是不会这么轻易放过林知书的。

说起来，林暮的财产原本就和这些亲戚没一点关系。但林暮只留下林知书这个无依无靠的女儿，这就难免让人觉得可以从中大捞一笔。

梁嘉聿没直接强硬地要带林知书突破重围，他说希望和林知书去里面书房聊一聊。外面一圈亲戚商量了一下，很快同意。左右两人跑不了。

书房门关上，林知书就朝书柜走去。

梁嘉聿站在门口看着她。白色的棉麻裙子，后背浸湿了好大一块，别墅里没开空调，热得叫人烦躁。梁嘉聿："和他们吵过架了？"

林知书背对着他，蹲在一个柜子前，边翻东西边说："吵过了。"

"赢了？"

"输了。"她语气倒是平静得很。

"我以为你知道，我不让你住这里，是什么原因。"

"我知道。"

"知道还一个人跑回来？"

"我特地挑的一大早，谁知道他们在我家装了室外监控。"

"你觉得自己——"

"对不起，梁嘉聿。"她忽然连名带姓地叫他。

梁嘉聿的声音戛然而止，他见林知书转过了身。她的脸颊有些绯红，或许是这别墅里太热；眼尾同鼻尖也统一色调，淡淡的红色，的确是吵输了。

"你一个人回来做什么？"梁嘉聿语气依旧克制。

林知书忽地把手里的一小沓信纸抬高。梁嘉聿目光凝住。她一张小脸上起了薄汗，眼睛却亮晶晶的，弯成小月牙。她纤细的手臂捏住纸张，在空中颇为郑重地朝他晃了晃。

"梁先生，我想给你写今年的感谢信。"

就是这样的石子。林知书在过去四年里，每年朝梁嘉聿风平浪静的海面上丢两颗"惊喜"的石子，泛起圆润的、柔和的、连绵不断的涟漪，一直荡到梁嘉聿的手边。

每年收到询问地址的短信后，他会格外在意自己收到的纸质信件。Chloe早已驾轻就熟，会把林知书寄来的信件放在当天文件的最上面。

一种奇妙感觉的延续。须得是不设防的、意外的、惊喜的。

比如遇见林知书，比如她向他提出的那个"援助计划"，比如他心血来潮给的一百万，比如林知书坦然收下没有假意推辞，比如林知书主动问他要邮寄地址，比如林知书寄来的感谢信。一切都是千万种可能里的一种，而林知书走在他的"点"上。

感谢信变成一种美味调味料，变成平静海面上林知书为梁嘉聿泛起的无边涟漪。

梁嘉聿抬手反锁了书房门："东西拿好了吗？"

林知书点点头。

梁嘉聿拿出手机报警。他可不在乎外面的那些亲戚。警察来得快，Chloe也紧随其后。

林知书第一眼认出她是梁嘉聿的秘书。黑色长发盘在后脑勺，衬衫、半腰裙，穿着高跟鞋也能"噔噔噔"地健步如飞。样貌更是飒爽，是看了会叫人觉得想要甘拜下风的类型。

Chloe留下来同警察交谈，梁嘉聿带着林知书先行离开。

车里开了空调，林知书得以松口气。手里捏着的三个信封是这一次要寄给梁嘉聿的感谢信。

"一个是资助了四年的小姑娘，今年刚考上了县里最好的初中，叫李雪，你应该有印象的。"林知书低头摆弄这些信件，介绍给梁嘉聿听，"还有一个是学校寄来的，上半年给他们学校的女生买了卫生巾。还有一个是老师寄来的，他们学校翻新操场，我也捐了一点。"林知书声音平静，像是刚刚什么都没有发生。

梁嘉聿应着，问她："手臂怎么回事？"

林知书顿了一下，才低头去看自己手臂上的红印。

"刚刚想要逃跑的时候被人抓住了，没事。"

"为什么偏偏要今天来？"

林知书把手里的信封重新捏好："想着明天再见到你的时候可以直接给你，算是个惊喜。"

车里空调很安静，林知书觉得能听见自己心里的叹息。她想给梁嘉聿一个惊喜作为感谢，却给了梁嘉聿一个惊吓。

"你刚刚在做什么？"她忽然问。

"什么?"

"在我打电话给你之前。"林知书看着梁嘉聿。

"我在开会。"

"那么早?"

"有时差。"

"对不起,打扰你开会了。"林知书认真地道歉。

梁嘉聿偏头看了她一眼:"你的呢?"

"什么?"

"你的感谢信。"

"我打算今天写的。"

"好好写。"梁嘉聿声音平淡。

林知书一怔,心里长长地松了一口气。

窗外两排树木不停地往后倒,天色已经明朗。汽车一路驶到一间餐厅,林知书才知道梁嘉聿带她来吃早餐。

新开的高级酒店,餐厅在酒店的顶层。落地玻璃,白色桌布,花瓶里插的是新鲜的各色玫瑰。水晶吊灯从高高的房顶坠下,抬眼可以看见欧洲画作。

两人面对面落座,林知书看着窗外。服务员送来两本菜单,林知书翻了几页,说听梁嘉聿的。

梁嘉聿把每道菜品都点了一份。

林知书惊讶地望着他。

梁嘉聿笑笑:"打完架吃点好的。"

知道他在恼她,林知书瞪了他一眼:"我吃不完的。"

"没关系,试菜品。"

林知书这才大概明白,梁嘉聿是来考察酒店的。他说过这两年会常留在南市,国内酒店发展势头好,他也要来分一杯羹。

这样的说法让林知书觉得松了口气。他不是专门为了自己留在这里的,她不必承担全部的人情。

而实际上,梁嘉聿提出同她结婚的理由也并不充分。林知书并不觉得他与林暮之间的情谊有多深。想来原因必是复杂的,但林知书不愿意再往下想。

想多了会伤害到自己,至少现在她愿意接受这样的结果。

菜品一道一道地上,梁嘉聿会用刀叉为林知书送上另一半。多么奇妙,不过是见过几次面的缘故,林知书总从梁嘉聿的身上感到熟悉与松弛。

她说俏皮话时,梁嘉聿从来不会反驳她。他会觉得有意思。

Chloe 在中途打来电话,汇报别墅那边的情况。监控摄像头拆了,梁嘉聿的律师会在下周一给涉事人员送上律师函。

梁嘉聿告知林知书情况,林知书说:"我不会为他们求情的。"

"我没期待你会求情。"

刀叉在盘子上划出声响,林知书又说:"你好像很了解我的样子。"

"你十六岁的时候我就认识你了。"

"可我们只见过几面。"她再次强调。

"我喜欢在看人第一眼的时候就给她下定义。"

"你看人准吗?"林知书问。

"就我三十年的人生而言,没出过错。"

这样的"大话",偏偏从梁嘉聿的嘴里说出来不叫人觉得是在吹牛。

"你觉得我是什么样的人?"林知书放下刀叉,身子前倾到桌边。

"有意思的人。"

"有意思的人是什么人?"

"会让我驻足观看的人。"

林知书思索了一秒:"我在你眼里是只猴子?"

梁嘉聿笑了起来,他纤长有力的手指捏着餐刀,将和牛拆分成均匀的小块,然后送到林知书的盘子里:"我不给猴子切和牛。"

林知书望了他一眼,有些郁闷地低头吃和牛。油脂丰厚,入口就化了。

"那你有没有看出来,"林知书低声道,"对于我爸爸的事……我已没有很伤心。"

梁嘉聿放下了手中的叉子。

林暮走了快一个月,最开始的一个星期最难熬,林知书几乎没办法正常上课。辅导员给她批了一周的假,叫她在家里好好休息。但是那一周过后,林知书的悲伤消失了。并非一点一滴都没有了,而是有一种泪干的感觉。心

脏仍然被浸泡在热水里,但是林知书清楚地知道,那是担忧胜过了悲伤。

"我不是在给自己找理由,但我和我爸爸,感情并不那么深厚。他是个很好很好的人,给了我很好的生活环境。但是他常年忙于工作,也很难像女性一样跟我建立起亲密的情感关系。他是那种……典型的父亲。"

林知书看了一眼梁嘉聿,一旁的服务员又要来上菜,梁嘉聿摆手让他们先停一停。他在认真听她说话,林知书有了说下去的底气。

"又或者说,我这个人好像天性就不那么……重情?"林知书自己也皱眉,"但是,我想说的是,我爸爸去世后一周,我心里对自己的担忧大过了对他的悲伤。"林知书汇报完毕,垂眸看着自己面前的桌沿。

"是有点不恰当。"梁嘉聿说。

林知书的心掉到地上。

"如果是我,我会在第一个晚上就担心我自己。"

林知书不可思议地抬起头。

梁嘉聿身子靠进椅背,目光平静地看着林知书:"自保本就是人类的天性,法律允许的范围内,把自己放在第一位天经地义。确定自己无后顾之忧,可以适当允许自己悲伤一会儿。我不知道这种事也给你带来这么大的困扰。"

林知书想,梁嘉聿在见她第一眼时,就给她下了定义。可她何尝不是在第一眼时也给他下了定义呢?

他不是父亲那样的人,他是会说"有意思"的梁嘉聿,他是会给她一百万的梁嘉聿,他是她会想要靠近的梁嘉聿。

"亲人去世,悲伤一周是合适的长度吗?"林知书又问。

梁嘉聿很淡地笑了一声:"因人而异,我不觉得这有一个标准的答案。但是,小书,我想提醒你,没有人在审判你的悲伤和你对你父亲的感情。"

他的话语像是上好的厨师刀,沿着林知书的胸口下手,三两下就找到她慌张的心脏。和这样聪明的人说话,林知书觉得很轻松:"我爸爸的葬礼结束之后,我会变成原来的林知书。"

"原来的林知书是什么样的林知书?"他明知故问。

林知书望着他,脸上已不再凝重:"有意思的林知书。"

梁嘉聿笑起来:"拭目以待。"

周日的葬礼，来的人并不多。之前亲戚朋友一闹，谁也不愿再来。

也好。林知书懒得做表面功夫。

葬礼的事情都是梁嘉聿一手操办的，场地高档、服务周到。他给林暮送了一束花。结束的时候，天上飘起了密密的雨丝，林知书没有打伞，任由微凉的雨丝落在她的脸庞上。

她不太记得起关于母亲的事情了，但是她记得很多和林暮的事情。

家里生意忙，他们平常并不总能见到。

林知书机灵、外向，亲情上的单薄并没有带给她太多悲伤的底色。她轻而易举考年级前五，数学时常拿满分；样貌继承她妈妈，漂亮得叫人挪不开眼。

林暮对她很是放心，也就很愿意放手。逢年过节才一起吃个饭，平常，实在是很难见到。林知书试图再想出一些具体的情节，但好像，也就是这些笼统的、漂浮的关于林暮的记忆了。

梁嘉聿给她撑了一把伞。

"走了。"他说。

"好。"

回程是司机开车，梁嘉聿是真做了在南市常住的打算，房子、Chloe，还有司机，通通带了过来。但梁嘉聿也有提到，他会时常在国内飞，因为酒店分布在全国各地。

汽车一路向前开，雨势越来越大。透过玻璃窗慢慢看不清外面的天色，林知书从窗户里看到模糊的自己。

梁嘉聿打完工作电话，林知书转过头来。

"今年的感谢信。"她说。

梁嘉聿低头，看见她递过来一个文件夹。文件夹打开，先是三封林知书昨天说过的别人寄来的信件。

梁嘉聿翻到最后，是一封来自林知书的信。他甚至不愿做样子先看看别人的信件。

手指沿着雪白信封的一边，将林知书的贺卡抽了出来。

上面第一行写：梁嘉聿，谢谢你。

多稀奇，林知书第一次叫他全名"梁嘉聿"。

像是郑重、严肃到极致。

梁嘉聿垂眸往下看，林知书写道：*如果你想，我可以。*

梁嘉聿的目光抬上去。她今天穿了一件黑色的无袖连衣裙，长长的黑发扎成低马尾垂在脑后。乌眉、杏眼，窄挺的鼻梁下，是一张柔软、鲜红的唇。

天色并不明朗，她直面自己的脸庞有几分视死如归的"悲怆"。

梁嘉聿微微挑眉，望着她。而后笑了起来。果子自己也知道，成熟了，就可以叫人吃了。

他不是那种明知故问的人。将贺卡放回信封，收进了自己的口袋。

剩余三封信件，副驾驶的 Chloe 帮忙收了起来。

林知书偏头去看窗外。她不是那个十六岁的小孩子了。更何况，即使十六岁时，她也没那么天真，以为梁嘉聿是真的菩萨、大罗神仙，什么都不求地帮助她？

而且如果是和梁嘉聿睡觉的话，根本算不上什么酷刑。样貌、身材，没有不出众的，光是手里的财富都可以叫人前赴后继地往上冲。

更不必说，林知书喜欢他。并非有深厚男女感情的那种喜欢，林知书想，或许是喜欢和他说话的感觉，喜欢和他在一起时会被允许的坦诚，和喜欢对他的依赖。

而至于为何对这件事又有一种视死如归的感觉，是因为林知书清楚地知道，他们没有深厚的感情缔结，这就意味着或许这是有性无爱。

不知道别人怎样，但林知书自认不是可以把性与爱区分的人。她并没有任何经验，由此也更紧张。

一路上，林知书都看着窗外。

梁嘉聿叫了她三声，直到 Chloe 帮她打开车门，林知书才恍然回过神。

"到了？"她问。

Chloe："梁先生叫你三次了。"

林知书"啊"了一声，头也不回地连忙下车。

Chloe 去看梁嘉聿，发现他在无声地笑，双眉扬得并不明显，Chloe 却能敏锐地察觉出他的愉悦。是发自内心的，并非挂在脸上的。梁先生又遇到有趣的人或事了。

Chloe 收心，简单和梁嘉聿汇报了一下下周一的行程，梁嘉聿点头，而后抬步朝公寓电梯走去。

公寓电梯宽敞，林知书站在前面，梁嘉聿自然而然地站在她的侧后方。四面镜子，叫林知书的目光无处可逃，只能锁定在面前的一小块公寓告示上。她装模作样地看得认真极了。

楼层在缓慢跳升。跳到"8"时，林知书如遇大赦，正准备一个健步率先冲出去，却忽然听见梁嘉聿的声音："告示上写了什么？"

林知书大脑一片空白，正要再去看，却只看到了抬手将告示盖得严严实实的梁嘉聿。他的手臂从斜后方伸来，像是将林知书半拥在怀里。沸水烧到翻滚，林知书的内心发出尖叫。

电梯门缓缓打开，她理直气壮："我刚刚在发呆。"

梁嘉聿的手放下，随着她一起往外走。

"在想什么？"他又问。谁说梁嘉聿不会明知故问的？

林知书脸颊已高温预警，然而她的语气依旧如常："在想你是不是没看懂我的贺卡。"

林知书开始倒打一耙。

拇指挨上密码锁，发出一连串清脆的声响，像是给林知书发出胜利号角。谁怕谁，反正就两个人。林知书推开门，已有勇气去看梁嘉聿。

家里凉快极了，外面还在"哗哗"下着大雨。

梁嘉聿没说话，林知书换鞋的时候偷偷笑了。

她好厉害，她把梁嘉聿怼没词了。

双脚穿上拖鞋，正准备先躲进房间战术性休战，林知书的世界却忽然开始旋转。

梁嘉聿比她高了多少？林知书是定要仰视他的。

男人与女人的力量悬殊有多大？梁嘉聿拦腰抱起她，像是信手捏一张纸。

摔落在沙发里，视野随即再次被他的黑色西装填满。林知书在第一声尖叫后，紧紧咬住了自己的双唇。

宽阔的沙发第一次显得这样拥挤，林知书觉得自己在慢慢陷入缝里。但梁嘉聿并没有更多的动作了。他只是靠得很近，看着她紧闭的双眼、颤抖的眼睫，鼻梁上皱起的纹路，还有被咬到失血的双唇。

梁嘉聿放开了林知书。

牙齿从双唇上松开，涌出更加鲜艳的血色。而她的黑色马尾松了，额间散落着黑色的长发。

梁嘉聿的手掌握在林知书赤裸的脚踝上。他知道会是这种手感，从他第一次见到林知书的时候。她倚靠在沙发上，双腿直直地伸出来，纤细而不柴，白皙中又富有生命力。有时她会跷起二郎腿，脚尖摇啊摇，灯光在她的皮肤上跳动。

梁嘉聿想摸，他就直接摸了。

林知书从震惊中回神。

"我想，我看懂你贺卡的意思了，小书。"梁嘉聿坐起身体，林知书仰面半躺在沙发上。她双臂撑着想要稍稍后退，叫自己的上半身坐起来。

梁嘉聿却禁锢住了她的脚踝。林知书当然也可以这样坐起来，但就离梁嘉聿太近了。可她没办法拒绝。

梁嘉聿或许是个很恋旧的人，这么多年，他身上的古龙香水没有变过。

林知书没有这样近距离地看过他。她想，应该没有人这样近地看过梁嘉聿。

看着他漆黑的、如同黑洞一样，只要靠近就会被不自觉吸引的双瞳，看着他流畅挺拔的眉骨与鼻梁，最后是一双薄厚恰当的唇。

"是。"林知书说，"我是这个意思。"

梁嘉聿轻轻地笑了，他松开了林知书的脚踝。

"只要我想，你可以。"他重复道。

林知书说："只要你想，我可以。"

梁嘉聿松开林知书的脚踝，而后深深地靠入了沙发。

"现在。"他说。

林知书当下产生了一个荒诞的念头，她希望梁嘉聿阳痿。虽然她知道是不可能的。

但送出贺卡也并非林知书一时冲动，她想好了的。手指把面上凌乱的发丝捋到耳后，林知书跪坐在沙发上："你想要什么服务？"

梁嘉聿望着她："林小姐提供什么服务？"

看看，这就是梁嘉聿。不管林知书说什么，都会顺着她往下说的梁嘉聿。

林知书望着他，面色郑重："我会按摩。"

"哪种按摩？"他问。

林知书忍不住抿起干燥的嘴唇："你想要哪种按摩？"

"你会的就可以。"

林知书沉思一秒，按上了梁嘉聿的手臂。

她哪里会按摩，不过是照着电视有样学样。但是态度极其端正，仔仔细细从梁嘉聿的手腕按到肩头。面庞也从下而上，最后对上梁嘉聿的目光。

他依旧是平静的，或许含着一点笑，不意外的、看戏似的。

林知书在这一刻如同泄气的皮球。她的鼓足勇气、她的慌张逃避、她的惊恐万分，和她的装模作样，在梁嘉聿的眼里清清楚楚。

"你想要现在吗？"林知书的声音变得很低，像是放弃挣扎。她的手从梁嘉聿的身上离开，绕过后颈，去摸裙子的拉链。

"我不是骗你的，梁嘉聿。"她说。拉链拉到后腰，黑色的裙子分开到林知书身子的两侧，像是剥开她的心脏。

梁嘉聿靠近了她，把人抱进怀里。

林知书没有颤抖，也没有慌张。梁嘉聿身上的味道很好闻，她甚至希望这个拥抱可以更紧一些。像是那天他出现在林暮的病房，他抱着她，说没事的。

梁嘉聿的手指碰到了林知书的后背。而后，他轻轻地将裙子的拉链，重新拉了上去。

"这不是我把你留在身边的原因。"梁嘉聿说。

很奇怪，梁嘉聿分明做出了这样一个温情万分的举动，但是林知书并未感到巨大的感动。她想，她从来不是一个愚钝的人。

梁嘉聿想要她的"有意思"，而不是一个单纯和他恋爱的女人。

林知书从他的怀里退了出来。

"我刚刚让你觉得没意思了。"她说。

"为什么这么说？"

"你喜欢我写的贺卡，因为你没想到我会这么写，所以你觉得有意思。

可你不要我投怀送抱,因为如果你需要投怀送抱,你有更好的人选。"

梁嘉聿看着林知书,她没有因为被拒绝而感到羞辱,反而振振有词地分析了起来。

"你在学校学什么?"他忽然问道。

林知书一愣,随即回道:"我学数学,辅修计算机。"

"原来如此。"他说。

"怎么了?"

"怪不得这么逻辑清晰、脑筋活络。"

林知书被夸,忍不住又飘:"我大一、大二绩点都是专业第一。"

"以后想做什么?"

谈到自己的专业,林知书劲头回来了:"要么去工业界,我编程能力好,思维也好,做软件、架网站都玩得来;要么去学术界,物理方程数学解,编程模拟数值计算,走到哪里都有人要。"她讲自己的专业时,双眼炯炯有神,神采飞扬,像是下一秒就要变成大科学家或者大编程师。

梁嘉聿说:"是因为这个。"

"什么?"林知书一愣,而后定在了原地。

因为这个?他不觊觎自己的身体,是因为只想……把自己培养成才?

这就是梁嘉聿帮助自己的理由?林知书觉得有些荒诞,却也觉得不是完全不可能,毕竟他比她大上十岁。顶级富豪的癖好她未必全懂。

双唇紧抿,咽下口水。林知书小声确认:"你是不是……想当我爸爸?"

"你做梦。"

收到这样的答案,林知书毫不意外。

但她很快又再次想明白。梁嘉聿的点一直没变,他只是觉得林知书很有意思。振振有词有意思、侃侃而谈有意思、装模作样有意思。

这才是梁嘉聿留她在身边的理由,他早就说过了。有钱人花点钱给自己的生活添点意思,是这个意思。

"那我……先回房间换衣服了。"林知书撤回了身。

梁嘉聿点头:"晚上去学校?"

"嗯,平时上课还是住学校比较方便。"林知书走到玄关处寻找自己飞落的拖鞋。

穿上拖鞋,她朝房间门口走去,却在进门前又停了下来:"梁先生,你今天在这里住吗?"

"是,这也是我家。"

看看,多么镇定自若。

林知书深吸一口气,比他还镇定自若:"没错、没错,我们结婚了。"而后迅速进入了房内。心脏"怦怦"跳,却并非因为恐惧、害怕,而是一种轻松。

这样沉重的话题,她和梁嘉聿也绝不会陷入泥泞。当然,她的幽默功不可没。

走向浴室的脚步随即变得轻盈,林知书好好洗了澡。

今日葬礼结束,父亲的事情算是告一段落。林知书不打算永远停留在原地。梁嘉聿说得没错,没有人在审判她对她父亲的感情,而关于悲伤的形式与长度也从来不存在什么标准。自私点想,林暮也不会希望她永远沉浸在悲伤里。

洗完澡的林知书从书柜里翻出了一个崭新的本子。林知书喜欢仪式感,每每实施重大计划前都要仔细做好计划。

如今也不例外。

但是计划开始的日期,林知书写了前天——周五。是她和梁嘉聿领证的那一天。

林知书想,这是新计划开始的日子,而结束正是两年后。那时她应该已有足够的能力自给自足,不会再有摇摇欲坠的危机感了。

梁嘉聿喜欢,她就逗他开心,这对她来说根本不算难事,扯不上自尊不自尊的事情。更何况,梁嘉聿是一个好人,而她现在需要他的保护。

换个想法,梁嘉聿现在帮她管着公司,带她搬了家,保护她。而她,还可以睡他!

林知书抿嘴笑,简直想为自己逻辑自洽的想法连连鼓掌。

随后她打开本子的第一页,思索片刻,在上面写下"振兴计划"四个字。

具体的小点她还没想清楚,但大目标十分明确。

1. 和梁嘉聿友好相处。
2. 两年后完整地拿回公司（或者折现）。
3. 有自己的工作和事业。

林知书看着本子上的三行字，对未来又充满了信心。

六点半，卧室门被敲响。林知书去开门，看见梁嘉聿侧身站在门口。

她把门敞开，梁嘉聿才走到房门前。

"出来吃饭。"他说。

林知书嗅了嗅："好香，你做饭了？"

"阿姨。"

林知书探出头："家里有阿姨？"

梁嘉聿点点头，侧身，叫她跟出来："之后阿姨照顾你在这里的生活起居。"

"哇，真好。"林知书语气惊喜，心头却翻涌上滚烫的酸涩。

像是从前一样，林暮没什么时间照顾她。家里一直是陈阿姨带她，洗衣做饭，打扫卫生。林暮去世之后，家里阿姨、司机的合同都解除了。林知书根本不知道还要处理这些事情，从悲伤中回过神来，才发现一切已物是人非。

离开了别墅，住到梁嘉聿的公寓里。林知书没傻到真以为这是自己的公寓，可以为所欲为。但是梁嘉聿说给她找了一个阿姨。

梁嘉聿转身朝餐厅走，林知书迅速抬手囫囵擦擦湿润的眼眶。

一同行至餐厅，林知书看到熟悉的面孔。成长的过程中，陈阿姨或多或少填补了林知书对于"亲情"的一部分需求。家里时常没人，林知书和陈阿姨一起吃饭。

陈阿姨率先落泪，抱住林知书，说是梁先生想给她一个惊喜。

林知书想克制住自己的眼泪，但她到底还没修炼成成熟的大人。

梁嘉聿退出餐厅，给她们空间。他坐到客厅沙发上，翻看 Chloe 早些时候发来的酒店背景调查文件，心情愉悦。

十分钟后，林知书的声音从身后响起："吃饭吗，梁先生？"

梁嘉聿合上文件，转头看见客厅门口的林知书，欣然点头。

陈阿姨做的都是林知书从前喜欢的饭菜，他口腹之欲淡泊，自己吃饭时并无特别的喜好。

林知书坐在他对面，除了眼眶还有些发红，情绪已恢复正常。又或者说，变得有几分雀跃。

林知书给梁嘉聿一一介绍饭菜的口味，她熟知陈阿姨做的菜，介绍起来很是细致，什么口味、什么口感，哪道菜开胃、哪道菜鲜美。

看得出来，是用了心在介绍。梁嘉聿想，有一点那个意思了。

他听得很认真，及时给予反馈，一直到林知书介绍完毕。

她说："特别谢谢你，梁先生。"

梁嘉聿说："不客气。"

林知书先给他盛汤。

梁嘉聿说："谢谢，但以后不用这么做。"

林知书愣了一下。

梁嘉聿接过她帮忙盛的汤，放到自己面前："是不是今晚回学校？"

她说过的，但是他又问了一遍。林知书只能点头："是，明天早上八点有课。不过如果你想我今晚留下来，我也可以留下来。"

梁嘉聿摇头："一会儿我送你去学校。"

林知书的心放下来。

"今天你父亲葬礼结束，明天你要开始重新上课，"梁嘉聿略做停顿，看着正襟危坐的林知书，继续说道，"我希望和你讨论一下我们之后的生活细节，今天晚上是合适的时间。"

林知书恍然大悟。她就知道，梁嘉聿不会无欲无求，给自己这样大的庇护，他怎么可能没有需要。

"我需要——"

梁嘉聿的话还没说完，林知书忽然抬起手："请等一下！"

梁嘉聿扬眉，止住声音。

林知书跳下椅子就往卧室跑去。

数秒过后，林知书带着笔记本重回客厅。她翻开新的一页，拿着笔，无比认真地看着梁嘉聿:"梁先生,您请说。"

厨房里灯光明亮,她此刻已没有半分刚刚同陈阿姨见面的情绪残留。黑色的长发如同富有生命的藤蔓,将她白皙的脸庞衬托出流动的美感。黑色的双眼如炬,认真地看着他。

梁嘉聿噤声片刻,而后笑了出来。

只有林知书做得出这样的事。她分明知道他要提要求了,但她没有恐惧与退缩,反而拿出笔记本来记录。

梁嘉聿抬手,不经意地摸摸自己的嘴唇。

"你每周的课程安排是什么样?"他问。

林知书掏出手机,点开课程软件,掉转手机方向,推到梁嘉聿的面前。

"大三开始专业课比较多,我又辅修计算机,所以比其他同学的课更多。周一到周三都是满课,周四上午和周五下午只有一节课。"

"现在还有晚自习吗?"梁嘉聿问。

"没有,大二开始就没有了。但是晚上要做作业。"

"周末呢?"

"作业做完的话一般是休息,但是……"林知书停顿了一下,"我打算从这学期开始到外面找找实践。"

"从前周末会回家吗?"梁嘉聿问。

林知书点点头:"会,学校就在家旁边,我经常回家。"

梁嘉聿安静片刻,说:"我和你说过,这两年会在国内发展,虽然有很多时间在出差,但是也有很多时间可以休息。如果我待在南市,我会希望那天晚上你回家。"

林知书头脑高速运转:"如果我有课——"

"在你可以回家的时候。"梁嘉聿补充。

"哦,我明白了。如果你在家,那我尽量晚上也回家。"

"是。"梁嘉聿说,"但没必要刻意挤时间,以不影响彼此生活为前提。"

林知书低头,在笔记本上快速记录。而后,她又抬头问:"那请问梁先生,希望我在家的主要目的是什么?就是说需要我做些什么?"

"做你自己。"他说。

林知书点头:"逗梁先生开心。"

梁嘉聿笑,林知书也跟着笑了。

有钱人和普通人又有什么区别?希望得到开心罢了。但有钱人可以花钱买到不一样的开心,比如一个活生生的人——林知书。

但是一切都是你情我愿的。有人花钱,有人付出真心。

林知书是真心的。真心地感谢梁嘉聿,感谢他帮自己留下父亲的公司,也感谢他为自己拉上拉链。

同她结婚,对他来说简直算不上什么大事。谁知道他有几本护照?而同她在这里结婚,只要不拿出去公证,出了国,梁嘉聿就还是单身汉一枚。婚前条约签得明明白白,林知书休想占到梁嘉聿一分钱的便宜。

林知书心里清楚得很,天下没有免费的早餐、午餐、晚餐和自助餐。梁嘉聿需要在这里待两年,正巧林知书可以为他的生活添些乐子。说到底,还是自己太幽默了、能力出众。林知书在心里捋清逻辑,再抬起头时,已再次春风拂面。

"我已经全部记下了!梁先生。"

她笑起来的时候,左侧脸颊有很浅的小梨涡。梁嘉聿注视着她:"还有,我发现我还是比较喜欢你叫我梁嘉聿。"

最后一封感谢信上,她叫他梁嘉聿。

林知书点头:"好的,梁嘉聿。"

梁嘉聿笑:"你有什么要问我的吗,小书?"

洁白的灯光下,林知书微微偏头,如他注视着她一般,注视着他。

她当然有很多问题要问梁嘉聿。但是此时此刻,她最想问的是:"梁嘉聿,你选我……是因为喜欢我吗?"

梁嘉聿没有犹豫。他笑起来,像是这个问题太过简单。

"当然,小书。你应该对自己再多点自信。"

林知书当然知道,梁嘉聿喜欢她,就像她喜欢他一样。要不然,他不会让自己待在他的身边。问出这样的问题,是林知书在从梁嘉聿的身上攫取勇气和底气。十六岁时对梁嘉聿的"仰望"依旧存在,被梁嘉聿认可,像是更高层面上的认证。确认林知书是有价值的,确认她并非只是一只供梁嘉聿玩乐的"猴子"。

心态需要自己调整,即使客观条件未变。滑入深渊,抑或为自己架设正向的梯桥,林知书会做出正确的选择。

合上笔记本,林知书比从前更松口气。眼下知道梁嘉聿要的是什么,林知书少了很多未知的担忧。

晚饭过后,梁嘉聿如约把林知书送去学校,下车之前告知她,Chloe和陈阿姨会帮忙把她原本放在别墅里属于她的东西收拾到公寓。

林知书下车前说:"谢谢你,梁嘉聿。"

她合上车门,又敲了敲车窗。车窗缓慢落下,林知书趴在车窗上,笑出小梨涡:"开车注意安全,梁嘉聿,到家请给我发个消息。"

梁嘉聿安静不过一秒,笑着说:"好。"

多么……有意思。这么多年,第一次有人叫他回到家给她发条消息。这样的叮嘱,带着些"从上而下"的感觉,看似命令却又是关心,即使梁嘉聿知道,是晚饭间的谈话给了林知书权利。

但他并未给林知书举例,仅谈及希望他在南市的时候,林知书可以在空闲时回来一起吃饭。只是林知书领悟出深层意思。何须他多言,梁嘉聿觉得自己花的每一分钱都值。

回到宿舍,乌雨墨正用电脑设计海报。她从小喜欢美术,大学之后利用课余时间做美工赚钱。

看见林知书回宿舍,乌雨墨抬头后又迅速看向电脑:"吴卓找你。"

"哦,我一会儿给他发消息。"林知书坐在乌雨墨身边的椅子上,把头靠在她肩头。

乌雨墨腾不出手,偏头用脸颊蹭了蹭她的头发:"怎么样?"

林知书知道她是问葬礼的事,回道:"挺好的,很顺利。"

"等我把这几笔画完。"

"嗯。"林知书点点头,起身去把书包放下。

宿舍里另外两人出门看电影去了,林知书把书包里的东西简单收拾了一下,坐在床边拿出了手机。

吴卓周六时给她发了条消息，她没回。周日又发了条消息。

林知书身边几乎所有人都知道她父亲去世的事。那时候她匆匆忙忙从教室跑出去，电话里的声音不小，不少人知道她爸爸心梗。后来林知书频频请假，人也低落了一段时间。没什么隐瞒的必要，有人问起，林知书也会说自己父亲去世。

计算机课上认识的吴卓。林知书兼修计算机专业的课，有时候拿不到他们专业调课、交作业的消息，因此特地去加了计算机专业大班长吴卓的微信。他人稳重、简单，不怎么说废话，有点内向。但长相周正，在计算机专业小有人气。

林知书与他交流多是关于上课时间和交作业的事情，偶尔遇到计算机课程组队，吴卓会问林知书要不要和他们一组。

吴卓说是因为林知书一个人是外专业的，兴许不那么容易组队。更何况，她成绩好，有她入组对他们来说也是好事。但林知书知道，吴卓喜欢她。

有时候小组编程到晚上，只有她桌上会有一杯冰咖啡。林知书会在第二天请回他喝冰可乐。但也仅此而已，吴卓从未对她说过任何奇怪的、越界的话。

转变从林知书父亲去世开始。吴卓在微信上说，如果她需要一个人说话，可以找他。

吴卓的家境小康，他和其他同学一样，都知道林知书家里富裕。但林知书没有大小姐脾气，她性格外向、讲话有趣，做起事情来又格外认真。大家喜欢和林知书交朋友，但是很少有人敢直接追求林知书。

吴卓也是如此。但是一切变化在他知道林知书的父亲去世之后。

林知书想，她可以把他当作只是真的想关心她。但她也可以认为，是吴卓觉得自己如今"够得上"了。

父亲的去世，让林知书的光芒似乎也蒙上阴影。或许从前对吴卓来说是触不可及的林知书，如今也够得到了。

林知书也知道，即使吴卓这样想，他也没错。她如今的确不如从前，不再是没有烦恼、幸福无虞的林知书了。

林知书翻出吴卓的聊天对话框，里面还停留在他周末发来的消息。

吴卓：今天还好吗？

他在问林知书那天葬礼的事情。

林知书快速打字：不好意思，周末没来得及回复你消息。一切都很好。

吴卓的消息回来得如她预料的一样快：那就好。你到学校了？

林知书：刚到，雨墨和我说你在找我。

吴卓：哦哦，没什么大事。

乌雨墨同吴卓是高中同学，从前林知书提到吴卓，乌雨墨才知道原来吴卓也在这里读大学。他们高中是校友，不在一个班，因此并不熟。倒是因为林知书，两人才加上了微信。

林知书低头看对话框，吴卓的名字反复变成：正在输入中。

她等了好一会儿，都没再等到吴卓的消息。

林知书：吴卓，我可以问你个事吗？

吴卓的消息立刻回过来：当然，什么事？

林知书：你上次说，打算和学长一起做一个商用软件。

吴卓：是的，你又感兴趣了？

林知书：可以吗？

吴卓：当然可以！

林知书看了一眼还在画画的乌雨墨，又低下头快速打字：我也想增加点社会实践的经历。

之前吴卓邀请过她一次，说是计算机系的几个学长在计划做一个商业软件。吴卓被邀请自然是要写最苦逼的底层代码，但是这又的确是一个绝好的锻炼机会。软件若是下载量大，那就是实打实的成绩，以后找工作写在简历里就会比别人更有优势。

原本，林知书觉得大三专业课压力大，而她又修了两个专业的课，就先不参加这些社会实践了。但是她现在改变了主意。

人的命运如果不把握在自己手上，哪天船翻了，就会像父亲去世一样。以为一切都在自己手里，谁知道不动产都在公司名下，而公司的实际掌控人现在是梁嘉聿，与她林知书没有关系。

吴卓问她要不要现在去图书馆碰个头，他会带详细的计划书给她讲解。

林知书一口应下。

乌雨墨画完稿子，林知书站起身。

"你又要出去？"乌雨墨伸了个懒腰。

林知书点点头："我去见吴卓，他有个编程项目要和我说。"

"哦，去吧，早点回来。"

林知书走到门口，又探回身子："回来给你带杯奶茶？"

乌雨墨："我减肥，你要害死我啊林知书？"

"半糖果茶？"

乌雨墨："少冰，谢谢。"

林知书笑起来，转身朝楼梯走去。

晚上九点，图书馆也人满为患。林知书与吴卓约在图书馆一楼大厅碰面。这里不要求安静，不少考研背书的人都聚集于此。

林知书来得早，在大厅找了个角落坐下。男生宿舍离得远，吴卓还得有一会儿才到。

林知书翻开随身带着的笔记本，又掀到新的一页，写下：

商业软件开发项目

目标：

1. 练习真实软件编写底层代码，熟悉商业代码特性。

2. 优化软件，做到实用性和商业性。

3. 不做无用功，自己的名字一定要在软件开发技术人员上显示。

林知书停笔，思考第四点。

口袋里的手机振动了一下。她收起笔，拿出手机，是一条来自梁嘉聿的微信。

梁嘉聿：我已到家。

林知书看着这四个字，心里浮起一丝狡黠。

看，这就是梁嘉聿想要的，她想得没错。

林知书：明天有工作吗？

梁嘉聿：Chloe之后会提前告诉你我哪天在家。

林知书：好的。

梁嘉聿随后推来 Chloe 的微信名片。

梁嘉聿：在宿舍？

林知书：在图书馆。

梁嘉聿：学习？

林知书：查阅资料。

梁嘉聿：什么资料？

林知书：《关于哄人开心的一百万种方法》。

梁嘉聿：学到什么了吗？

林知书：不仅学到了，甚至已经学以致用了。

梁嘉聿：怎么说？

林知书：我不信你刚刚没笑。

梁嘉聿的对话框安静了片刻。

梁嘉聿：笑了，笑得特别开心。

林知书得意：我是不是很厉害，一下就学以致用。

梁嘉聿：厉害，特别厉害。

林知书的颧骨飞向太空：有空我给你传授传授经验！

梁嘉聿：这就不必了，我已经学会。

林知书：你什么时候学会的？

梁嘉聿：我不信刚刚我夸你厉害的时候，你没笑。

林知书：……我才没笑呢！

人群里，吴卓终于找到坐在角落埋头玩手机的林知书。

"嗨，林知书。"

林知书抬头，看见吴卓递来一杯冰咖啡。他脸上蒙着细汗，应该是跑着过来的。

"嗨，吴卓。"林知书也同他打招呼。

吴卓脸上有一种很明显的如释重负，他坐在林知书身边，说道："我原本担心你心情还是不好，但是看到你笑，我就放心多了。"

林知书立马睁大眼睛："我笑了？"

吴卓一愣，点点头："是啊，就刚刚。你笑得特别开心！"

第二章 空心巧克力

　　林知书又对着吴卓笑了笑:"可能是因为事情告一段落,所以心里轻松了许多。"她接过吴卓递过来的冰咖啡,"谢谢你。"

　　吴卓快速擦掉额头上的汗水:"不客气,我挺开心的,你又改变了念头。"

　　林知书拧开咖啡盖子,喝了一小口:"谢谢你同意我加入。"

　　吴卓微微低下头,笑起来。他笑起来的时候,像一只饱满的樱桃派,你确定一口咬下去,里面汁水鲜美、甜味四溢。不会掺假、不会出错,和梁嘉聿不一样。

　　林知书又想起梁嘉聿。她拿起手机给梁嘉聿发了"再见",而后翻开了吴卓带来的计划书。

　　这是一份关于人工智能识别物体并抓取相关信息的商业软件计划书。林知书先快速翻看了一下计划书的整体框架和想要达成的目标,而后从第一页开始仔细研读。

　　计划书的初衷很好,像照相机一样去给任何你感兴趣的物品拍照,然后关于这个物品的所有信息就会立刻呈现。物品的简介,物品的中英文名,物品在线下哪里可以买到,物品在哪个外卖平台上可以选购,物品在购物软件上的多个链接,物品的历史价格等。相当于在这个软件中,用户可以集中得到好几个不同软件的关于同一个物品的信息,而不需要点开多个软件一一查询。

　　林知书看着有些兴奋,频频说不错。

　　吴卓在一旁嘴角一直也没落下:"这是我师兄今年毕业论文的一个相关

内容,他觉得很有实际意义,所以打算组队找人把这个软件做出来。"

林知书看完计划书的最后一个字,抬头朝吴卓说:"吴卓,我觉得这个项目很有前景。但是目前我们团队有几个人?"

吴卓:"算上你我,估计五六个。"

"但我看计划书上写的时间是半年,而这个软件可以识别并且提供信息的物品并没有明确是哪一类。如果是所有物品的话,我们几个人是没有办法在半年里完成的。"

吴卓沉默了一会儿:"用机器学习的话,应该用不了那么多时间吧?"

林知书摇头:"机器学习也依赖大批量人工矫正训练,那么多种类的物品,我们忙不过来。"

吴卓皱眉:"这我倒是没深思过。下周三我和师兄他们碰面,你也一起,算是正式加入,怎么样?"

林知书合上计划书:"一言为定!谢谢你,吴卓。"

林知书返回宿舍,给乌雨墨带了一杯半糖少冰的桃桃果茶。

乌雨墨正在练习化妆,另外两名室友还没回来。

乌雨墨接过果茶放在自己桌上,问林知书:"你们去干什么了?"

林知书坐在乌雨墨旁边又翻开了计划书,说:"我打算加入他的一个编程项目。"

乌雨墨投去目光:"头好晕,我每天学拓扑学、泛函分析这些鬼东西已经够头晕了。不过我记得你之前拒绝过他这个项目?"

林知书点头:"现在不一样了。"

乌雨墨:"怎么说?"

林知书:"雨墨,我总是很担心。"

乌雨墨停下了手里的眼线笔:"担心什么?"

林知书没和乌雨墨提过公司的事,更没和她说梁嘉丰的事。

"担心我以后会饿死。"她说。

乌雨墨眉毛扬到头顶:"你家里那么有钱……不对,林知书,你家里出问题了吗?"

林知书看着乌雨墨没说话,乌雨墨抿唇沉默了一会儿:"需要我帮忙什么的吗？"她问，"我可以每个月分你一半生活费。"

林知书摇摇头："目前还没事，但是我很有危机感。我爸爸走了之后，我才知道家里大部分的财产都是在公司名下，其实我几乎什么都没有。"

乌雨墨皱眉："那你——"

"但是目前我银行卡里也有够吃饭的钱，所以不用太担心我。谢谢你雨墨。"林知书朝乌雨墨笑笑。

宿舍的灯光不太好，乌雨墨开了自己桌上的小台灯。光影落在林知书的面庞上，映出明暗的界限。她是笑着的，但是眼神是迷茫的。

乌雨墨说："是因为你爸爸公司里的人很难对付，对吗？"

林知书靠在乌雨墨的肩头上："雨墨，我会很努力的。"她的声音有些疲累。

她没有正面回答乌雨墨的问题，乌雨墨也没有再问。

大一开学时，她们俩最先来到宿舍。

林知书漂亮、家境好，成绩也傲人。大家看她的目光自带刻板印象，想靠近又害怕。只有乌雨墨从头到尾都只把林知书当作林知书，不会因为自己的家境、外貌不如林知书而自卑，更不会生出任何嫉恨的情绪。她把林知书当成要好的朋友。林知书喜欢靠在乌雨墨的肩上。

周一上课，辅导员特地来问林知书家里的情况，林知书说一切都好，多谢关心。

周三，林知书同吴卓的师兄还有团队里的其他人见了面，讨论计划书的可行性。林知书展现出令人印象深刻的能力。她选取了不同的已经比较成熟的识别物品的机器的开源代码学习，自己做了多个案例，然后列出了这几种代码的优缺点。架设代码不需要全部重头再来，现代社会学会合理利用资源才是第一位。

林知书不出所料地获得了所有人的认可，她的休息时间再次被剧烈压缩。

Chloe在周五下午发来消息。梁嘉聿这一周都在外地出差，考察酒店。Chloe说他周五晚上会回家吃饭。

林知书回复：收到。

下午四点半,林知书背着电脑朝校门口狂奔。坐出租车到家正好是四点五十五。

陈阿姨正在做饭,厨房里飘出馥郁的香气。林知书小心翼翼地往公寓里探头,陈阿姨拿着锅铲出来迎接。

"他回来了吗?"林知书小声问道。

陈阿姨不明所以,声音更小:"还没。"

"哦!"林知书"扑哧"一声笑了出来。

陈阿姨也笑:"小书快进来洗手,我给你准备了水果。"

五点,梁嘉聿还是没有到家。林知书坐在客厅的沙发上继续写代码。饭菜香得不得了,林知书吃着草莓填补肚子。

六点,梁嘉聿还是没有到家。陈阿姨来问,林知书说再等等。

八点,Chloe发来消息,说梁嘉聿临时有事在外面吃饭,不用等了。

林知书:那他今晚还回来吗?

Chloe:梁先生今晚会回的,但会比较晚。梁先生说不用等。

林知书:好的,谢谢。

林知书放下手机,继续刚刚的编程。

陈阿姨先走了,她不在公寓过夜。走之前,她告诉林知书晚饭都在桌上,用盘子盖好了,告诉她今天睡觉前要记得放进冰箱。

林知书点点头。

一个Bug(程序错误)花费了林知书几乎一整晚的时间,她从沙发里站起,一刹那觉得天昏地暗。

客厅关了灯,林知书走去餐厅。她拿一个碗盛了一点米饭和一点菜,放进微波炉里加热。林知书最近太忙,总是忘记按时吃饭。此刻又拖了这么久,胃已经在痛了。

陈阿姨已不在,家里安安静静的。林知书坐在餐厅的椅子上等待,目光看着餐厅外昏暗的走廊。

微波炉发出低沉的运转声,而后,被加热过的饭菜飘出香气。加热结束的"嘀"声和门锁解开的"嘀"声重合,梁嘉聿回来了。

林知书去看时间,是晚上十一点半。

梁嘉聿几乎没有发出声音,他没有打开客厅的灯,而是安静地走到了唯一亮着灯的餐厅。

林知书有一周没有见到梁嘉聿。他站在餐厅门外微暗的走廊上,穿着白色衬衫和烟灰色西装。

"好久不见,小书。"梁嘉聿说。

林知书说:"好久不见,梁嘉聿。"

"你在等我?"梁嘉聿看着桌上摆得整整齐齐的晚饭。

林知书摇摇头,起身从微波炉里拿出了自己的饭菜:"我正巧在热饭,不是特意等你。"

梁嘉聿笑,林知书也跟着笑起来:"你一定想,没见过这么不上道的小姑娘。"

"你和其他人不一样。"

"每个人都和其他人不一样。"林知书说。梁嘉聿不辩驳。

林知书又问:"你今晚还有工作要做,对吧?"

"为什么这么问?"

林知书眨眨眼:"我会读心术。"

"Chloe告诉你的。"梁嘉聿说。

林知书笑得眼睛弯成小月亮:"才没有。"

Chloe两分钟前给她发的消息,说梁嘉聿今晚还有一个跨国会议,早上会晚点起,让她注意一些。"不过是几点?"林知书问。

"北京时间十二点半。"

"那还有一个小时,你打算做什么?"林知书望着梁嘉聿。

"你希望我做什么?"

"你吃过了,对吧?"

"是。"

"你现在累吗?"

"在飞机上休息了一会儿。"

林知书摸着温热的碗壁,说道:"梁嘉聿,我一会儿吃完晚饭和你待一会儿,好吗?"

梁嘉聿定在餐厅门口。他说："小书，我说过不必挤时间陪我，以不打扰各自的生活为前提。"

林知书点点头："我知道，梁嘉聿。但是……"林知书望着他，"是我想要你陪我一小会儿。可以吗？"

梁嘉聿很快翻看完林知书的计划书，她电脑就在身边，刚刚写好的代码是在做物品的图像分析。

"有前景的项目计划，但是人力和资源很明显跟不上。"梁嘉聿说道。

林知书点头："我们打算先做基础架构，物品识别目前也仅限于日常用品的类别。之后如果有更多的资金赞助，我们会继续完善物品识别类别和软件内容。"

"你需要我给你赞助？"梁嘉聿直接问道。

林知书果断摇头："这是我自我独立的第一步。"

客厅里重新开了灯，林知书同梁嘉聿一起坐在沙发上。肩膀挨着肩膀，是因为林知书刚刚在给他看自己的代码。

"你觉得我走在正确的方向上吗？"林知书问。

梁嘉聿合上她的电脑："就这个项目而言，我不确定。但就你个人发展而言，我觉得是一个很好的机会。"

林知书把笔记本电脑抱进怀里。她想，十六岁时对梁嘉聿的"崇拜"，如今也依旧存在。希望得到他的认可，希望得到他的指导。如果梁嘉聿说这是一个很好的机会，林知书会得到更多走下去的勇气。

看完计划书不过二十分钟，梁嘉聿问她介不介意自己去阳台上抽烟。

林知书说："我不知道你还抽烟。"

梁嘉聿起身，声音清淡："偶尔需要提神的时候——"

"——比如现在。"林知书接道。

梁嘉聿侧目看着她，笑道："比如现在。"

林知书没有离开，她跟着梁嘉聿去了阳台。梁嘉聿站在下风口，确保林知书不会闻到烟味。

阳台没有开灯，仅靠着客厅透过来的些许光线。环境暗下来，叫人也更加放松。林知书坐在阳台的摇椅上。夏夜的风像一张温柔的凉毯，将人围住，而后又无声地消散。

林知书后背靠在摇椅上微微用力,人就跟着椅子惬意地晃动了起来。

"你这周过得好吗?"林知书问。

梁嘉聿总是喜欢看着她笑,他安静了一会儿,说:"正常。"

"正常是什么意思?"林知书又问。

"不如你先和我讲讲你这周过得怎么样?"梁嘉聿反问。

林知书喜上眉梢。林暮很少问她这样的问题,他常年忙于工作,很少有和林知书一起吃饭的时候。即使坐在一块吃饭聊天,也绝不会问这周过得怎么样。

林暮会问这段时间有没有考试,考试成绩怎么样;会问有没有和学校里的同学、老师处好关系;会问想要考什么学校,模拟考试结果接不接近。一顿饭的时间太短,问完林暮关心的这些问题之后,再没有其他的时间去关心林知书的生活。

父亲的关心是目标明确的、冰冷的、坚硬的。而陈阿姨更不会问林知书,这周过得怎么样。

林知书当然也有很多朋友,她有乌雨墨。但是不是所有的事情都可以事无巨细地告诉朋友。林知书想要一个可以倾听她说话的家人,因为家人永远会站在她的立场上。她可以在家人面前展示"邪恶""阴暗",而家人不会离她而去。

眼下,梁嘉聿问她:"这周过得怎么样?"

"你是真的想知道还是只是想逃避我问你的问题?"林知书朝他确认。

梁嘉聿笑:"你觉得我一点都不关心你?"

林知书:"我只是不确定你关心的界限到底在哪里。"

梁嘉聿坐到林知书对面的椅子上,他双腿交叠,烟放在很低的位置:"我想听听我们小书这周过得开不开心。"

林知书别过脸,颧骨高高扬起,随后又看向梁嘉聿,开口:"这周过得很辛苦也很快乐。"

"怎么说?"梁嘉聿熄了烟。

"参加了可能会有前途的软件开发项目,很辛苦,一切都要自己来干。不是课本上现成的东西,几乎一切都要重新学。但是进展喜人,刚刚给你看

的代码是我这周的成果,基本架构已经成型,之后完善了就开始做机器学习的部分。

"大三结束前如果能做出好成绩,大四实习一定能找到好的职位。又或者到时候如果有钱有成绩,也可以考虑出国读书。总之,在努力做事的时候,我心里的焦虑少了很多。"林知书说完,抿唇看着梁嘉聿。他全程没有插一句话,像是听得很认真。

"钱的事情不用担心。"梁嘉聿说,"我很高兴你这周过得很好。"

林知书心中紧张消逝,嘴角上扬:"谢谢,那你呢?Chloe说你这周都在外面考察酒店。"

"是。"梁嘉聿的回答很简单,林知书不知道他是不愿意和她讨论他的事情,还是他的日子就是如此平淡、无趣,没有任何值得拿出来交谈的事情。

"如果你不想说也没关系。"林知书说道。

梁嘉聿背靠进椅子里,安静了一会儿:"考察酒店、开会、吃饭,和我之前的生活没有什么区别。"

"没发生任何有意思的事情吗?"

梁嘉聿很淡地笑了笑:"没有意外,也没有惊喜。"一切顺利、平滑得像是锋利的刀刃裁开白纸。他工作了很多年,积累了丰厚的资本,以确保他以后的人生平直、顺利,同样也无趣、乏味。

"苦恼、不开心的事情呢?"林知书又问,"比如凌晨还要开会这件事?"

梁嘉聿扬眉:"开会敲定十个亿的项目,我的确不觉得苦恼。"

林知书噎住。

"时间差不多了。"梁嘉聿站起身。

林知书也跟着站起来:"好,那我先回房间了。我不会打扰你的,你放心。"

梁嘉聿点头。

林知书率先走出阳台,行至客厅门口时,她忽然停步。

"还有事?"梁嘉聿问。

林知书摇摇头:"没有,我先走了。"

家里重新安静了下来。

梁嘉聿回他的卧室,林知书从自己的卧室里拿了衣服,轻手轻脚地穿过走廊去浴室洗漱。

林知书心情很好，在浴室里小声哼唱歌曲。吹风机调到小风，担心声音传到他卧室。而后穿上睡裙，像是森林里的小精灵一样，没有声音地蹦跳着回了房间。

会议按时开始，大部分时间是双方律师在核对合同细节。大方向的内容和条件上周已经谈妥，梁嘉聿不需要深度参与此次的会议。

漫长而熟悉的过程，并不会让人觉得苦恼，因为这十亿的合同会有大部分进入他的银行账户。但会觉得平淡、无趣，因为他已得到了太多。

律师慎重、负责地将合同的每个细节敲定。梁嘉聿觉得无聊，却也没有分神。

时钟走到两点半，会议结束。梁嘉聿没有表现出任何疲态，他语气如常，和所有人说再见。

走出房间时，脚步声依旧压到最低。从浴室里出来，安静地走向自己的卧室。

林知书的房门在此刻打开："梁嘉聿！"

梁嘉聿驻足在她门口。林知书穿着一条白色的吊带长裙，棉布质地，松松地将她的身体包裹。她赤足站在干净的木地板上，从卧室门后探出身子。

梁嘉聿转身，看着她。

时间已不早了，现在将近凌晨三点。

梁嘉聿安静了一会儿，问她："你要用外面的洗手间？地上可能有水，小心滑。"

林知书轻轻笑了起来。不知是否是因为深夜，此刻的林知书显得格外柔软。黑色的长发从她白皙的肩头淌下，结束在纤细的手臂上方。

"我是在等你的。"林知书说。

梁嘉聿望住她，语气依旧平静："在等和我说晚安？"

林知书又笑起来。她笑起来的时候不遗余力，鼻头上挤出可爱的纹路。

林知书想，或许早有太多人这样不辞辛苦地等着同梁嘉聿说一声晚安，他如何会觉得意外、惊喜。

"不是的，"林知书摇头，"我是说吃晚饭的时候。"

梁嘉聿嘴唇轻抿，注视着林知书。

"因为不想耽误我爸爸吃饭的时间，所以提前打电话告诉他自己在外面吃饭，不用等了。晚上回到家的时候，我爸爸真的已经吃完了。"林知书说道，"就像吃到一口巨大空气填充的巧克力，你分明知道里面什么都没有，但是吃到嘴里的时候，还是品尝到微微的失落。"

梁嘉聿平淡开口："那时候你在等我？"

"是啊，我问了 Chloe，她给了我你大概到家的时间。"林知书看着梁嘉聿，"我不想你也吃空心巧克力。"

"我没有过关于空心巧克力的感受。"梁嘉聿说。

"我知道，所以我仔细描述给你听，"林知书仰头看着梁嘉聿，"梁嘉聿，只要你回家，只要我有空，我一定会在家等你吃饭。"

因为有期待，所有才会有空心巧克力。林知书对父亲有所期待，才会吃到失落的空心巧克力。

而在今晚之前，梁嘉聿对林知书并未有所期待。他说，一切在不影响各自生活的前提下进行，他接受林知书的偶尔缺席，他不强求。然而今晚，林知书告诉他，只要他回家，只要她有空，她一定会在家里等他吃饭。

林知书在他的心里栽下承诺和期待。下一次，如果他再晚归，林知书是否真的会在家里一直等他？

"林知书，你在给我洗脑。"梁嘉聿笑着说。

林知书也笑，眼角溢出灵动的、闪烁的狡黠。

"我没有，"她说，"晚安，梁嘉聿。"

她没有在等梁嘉聿的回答，而后轻快地合上了房门。

公寓里很安静，因为心里的声音不会被听到。

三秒之后，林知书重新打开房门。梁嘉聿还在门外。

"忘了告诉你，微波炉结束的声音和你打开大门的声音，是同时发生的。"林知书说。

梁嘉聿停住离开的脚步："什么意思？"

"我只知道你大概到家的时间，但是微波炉结束的声音和你打开大门的声音,是同时发生的。"林知书又说。安静的公寓里,她的声音清晰可闻。

"不是巧合,梁嘉聿。不是我在等吃饭、你在回家。是我在等你回家吃饭。"

梁嘉聿没有出声。

林知书朝他摆摆手,声音轻快:"晚安,梁嘉聿。我想,至少今天晚上,不是没有意外、没有惊喜。"她的确是在等他,但是微波炉响起的声音和他打开大门的声音是同时发生的。

而与此同时的第三个声音,来自林知书的心底。

不设防的、震撼的、无声的惊讶与欣喜。不是她在等吃饭,不是他在回家。是她在等他回家吃饭。如若不是老天的安排,怎么会出现这样的巧合?

十六岁那年,如果她乖乖听话,从林暮的车上下来,自己打车回家,她不会遇见梁嘉聿。

如果她没有拿出那份有些荒唐的援助计划给梁嘉聿看,梁嘉聿不会给她一百万。

如果没有第一封感谢信,也就不会有后来那好几年的联系。

如果没有那之后的联系,梁嘉聿不会出手救她和她结婚。

如果……如果……

如果你是一个相信直觉的人,那你不会不在意那同时响起的声音。

寄给梁嘉聿的好多封感谢信都是不同地址,有时在英国,有时在美国,有时在林知书根本没听过的国家。而林知书不过是一个常年居住在南市的学生。

他们之间原本不会有那么多的交集。

卧室里关了灯,林知书躺在床上,像是躺在波涛起伏的海面。感性思维叫林知书朝着深渊而去,理性思维拉住林知书的身体。

那时她不愿意更深地揣测梁嘉聿同她结婚的真实目的,因为她知道,真相或许是残忍的、刺痛的。而林知书此刻也叫停自己的深思。

林知书想,她应该享受短暂的、真实的快乐。因为她其实也从未期待过超出两年以外的任何。让梁嘉聿开心,是她做所有事情的初始动力。

林知书在第二天早上九点醒来。她在卧室里换好衣服,蹑手蹑脚地走出房间。Chloe的话她还犹记在心,梁嘉聿今天或许起得晚,不要打扰他。她脚尖踮着行至客厅,听见梁嘉聿的声音:"早。"

林知书偏头,看见坐在阳台上喝咖啡的梁嘉聿。早晨的太阳已高挂,梁嘉聿沐浴在阳光之下,因此眼眸显得更亮。他声音清朗,丝毫不像是睡眠不足的样子。

林知书愣了一下:"Chloe说……"

梁嘉聿笑了笑:"说让你早上不要打扰我。"

林知书站在原地点头。

"关心老板是秘书的职责之一,但我并不喜欢睡懒觉。"

林知书也笑了出来:"害我刚刚蹑手蹑脚半天。"

"你很有做小飞贼的天赋。"梁嘉聿调侃。

"是吗?我要真有这天赋,先把你的钱偷光!"

和梁嘉聿在一起时,林知书总感到轻松。做梁嘉聿的"宠物"是一件多么简单的事,你只要做自己。

"宠物"……

林知书看着镜子里的自己。她很想笑一笑,但笑起来有一些困难。

洗漱完毕之后,林知书去餐厅吃早饭。她学梁嘉聿,拿了一杯咖啡,又自己挑了两块甜品放在盘子里。

梁嘉聿从阳台上回来,把空杯子放进水池。

"今天晚上有空吗?"他坐在林知书的对面。

林知书用叉子把蛋糕均匀切分,笑容满分:"对你我就会说有空。"

梁嘉聿双肘靠在大理石台面上:"晚上有小型宴会,和我一起去?"

"人多吗?"

"应该不多,但也有几十人。主办酒店建在北山峭壁上,风景很有特色。如果你愿意的话,可以在那里过一晚。"

"是我一个人一间房吗?"

梁嘉聿身子后靠到椅背上,笑了起来:"你有选择的权利。"

吃完早饭之后,梁嘉聿接到电话出门,告知林知书下午Chloe会来接她。林知书点点头,把他送到门口,然后立马打开电脑。吴卓早上发了几个文件来,林知书还没来得及查看。

梁嘉聿给了林知书庇护,林知书就要奉献出时间。而软件开发必然就要从边边角角里挤出时间。

吴卓在微信上给林知书讲他文件的内容,林知书直接给他拨去了电话。

电话里,吴卓的声音有些吃惊:"我没想到你会给我打电话。"

林知书在电脑上打开吴卓发来的文件:"这样比较有效率。"

午饭也是在客厅解决的,林知书坐在地毯上,一边和吴卓打着电话,一边敲代码。

几个师兄中途加入过通话,但很快离开。林知书知道,她和吴卓是做最多事的苦力,但她不介意。

听起来逻辑清晰、切实可行的代码结构,如果不亲自敲上一遍,是不会知道中间还能出现那么多的bug的。林知书愿意付出时间和精力,尤其是……还有吴卓陪着。即使吴卓很多时候并不能给出解决问题的办法,但是吴卓从来没有抱怨、发怒过。

林知书找bug的时候,吴卓从不出声催促。之前她偶尔拿出自己的笔记本在上面写些东西,吴卓也不会窥视。林知书想,她喜欢吴卓的陪伴,或许就像是梁嘉聿喜欢她的陪伴。她需要一个人支持她,而梁嘉聿需要一个人逗乐他。

Chloe在下午四点多按响了门铃。

林知书同吴卓说了再见,挂断了电话。

吴卓发来一条消息:周末快乐,之后你写代码的时候还可以找我。

林知书回他:好的,谢谢你。

林知书第一次和Chloe这么近距离地接触。更多时候,她们是在微信里聊天。

Chloe的行事风格同她的外貌一模一样,雷厉风行、效率极高。她接上林知书之后就带着林知书去了发型工作室。梁嘉聿没给Chloe特殊指令,叫她听林知书自己的就好。

黑色的长发只洗净、吹直,妆容也并不浓重。林知书生得漂亮,更是知道如何把自己的优势放大。太过艳丽的妆容会喧宾夺主,因此她只需要加深

现有的轮廓。

眉毛、眼睫,以及近乎唇色的口红。黑色的长发如同绸缎,披在她薄而挺的肩背上。裙子是林知书自己的。一条黑色连衣裙,裙摆微微扩张,极大地减弱了严肃、死板的气息。鞋子是一字带高跟鞋,显得林知书更加纤细高挑。

林知书换好衣服出来,Chloe看了她几秒。Chloe想,梁嘉聿选宠物,也选最漂亮的。

汽车一路朝北山开,林知书一个人坐在后排。从前林暮还在的时候,偶尔也带她参加这样的宴会。林暮从来算不上是什么尊贵的座上宾,林知书于是学会和这些人打交道。

千万别走心,若是有谁在这样的场合走心,那必然是要被伤害的。高低贵贱,人情场上看得最清楚。这种地方谈人人平等,就是真的有些痴心妄想。

林知书漂亮、懂礼貌,说话有趣,会惹得人开怀大笑。林暮这个时候最觉得有个女儿好。

想起父亲,林知书心头又发酸。这个世界上没有满分的父亲,即使林知书可以条理清晰地说出林暮做父亲时的不足,林知书对父亲也没有恨、没有埋怨。林暮在世的时候,没有叫林知书经历过真正的风雨。

汽车沿着盘山公路上行,抵达酒店的时候天色已经暗了。

Chloe带着林知书先去了酒店三楼的休息室。晚宴还没开始,宽敞气派的休息室里坐了不少提前抵达的客人。这样的晚宴原本就是创造机会让大家互相认识,吃不吃饭其实并不重要。

Chloe和林知书停在休息室的吧台附近。人们三五成群地坐在相近的沙发上谈天,梁嘉聿耀眼得根本不用找寻。他的身边围着最多的人,四五个人坐着,还有人站在他的身后。聊天的氛围似乎很和谐,时不时传出笑声。

梁嘉聿穿着浅灰色的西服,松松地靠在柔软的沙发上。他偶尔说话,大部分时候只是笑着在听。

"那位女士是谁?"林知书问Chloe。

"梁先生的朋友,金瑶,金小姐。"

"她长得很漂亮。"林知书顿了一下,"她喜欢梁嘉聿。"

Chloe 朝林知书投去目光。但她没有在林知书的脸上寻到任何她臆想中的醋意、愤怒或者不甘。林知书一双漆黑的瞳孔只是平静地望着，平静地说着她很漂亮，平静地说着她喜欢梁嘉聿。

Chloe 安静了一会儿，问道："你要过去吗？"

林知书摇了摇头："我不属于那里。"

林知书坐上吧台前的位置，目光不再看向他们。她反问 Chloe："你要过去吗？"

Chloe 也摇摇头，一同坐上吧台前的凳子："我也不属于那里。"

林知书没忍住，笑了出来。她偏头，看见 Chloe 也在无声地笑。她们各自朝吧台要了一杯冰水，并没有再交谈。但是林知书想，她今天和 Chloe 更亲近了一些。

在吧台又消磨了些时间，陆续有人起身朝宴会厅走去。Chloe 偏头看见梁嘉聿也起身，问林知书要不要一起过去。

林知书没有动："Chloe，你一会儿帮我悄悄地问下梁嘉聿，我今天还能不能出现。我刚刚给他发了消息，但他还没回。"

Chloe 在下一秒了然。

"行，那你先在这里待着。"

"多谢。"

林知书把喝空的杯子握在手里，强迫自己不去关注身后的动静。她想，梁嘉聿此时此刻未必希望她出现。金瑶坐在他身边时，梁嘉聿表现得很自在、很舒心。

目光聚焦在透明的玻璃杯上，林知书听见身后的脚步声越来越近。有人抬手，轻轻搭在了她的腰上。

吧台前的高脚凳上，林知书骤然回头，看见梁嘉聿就站在她身侧，单手环住她。

林知书的目光在下一秒不自觉地看向对面的金瑶。多么漂亮、成熟、自信且……傲慢的女人，甚至没有看一眼林知书。

"嘉聿，我朋友威廉一会儿也到，你们一定要认识一下。"金瑶柔声说道。

梁嘉聿笑笑："好，但是在见你朋友之前，介绍一下我今天带来的朋友。"

梁嘉聿说"朋友",林知书偏头去看他。

梁嘉聿的手掌很轻地在林知书的后腰上拍了两下,像是抚慰:"林知书,森林的林,知书达理的知书。"

这绝对不是一个合适的、恰当的介绍认识的场合。因林知书根本就还坐在"高高在上"的高脚椅上,而剩余的所有人都站着。可没有任何人站出来"指责"林知书,因梁嘉聿就站在她身侧。

林知书用手去扶吧台桌沿,想要站下来。她的高跟鞋不低,低头寻找安全的落脚点时,梁嘉聿单手环紧她的腰——将人轻轻抱了下来。

梁嘉聿介绍她为"朋友",梁嘉聿抱她下来。

在今晚之前,林知书并未和梁嘉聿就他们的关系应该如何在梁嘉聿的朋友面前展开而有所讨论。林知书之前认为,梁嘉聿绝不会带她会见他的朋友。

而今晚之前,林知书忘记了询问。她并不清楚梁嘉聿会如何介绍她,但她想,梁嘉聿不会傻到介绍"这是我的妻子"。

他们没有婚礼、没有戒指,只有两本结婚证。

父亲去世,三年内不适合办婚礼是林知书这边的借口,而对于梁嘉聿来说,不办婚礼也是最好的。他只是需要林知书在他身边而已。

而刚刚,梁嘉聿说"这是我的朋友"。

梁嘉聿大可以直接说"这是我的女伴",林知书认可这样的称呼。作用明确、地位清晰,不是重要人物,只是重要人物的 plus one。

但是梁嘉聿说"这是我的朋友"。这就意味着,林知书不是姓名模糊的 plus one,不是共享"女伴"这个称呼的无数个千千万。

她是梁嘉聿的朋友,她有名有姓。梁嘉聿仔细地介绍了她姓名的每一个字。

并且梁嘉聿将她抱了下来。梁嘉聿不会去抱他的每一个朋友,梁嘉聿为林知书"这个朋友"赋予了特殊的意义。

因此,也绝不会有人对林知书产生僭越的想法,梁嘉聿为自己省去了多余的麻烦。

林知书想,梁嘉聿比她聪明千百倍。

有时候,灰暗情绪会在一瞬间侵袭林知书。她十六岁时遇见的梁嘉聿,希望她做一只"猴子"。

有时候，林知书会想，梁嘉聿是一个很好的人。

他从未做过任何伤害她的事。他为她的父亲奔走，稳住公司，给她安全无虞的庇护，对他的朋友说：她也是他的朋友。

你还在祈求更多的什么？

林知书知道一百种被人折辱、瞧不起的方式，寄人篱下、得人好处，梁嘉聿可以做出更多瞧不起她、叫她难堪的事。他可以命令她每天晚上必须回家，他有一百万种理由这么做，而林知书不会拒绝。

但是，梁嘉聿说，以不影响各自生活为前提。

梁嘉聿把她抱下来，说这是他的朋友。

他的西装外套布料微凉，但是抱住她身体的手掌是温热的。林知书站稳，梁嘉聿松开手臂。

"你们好，我叫林知书。"

大家也纷纷对林知书点头、自我介绍。梁嘉聿没有着急移步宴会厅，他站在原地，等所有人同林知书打招呼完毕。

金瑶早已提前离开，林知书在人群中张望了一眼。梁嘉聿拍拍她的后背："走吧，去吃点东西。"

宴会开始，主办方正是这家酒店。一个看着约莫五十岁的男人，刚刚还在梁嘉聿身边聊着天，下一秒就满面春风地走去了会场的中间。

林知书站在梁嘉聿的身边，梁嘉聿给她介绍会场里的其他人。并非只有从事酒店行业的同行，还有很多其他行业的人。林知书听得认真。

不一会儿，宴会开始前的演讲结束，大家正式进入社交活动。前来同梁嘉聿说话的人络绎不绝，不再是刚刚的那几个。林知书有样学样，端了一杯无酒精鸡尾酒，同梁嘉聿说了声"再见"后便转身离开。

金瑶把威廉介绍给梁嘉聿。像是根本没发生刚刚的小插曲，金瑶站在离梁嘉聿很近的地方。或许他们原本就是同一路人，怎么会在意半路冲出来的林知书。

威廉是挪威人，他在北欧也经营着两家连锁酒店。梁嘉聿一边同他们说着话，一边目光越过金瑶的肩头，看见林知书穿过人群，走向一个穿着深蓝

色西装的男人。

"你笑什么?"金瑶抓住梁嘉聿脸上的笑,她偏过头去看梁嘉聿看的方向,但是人头攒动,她没找到预想的目标。梁嘉聿却已收回目光,神态自若地又同威廉说上了话。

林知书与那个穿着深蓝色西装的男人互通了姓名。

"你好,我叫林知书。"

"你好,我叫万鹏,万通科技的万鹏。"

"我知道,梁嘉聿向我介绍过你。"林知书笑着说。

万鹏明显一愣,而后有些意外:"梁先生认识我?你认识梁先生?"

林知书放下手里的酒杯,笑着点头:"他说你是万通科技的老板,希望我能有机会认识你。"

梁嘉聿当然没有叫她做任何事,他只是平等地向林知书介绍这里的每一个人。但是林知书知道,梁嘉聿不是在白费口舌。

如果她今晚沉湎于梁嘉聿刚刚给她的温情里无法自拔,那么她想,这不会是梁嘉聿喜欢的林知书。

从梁嘉聿身边走开后,林知书就目标明确地盯上了万通科技的老板万鹏。

南市本地有两家软件公司最为出名,万通科技就是其中之一。学校里历年来为了挤进万通科技的学生不在少数,林知书早有耳闻。而如今用梁嘉聿做敲门石,简直是再好不过的开端。

万鹏对林知书的问题知无不答、言无不尽。林知书把自己正在参与的项目告知了万鹏,项目的内容并没有什么值得保密的,重要的是底层代码。万鹏技术出身,听得很认真,给林知书指出了不少问题。

一是可供识别的物品如果不能一下做到全品类的话,那也要选择关联度比较高的一些物品,这样会更容易吸引到目标用户。但考虑到他们的项目是以积累经验为主,那对于市场调查这一块的要求可以有所降低。

二就是要注意用户隐私的保护,这几年法律对这一块要求得很严格,切记不可在这方面犯错,最后触犯法律。

"技术这块我倒不是很担心,"万鹏说,"这主要是一个锻炼的机会,写完这个软件,你会比市面上大部分的毕业生都优秀。不过图像识别这一块需要大量的人工矫正工作,你们打算怎么办?"

"这就是我们担心的,可能因为没有足够的人工矫正,所以最后可供识别的物品种类也会很少。"林知书说。

万鹏笑了起来:"这样,你之后如果有做人工矫正的需要,可以联系我。"他拿出自己的名片,"我们公司有长期稳定的人工矫正合作项目,价格便宜,到时候你来找我。"

"多谢!"

一整场宴会,林知书或许比梁嘉聿的收获还要多。

前去找梁嘉聿说话的人依旧络绎不绝,林知书完成任务之后,一个人寻了个角落的沙发——品尝美味的甜品。

梁嘉聿起身去洗手间,在走廊拐角处找到自得其乐的林知书。

"聊完了?"梁嘉聿问。林知书挑眉,你看,他知道得一清二楚。

"什么?我没和人聊天。"林知书装模作样。

梁嘉聿拿过她的手机,看见万鹏的名片被她放在透明手机壳里。

"没聊天,只是拿了名片打算回家打电话聊?"

林知书顺着他的话往上爬,笑嘻嘻:"这都被你发现了。"她站起身,从梁嘉聿的手里拿过手机,目光看向梁嘉聿身后,又看回来,"你……聊天结束了?"

"我只要不离开,就永远不会结束。"

大红人也有大红人的烦恼。

林知书望着他笑。她今天穿的六厘米高的高跟鞋,仰望梁嘉聿的角度变得和平时不太一样。靠得近了,几乎能察觉到梁嘉聿平稳落下来的呼吸。林知书微微往后退了一步,忽然问他:"你想不想出门散步?"

梁嘉聿问她去哪里。林知书笑起来:"随便哪里。"

酒店出了门,向下是一条盘旋的汽车公路,向上却是一条朝山里走的人行步道。后面很大一片都是酒店的范围,因此这条向上的山路并不偏僻,反而被路灯照得通亮。

夏天的山上也更凉爽,与空调带来的凉爽不同。皮肤上吹着柔和的、可以抓住的山风,空气带着湿润的水汽,从人的脸庞滑过。

外面没有人,走出酒店门,喧嚣就离他们而去了。林知书和梁嘉聿沿着山路缓步上行。

"聊得怎么样?"梁嘉聿又问。

林知书看了他一眼,笑着说谢谢。

"看起来聊得不错。"梁嘉聿语气也松快。

"主要还是你的名字好用。"

"好用多用。"

"你不介意?不怕我乱用?"

梁嘉聿笑起来:"你不会,小书这么聪明,不会自寻死路。"

他怎么夸人像骂人?林知书轻哼,嘴角竟不自觉地扬起:"谢谢你。"她又说。

"不客气。"

同梁嘉聿说话,是世界上最轻松愉快的事。不用把每个字都说出来,梁嘉聿自会领悟到最深层的意思。

山间夜晚安静得厉害,他们并非一路都在说话。但是两人安静时,林知书也并不觉得尴尬。亦步亦趋地走在他的身边,给林知书极大的安全感。

"你从前没这样从宴会上溜出过吗?"

"目的是什么?"梁嘉聿反问。

"有趣啊,"林知书说,"你不是最嫌无聊乏味的吗?我想从前你身边也有像我这样的人。"

"他们更希望通过我待在宴会上认识新朋友,因为这对他们来说利益最大。"

"你不喜欢他们利用你?"林知书问。

梁嘉聿笑了:"怎么会,小书。这个世界就是这么运转的。你利用我,我也利用你。"

林知书想说,这世界没那么功利。可她如今最没资格说这样的话,说起利用,她没少"利用"梁嘉聿。

"那你为什么和我出来散步?说起来我也是那种利用你的人。"林知书问。

梁嘉聿偏头看她:"你聊完了,不是吗?"

林知书不可思议地也转过头去,而后忍不住笑出了声。是啊,她聊完了,所以才一个人躲去角落吃蛋糕。

看看,其实连她自己也是这样的功利。她利用完梁嘉聿,现在轮到梁嘉聿利用她。

林知书并非天真的小孩,她当然知道利益清晰、互相挑选可以省下巨大的麻烦。当所有的东西都明码标价时,你唯一需要考虑的就是手上拥有的金钱。

不用纠结于情感,不必桎梏于道德。金钱划定门槛,确定一切自己可获得的东西。更何况对于梁嘉聿这样的人来说,用金钱购买情感其实也并非不可能。

林知书想,她或许知道了梁嘉聿的"苦恼"。一切都太过唾手可得,因此觉得平淡、无趣。

"如果有一天,你遇到一个和你不是互相利用关系的人,"林知书开口说道,"你同她散步,不是因为她刚利用完你而你现在开始利用她。"林知书没有去看梁嘉聿,山间的风停了,她的声音因此更加清晰,"你同她散步,是因为你喜欢和她在一起。就像,我和我爸爸,我和陈阿姨,我和乌雨墨。"

"乌雨墨是谁?"梁嘉聿问。

"是我最好的朋友,我的大学室友。"林知书继续说,"和这样的人一起散步,快乐和幸福是会自然而然发生的,不需要你付出什么,仅仅是和他们一起散步。不用刻意说话,不用刻意讨好,不用去计算之后我需要还给她什么。有时候我想拉我父亲的手,但我们从没那么亲昵过。我会拉雨墨的手,我喜欢抱住她的整条手臂,像是她连着我,我连着她。"

林知书去看梁嘉聿:"如果以后你遇见这样的人,你会知道有些快乐不需要等价交换。金钱的威力大了,情感于是显得微不足道。但我觉得,情感从未消失,如果有一天你遇见那个人,你会知道情感的力量一定大过金钱。"

林知书把目光从梁嘉聿的身上挪开。同梁嘉聿讲这样的大道理,林知书生出无端的挫败感。她想,梁嘉聿一定在心里鄙视她,这个没见过世面、比他少活十年时光的小姑娘。即使梁嘉聿尚未给出任何答案,林知书也已觉得挫败。但林知书不后悔讲出那些话。

梁嘉聿的安静比之前更长,他说:"你的意思是,免费的东西比花钱买的更好?"

林知书凝思,笑了出来:"没错,情感是免费的。最珍贵的东西永远都是免费的。"

"我不太喜欢免费的东西,因为免费代表不可控。"

林知书辩驳:"又或者你害怕自己控制不了,所以从未试过。"

梁嘉聿扬眉,正准备开口。身后传来清脆的鸣笛声。他微微侧身,揽着林知书一同靠到路边。

金瑶坐在观光车上,司机把车停在他们面前:"我以为你回房间了,找你也没找到人。"

林知书听出她话里的意思,她在炫耀她知道梁嘉聿今晚住哪间房。

"威廉问你,晚上要不要一起喝点酒?"

梁嘉聿语气如常:"我晚点回去找你们。"

"现在跟我一起走好了,"金瑶笑起来,"这里离酒店还有一段路呢。"

观光车后座只能容纳两人,金瑶终于把目光落在林知书的脸上。林知书不喜欢金瑶,但金瑶是梁嘉聿的朋友。

"我们散步正好也结束了,你和金小姐先回去吧,我沿着这条路走回去也很快。"林知书往后退了半步。她语气轻快,没有露出半分不悦。

金瑶笑着把目光投到了梁嘉聿的身上。梁嘉聿侧身,问林知书:"我们散步结束了?"

林知书点头:"是啊,结束了。你们先走,我一会儿就到。"

梁嘉聿望着林知书:"付费的结束了,还有免费的吗?"

山里的夏夜有多凉爽,林知书却热得慌:"……什么免费的?"

梁嘉聿:"你刚刚说的免费的。"

金瑶生出不满,他们在她面前打哑谜。"快点上车吧。"她说。

鬼使神差,林知书在这一刻回道:"有免费试用期的。"

梁嘉聿很轻地笑了起来。他侧身,对金瑶说:"不好意思,我们的散步还没结束。"随后,梁嘉聿转过身,牵住了林知书的手。

金瑶再未开口,她是那样骄傲的人。

林知书一瞬间血液沸腾，几乎要晕厥。可被梁嘉聿握住的手也紧紧地握住了梁嘉聿。

山间的风又起了，吹着林知书的脚步毫不犹豫地跟在他的身后："梁嘉聿，你这样跟我走，不怕你朋友生气吗？"

梁嘉聿才不用回头，他收紧林知书的手，"好心告诫"她："小书，下次假装担心别人前，记得先收收嘴角的笑。"

"谁笑了？谁笑了？"林知书发起反攻。

梁嘉聿回头，看见林知书别到另一边的脸。她今天穿无袖黑色连衣裙，露出细而修长的手臂。肩头很薄，也很圆润。她父亲把她养得很好。

林知书回过头来，看见梁嘉聿在看她。

在此之前，林知书从未和任何同她不是男女朋友关系的男性牵过手。她并非喜好拿捏暧昧的人，喜欢与不喜欢，在林知书的心里有清晰的界限。

悲伤当然在瞬间升起，也在瞬间湮灭。林知书并非悲观主义者，相反，她自认为是实用主义者。如果能偶尔从中体验梁嘉聿的情感，就不应该去想这份感受是真是假，是否只是他一时兴起，是否会在两年后戛然而止。

林知书的脚步越发快，梁嘉聿也不再放慢速度。

林知书抱住了梁嘉聿的手臂。微凉的西服面料贴在林知书还在发烫的脸颊上，带来近乎痴迷般的无法自拔。他身上熟悉的古龙香水，林知书从未问过是什么牌子。

她想，只有待在梁嘉聿身边时，她才应该允许自己短暂地沉湎于他。而在离开梁嘉聿的时间里，她应该忘记他。

婚姻为林知书带来最好的借口，在婚姻之中，她可以无限地靠近梁嘉聿。而林知书知道，在梁嘉聿身边时，她感到莫大的安全感与依赖。

金瑶已经走了很久了，上山的路上重新寻回安宁。

林知书已松开梁嘉聿的手，一切恢复平静。没有人需要为刚刚的牵手做注脚，林知书害怕写下与梁嘉聿不一样的答案。

他们上行到设有路障的山顶，原路返回。重新抵达酒店时，已是晚上十点。

他们的房间在同一层，下了电梯后，梁嘉聿先把林知书送回房间。

峭壁上的酒店，林知书的房间被安排在风景最好的几间之一。客厅是一

整面巨大的落地窗，窗外是万丈深渊。

林知书在这个夜晚想起父亲。这个梁嘉聿牵着她的手散步走到山顶的夜晚，这个此时此刻只有她一个人的夜晚，林知书想起父亲。

六岁之后，林知书的生命里只有父亲。她从小没吃过什么苦，原本有发展成不知天高地厚的大小姐的趋势，但是父亲对她格外严厉。林暮不常夸赞林知书，但是他偶尔喜欢带着林知书出门聚会。可即使父亲不夸赞，林知书也知道自己有多优秀。她考全年级第一，她给学校拍宣传片。她是桌上最会讲话的小姑娘。

偶尔假期，林知书跟着旅游团出国休假。林暮从未一起过。有时候埋怨父亲太过忙碌忘了自己，有时候想起来自己的一切都是父亲给的。不知是否夜晚太过安静、寂寥，林知书的心发出流泪的声音。

她洗完澡，吹完头发，躺在柔软的大床上。在这一刻，也想到梁嘉聿。他牵起她的手时到底是什么样的心情，他提出要和她结婚又到底是什么原因。

林知书看不穿梁嘉聿，可她希望梁嘉聿留下来陪着她。

迷迷糊糊中，睡过去又清醒，才发现眼下尽是泪痕。梦里重新见到了父亲，父亲对她说："我这里很好，我是来和你告别的。"

林知书在梦中看清父亲的脸，他像是变得年轻了一些，发尾处是他走时已经斑驳的白，发根处却已重新长出新的黑。林知书背对着他，不知道如何面对他。父亲伸手拍拍她后背，笑着问她怎么不回去看他。

林知书说："我搬家了，因为原来的住处不再安全。"父亲说："怪不得我没有找到你。"

林知书笑得很苦，父亲却没有在意。他说："我是来和你告别的，我现在过得很好。"

醒来的时候，那种巨大的悲伤并没有随着梦境一起消失。林知书把脸蒙在被子里失声痛哭。

第二天早上，林知书的眼睛惨不忍睹。梁嘉聿在见到她的第一眼就问她："哭了？"

林知书捂住双眼。梁嘉聿叫她在房间里等一下，随后从前台借来一副墨镜。

下山时，梁嘉聿没有和金瑶、威廉坐一辆车。他自己开车，带着林知书下山。梁嘉聿没再开口问，林知书坐在副驾驶，忍不住再次流下眼泪。

她和梁嘉聿说自己昨晚的那个梦，她说在做梦之前，她没有感到特别的悲伤。她说："梁嘉聿，我觉得是真的。"

林知书觉得那个梦是真的。她从未有过关于人死后头发会从发尾再次长出来的幻想，更不觉得是她的潜意识在作祟，叫父亲前来告知她他一切都好。

更何况，父亲说："我找不到你。"

林知书说着，眼泪从墨镜下方涌出："我根本不会想到搬家这件事，但是我爸爸会，因为他找不到我了。梁嘉聿，是我爸爸回来找我了。"

林知书摘下墨镜失声痛哭，梁嘉聿把车停在路边安全的地方。他解开两人的安全带，把林知书抱在怀里。

对于失去父亲的悲痛来得迟而剧烈。林暮刚走的时候，林知书悲伤了一周，而后自觉恢复正常。她甚至愧疚，自己的悲伤是否不够。但是林知书不知道的是，这些痛感并非一朝一夕即可消逝。有些痛苦会埋藏在心底的角落里，在往后人生的任何一个时刻，以一种利剑穿心的姿态重伤你。

金瑶的车从后超过他们，然后停在梁嘉聿的前方。她下车，却并未敲响梁嘉聿的车窗。远远地隔着一段距离，已能够看清楚。他把人抱在怀里，以一种警示的目光看向车外的金瑶。梁嘉聿的意思是，不要过来。

金瑶重新上车，启动离开。车里威廉还在讨论刚刚的话题，金瑶数次失神。她想起很久以前的事情，梁嘉聿的父母异地分居、关系僵持，他曾在她家长久借住。

和梁嘉聿生活在一起的日子像是一种慢性自杀。无论金瑶做出怎样的举动，都很难在梁嘉聿平淡、乏味的心里荡起任何波澜。又或者说，她的每一个行为动机都在梁嘉聿认可的日常事件之中。

她一个从小接受精英教育、自命不凡的女人，如何做得到像林知书一样"不要脸面"。

可梁嘉聿这样薄情的人，又从未对不起金瑶。即使多年后他早已离开金家，梁嘉聿也没有忘记金瑶母亲如何照料他的恩情。

他对金瑶很好。Chloe记得金瑶每个重要的日子，梁嘉聿几乎从未缺席。

名贵礼物、合适陪伴，梁嘉聿给出"回报"的标准答案。

金瑶深陷其中，以为那是爱情，却得到梁嘉聿的明确拒绝。她不甘心，甚至为了激他送出订婚请帖。谁知梁嘉聿不仅当真，准备了丰厚礼物，还准时出现在订婚现场。那里当然没有其他人，金瑶第一次歇斯底里地哭着对梁嘉聿发火："我爱了你那么多年，你为什么不能爱我？"

那天她朝他发火，将他误伤。梁嘉聿从头到尾没有指责她一句。但他不会爱她。

梁嘉聿就是那样的人，他可以因为年少时的一段恩情给予金家永远不敷衍的"回报"，但也决不会弄混感激与爱情。

无法指责、无法苛求，像是到头来是自己的错，错在自己求得太多。

但是金瑶已不会愚蠢到像从前一样无能为力地流泪。争吵过后不久，他们在伦敦再次见面。梁嘉聿表现得像是他们从未发生过不快，又或者，他根本不在意。

他们认识数年，重新变成好友。

同父异母的弟弟金鸣前段时间回国创业，金瑶找了借口回国。她知道梁嘉聿也回了国，她也知道，他在国内同那个叫林知书的女人结婚了。

宴会时，他说那是他的朋友。金瑶在心里笑得很大声。

你看，梁嘉聿就是这样叫人拿捏不到错处的人。他即使养女人，也叫她先嫁给他。而他本人清楚得很，这张国内的结婚证对他来说什么都不是。但对林知书来说，便是天大的恩赐。

金瑶想，这或许也是自己反复爱上梁嘉聿的原因。

薄情人倾身，叫痴情人信以为真。

周日下午，金瑶同弟弟金鸣碰面。金鸣是父亲二婚得来的儿子，姐弟两人情感并不深厚。但是金鸣对梁嘉聿崇拜得很，住在伦敦时，三人经常一起吃饭。

金瑶参观了金鸣在南市开的科技公司，员工还没几人，超大面积的办公楼顶层就已经租下。内里装饰毫不含糊，金鸣把这当艺术画廊来装。两人见面没什么深刻的话题，表面寒暄几句，金瑶抛出自己来的目的，叫金鸣约梁嘉聿晚上吃饭。

金鸣没眼力见得很,反问她怎么不自己约。金瑶冷笑两声,说他公司太过骄奢淫逸,她觉得有必要跟父亲通个电话。

纨绔子弟创业难免多花钱,金鸣见势不妙,拨通了梁嘉聿的电话。电话打过去的时候已是下午五点,梁嘉聿正在家里。金鸣狗腿子上身,主动提出开车去接他。

梁嘉聿正巧也觉得许久未见金鸣,应了下来。离开前,陈阿姨正在准备晚餐。梁嘉聿让她告诉林知书,晚上回来不用等自己吃饭。

而此刻林知书正在学校里和吴卓还有其他师兄一起开会。她昨天从万鹏那里打探来的消息,激起了大家的兴趣。

周日一大早,林知书就收拾书包去了学校,但她向梁嘉聿保证,晚上六点一定回来吃饭补偿他。

开会讨论到晚上五点,林知书开始频繁看手机时间。吴卓问她晚上要不要跟大家一起吃饭。"学校旁边新开了一家中式甜品店,里面卖很多酥,我听说有一个西湖龙井酥,特别有名。"吴卓问林知书,"如果你想,一会儿我们出去吃饭时可以买点。"

林知书刚想拒绝,却又问:"什么西湖龙井酥?"

吴卓以为她来了兴趣,又介绍道:"就是外面是一层层很脆的酥皮,入口即化,里面是淡淡的龙井茶味的内馅。不是十分甜,但是很好吃,有回甘。吃一个不长胖的。"

林知书眨了眨眼睛:"听起来很不错啊。"吴卓笑着点头。

"能不能把具体地址发给我?"

吴卓笑容凝固。

会议在五点半左右才结束,林知书收了书包匆匆忙忙就往外跑。甜品店的位置并不近,但又没有远到需要坐公交。林知书想买给梁嘉聿尝尝,他常年在国外生活,未必吃过这样中国特色的小吃。也当作对昨天的感谢。

一路狂奔,林知书在甜品店门口排起队。五点四十五,林知书买到一盒西湖龙井酥。

在路边拦了一辆出租车,林知书小心翼翼地捧着酥盒坐进去。周末下午,路上难免拥堵。林知书担心梁嘉聿在家里等,以为她不回去了,于是拿出手机给梁嘉聿发消息。

第一条消息是这个酥盒的照片。

林知书:你一定没吃过这个。

梁嘉聿并未回消息,或许手机并不在身边。

林知书:我可能要晚一点到家,这边堵车了。不好意思,去买酥耽误了一点时间。

梁嘉聿仍旧没有回复消息,林知书也不恼,反而有些自得其乐,像是在自言自语。

林知书:陈阿姨做了什么晚饭?我肚子好饿,今晚我要吃三碗米饭!

林知书:我朋友说这个酥不甜,你可以尝尝。

林知书:我快到东川路了,马上到家。

林知书:马上你就可以吃到超级无敌好吃的西湖龙井酥了!

林知书:我下车啦!

林知书:梁嘉聿,我先不给你发消息了,现在在走路了。

林知书:我到家啦!!!

梁嘉聿的手机一直在响,金瑶给他按了静音。金鸣拉着梁嘉聿在阳台外面抽烟,金瑶也走过去,同他们一起惬意地聊天。

服务员推开门,开始上菜。大家返回包厢,梁嘉聿看见手机上跳出的十几条信息。金瑶开口问他今天要不要喝点白酒,梁嘉聿看着她,迟迟没有开口。

消息停留在"我到家啦!!!",林知书发来三个感叹号。

西湖龙井酥放在冰箱里,陈阿姨问林知书今晚吃多少米饭,她去盛。

"半碗吧,"林知书说,"我不饿。"

餐厅里只有陈阿姨的说话声,她说今天炖了红枣参鸡汤,叫林知书多喝一点。林知书说:"好。"

米饭递到林知书面前,客厅里传来开门的声音。

林知书没有动,看见梁嘉聿走到餐厅。她甚至笑起来,问梁嘉聿是不是有东西忘记拿了。

梁嘉聿说:"是。"

林知书再坚强,也还没修炼成铜墙铁壁,心脏发出"噗噗"液体涌动的声音,像是在流血。

"那你快去拿吧。"林知书说。

梁嘉聿环顾了一下四周,问她:"我的酥呢?"

林知书一愣,她说:"什么酥?"

"西湖龙井酥。"

陈阿姨开口说在冰箱。

梁嘉聿走近冰箱,看到里面放着的酥盒。他取了出来,林知书又笑:"对,送给你的。你拿走吧。是要带给朋友吗?里面有六个,应该够分。"

梁嘉聿看着她:"你自己不尝尝吗?"

林知书摇头:"本来就是买给你的。"

"我和陈阿姨说了,今晚不回来吃饭。"梁嘉聿说。

"我知道啊,"林知书回道,"我也没等你的,我这不就是在吃了吗?"

梁嘉聿在她的对面坐了下来。林知书眼眶不自觉撑圆:"你怎么……你不走了?"

"我本来也没打算走。"梁嘉聿请陈阿姨也帮他盛饭。林知书双唇紧抿,胸口涌出大量暖而热的酸涩:"……为什么?"

梁嘉聿拆了一个酥,寻了个空盘子放上,推到林知书的面前:"我怕我不回来,有人今晚吃不到西湖龙井酥,要吃空心巧克力了。"

"听不懂你在说什么……"林知书的脸别到一边去。眼睛、鼻子、嘴巴却不受控制地各自去到各自应该在的位置。嘴角上扬,眼角弯起,鼻子挤出欣喜的纹路。

林知书抬手捂住脸,给自己时间平复。片刻,她才转过头来,慎重地问梁嘉聿:"你真的不出去吃饭了吗?"

陈阿姨把饭碗递来,梁嘉聿谢过,对林知书说:"我目前没打算吃两顿晚饭。"

林知书把头埋在自己的饭碗里,无法克制笑容。转瞬,她又抬起头小心问道:"你会不会觉得我现在笑,对你朋友是一种冒犯?"

梁嘉聿也笑了："理论上来说，对他们的确是冒犯，但是他们并不知道。"

"可是你知道，冒犯你的朋友，不也是冒犯你吗？"

"如果我每天担心我的朋友会不会被冒犯，我想我会英年早逝。"

林知书抱着饭碗笑得肩头乱颤。不过，她很快也想明白。做梁嘉聿的朋友，就要做好吃空心巧克力的准备。因为梁嘉聿只有一个，而想做他朋友的人或许成千上万。

今天是自己幸运，梁嘉聿不想自己吃空心巧克力。

林知书心里升起温热的潮涌，同时也告诫自己切勿贪多。

"谢谢你。"餐桌上，林知书面色肃穆、认真地朝梁嘉聿道谢。

餐桌下，林知书雀跃晃荡的小腿踢到梁嘉聿。下一秒——"对不起。"林知书再也不敢动。

晚饭时间，气氛异常松弛、愉悦。

梁嘉聿吃了一整块西湖龙井酥，林知书问他味道怎么样。

梁嘉聿问她想听实话还是假话，林知书不假思索："假话。"

梁嘉聿想，他为林知书吃下这一块也算是值当。

"很好吃。"

林知书笑出清脆的声响。

酥皮虽脆，但略有些厚了。里面的馅料茶味不足，比吴卓说得甜多了——就像今天晚上一样甜。

林知书被自己的这个想法吓晕，不敢再多想，吃了整整三块西湖龙井酥。

真……甜啊！

即使她已尽量保持吃相优雅，但双手仍是沾了很多碎屑。三块吃完，林知书十指张开，拜托梁嘉聿给她抽张面巾纸先擦擦手。

擦完手，林知书去洗手间洗手。水流声"哗哗"，她听见梁嘉聿在餐厅接电话的声音。林知书的动作变得很缓，她没有关上水龙头。透明的水流似手铐将她牢牢固定在原地，听着不远处梁嘉聿的声音。

"下次吧。"他说。

"金鸣在这里我会多加照顾的，这点你可以放心。"

"金瑶，这是我的事，你不应该插手。"告诫别人不要插手，梁嘉聿语气依旧平和、温柔。然而能轻易带来压迫感，林知书在洗手间忘记呼吸。

是金瑶打来的电话。今晚是金瑶吃空心巧克力。

奇怪的是，林知书的心里并未升起任何的喜悦与胜利。她想，在某种程度上，她或许和金瑶是同一类人，同一类会为了梁嘉聿心甘情愿吃空心巧克力的人。但另一方面，她远远比不上金瑶。金瑶是和梁嘉聿一样，一眼就看得出天生富贵的人。他们或许已认识很久，或许从前在一起过。

而林知书像是一张随手贴在梁嘉聿生命里的便利贴，有黏性，但是不多。时间一久，微风即可将他们吹散。

梁嘉聿抬手关掉了水龙头。林知书从神游中回过神。

"对不起，我发呆了。"林知书抬头望着他。

梁嘉聿却没有多问："几点送你回学校？"

林知书拿毛巾擦干净手："九点吧，十点宿舍才门禁呢。九点可以吗？你会不会要睡觉了？"

梁嘉聿笑："我在你眼里是睡得那么早的老年人？"

林知书笑起来，点头。

九点，梁嘉聿开车送林知书去学校。

公寓离学校约莫半小时车程，夏夜九点路上也不萧条。行至一半的时候，下起了毛毛雨，窗玻璃蒙上细雾，林知书把视线转向梁嘉聿。

傍晚出门，他只穿了一件烟灰色的衬衫。搭在方向盘上的左腕，戴着的已不是上周见到时的百达翡丽。细雨模糊了五颜六色的光影，投在他的左侧脸颊。林知书看不太清，只看见他鼻梁上流动的色彩。

车里凉爽、舒适，电台音乐调到最低，像是梁嘉聿给人的感觉。林知书会在这种场景里安心地睡去。

车行至距离林知书宿舍两百米的地方，林知书下车。梁嘉聿从后备厢里取出雨伞递给她。

"这么小的雨。"林知书"抱怨着"，也笑着立马接过伞。

"谢谢你，我走啦！"林知书"嘭"地撑起伞，旋转伞把，朝梁嘉聿挥手再见。

梁嘉聿点头，转身上了车。林知书也转身，小步往前走。

听见身后汽车发动的声音，林知书慢下脚步。她把雨伞打得很低，低到遮住她往回看的头。汽车轮胎在潮湿的地面上缓慢行驶，梁嘉聿是一个在校园里开车一定遵守限速规定的人。

一路欢快地走到宿舍楼下，林知书收伞，上楼进了宿舍。乌雨墨不在，宿舍的另外两人在一起看韩剧。

"嗨，小满、杜青。"林知书侧身从两人身后走过。

小满和杜青也抬头和她打招呼。小满说："乌雨墨出门买奶茶去了。"

林知书不用问，大家知道她一定找乌雨墨。

"哦，好的，谢谢！"

宿舍四人，总会天然地分成两组。

乌雨墨很快返回宿舍，手里提着两杯奶茶。她知道林知书今晚回来。小姐妹碰头，心情自然愉悦。林知书今晚给自己放假，同乌雨墨肩靠着肩一同喝奶茶看电影。

"你心情很好哦！"电影黑屏转场，乌雨墨从电脑屏幕反光中看见林知书笑得下不去的嘴角。

"你的奶茶太甜了。"林知书抱住乌雨墨的手臂。

"你最好是因为这个。"乌雨墨"警告"道。

林知书笑出声："有你好幸福，雨墨。"

梁嘉聿的黑伞被林知书收为己用，她原本打算这周五回家还给梁嘉聿，但是周四上午，Chloe发来消息：梁先生出差，这周末不回家。

林知书：出差多久？

Chloe：大概一个月。

林知书：好的，谢谢。

十一月初，天气骤然冷了下来。那天是入秋的第一场雨，而后一场秋雨一场寒。林知书穿上厚外套，常常整个周末都在自习室里度过。

吴卓不是南市人，原本也只在超长假期才回家。林知书的每个周末，吴卓都坐在她身边同她一起敲代码。两个团队的底层人，干着最辛苦的活，却从来没有抱怨过。敲过代码的人才知道，语言逻辑说起来简单，但是敲下的每一行代码都会有不可预期的bug在等着。不亲自敲一遍，永远不会真的理解。

吴卓是一个很安静的人，敲代码的时候是，吃饭的时候也是。

林知书常常敲代码敲到忘记时间，吴卓会打包来饭菜，两人在教室外面的走廊吃饭。

有天乌雨墨问她，是不是在和吴卓谈恋爱？林知书摇头。

乌雨墨："你和他在一起的时候，感觉心情很平静很舒适。"

林知书敲她脑门："你懂不懂爱其实是七上八下、心跳失衡、情绪失控、患得患失！"

"你对上个男朋友可不是这么说的！"乌雨墨反击。

林知书想起她的上一任男朋友卫允。播音主持系校草，比她大两届。人长得俊俏、端正，当年不少女生喜欢他。林知书那时刚入校，学校新生晚会找她做主持人。两男两女，一对是新生，一对是老生。林知书在那里遇见卫允。

谈恋爱是卫允提出来的，林知书看脸，欣然同意。而后恋爱实际维持了仅仅一年，最后半年，卫允大四在南市电视台实习，林知书和他有时候一周才发一次微信。

没有任何矛盾，也没有任何激情。林知书不想明说，她觉得卫允不聪明。他有一张好看的皮囊，但是和林知书聊不到一起。

林知书聊高等数学、线性代数、机器学习，卫允会在一边打瞌睡。他们聊不到一起，也吵不到一起。

最开始林知书还沾沾自喜自己和卫允从来不吵架，后来她才知道，那是因为她和卫允从未有过激情。卫允毕业后，两人顺理成章分手。借口是毕业后距离拉远，可其实南市电视台距离学校不过五千米。但寻得体面借口分手，两人都长舒一口气。

而现在林知书领悟，爱或许是七上八下、心跳失衡、情绪失控、患得患失。

机器学习的底层代码在十一月末完工，林知书和吴卓开始小范围的人工矫正以帮助机器学习更加准确地识别物品。有时候结果好，两人开开心心出校门吃一顿夜宵。有时候结果不好，林知书赶着门禁回宿舍，在走廊外调代码到深夜。

林知书不常想起梁嘉聿，因为她知道，他很快会回来。

十一月末，南市又开始连绵不断地下雨。潮冷的天气叫人像是裹在吸满

冷水的棉被里。

周五晚上,乌雨墨求林知书今晚别再去自习室写代码。她拖着林知书出校园,一起去吃学校旁新开的火锅自助。

"便宜、量大!"乌雨墨赞叹。

"开心、幸福!"林知书回应。

乌雨墨想,这是自己喜欢林知书的原因。她从不在林知书面前掩饰自己家境一般吃穿必须体现性价比,而林知书从不会恶意评价她。

乌雨墨从翻滚的汤锅里夹出肥牛放在林知书的碗里,林知书双手合十:"感谢雨墨仙女!"

按照Chloe说的,这周末梁嘉聿就要回来。

这天晚上的火锅吃得热火朝天,林知书的胃被美味的食物填充得满足而温暖。

外面的雨越下越大,林知书带了梁嘉聿的那把大黑伞。

"下周五我请你吃饭好不好?"乌雨墨一边下菜一边说道。

"别啊,我请你。"林知书说。

林知书下周六生日,从前是要和乌雨墨,还有卫允,以及卫允的其他朋友一起在那天出门聚餐的。但是现在只剩下了乌雨墨一人。

林知书却说下周六生日那天她要回家,家里有亲戚,所以提前一天周五请乌雨墨吃饭。乌雨墨没多问,既然林知书说了只能周五,那就周五。

"别啊,下次我过生日你再请回来好了。"乌雨墨说。

林知书想了下:"好吧,谢谢你雨墨仙女。"两人笑起来,火锅的热气蒸了两人一脸。

肚子吃饱,两人起身离开。塑料帘子一掀,冷风"嗖嗖"地往两人身上窜。乌雨墨紧紧地抱住林知书:"冻死我了!"

林知书撑开雨伞,同乌雨墨一起往外走。稍微适应了一会儿,已不觉得那么冷,林知书反倒觉得冷空气吸入肺里,带来凉爽的清澈。

笑容自然而然地挂在脸上,同乌雨墨有一搭没一搭地聊天。

街上车水马龙,林知书的手机在口袋里振动。她拿出来,是Chloe的消息。

Chloe:梁先生行程有变,这周回不来了。预计十二月中旬回家。

乌雨墨抱着林知书的手臂，雀跃地避开路上的小水坑。街边响起刺耳的鸣笛声，小孩子在斑马线上飞奔。

乌雨墨问："下周五我带你去吃韩式烤肉好不好？"

林知书像是在走神，没听见。

乌雨墨："或者东北菜，我记得你喜欢吃锅包肉？"

林知书收起手机，转过脸来："好啊。"

"你怎么啦？"乌雨墨端详林知书的表情。

林知书朝她笑了笑："有点冷，冻住了。"

"哦，那你抱紧我啊。"

"好啊。"林知书笑着抱紧乌雨墨的手臂。伞沿之外，雨势越下越大。林知书没在意，一脚踩进冰凉的水坑。

十二月伊始，林知书开始穿上厚重的外套。围巾是纯白色，早晨出门时要在脖间围上三四圈。手套是和乌雨墨情侣款的维尼小熊。

梁嘉聿不在南市的日子里，林知书鲜少在周末回家。只有一次，是回去拿些厚重衣服来宿舍。

她和吴卓的进度飞速，两人做了一阵人工矫正之后，决定剩下的去找万鹏帮忙。人工矫正这活没有技术难度，纯粹是耗费时间。

林知书有一门周三的课已经结课，她在这天下午和吴卓一起去万通科技。

虽然还不到寒冬，但是温度低得厉害。口鼻从围巾里露出来，眼前就出现小团雾气。

两人一同坐上了公交车。林知书坐在靠窗的位置，吴卓坐在她身侧。

林知书不会有想要和吴卓避嫌的意思，因为根据她的观察，吴卓不是那种心思歪斜的男人。相反，这段时间深入接触下来，林知书觉得吴卓人真的很不错，做事踏实、认真，不会耍滑头。就是性格并不外向，难怪长得不错却一直没女朋友。

公交车门关上，朝着下一个站点驶去。

吴卓率先开口："你冷不冷？"林知书偏头看着他，笑了起来："冷，你打算怎么办？"

吴卓一愣,显然是没有预设过这样的答案。

林知书当然没指望他把外套脱下来给自己,因为她既不会穿吴卓的外套,也不会让吴卓冻死。

但是,林知书在这个时候想起梁嘉聿。如果她说冷,梁嘉聿或许会立马带她下车。哦,不对,梁嘉聿不会带她坐公交车。

有时候事实很残酷。增长的阅历与财富就是坚不可摧的优势,对于梁嘉聿和吴卓来说,或许可以借口说这不过是时间问题,林知书当然相信十年后吴卓有可能也变成一个厉害的男人。但对于林知书来说,现在的他们就是不一样的。林知书知道,拿吴卓与梁嘉聿对比,是她的不应该、不公平。

"骗你的啦,吴卓。"林知书眼睛笑成细弯的月牙,把手从手套中拿出,手背碰碰吴卓的手腕,"看,我手暖和着呢。"

吴卓低下头,笑了起来。

车厢里很安静,偶尔晃悠着,他们的手臂挨着手臂。冬天衣服厚重,也是难免。

吴卓靠在椅背上,偷偷去看凑近窗边的林知书。她的头发又长了,简简单单地扎在脑后,发尾散落在米白色的外套上。

林知书很少化妆,因为她根本不需要。冬日的阳光白得像雪,把她的脸庞照得发光。深色的眼眸因此变成半透的琥珀,在此刻忽地看向他。

吴卓心脏重跳,看见林知书纤长的眼睫在阳光下轻颤。

"你在看什么?"她问。

"外面。"他说。

林知书笑了起来。

有时候,吴卓害怕林知书问他问题。他当然可以把外套脱给她,但是他没办法接上林知书的妙语连珠。吴卓喜欢林知书的妙语连珠,也害怕林知书的妙语连珠。她说起话来神采奕奕、双眼放光,同他讨论代码时,时常蹦出惊人的巧思。

吴卓喜欢林知书,吴卓也害怕林知书。他每天晚上回宿舍,拉上床帘在床上复盘白天写的代码,努力跟上林知书的思路。有时候林知书会说:"吴卓,你也太厉害了!"那天就是吴卓的 lucky day(幸运日)。

她这样聪明厉害的人，却从未看不起过别人。她夸赞别人时绝不收敛，会说他"太厉害了"！吴卓很难厘清这些情感。

公交车在四十分钟后终于到站，两人下车沿着路边又走了一会儿，终于到达了万通科技。高大写字楼中的一层，规模比林知书原本以为的要大上不少。

林知书和吴卓两人站在大厅里等着电梯，旁边有一小群人在说话。或者说是五六个人围着一个男人在说话。

林知书瞥去目光，站在中间的男人看起来很年轻，穿着一件深蓝色西装，说话声音不大，但是都听得见。

"叫一鸣惊人科技有限公司，怎么样？"他说完话，旁边围着的人都沉默了。

林知书别过脸去看吴卓，她笑起来。吴卓也对她笑，小声道："怎么了？"

林知书："有点开心。"林知书的心情的确不错，来找万鹏算是给了他们项目一个很大的便利。两人上行到十二楼，前台将他们带去万鹏的办公室。

林知书知道是因为梁嘉聿，要不然他们不会这么轻松见到万鹏。

万鹏亲自向他们介绍了技术部经理，然后告诉他们有什么问题给他打电话就好。

林知书和吴卓朝他说"谢谢"。万鹏引荐，技术部经理自然热情非凡。

林知书想，梁嘉聿说的其实也没错，这世界上花钱买来的东西的确不错。

从万通科技离开时，已接近中午。两人再次坐公交车返回。吴卓一路上有些欲言又止，但他最终没问出口。

两人在学校食堂分别后，吴卓掏出手机，点开了乌雨墨的对话框。

吴卓：乌雨墨，在吗？我想问你件事。

乌雨墨：问在不在一律不在。

吴卓脸颊一热。

吴卓：对不起，那个，我想问一下你，林知书是不是这周六过生日啊？

乌雨墨：谁告诉你的？

吴卓：之前我帮她报名计算机考试的时候，看过她的身份证。

乌雨墨：哦哦，对啊。

吴卓：你们聚餐吗？我请你们。

乌雨墨：不，周六她要回家，不在学校。

吴卓：这样，没事了，多谢。

乌雨墨：不客气。

林知书从食堂买完饭回来，一份炸酱面是带给乌雨墨的，一份小鸡蘑菇面是给自己的。乌雨墨谢过她，下一秒就说："吴卓想周六请你吃饭，他看过你身份证知道是你生日。"

林知书点头："哦好的。没事，我知道他知道。"

林知书摘了手套，坐下来准备吃午饭。乌雨墨凑过去："你真对他不感兴趣啊？吴卓长得也不错，性格也稳重。"

林知书："另一个卫允。"

"拜托，他可比卫允聪明多了吧？"

林知书笑起来："的确。"

乌雨墨打开炸酱面，拎起筷子狂拌："算了，不管你了。"

林知书："我有喜欢的人了。"

乌雨墨拌面的手一顿，投去犀利的目光。

林知书："你！"

乌雨墨送来一拳："滚！"

接受梁嘉聿不能回来这件事其实并不多难。林知书从未和他说过周六是她的生日，生出多余的期盼，是自己对自己的惩罚。

周五晚上，林知书和乌雨墨去吃了东北菜。乌雨墨带了一个六寸小蛋糕，在饭馆里给林知书过了生日。她们约定不互送礼物增加额外支出，每年过生日，只聚在一起吃个饭。聚餐结束，乌雨墨告知林知书周六她约了朋友去城南看展，林知书祝她玩得开心，而后独自返回家里。

周六，林知书难得在家里睡了一个大懒觉，错过了陈阿姨的早饭，起来后直接吃午饭。

下午，林知书带着电脑去了学校旁边的一家咖啡厅写代码。这家咖啡厅是她和吴卓他们偶尔会来的，几个人点些咖啡、甜品，坐一个下午老板也不会有意见。

林知书坐在窗边,要了一杯热可可。今天精神很是松懈,电脑打开许久,林知书也只是闭着眼睛在晒太阳。

吴卓轻轻叫她:"林知书。"

林知书恍惚地睁开双眼。画面先是浓郁的蓝色,而后慢慢清晰:"嗨,吴卓,你怎么在这里?"

吴卓眨眨眼:"你怎么在这里?"

"我来这里写代码。"林知书说。

"你……"吴卓欲言又止。

林知书笑笑:"雨墨和你说我周六回家,不在学校。"

吴卓见没瞒住,只能有些尴尬地笑了笑。林知书说:"计划有变,所以我又出来了。"

"你介意我坐这边吗?"吴卓问。

林知书摇摇头。

吴卓是一个很安静的人,林知书闭着眼睛晒太阳的时候,他不会不合时宜地硬要聊天。他们坐到约莫四点半,吴卓问她要不要一起去吃饭。

傍晚,晴了几天的南市又开始下雨。不知是否悲观情绪催生,林知书今天不想一个人过。

"好啊。"她说。

吴卓:"我请你。"

林知书:"好啊,谢谢你。"

吴卓问林知书想吃什么,他想现在去买个蛋糕。

"别买,我昨天吃过了。别搞得太隆重,这样我会逃跑的。"

吴卓小心翼翼地笑:"OK,你别有任何思想负担。"

两人沿着学校小吃街一路走,林知书停留在麻辣烫店的门口。

"吃这个吧。"她说。

"你不用为我省钱。"

林知书笑:"没有为你省钱,天冷就想吃点热乎的东西。"

周末,店里人不少。两人找到位置之后,吴卓抽纸把整张桌子又擦了一遍。他坐在面朝店里的位置,林知书坐在面朝店外的位置。她拿出手机告诉陈阿姨今晚不回去吃饭，在学校旁边的麻辣烫店解决。

雨又下大了，外面的光影糊成一片。

林知书点得不多，她其实并没有什么胃口，再加上他们坐的位置靠近门口，人来人往掀开门帘，林知书觉得有些冷。但她没说，说了也没法解决，徒增烦恼罢了。

两碗麻辣烫端了上来，两人低头开始吃。

林知书尽力回应吴卓的聊天，他今天有些兴奋，一直在说话。林知书有时候走神，透过不甚干净的塑料门帘去看外面。人来人往。

两人吃完没有立即走，外面雨下得很大，现在出去鞋裤定会湿透。再加上店里已没什么人，他们就又多坐了会儿。

吴卓憋了一会儿，说：" 生日快乐。"

林知书说：" 谢谢你，吴卓。"

林知书又越过吴卓的肩头去看外面。光影摇曳中，她觉得有个人撑伞在外面站了有一会儿。放在桌子上的手机振动，林知书低头去看。

梁嘉聿：你们吃完了？

风吹得门帘低低飞起又落下，发出沉闷的拍打声。吴卓还在说话，但是林知书已经听不清了。

"我出去一下。"林知书说着，起身跑了出去。

外面的雨有多大，林知书浑然不知，一直跑到梁嘉聿的伞下。她应该是冷的、僵硬的，呼出的气却是热的、颤抖的。

梁嘉聿把伞更多地移到林知书的头上。他穿着一件黑色的呢子大衣，皮肤似乎因为寒冷而变得有些苍白，然而话语依旧温和："小书，里面是你男朋友吗？"

林知书摇头。"你在等我吗？"她问。

"是。"梁嘉聿说，"我可以等你先把你的朋友送回学校。"

"你等我做什么？"林知书又问。

梁嘉聿抬手指向不远处的黑色汽车："希望你还没吃饱，因为我带了生日蛋糕。"

梁嘉聿说完，林知书鼻头一酸。

第三章 甜蜜陷阱

吴卓问外面是谁，林知书说是家人。

她笑容熠熠，主动说要送吴卓回宿舍："谢谢你今晚请我吃饭，真的。"

吴卓有些不好意思："不用送啦，既然你家里人来了你就先走吧。"

林知书摇头："不，我先送你回去。"林知书手上拿着的是梁嘉聿刚刚的那把伞，她和吴卓各自撑着伞，无法走得很近。

地面积起不少明亮的水坑，林知书心不在焉地踩进好几个。

吴卓提醒她："小心水坑，鞋子湿了。"

林知书这才回过神来，收敛笑容："啊，好的。我刚刚没注意。"

一路把吴卓送到宿舍楼下，两人就此告别。

"生日快乐，林知书。"吴卓没有立马上楼。

林知书今晚在此刻最开心，她笑得双眼弯成天上明亮的月牙，朝他摆摆手："多谢你，我先走啦！"

吴卓还在酝酿着想说什么，可林知书是飞奔着离开的。她的白色围巾从肩头落下一圈，长长地飞在她的身后。

但林知书没跑多远，行至食堂时，她听见身侧响起一声短暂的鸣笛。奔跑的脚步停下，呼出炙热的、鲜活的气息。细密的水珠就这样挂在眼睫上，好似喜极而泣。

副驾驶的窗户缓慢降下，梁嘉聿看向她："上车。"

车门关上，好像这世界上所有的寒气与潮气就消失了。

座椅被加热到恰到好处，林知书忍不住一直朝他笑。

"这么开心？"梁嘉聿启动汽车。

"对啊，今天我过生日嘛。"林知书摘下手套、围巾。她感到好热，或许是因为刚刚在奔跑。棉衣拉开领口处的拉链，散出看不见的热气。

"好久不见。"林知书说。

梁嘉聿笑："好久不见。"

"你今天怎么忽然回来了？"

"你过生日。"

林知书呼吸谨慎："你知道今天是我生日？"

"结婚的时候，我看过你身份证。"

"哦，对。"林知书的心脏开始小心地皱缩，"Chloe 说你行程要到十二月中旬才结束呢。"

"是，明天中午的飞机回鹿特丹。"

"你特地回来的？"

"小书，我以为你这么聪明，不需要问。"梁嘉聿看着她，发出低沉而愉悦的笑声。他几乎从不遮掩自己对林知书的付出，他带她搬家，同她结婚，说小书，你应该自信一点，我也喜欢你。

而此时此刻，梁嘉聿也说，他是特地为她回来的。

是否因为梁嘉聿其实从不期盼对方一定要等价回报他些什么，所以他才可以这样坦然无畏地说出自己的付出。又或者，这些在他看来，并非难事，因此不知其中价值，才可以这样无谓地说出来。

林知书觉得，自己又在不受控制地试图滑向某个深渊。她在意识彻底失控之前，叫停了自己。

"谢谢你，梁嘉聿。"她的声音依旧充满雀跃，但拒绝解读他话语里更多的内容。

汽车一路行驶至公寓，两人下车。

梁嘉聿从车后备厢里取出了一个蛋糕盒，林知书认得这个牌子，是 BLACKSWAN。

走进公寓，梁嘉聿叫林知书先去洗澡。林知书一愣。

"鞋子没湿？"他问。

林知书："……你怎么知道？"

梁嘉聿把蛋糕放去餐厅："我以为你是故意一脚一个水坑的。"林知书脸颊发热，才发现梁嘉聿定是全看到了。

"见到我太高兴了？"梁嘉聿的话语里已有几分调侃。

"才没有！"林知书小跑着去卧室拿衣服。洗完澡，林知书把头发吹成半干。家里温度适宜，她穿了雪白的珊瑚绒睡衣。

梁嘉聿在餐厅里开火，林知书打开门，好奇道："我不知道你还会做饭？"

梁嘉聿侧身，林知书才看见他原来是在煮面条。

"啊，原来是在煮面条啊，"林知书摇摇头，郑重地说，"会煮面条不算会做饭。"

梁嘉聿笑出声，抬手关了火："不是因为我只会煮面条，是因为你一会儿要吃面条。"

林知书一愣，才明白他的意思。有时候林知书想，她并非铜墙铁壁，即使再怎么试图用调侃、开玩笑的态度去面对梁嘉聿的好，也很难在此时此刻不动容。

"我来盛吧。"林知书走上前。

梁嘉聿进屋后就脱下了他的外套，他穿着白色的衬衫，像是夏天的时候，他们去民政局登记，他站在她的身边。

锅里扑来热而潮的水蒸气，叫林知书的心也融化。

盛了两碗面出来，梁嘉聿往里面加了一点酱油、一点糖和几滴麻油。清汤寡水的素面在一瞬间就有了诱人的香味。

林知书说："还好我晚上没吃饱。"

两人端了面上桌。梁嘉聿："先吃面，然后点蜡烛许愿、吃蛋糕？"林知书重重点头。

"谢谢你，梁嘉聿。"林知书不知道该说什么，只能一遍又一遍地谢谢梁嘉聿。面汤里的热气源源不断地扑上林知书的脸庞，热得她眼眶也要发红。

梁嘉聿给她递来筷子："晚上怎么没吃饱？"

林知书拿着筷子在碗里搅了搅："店里有点冷，人进人出，风就会一直吹。"

"怎么不换个地方和朋友吃饭？"

"不想折腾朋友。"

"你倒是挺会为别人着想的。"梁嘉聿笑，"班里同学？"

"不是，"林知书小口吃面，"是计算机系的，我和他一起做那个编程项目的，我之前有给你看过计划书。"

"我记得，项目进展到什么地步了？"

"我们这周三去找了万鹏，万鹏你还记得吗？"

"万通科技的老板。"

"对，"林知书点头，"还要多谢你，他现在在帮我们做人工矫正。"

"有成果了拿来给我看看。"

林知书："一定！"

"有问题也记得找我。"

"好。"

两人消灭完面条，梁嘉聿把蛋糕从冰箱里拿出来。白色爱心形状，上面是一只透明的天鹅。

梁嘉聿起身关了餐厅的灯，室内光线就暗了下来。他拿出打火机，点燃了上面的那根蜡烛。林知书闭上了双眼。

梁嘉聿当然不会为她唱生日歌，他只会看着她。黑色的长发披在她的肩背上，像是富有生命力的披风。晃动的光影下，她的面容呈现出不同的模样。

有时候，她是那个初见时十六岁的林知书。

有时候，她是十八岁时张扬、绚丽的林知书。

有时候，她是在病房里哭泣的林知书。

有时候，她是在车上紧紧抱住她的林知书。

但更多的时候，是二十岁的林知书。

她在他面前拉下裙子拉链，做好决心将自己献祭给他的林知书。

梁嘉聿想，今天之后，她二十一岁，而他认识她已超过五年。

林知书安静地睁开双眼。梁嘉聿看着她，嘴角带着轻微的笑意："我就不问你许了什么愿。"

他随后从口袋里拿出一张银行卡，递到林知书的面前："这次是给你的。"

他说，"生日快乐，小书。"

林知书定在原地，她几乎在瞬间就知道了梁嘉聿的意思，他从前入股过她的援助计划，而这一次，他援助她。

谢谢还未说出口，林知书问："你不怕我连你的本金也一起拿走吗？"

梁嘉聿笑出了声："我只怕你不拿。"他面容依旧松弛，然而声音在这一刻稍显严肃，"小书，不要因为钱的事情消磨自己的聪明与才智，你没有被逼到这条路上。如果你愿意，去做些自己真正想做的事情。你父亲名下的不动产套在股市里，我想你也知道，这部分钱可以不必再指望。公司股份这两年都不会转到你的名下，我知道你一直很担心。"

蜡烛没有灭，梁嘉聿在晃动的光线之中注视着林知书："卡里的这笔钱放在你名下，如果以后你愿意还给我，我也欣然接受。但是比起还给我，我更希望你可以自己留下，妥善使用。"

"你这么喜欢做赔本买卖吗？"林知书的声音有些干涩。

梁嘉聿望着她，笑着说："小书，你不是我的赔本买卖。"

"我会给你写感谢信的。"林知书说。

"我很期待看到新的感谢信。"

"你不怕我赖上你吗？"

"怎么说？"

"比如我要你每年都来给我过生日。"

梁嘉聿再次笑了。

林知书有时候很怕看到梁嘉聿笑，因他几乎从来不开玩笑。

梁嘉聿笑不是代表他接下来说的话不作数，而是代表这事实在太过简单，他想不到任何理由不去做它。

比如，他说："小书，从今往后你每年过生日，我一定来。"

林知书把关于梁嘉聿的一切称为"甜蜜陷阱"，并非因为梁嘉聿生性浪荡、喜好甜言蜜语，而是他自始至终都那样认真。

林知书当然相信，从今往后的每一年生日，她一定都会见到梁嘉聿。但是，林知书也从中寻到"陷阱"。

林知书想，她和梁嘉聿走到今天这一步，换成其他任何一个人都不可能。

如果林知书愚钝、轻易会被甜言蜜语晃动,那梁嘉聿从最开始就不会喜欢她、帮助她。而如果梁嘉聿从来都是一个举止轻浮的浪荡男人,那么林知书也不可能去招惹他。偏偏她生性聪颖,而他性情凉薄却又从未辜负过人。

浪潮越过头顶,林知书在短暂的眩晕后重新获得清醒的呼吸。

梁嘉聿说的是"我一定来",而不是"我一定在"。蛋糕切出边缘清晰的三角,林知书说: "谢谢你。"她笑起来。

有时候林知书不知道如何判断自己的情感,她读过小说中刻骨铭心的爱情,却也知道自己与卫允分手时内心毫无感觉。

那样深刻、绝不动摇的情感是真的存在的吗?又或者其实每个人都知道如何做出对自己最有利的选择。

现实中执着于不可能被称为偏执,而非深情。林知书那样聪明,比所有人都清楚。

父亲从前说过,梁嘉聿生意上随意抖落的边角订单,可养活数百人的公司几辈子。那么梁嘉聿释放出来的情意何尝不是。不是他太过深情,只是他拥有的足够多。

说来或许幼稚,但林知书期盼,拥有一百元就愿意为对方付出一百元的爱情。

蛋糕体绵密,上面的奶油甜得恰到好处。林知书收下梁嘉聿给的银行卡,有钱不拿是傻子。"多谢梁大菩萨!"她重新用回这些称呼。

第二天,两人一同用过早餐。

梁嘉聿于中午离开南市。林知书去了一趟银行,那张银行卡里有一千万。

推开玻璃门,重新走到冷风中。林知书眯眼看着路的尽头,风把她的头发吹得很乱,但她心思清明。

把这些利息攒下来,足够她轻轻松松地过这一辈子。但是林知书不会退出那个项目,她从前在父亲羽翼下无忧无虑成长,如今不会再犯这样的傻。

林知书拿出手机,问吴卓今晚去不去自习教室。

十二月中旬,圣诞节的氛围逐渐浓郁。街边挂上红色的圣诞老人,七彩灯球旋转着散发出模糊的光点。

梁嘉聿在圣诞节前夕才回来,林知书收到他的消息。

梁嘉聿:平安夜有安排吗?

林知书笑容满面,回复消息:你问就没有安排。

梁嘉聿:我有个朋友今年来南市创业,叫金鸣,也是科技公司方向。你感兴趣的话,我就带你一起吃个饭,认识一下。不需要喝酒,不需要唱歌,位置在世贸会展中心旁边,你想走的时候我就带你走。

林知书想,面对梁嘉聿的时候,要如何一直保持冷静。他介绍他的朋友,会说姓名,会说要带她去的原因,会告知她地点,会先给她保证,会叫她一定觉得安心。

他是一个很好、很好的人。林知书从未怀疑过。

林知书:去,我想去。

梁嘉聿:平安夜那天下午我到南市,你几点可以离开学校?我去接你。

林知书:五点半,可以吗?

梁嘉聿:可以,到时见,小书。

冬天已来势汹汹,林知书并非抗寒人群,她喜欢穿厚重的长款羽绒服。因此内里可以穿得轻薄,不会觉得被紧紧束缚住。

宿舍里开着空调,乌雨墨在为晚上的约会化妆。她如今已习得惊为天人的化妆技术,常有隔壁宿舍的女生前来请她帮忙化妆。

平安夜当天下午,林知书的宿舍热闹非凡。她自动让出自己的座位,让前来化妆的女生有地方坐。

乌雨墨忙得不亦乐乎,一直化到下午四点。

宿舍里清静下来,乌雨墨看见林知书坐在床边敲代码。

"知书,你晚上也要出门?"

林知书点头。

"你不化妆?"乌雨墨问。

林知书刚想摇头,她静了一下,问:"你可以帮我化吗?"

乌雨墨大喜:"正有此意!"

林知书放下电脑,坐到了乌雨墨的面前。她闭上双眼,头发扎至脑后,露出一张骨相匀称、年轻饱满的面颊。

乌雨墨并未给她化过于浓艳的妆容,只是将她的眉眼、轮廓描画加深。她还年轻,皮肤几乎挑不出瑕疵。

林知书眯眼,乌雨墨细细地给她粘上几簇极其自然的假睫毛。最后,林知书从自己的抽屉里抽出她常用的那一支口红,雾面桃色。乌雨墨仔细地给她涂上。

天色已不太明朗,光线从宿舍一侧的窗户稀薄地穿过。林知书拿过镜子,看着自己。

很奇妙,不是吗?到头来,她还是想要漂漂亮亮地去见梁嘉聿。

乌雨墨为她盘了发。黑色的长发绾成高髻在脑后,再随手撩拨儿下制造慵懒松弛感。有碎发垂落在林知书的面颊,乌雨墨说就这样放着。

林知书谢过她,转身去换衣服。乌雨墨说:"知书,你恋爱了。"拿衣服的手一滞,林知书笑了起来,转过身子:"这么明显吗?"

"你对今天晚上有所期待,"乌雨墨收拾桌上的化妆品,"我看得出来。"

林知书点头:"但我在痴心妄想。"

乌雨墨:"你这样聪明漂亮的人也有痴心妄想的时候?"

林知书笑得身子微颤:"是啊,雨墨,每个人都有痴心妄想的时候。"

林知书出门前,换上了一件轻薄的高领黑色羊绒衫。贴身、舒适,不显得臃肿。下身是一条千鸟格高腰A字裙,配黑色短筒靴。细细的脚踝赤裸着,在筒靴中轻轻地晃动。

梁嘉聿第一眼没有认出她。

即使穿着厚重的羽绒服,纤细的脚踝依旧昭示着她的窈窕。黑色的长发盘上去,带来成熟与冷静。

汽车从林知书的面前开过又倒回,车窗轻轻落下。

林知书俯身,银色的小圈耳环就在她的脸庞轻轻晃动:"好久不见,梁嘉聿。"

车外,有灯光闪过。她今天好像与从前没有任何区别,却又好像大为不同。双眼依旧亮晶晶的,像是她耳环上折射出来的光线。

"好久不见,小书。"

林知书拉开车门,上了车。车厢里,有很淡的梁嘉聿的味道。

"你今天很漂亮。"梁嘉聿说。

林知书转身，靠近他。她笑起来，高高地扬着眉，又落下："谢谢，我也觉得我很漂亮。"

梁嘉聿抬手，摸了摸她的脸颊。他想摸，所以就摸了。林知书没有回避。

"冷不冷？"他问。

"我穿了超级厚的羽绒服呢。"

"我说腿。"

林知书笑得狡黠："那你摸错地方了。"

梁嘉聿笑得失声，收回手："坐好，我开车了。"

汽车驶出校园，沿着繁华的街道缓慢前进。今夜到处都是约会、游玩的人，车水马龙，亮起红色刹车灯助兴。

林知书问他这段时间开不开心。

"正常。"梁嘉聿的答案和从前一模一样。

"有赚很多钱吗？"她问。

"有。"

"那就是很开心。"

梁嘉聿也笑，问她："你呢？"

林知书看着窗外，他们正堵在高架上："我也正常。"

"没有发生开心的事吗？"

林知书把头转向他，语气认真："在你今天来接我之前，没有。"车厢里光线昏暗，她的脸庞显得有些模糊。然而话语清晰，目光明确。

梁嘉聿笑出了声。林知书扯着安全带，靠近他："现在有开心一点吗，梁嘉聿？"有细碎的头发落入林知书的眼里，她眨了眨眼，笑起来。

梁嘉聿想，他的小书实在是太过聪明。她想花心思哄一个人开心就一定做得到。你知她说的是真话还是假话？但是梁嘉聿笑了出来。

而她此刻这样一心一意地看着他，叫梁嘉聿无法忽视她的漂亮。黑色的瞳孔似有无限的穿透力，轻盈的眼睫像不时扇动的翅膀。

梁嘉聿想，如果她此刻多问一句见到她开不开心，梁嘉聿的答案一定是肯定。

轻轻握住林知书的手腕，梁嘉聿将她送回位置："坐好，小书。"然后，

重新发动汽车。

金鸣喜好奢侈、私密,聚会的地点是他的私人会所。

进门之后,有服务员接过林知书和梁嘉聿的外套。林知书走在梁嘉聿的稍前方,又或许,是梁嘉聿放缓了脚步。黑色贴身羊绒衫勾勒出林知书的身形,她早已不是发育不良的少女。黑色长发盘起,露出纤细的脖颈。

林知书回头,问他是哪间。梁嘉聿上前,捉住林知书的肩头。

"左边。"他说。

金鸣听见门口传来的动静,从沙发上迅速起身。

林知书展露甜美笑颜,同金鸣打招呼:"你好,我是林知书。"

金鸣在看见林知书的瞬间扬起眉毛,他目光迅速扫过林知书的全身,而后喜笑颜开,握住她的手:"你好,你好,我是金鸣。"金鸣的手没有松开,又说,"我年纪应该比你大,叫你小书,行吗?"

林知书笑容不减:"当然可以。"

金鸣连忙侧身,请两人进来。梁嘉聿走在林知书身侧,金鸣小声道:"哥,你没和我说你朋友这么漂亮。"

"是吗?"梁嘉聿同林知书坐到沙发上,他抬手给林知书倒水,"可能你没听清。"

"怎么可能?"金鸣小声道,"你要说你朋友这么漂亮,我今天就不叫那么多人来了。"

梁嘉聿把水杯递到林知书面前,偏头对金鸣说:"我现在确定你听力一定有些问题。"

金鸣愣住:"什么意思?"

梁嘉聿身子向后靠到沙发背上,他说话不似金鸣那样偷偷摸摸。

林知书正在一旁喝水,听见梁嘉聿对金鸣说:"我说的不是'朋友',是'女朋友'。"

梁嘉聿说,她不是他的朋友。

是他的女朋友。

林知书确定,两年后离开梁嘉聿,她演技一定很好。眼泪绝不会流,要笑着送他走。

脱了外套的梁嘉聿显得松弛而自然，林知书对从后环上的手臂没有任何意见。

"你们……嘉聿哥，真的假的？"金鸣语塞。

梁嘉聿手臂环住林知书，轻轻握住她的手。

她瘦了吗？梁嘉聿在想这件事。

金鸣何须再得到肯定答案，因林知书靠在梁嘉聿的怀里。

房间里很温暖，并无烟酒混乱的气息。林知书已顺应今晚的新角色，靠在梁嘉聿的怀里。

隔着一段距离闻到的关于梁嘉聿的气息，和紧贴着皮肉闻到的气息，是不同的。贴着梁嘉聿的身体，闻到温热的、厚重的、缓慢流动的梁嘉聿的气息。古龙香水浮于其上，林知书闻到只属于梁嘉聿的味道。

"一会儿你前女友要来吗？我还有什么需要知道的吗？你提前告诉我，我好准备表演。"林知书小声道。

梁嘉聿笑了起来，顺着她的话往下说："你怎么知道我前女友要来？"

"因为我很聪明。"林知书仰起头，鼻尖几乎擦到梁嘉聿的下颔。

他微微低头，有温和的气息扑洒在林知书的面庞。

"那你会为我做什么？"梁嘉聿好奇地问。

林知书扬眉，手臂环上他的脖颈，侧脸贴着梁嘉聿的心脏。温热的、跳动的梁嘉聿的心脏。

这样暧昧的、无法定义的场景，林知书却从中品味出无比的依赖。

梁嘉聿抱住她了，她也抱住梁嘉聿了。

但是很快，林知书松开双手，身体靠后。她笑眯眯地看着梁嘉聿，说道："梁先生，免费体验时间到。更多需要付费哦！"

梁嘉聿被她逗得笑出声，也松了手，可目光无法从她身上离开。

林知书像一条游鱼。她可以无比亲密地贴着你，拉下裙子的拉链，提出散步要牵手，到最后抱住你的脖颈。她也可以在得到不必献身的承诺后快步撤回房间，像是现在，毫无留恋地离远。

梁嘉聿的怀里空了。林知书歪着头，越过他和金鸣打招呼："金老板，听说你在搞科技公司?"

梁嘉聿眉眼无声地笑弯。怪他,他竟完全忘记今晚为何带她来,还需她提醒。

梁嘉聿拍拍林知书的后背,叫她坐到金鸣这边来:"我和你换位置。"

林知书快速换过去,回头谢他:"多谢梁老板!"

金鸣受宠若惊,原本以为自己一点机会都没有,没想到林知书主动来搭话。

你以为他方才惊讶的是林知书是梁嘉聿的女友?金鸣惊讶的是梁嘉聿竟然有女友。

纵使金鸣和金瑶情感一般,但因金鸣同梁嘉聿交好,金瑶从前偶尔会和他说起。

"重要日子从未缺席、忘记,贵重礼物一年送出的加起来也上亿,你有活动要出席,他抽空也飞来给你面子,姐,你到底还有什么不满?"

"我没要他为我做这些!"

金鸣气笑:"嘉聿哥做这些是因为你母亲当年照顾过他,但本质上来说,他不欠你什么。你不能以此要求他爱你。"

金瑶:"那他为什么要对我这么好?"

金鸣翻白眼:"我以为我已经和你说清楚,谁知道你大小姐当太久!"

再见梁嘉聿时,金瑶与他已产生矛盾。金鸣问他发生了什么,梁嘉聿没有说。

金鸣于是使诈,在和金瑶的电话里假装表达对他们两人的叹息,而后间接透露出自己已从梁嘉聿处知道他们爆发矛盾的原因,叫金瑶不要太伤心。

金瑶气急攻心,在电话里大骂。而后金鸣得知全部。

金鸣一直都知道,梁嘉聿是一个对很多东西都兴致缺缺的人。他以为梁嘉聿只是因为见过、体验过太多,而后才意识到,梁嘉聿或许天生是个情薄的人。他对金家的好是出于理智,绝非感情。他知道自己应该做什么,于是便会尽自己的能力去做。

但金瑶把这一切和感情混淆。她以为他在乎她,即使他否认。于是她以自己要订婚为由骗梁嘉聿前来,她想逼他承认他在乎她,却发现梁嘉聿带来了丰厚的随礼。

和金鸣大吵一架后，金瑶才意识到自己被骗。即使被自己发疯用指甲抓伤脖颈，梁嘉聿都没有指责过她一下，又怎么可能向别人透露她做过的那件蠢事？

金鸣于是被拉入黑名单，直到他回国创业。

林知书正从手机里打开她早早准备好的项目计划书和目前的成果，金鸣露出微笑。他想，金瑶都没有成功，这个新来的小姑娘又会得到多少情感。

林知书还没来得及展开说说她的项目，门外走进更多人。不得已，林知书停下自己的事，先跟着金鸣起身认识人。

金鸣热络地揽着林知书的肩膀，同大家介绍她是自己的朋友。来的人不少，但林知书看得出来都是金鸣的朋友，没有什么前来做陪衬的。

大家都挺客气，寒暄几句，有人已迫不及待去点歌机点歌。有人开始唱歌，气氛就热络起来。

林知书有些落寞地坐在沙发上，金鸣却在招待完朋友之后立马坐回了林知书的身边："你的计划书呢？我们继续。"

林知书望着他，抑住心中惊讶："我以为你忘记了。"

金鸣乐呵呵地笑："我怎么会忘记你，我想听听你的计划书。我今年刚回来创业，有机会说不定你也能帮帮我。我公司就在新业大厦二十八楼，这样，元旦你放假吗？我接你去看看。"

林知书一愣："我去过新业大厦，梁嘉聿之前引荐我认识了万通科技的万鹏，你认识吗？"

"认识啊，怎么不认识！"

林知书看着金鸣，她脑海里忽然开始回忆："你……你公司名字不会是叫……一鸣惊人科技有限公司吧？"

金鸣大叫一声："哎！你怎么知道的！"

林知书大笑了出来："那天我在等电梯的时候见过你，你正好在说公司的名字。"

金鸣扬眉："真的假的？"而后笑得乐不可支，"这就说明我们命中注定啊！"

林知书同他一起笑起来。她和金鸣靠得近，已离梁嘉聿小半米距离。

有人插进来，坐在林知书与梁嘉聿之间。

林知书原以为金鸣是草包,没想到他对自己的项目竟真的有不少见地。有些的确一针见血,说她这就是个上不了台面的草稿框架。

金鸣也对林知书刮目相看,她这样漂亮的姑娘,和他从前见过的脑袋空空的人截然不同。她自己写代码、建框架、跑公司,说起项目发展和前景头头是道,毫不含糊。

身旁唱歌的声音大了,两人挪到房间角落的方桌边。同看着一只手机,头几乎抵着头。

金鸣在看梁嘉聿,因为梁嘉聿也在看他。

"你不想听了?"林知书发现金鸣走神。

金鸣回过头来:"不好意思。"

"没关系,"林知书说,"我这样也挺不地道的,今天晚上原本是你休息的时间。"

金鸣越发盯着林知书:"你好像一点没美女脾气。"

"因为我不是美女。"林知书平静地说。

金鸣诧异:"你还不是美女,那你是什么?"

林知书俏皮地朝他笑笑:"我是超级大美女!"

金鸣的笑声盖过了话筒的歌声:"林知书,我喜欢你,你好有意思。"

林知书收了手机:"我也喜欢你,你好有钱。"

同林知书在一起的金鸣双颊颧骨没放下来过,两人约定元旦再见。

林知书想,如果是和金鸣见面,梁嘉聿应该不会介意。因为是他希望自己可以和金鸣认识的。

两人重回沙发,金鸣叫梁嘉聿身旁的人挪挪。林知书识趣地和金鸣分坐在梁嘉聿的两侧。

梁嘉聿在听歌,金鸣紧紧贴过去:"嘉聿哥,方便求你个事吗?"

梁嘉聿偏过头来。金鸣看了一眼林知书,笑着对梁嘉聿说:"你和小书分手的时候告诉我一下。"

梁嘉聿望住他:"什么意思?"

"就是告诉我一下。"

梁嘉聿声音依旧平静:"你喜欢她?"

金鸣点头："是啊,我当然喜欢她,她又聪明又漂亮,还那么有意思！"

梁嘉聿面色如常,似在思考。而后,他听见自己身体里传出笑声,那笑声既不温和也不愉悦。

看看,这就是林知书。

林知书有意思,梁嘉聿喜欢她有意思。

林知书有意思,金鸣也喜欢她有意思。

那梁嘉聿现在觉得有些没意思。

金鸣得到梁嘉聿的回答："我会告诉你,但我无法保证她也愿意。"

"没问题！"金鸣心情沸腾,连带着身体飘飘欲仙。

他就知道,他就知道。梁嘉聿是这样情薄又从不拂人面子的人。

金鸣才不是因为轻视梁嘉聿才敢提这样的要求,而是因为他确定,梁嘉聿这样的人给不出深刻的感情。

他对他的父母亦然。而金瑶同梁嘉聿几十年的情谊,死心塌地地喜欢着梁嘉聿。到头来,他也当真去参加她的订婚典礼。

同梁嘉聿相识几十年,金鸣从未见他对任何人付出深厚感情。金鸣想,同嘉聿哥做好友远好过做情人。

因情人要谈情,而朋友只提互相帮助、共同快乐。梁嘉聿出手从不吝啬,做他的朋友永远不会受委屈。因此金鸣确定,假以时日,林知书就会恢复单身。

房间里送来各式酒,金鸣蹲在林知书面前的茶几前,一一给她介绍产地、年份和口感。

服务员端来十几个杯子,大家各自挑选喜欢的品种。

梁嘉聿轻轻揽着林知书,告诉她不想喝就不喝。

金鸣附和："没错没错,小书你不想喝就不喝。"

林知书倒也没有一点不喝的意思,很多酒她都没试过："我想试试这个？"林知书指着桌上的红色威士忌,转头看着梁嘉聿。

梁嘉聿帮她倒了小半杯。

"还是有点多,我怕我喝不完。"林知书说。

梁嘉聿递给她："尝一口,喝不完给我。"

金鸣受不了这种精神攻击,悻悻地坐回位置。

林知书呷了一口，面露难色："好难喝！"

梁嘉聿笑起来，接过她的酒杯："还是喝点果汁。"

"嗯。"林知书放弃饮酒。

房间里气氛倒是不错，大家喝点酒，暖暖身子，放松情绪。开始有人在房间中央随着音乐跳舞。

林知书一直被梁嘉聿轻轻搂抱着。这不是一个严格意义上的抱，梁嘉聿只是将自己的手臂放在林知书的身后。

但是林知书有了一万个理由靠在他的身上。今天晚上，她被赋予梁嘉聿女友的身份，于是也被赋予了女友的权利。

一个幸福的、允许做梦的平安夜。林知书侧身，双臂再次缠绕上他的脖颈。

梁嘉聿没有说话，是默许。

"免费的。"林知书说，"和牵手一样。"

梁嘉聿收拢了他的手臂，手掌轻轻搭在林知书的侧腰。

房间的中央，有人在唱欢快的 *Last Christmas*。

林知书依偎着梁嘉聿，目不转睛地看着他们。金鸣和两个朋友也寻来话筒，独唱变成和声。

林知书在安静地笑。此时此刻，她觉得有一点温暖、有一点幸福。

有人正抱着自己。林知书想起林暮。传统而严格的父亲，不会拥抱他已经十六岁的女儿。林暮教育林知书要和她的名字一样"知书达理"。坐在椅子上禁止跷二郎腿，禁止腿分太开。成年之后，依旧对她穿吊带衫颇有微词。

父亲不会牵她的手，父亲不会拥抱她。

梁嘉聿会。

林知书小声跟着唱，从梁嘉聿手中截来他未喝完的轩尼诗。"这个好喝吗？"林知书抬眼去看梁嘉聿。

房间里调暗了灯光，梁嘉聿看起来那样近。林知书声音小，他不得不更靠近，他说："度数高，不建议你多喝。"

林知书说："那就是好喝的意思。"她眯眼，喝了一整口。

烈得像喝进去一口酒精，喉舌烧起来，温度蔓延到整片胸腔。她一张脸紧紧皱缩，咽下去后三秒才重新睁开双眼。而后馥郁的果香混杂着类似丁香和肉桂的味道,从火焰中翻滚出来。

梁嘉聿笑起来时,胸口微振。传到林知书的身体里,像是她也在笑。

"喜欢吗?"他问。林知书说:"喜欢。"

她又喝一大口,而后把杯子送回了梁嘉聿的手中。林知书没有忘记自己的任务。

梁嘉聿想要开心,想要有意思。林知书会让他开心,会让他觉得有意思。

金鸣正坐在沙发上拿着手机继续点歌,林知书坐去他身边,问他自己可不可以唱。

"那必须可以啊!"金鸣看了一眼梁嘉聿,梁嘉聿并未阻止。

早些时候,梁嘉聿特地打电话来说,他带的是位朋友。金鸣听懂其中意思,知道自己不可怠慢、轻视他带来的人,于是压根没打算劝林知书唱歌。

唱歌这件事,自己想唱那是绝对没问题。但是被劝着唱,就有了不一样的意思。

金鸣听话,一直没去打扰林知书,没想到林知书自己主动来问。金鸣拿林知书的手机扫码,让她自己随便点:"点完置顶就好。"

林知书扬眉:"会不会不合适?"

金鸣笑了:"小书,我很难不喜欢你。"

林知书点了一首林忆莲版本的《分分钟需要你》。

歌曲名出现,房间里已传来隐隐的低笑。

林知书坐在房间的正中央,双膝屈起,因此露出笔直修长的小腿。她双颊落下细碎的、恰到好处的碎发,抬起的一双眼睛在看梁嘉聿。

梁嘉聿当然在笑。她那样明显的、直白的、不容置喙的"爱意"。

林知书想,梁嘉聿今晚叫她做女友,一定也会喜欢她朝他表达。

轻快的音乐前奏响起来,林知书把话筒拿近。

初中时迷恋 TVB 警匪片,自学粤语,又央求林暮送自己去香港游玩。而后数年即使忘了大半粤语,唱粤语歌也没了难度。

林知书不知道梁嘉聿是否懂粤语,她希望他不懂。

愿我会揸火箭,带你到天空去。

在太空中两人住。

活到一千岁，都一般心醉。

有你在身边多乐趣。

　　林知书声音细，唱起歌来似琴弦婉转。她一双细长的眼睛因笑眯起来，只看向房间里的一个人。

　　是否有其他女人，也这样全心全意地看过梁嘉聿。林知书不用思考也知道答案。

　　梁嘉聿漫长的人生里，又有几个人可以长久地留下。别多想，别多想。如果他如今在你身边，叫你开心。

　　林知书想，她到底又知道几分什么叫爱？她今年刚过二十一，再过一年多，他或许会永远离开她的人生。

　　林知书重新睁开眼睛，她对这首歌太熟悉。歌词仿佛根植于脑中，根本无需思考。

　　等待伴奏的间隙，她笑得更加热烈。套着靴子的右腿随着音乐轻轻晃动，最后止在音乐再次开始的时候。

　　"有了你开心点，什么都称心满意。

　　咸鱼白菜也好好味。

　　我与你永共聚，分分钟需要你。

　　你似是阳光空气。"

　　音乐还在播放，一个女声从窗户那头响起："天哪！外面下雪啦！"

　　房间里顿时安静，连同林知书也被吸引去了目光。她坐在最靠近屏幕的地方，昏暗的房间里，林知书的面庞最亮。她望着窗外的双眼被屏幕灯光照得如同珍珠。

　　歌词继续滚动：

有你在身边多乐趣。

若有朝失去你，花开都不美。

但房间里，已没有人再关心唱歌，大家热闹地一同簇拥到窗旁去看外面磅礴落下的雪花。

林知书笑了笑，无声地放下话筒。她从高脚凳上下来，打算去弄点水喝，一抬头，却看见有一个人，还在认真地看着她。

梁嘉聿问她要不要去散步。林知书望着他，点头。

梁嘉聿牵住她的手。林知书把所有的笑容埋进厚厚的围巾里。

"这样早走合适吗？"林知书又问。原本答应了金鸣一起过十二点的。

"对他来说可能不合适，但是对你的老板来讲，我觉得合适。"

林知书笑出声来。瞧瞧这人，这下又把老板身份拿出来压她。

下雪后没多久，梁嘉聿就和林知书先行离开。两人穿上外套，把汽车留在地下停车场。

梁嘉聿又问她："确定小腿不冷？"

林知书摇头又摇头。

"年纪大的人都有唠叨的习惯吗？"她认真地提问。

梁嘉聿笑出声，不再问。

这年冬天的第一场雪，下在林知书和梁嘉聿在一起的平安夜。

金鸣这地方选得远，晚上十一点多，路上已没什么人。

林知书拉着梁嘉聿的手沿着人行道缓慢地向前走。梁嘉聿的手很大也很温暖，扣住林知书的时候，不会拉她太紧，也不会松开她的手。半张脸围在同样温暖的围巾里，林知书的心脏在愉悦而舒缓地跳动。

"你接下来还忙吗？"林知书问。

"接下来到过年都不会太忙，因为国外圣诞，国内临近春节。"

"哦，"林知书跨过一个小水坑，"国内这边工作顺利吗？"

"最近在谈悦风的收购。"

"啊，悦风，我以前住过一次那个品牌的酒店，贵得咋舌，我爸后来骂了我一顿。"

梁嘉聿笑了笑："收购下来，一定给你留间房。"

"真的吗？"林知书佯装欣喜一秒，又说，"算了，算了，我没那个需求。"

父亲走之后，林知书对自己家中的状况了解得更深。从前以为自己是衣食无忧的富二代，出行吃住也不会太在意价钱。如今父亲离开，林知书的危机意识骤生。她不再是无忧无虑的人，她不能被梁嘉聿提供的优渥生活迷惑。说到底，她是她，梁嘉聿是梁嘉聿。

林知书安静了一会儿，梁嘉聿于是问起她软件开发的事情。

"之后有什么具体的计划吗？"

"先等万鹏那边把人工矫正做完，然后我们还要调整代码框架，距离最后出结果还早，目前为止我们连最基本的框架其实都还没做完。"

"你在着急？"梁嘉聿问。

林知书看了他一眼："理智上，没有。"

她望着梁嘉聿，等待他接下来的"教导"，但梁嘉聿说："如果有任何困难，都来找我。"

林知书愣了一下："我以为你接下来要教育我不能着急、要有耐心什么的。"

"你说'理智上'，说明你知道这些道理，不需要我来教你。你很聪明，小书，我一开始就知道。"

林知书嘴角扬起来，但很快又放了下去："你知道吗？金鸣挺不看好我这款软件的发展前景，他说这款软件没有专业团队支持，以及多品类识别的功能，在市场上就是垃圾"

林知书偏头望着梁嘉聿，她看见梁嘉聿淡然地点头："他说得没错。"

林知书加重语气："他说得没错？我记得你最开始还支持我做这个呢？"

"我也的确支持你做这个。"

"什么意思？"

梁嘉聿也偏头看着林知书，他手掌自然而然地分开，再同林知书交握得更紧，而后说道："站在你个人发展和技能练习的角度，我支持你做这个项目。它可以给你带来实质的进步，以及证明你有能力开发任何一款新软件。至于它的市场反应，我并不抱期望，你们的团队太不专业，也没有足够的资金和技术支持。"

林知书头脑飞转："你的意思是，这款软件最终的意义就是证明我可以编出这样的软件。"

"没错。"梁嘉聿说，"附有证明的工作能力比简单的学历罗列更有说服力。"

林知书望向远方凝思，她明白了梁嘉聿的意思。

"我原本真以为自己的软件可以在市场上引起反响呢。"

"我也支持你去尝试发布。"

"可你不是说根本不抱期望吗？"

"但你依旧可以从中学到很多东西。"

林知书笑了起来："你是实践主义者。"

梁嘉聿眉尾微扬，这是他第一次听见有人这样评价他。

但或许林知书说得没错，梁嘉聿是实践主义者，他有资本，有时间，有挑选实践内容的实力，也有随时终止实践的能力。

"那你有没有实践失败过？"林知书好奇地问。

梁嘉聿语气平和："当然。"

林知书笑起来，望着他："梁大老板也有失败的时候？"

梁嘉聿也不恼："每个人都有失败的时候。"

"我没想到你说到自己失败时也这么坦然，"林知书眨了眨眼，又说，"但其实想想，你一直都是这样的人。第一次见面时，我说我月考考得很好，你毫不犹豫地夸了我。我那时候就想，内心足够自信、坦然的人，才会毫不收敛地夸赞别人。你能明白我的意思吗？"

梁嘉聿点头："明白，你在夸我。"

林知书笑得身体颤动，梁嘉聿握紧她的手，将人往身边带。

路上已积起一层白色。

林知书的笑容慢慢收敛，她点头，说道："没错，我是在夸你。我想我从那时候就喜欢你了。"

林知书想，和梁嘉聿说这些没什么，他也说过喜欢她。

又或者，林知书就是想说。在梁嘉聿身边时，林知书想把所有的话说给他听。

"不过十六岁的喜欢能有多少，我其实第二天就把你忘了。"林知书说完去看梁嘉聿。

安静的街道上,温黄色的灯光铺照在梁嘉聿的脸庞上,有很轻的风吹动着他额前的碎发。

梁嘉聿也投去目光:"我可没在第二天就把你忘了,我还给你寄了银行卡。"

林知书别过脸去,笑得眼睛都闭上。

你看,这就是梁嘉聿。即使林知书再怎么要把自己"抬高",说自己第二天就把人忘了,梁嘉聿也不会试图"压过"她,说他当天晚上就忘了。

他说他没忘记林知书,还给林知书寄了银行卡。

脚步踩在地面上已有了轻微的"沙沙"声,林知书拉住梁嘉聿的手臂不自觉地轻轻晃动了起来。

他们分开了一点距离,手掌却没有。安静的"沙沙"声中,梁嘉聿纵容着她,任由她前后微微晃动着手臂。

这条街上没有人,林知书的笑声清晰地传到梁嘉聿的耳边。

"今天这么开心?"梁嘉聿问。林知书点头:"是啊。"

"为什么?"

"因为你回来了,因为和你一起过平安夜,因为和你牵手了,因为和你拥抱了,因为……"林知书想,两大口轩尼诗或许在此刻生效了。她身子热了,思绪也飞了。

林知书停下了脚步。梁嘉聿问她尚未说完的最后一句话:"还因为什么?"

雪下得更大了。他们站在一盏高高挂起的路灯之下。林知书的目光短暂地晃过梁嘉聿的身后,去看那一整片被灯光照得更加清晰的雪花。旋转的、飘摇的、跳跃的、坠落的。

梁嘉聿在看她。

什么时候他们靠得这样近?温黄的灯光下,他的双瞳变成融化的焦糖色。林知书在里面看见自己。她情不自禁地靠近、靠近,像是要看清自己的表情。

雪花落在梁嘉聿的唇上,或许是他的皮肤也太冷了,晶莹的雪花并未融化。林知书伸出食指,轻轻点在梁嘉聿的唇瓣,将那片雪花融去。她说:"今天很开心,是因为今天是梁嘉聿的女朋友。"

林知书不知道,她的双眼已如同雾气弥漫的伦敦。

梁嘉聿提醒过她度数高，不建议喝。但是林知书没有听从。要不然，那只点在他唇瓣上的手指为何迟迟不肯离去。

梁嘉聿把她的手指拿了下来。

风并未从他们之间穿过，因为他们靠得太近、太近了。近到他闻得到林知书身上隐隐的、属于少女的味道，近到他像是被林知书看不清的双眼牢牢吸住。

她的眼睫纤长，落上洁白的雪花。林知书闭上了双眼。

靠近她，属于身体的本能。可梁嘉聿想，今晚他明明没有喝醉。

雪花在林知书闭眼的瞬间悄悄融化，成为林知书不敢流出的一滴眼泪。她知道，梁嘉聿想要吻她，她也知道，自己想要梁嘉聿吻她。

但是林知书重新睁开了双眼。她笑着说："梁嘉聿，我好像有些醉了。"

那只抱住她的手，松开了。梁嘉聿摸了摸她的头发，再次牵起了她的手。

接下来的一小段路，林知书变得沉默。她是真的有些醉了，也是再难提起心情说话。

林知书想要流泪。如果自己不那样清醒，如果自己就这样甘愿堕落在梁嘉聿的陷阱之中，她可以获得那个吻。

她可以和梁嘉聿亲吻、拥抱、上床。她可以不计后果地享受和梁嘉聿在一起的这两年。而她也会在毕业之后，像切断一半身体一样不得不离开梁嘉聿。

林知书确信，梁嘉聿是一个薄情的人。因为薄情，于是可以放心地同别人发展感情，和林知书结婚，叫林知书心动。因为他从未真的为任何人心动过，所以从不觉得情感缔结是一件多么危险的事。

两年后，梁嘉聿可以轻而易举地抽身，而林知书会失去一半的自己。林知书没有那样傻。

"我们打车吧。"林知书停下脚步，松开了被梁嘉聿握住的手。

梁嘉聿说："好。"

圣诞节后林知书又去学校上了几天课，乌雨墨问她平安夜的事，林知书看着乌雨墨安静了半天，还是说了四个字："痴心妄想。"

乌雨墨实在有些好奇。

林知书拉着乌雨墨坐在食堂的角落，筷子搅动着碗里的面，说："我确

定我喜欢他，他也喜欢我。"

乌雨墨更是满头雾水："那为什么说是痴心妄想？"

林知书："我喜欢他是百分之九十九，他喜欢我是百分之一。"

乌雨墨抿唇："喜欢也是会增长的啊，说不定多相处相处他就喜欢你百分之九十九了？"

林知书摇头："我大四毕业，他就会离开这里了。"

"离开地球？"乌雨墨问。

林知书一愣，也点头："没错，离开地球。"

乌雨墨翻白眼忍住笑："那也还有一年多呢。"

"只有一年多了，"林知书说，"而且他这个人，怎么说……"

林知书思索了一会儿："在他身边的人，对他的喜欢增长趋势是指数型，但是他对别人的喜欢增长趋势是……一条平行于 X 轴的直线。"

乌雨墨："真的假的？"

林知书眨了眨眼，有些丧气："至少我是这样的，他人很好，对我也很好，我父亲的事情，是他帮我处理的。"

乌雨墨当下就有些了解："或许你也未必喜欢他。"

林知书一愣："怎么说？"

"因为他帮过你，所以你误以为自己喜欢他。其实你只是感激他。"

林知书的筷子把面搅成一大团，她细细咀嚼乌雨墨的话。乌雨墨倒是笑起来："我有和你说过我爷爷从前欠钱，被人追债到家里的事吧？"

林知书点头。乌雨墨接着说："那时候有个远房叔叔站出来借给我们家钱，还帮忙摆平了这件事。我喜欢过那个叔叔一段时间。后来他常来我们家吃饭，一段时间后我发现，我根本不喜欢他，也受不了他的一些大男子主义，我只是单纯地感激他。有时候你会弄乱这之间的感情，误以为自己喜欢他。"

林知书有些懂，又有些不懂。但她明白乌雨墨的意思，她未必是单纯地喜欢梁嘉丰，这喜欢之中，多少掺杂了莫大的感激。

"更何况，他在你最困难的时候出现。"乌雨墨提出建议，"你要是实在区分不清，可以试着喜欢喜欢别人。说不定会发现，自己也有喜欢别人的能力。"

林知书仍有些迷茫，但她说："我思考思考。"

Chloe 在元旦放假前夕发来消息,是梁嘉聿的行程安排。

整个元旦梁嘉聿都会待在家里。

林知书回:谢谢。

离开学校之前,林知书问乌雨墨这个假期怎么过,乌雨墨家离得远,这种不长的假期她一般都不回去。"我接了帮人化妆拍照的活。"她如今化妆技术鬼斧神工,发现线下接活比之前做美工赚得多。

"注意安全,别去陌生的地方。"

乌雨墨点头:"放心,化妆都约在公共场合。拍照也是租人家约拍的场子。"

林知书离开前,叮嘱乌雨墨万一有急事立马给自己打电话:"我手机不关机的。"

乌雨墨笑起来:"林知书,那个男人不喜欢你是他的损失!"

林知书也笑,背着书包离开了宿舍。

平安夜之后,林知书并未表现出任何异样。她当然有些悲伤,但也仅限于偶尔在乌雨墨面前流露。而实际上,最悲伤的时刻已经过去了。拒绝梁嘉聿的那个吻之后,林知书重回清醒。梁嘉聿给她庇护、给她钱,她给梁嘉聿快乐。

晚上六点多到家,梁嘉聿不在客厅。

陈阿姨从厨房出来,告知林知书,梁嘉聿在卧室开会。林知书点头,放下书包去洗手、换衣服。

天气更冷,家里暖气开得足。林知书换了短袖、短裤出来,坐在沙发上看电视。电视里在放新闻,林知书没有换台。

梁嘉聿从房间出来,林知书偏头,朝他笑起来:"好久不见,梁嘉聿。"明明不过三四天。

梁嘉聿走到她身边:"好久不见,小书。"

梁嘉聿穿着浅灰色的家居服。脱去笔挺的西装与衬衫,这样的梁嘉聿显得更加柔和。

他们坐得并不远,但也没有靠在一起。

陈阿姨见梁嘉聿出来,问他们什么时候吃饭。梁嘉聿应声,说现在。林知书便起身跟了过去。

餐厅里飘满了饭菜的香味,梁嘉聿给陈阿姨放假,元旦三天不用再过来,还给陈阿姨包了一个大红包。陈阿姨感谢,原本准备今晚做大餐,但被梁嘉聿婉拒。他说接下来三天他和林知书可能会出门,所以今晚不用准备太多。

林知书跟着走进餐厅,看见桌上五颜六色的菜肴。

金黄软糯的南瓜糯米饭,蛤蜊开壳内里是饱满的虾滑,三文鱼分成小段,上面蒸着柠檬片。小鲍鱼开花刀,和金黄色的汤汁交融在一起,清炒时蔬品类多样,林知书一眼都分不出有哪些。

"餐后甜品在冰箱。"陈阿姨说道,"准备得不多,还是多谢梁先生。"

陈阿姨做菜很用心,梁嘉聿叫她不要多准备,她也没有趁机偷工减料。菜的分量每道都很少,但是品种丰富。

"元旦快乐,陈阿姨。"林知书说道。

陈阿姨笑得开心:"多谢,多谢!"

客厅门合上,林知书开始动筷子。她年轻,自然饿得快。

梁嘉聿刚要动筷子,手机上传来金瑶的消息。

金瑶:嘉聿,元旦你有空吗?我这边新买了一个酒庄,元旦开业典礼。

林知书目光瞥见梁嘉聿在看手机,又移开目光。

梁嘉聿回复消息:恭喜你,金瑶。不过我元旦已有安排。

金瑶的电话在下一秒打来。梁嘉聿看了林知书一眼,林知书善解人意地说道:"没关系,你接电话要紧。"

梁嘉聿没有离席接电话的意思,林知书听见他手机里传来女声。声音有些失真,可林知书认出是金瑶。

林知书放下筷子,借口说自己要去洗手间。洗手间的门还未关上,林知书已懊悔。她分明已做好要和从前一样面对梁嘉聿的打算,可还是在听见金瑶声音的时候,条件反射地做了逃兵。本能比理智来得更快一些,林知书站在洗手间里发呆。

餐厅里的声音并未持续太久,林知书打开水龙头洗了洗手,转身回到餐厅。

重新坐到餐桌前,林知书摆上笑容:"南瓜好甜。"

梁嘉聿把自己面前那碗递过去:"我这份也给你,我没有动过。"

"不要,"林知书拒绝,"陈阿姨做得很好吃,我想你也尝尝。"

"你可以分去一半。"

"你不会吃不饱吗?"林知书问。

梁嘉聿今天晚上第一次笑:"你关心我吃不吃得饱?"

林知书点头:"对呀,我希望我的老板吃饱。吃饱才会开心。"

"吃饱就会开心?"

林知书再次点头:"对于很多人来说,吃饱就会开心。"她话中带了些批判梁嘉聿的意思,林知书自觉有些不妥,立马找补,"我不是说你何不食肉糜的意思。"

"我没有在生你的气。"梁嘉聿说,"我只是口腹之欲并不旺盛。"

"你像白开水一样。"林知书说。

"什么意思?"

林知书斟酌了一会儿语言,说道:"像白开水一样没有七情六欲,别人的情感一旦靠近你,也会迅速地在水中溶解、稀释。因为你的体量太大了,像是……大海。再浓烈的味道进入你的身体,你也尝不到。再激荡的波浪蔓延到你身边时,也不过是泛泛的涟漪。"

梁嘉聿的嘴角很难忍住不上扬,并非觉得有多开心,而是觉得有意思、有趣味。他说:"我是白开水,你又是什么呢?"

"我吗?"林知书来了兴趣,眨眼认真思考,而后说道,"我是不被定义!"

梁嘉聿笑出声:"别人就是可以定义,你就是不被定义?"

"对呀,"林知书毫不羞愧,"谁叫是你问我的。"

梁嘉聿的眉眼依旧弯着,是在纵容她。

气氛好像有些松弛。林知书觉得南瓜糯米饭更甜了一些。

她把那天晚上的事翻篇,梁嘉聿亦是。他从不让人难堪。

她消灭掉那一小份南瓜糯米饭,梁嘉聿还是分了自己碗里的一半给她。

林知书当然知道,厨房里一定不止这些。难道梁嘉聿不知道?但是谁也没有起身,谁也没有阻止。

梁嘉聿把林知书的碗重新递回,问她:"元旦有没有安排?"梁嘉聿以为,他会收到林知书的标准答案"你问就是没有安排",但是林知书没有说话。

"有安排就做你安排好的事,以不打扰各自原本的生活为前提。"梁嘉

聿说,"但是,合理休息有利于更好的工作。"

林知书点头:"我记住了。"

"所以元旦还是要回学校写代码?"梁嘉聿问。

林知书摇了摇头:"金鸣要带我参观他的公司,上次平安夜的时候和他说好的。"

出租车停在新业大厦旁的小巷子里,林知书对司机说"谢谢",然后下了车。

元旦佳节,街上车水马龙。平安夜下了一场大雪,今天是个万里无云的大晴天。气温回升,林知书没穿厚重的羽绒服。上身是高领粗呢白色毛衣,下身是修身牛仔裤,外面套了一件卡其色大衣。头发扎成低马尾,素面朝天。

金鸣在楼下等她。林知书从小巷里走出来,早晨的阳光亮得如同浓郁的牛奶,铺陈在林知书的脸庞上,几乎叫她的面庞发光。林知书笑起来,那道阳光就在她的脸上流转。

金鸣想不出任何其他的形容词,他像被一道剧烈的、直接的照明灯晃到,脑海有一刻空白。素颜的林知书展现出完全不一样的面貌,少了关于女人的妩媚,多了直击人心的纯粹。

金鸣深吸一口气,赶紧走上前,抱了抱林知书:"我早说去接你方便一点。"

林知书笑起来,语气愉悦:"那多不好意思。"

"你跟我还客气什么!"金鸣把人带着往楼里去。

公共假期,楼里也冷清。金鸣问林知书冷不冷,林知书摇头,笑说:"你和梁嘉聿一样,爱问人冷不冷。"

"嘉聿哥也有我这么体贴?"金鸣贫嘴。

"对哦,你不知道吗?"

"我是男人,他对男人可不体贴。"

林知书接他话:"他也不是对所有女人都体贴,只是对我死心塌地罢了。"

电梯门合上,两人一同笑开。金鸣看着林知书,只觉得喜欢得不得了。他确信林知书不是那种糊涂到以为可以和梁嘉聿天长地久的女人,相反,她或许比他还清醒。拿"梁嘉聿对她死心塌地"来开玩笑,说明她知道梁嘉聿对她决不会死心塌地。

电梯行至二十八楼,两人踏入走廊。阳光从一侧窗户照入,照在林知书的身上。

金鸣看着林知书,想到钻石。金鸣问:"你接下来两天有什么安排?"

林知书摇头:"我可能要去学校。"

"放假还去学校?"金鸣不解。

"就是我之前和你提过的那个项目啊,我又要上课又要考试,还要赶项目进度,不占用休息时间是不可能的。"

"你毕业后就来我这里上班,没必要那么辛苦。再说了,我不相信嘉聿哥没给你足够的……生活费。"金鸣言语婉转,林知书当然明白他的意思。

梁嘉聿包养她,没给她足够的钱吗?

但是林知书没有生气。

"我父亲十月份的时候去世了。"林知书忽然说道。

金鸣一顿,不知她话里的意思。

林知书在走廊的一扇窗户前停下,她抬手开了一条小缝,清冷的风就吹进来。阳光依旧很好,林知书闭眼安静了一会儿,而后看着金鸣说:"我以前也是无忧无虑的,和你们一样。或许远远比不上你和梁嘉聿有钱,但我从前不觉得生活需要多努力。我父亲去世之后,我才知道家里能用上的钱几乎套在股市里血本无归,我父亲的公司更不是我以为的那样属于我,如果没有梁嘉聿,我现在一定一无所有了。"

"梁嘉聿是个很好的人,"林知书说,"但聪明的人不该犯两次错,不是吗?我在父亲那里曾经获得过的庇护,梁嘉聿再次给予我。但我不会再那样天真。别人施舍的东西永远是别人的,不是我林知书的。哪一天他要收回去,我就会一无所有。"

风穿过狭窄的窗缝,吹得林知书的发梢晃动。然而她目光坚毅、清澈,像是一颗发着光的钻石。

金鸣说:"我带你去公司看看。"

"好。"

金鸣的公司已装修完毕,灰色调主体,风格奢华却不繁复。入门墙上悬挂高大的艺术画,完全看不出来是科技公司。超大落地窗前摆放了数组色彩鲜明的沙发,金鸣说比起辛苦工作,他更希望员工在这里可以获得舒适与满足。

穿过重重办公区和会议室,两人走到金鸣的办公室。金鸣介绍了他公司的主体业务,也提点了林知书一些。他从事科技行业,必然比梁嘉聿更了解现在的市场。

林知书主修数学,又擅长编程,其实已比他人优秀太多。

"有机会真的来我这里,我是认真的。"金鸣说。

林知书说:"谢谢。"

两人分坐在沙发上,林知书在看金鸣公司的宣传手册。她脱了外套,穿着看起来柔软的粗呢毛衣。头低下去的时候,下颌微微收在白色的高领内,显得格外不设防。

金鸣说:"上次嘉聿哥答应我一件事。"

林知书偏头。

金鸣:"他说你们分手了,会告诉我。"

林知书还是没有说话。

金鸣笑了笑:"我挺喜欢你,我上次说的是真的。"

林知书也弯起眉眼:"你这样说,不怕梁嘉聿生气吗?"

"我想你也知道他是什么样的人。"

林知书安静了一会儿,点头:"是,他是个很薄情的男人。"

"你知道金瑶吗?"金鸣问道。

林知书翻页的手停住了,她忽然把金瑶和金鸣的名字在脑海中一同念出,而后缓慢说道:"她是你……"

"她是我同父异母的姐姐。"

林知书当然知道金鸣今天是在挖墙脚,但她想听金瑶的故事。她合起宣传册抱在怀里,靠在沙发上听着金鸣说话。她想,金鸣或许也有添油加醋,或许他说的一切都是真的。

梁嘉聿和金瑶相识二十多年,年少时有几年他们甚至住在同一个屋檐下。梁嘉聿坐二十几个小时的飞机回来,为她庆祝毕业典礼。为她拍下上亿的展品也毫不手软。

林知书想，他是一个很好的人。

"金瑶从小被所有人捧在手心里，理所当然地认为嘉聿哥也喜欢她，被拒绝后，她恼羞成怒与人假订婚，以为嘉聿哥会回心转意。"金鸣说道，"但是你知道吗？嘉聿哥毫无想法，甚至真心为她准备了一份大礼。"

梁嘉聿是个好人，他对身边的人永不吝啬，但千万不可把它误认为是感情。

梁嘉聿对金瑶好，是因为他曾经接受过金家的恩情。梁嘉聿对林知书好，是因为他需要林知书的"有意思"。

一切清清楚楚、明明白白。梁嘉聿从来知道什么是利用与被利用。

可靠觉得"有意思"撑起来的情感又能持续多少年？今天她林知书有意思，明天或许梁嘉聿就觉得没意思了。林知书没有一辈子保持有意思的能力，她也有累的时候。

金鸣如何敢对梁嘉聿说出这样的话？

林知书想，他不是不怕梁嘉聿，他是太了解梁嘉聿，了解梁嘉聿根本不会真的在乎。

林知书靠在沙发上，她面色并未有太大的波澜。

林知书想起那个下雪的晚上，梁嘉聿牵着她的手在雪夜里散步。

有一个瞬间，他们靠得那样近。

有一个瞬间，他们又离得那样远。

她是二十一岁，不是三十一岁，也不是四十一岁。即使她聪慧，也没到可以透彻理解感情的地步。她爱梁嘉聿爱到可以义无反顾、为他去死、放弃理智吗？林知书觉得未必。可她一点都不爱梁嘉聿吗？那为什么，她已在心中开始比较。

或许乌雨墨说得没错，她其实更多的是感激。是她年纪小、没有经历过，错把感激当作爱。

林知书和金鸣一起吃了午饭，金鸣说如果接下来两天在学校里学得累了，随时找他："这几天嘉聿哥应该挺忙。"

林知书定住，她记得 Chloe 和她说，这几天梁嘉聿休息。

"他没和你说吗？金瑶最近买的酒庄开业，也请我了，但我和你有约，

就推了。"

　　林知书想起昨天晚上的那通电话，梁嘉聿后来问自己元旦有没有安排，是想要带她去参加金瑶酒庄的开业活动吗？答案实在太过明显。

　　金鸣又说，元旦他都在南市，随叫随到。林知书点了点头，说好，而后仍然坚持自己打车回家。

　　推开门，梁嘉聿并不在家中。她去不去，都不会影响梁嘉聿。

　　嫉妒吗？林知书说不上来是或不是。

　　新年的第一天，林知书想，她其实是一个人度过的。晚上点了外卖，随便吃了些。

　　第二天早上，梁嘉聿依旧没有回来，林知书回了学校。宿舍里同样空荡荡的，乌雨墨在外面帮人拍照，忙得不亦乐乎。林知书抱着试试看的心态问了吴卓在哪儿，吴卓发来自习室定位。

　　林知书：等我。

　　吴卓：你今天来学校了？

　　林知书：嗯，在家无聊，不如回来一起赶进度。

　　吴卓：我这边正好有空位，最近考试多，教室里人不少。

　　林知书：OK，多谢，我马上就到。

　　林知书买了两杯热奶茶。赶到教室时，她看见自己的桌上有一杯一模一样的。林知书无声地笑了出来，吴卓也别过脸去笑。他们两人前后脚，各买了两杯一模一样的奶茶。

　　林知书小声道："午饭别吃算了。"

　　吴卓不知怎么接话，还是在笑。

　　林知书打开电脑，不再废话，接着年前结束的地方继续开始工作。中午两人去食堂简单吃了点，而后继续回到自习教室。

　　吴卓有一门课元旦放假后就要考试，他上午复习功课，下午才有时间和林知书一起忙项目的事。

　　傍晚时分，林知书的电脑发出没电的警告，她这才发现充电线落在家里了。

　　吴卓原本打算叫她一起出去吃饭，今晚有场电影，他记得林知书之前和他提过她很感兴趣。可林知书指了指自己的电脑："我得回家一趟。"

吴卓收住原本的话，又问："那你晚上还回来吗？"

"不确定。"林知书说着，收好了书包，"再见哦，吴卓。谢谢你今天帮我留的位置。"

"再见。"吴卓有时候恨，恨自己永远说不出想说的话。

回家的时候路上堵车，林知书背着书包回到公寓时已临近八点。推开门，她听见梁嘉聿在阳台上打电话的声音。

金鸣实在冤枉，梁嘉聿打电话来要人。

"小书昨天下午就回家了，我倒是想带她玩呢，她都不搭理我。不过嘉聿哥你怎么知道她不在家，你没去金瑶那儿？"

"没有，你为什么会觉得我去了？"

"嘉聿哥你也没去？惨了，金瑶又要朝我发疯了。"

梁嘉聿正要开口再说话，忽然听见门口传来声音。

林知书站在门口多久了？她并未换鞋，只停在那里用手机打字。

梁嘉聿挂了电话，走进客厅。"回来了？"他问。林知书从手机中抬头，朝他笑了笑："嗯。"

"去学校了？"梁嘉聿看见她身上的书包。

"嗯，昨天晚上看你没回来，今天我就去学校了。"

"怎么不换鞋？"

林知书放下了背着的书包。吴卓在微信里问她，今晚要不要出去看电影，她之前提过很感兴趣的那部片子最近上映了。

林知书问他："你也刚回来？"

梁嘉聿面色柔和，说："是。"

林知书笑了笑："我朋友约我出去看电影，我就不换鞋了。"

梁嘉聿表示理解："乌雨墨？"他还记得这个名字。

林知书摇头："吴卓，上次我过生日和我一起吃饭的那个人。"

林知书蹲下身，去找书包里的公交卡和钱包。她知道，梁嘉聿没有离开。他站在不远的地方正在注视着她。

林知书一边翻书包，一边说："梁嘉聿，你从前说过的话现在还作数吗？"

梁嘉聿问："哪一句？"

"你说，"林知书到底没有勇气看着梁嘉聿说出这句话，她捏住钱包，假装还在书包里翻找，"你有自由恋爱的权利，我也有自由恋爱的权利。人人平等。"

林知书不确定梁嘉聿到底会如何回复她，因此安静变成了一种折磨。直到她听见车钥匙的声音。

她以为梁嘉聿会生气，但是他没有。

"当然，小书，"梁嘉聿的声音依旧温和，"我记得和你说过的每一句话。"

林知书缓慢地抬起头，梁嘉聿面上没有任何生气的意思，他只是注视着她。灯光把他照得身影朦胧，像是一切都是幻觉。

林知书有些眩晕，或许是她蹲太久了。可她还没有找到公交卡。

梁嘉聿已走到她身边换鞋，林知书扶着鞋柜站起来："你是要出门吗？那可以捎我一段吗？"

梁嘉聿穿上外套，推开门："当然，不过我不是捎你一段。我是送你过去。"

林知书后悔了。她第一次感受到情绪的降临像是有实物在身体里反应。胸腔烧起来，内脏随后变成黑色的灰烬，沉沉地落下去。落到手臂，落到小腹，滚烫于是变成冰凉，一路寒到小腿和脚。

可其实车里很温暖，梁嘉聿甚至开了音乐电台在播放缓和的歌曲。

他问了地址和场次，而后没有流露出任何的不悦。

林知书却被自己的思绪反复拷打、折磨。她希望梁嘉聿生气，证明他是在乎自己的。可她又不希望梁嘉聿生气，因为他那样好，她不想伤害他一分一毫。

即使在这样不明不白的情况下，林知书说出要和别人看电影这件事，梁嘉聿也没有任何的责问。他尊重林知书做的每一个决定，也遵守给予林知书的每一句承诺。

林知书没办法去看梁嘉聿，可她也并未反悔。

她想，探知答案的过程绝不可能是一帆风顺、轻松无虞的。如果她需要得出正确答案，那就也需要付出同等的代价。

更何况，梁嘉聿何曾向她许诺过什么？他从未说过任何关于天长地久、关于爱的字眼，他的牵手与吻也不过是不明含义的动作。

林知书注释为"爱"的行为,或许在梁嘉聿那里注释为"不被定义"。

林知书一路上都不安宁。而这一切也恰好证明,如果林知书不做出些什么,她会永远不得安宁。

梁嘉聿把车停在电影院对面的路边,元旦人多,停车位并不好找。林知书让他随便找个地方停下,她跳下去就好。

梁嘉聿笑了:"我怕你跳下去崴了脚,电影也看不成。"他此刻说话的语气依旧轻松、如常,林知书心里的火都跟着弱了。她也笑笑,难得没有回嘴。

梁嘉聿花了些时间把车停进狭窄的位置,林知书朝他说谢谢。

"看电影愉快。"他说。

林知书点头:"你回家也注意安全。"

"去吧。"梁嘉聿解了门锁。

林知书推开门,冷风灌向她,也吹散了一身的燥热。心情已不似刚刚那样沉重,梁嘉聿同她说话与平常并无两样。她从不希望他不开心。

穿过马路,林知书回头看见梁嘉聿的车还在,她朝他摆摆手,而后走进了电影院的大厅。

吴卓已在等,林知书走上前:"不好意思,来迟了。"

"没有没有,那个,我买了爆米花和一个小蛋糕,不知道你还要不要喝东西,你要喝什么,我现在去买。那边还有卖吃的,你要不要去看看……"吴卓显得很紧张,林知书看见他鼻尖上沁出透明的汗。

"这些吃的够了,我去买两杯喝的。"林知书拍了拍吴卓的肩膀。

他穿着羽绒服,林知书的手掌拍上去,带来清脆的两声响。

吴卓低头笑了:"行,我喝什么都可以,谢谢你。"

"客气。"

电影开始得很快,林知书和吴卓坐在中间的位置。厅里几乎坐满了人,制造出热闹的氛围。

林知书在想梁嘉聿。

吴卓说,这部电影他其实也想看很久了。林知书说:"真的吗?"

吴卓说,他以前就很喜欢里面男二号的演技。林知书说:"男二号是谁?"

吴卓说,电影最后还有个彩蛋,千万别忘记了。林知书说:"好,电影开始了。"

吴卓不再说话。

林知书摊开在膝盖上的双手空空。她低着头，在黑暗中看见自己缓慢地动了动手指，但是没有人牵着她。

他们昨天见面了吗？开心吗？昨天晚上梁嘉聿是在金瑶那里住的吗？

不，这不是她应该思考的问题。

他说自由恋爱，人人平等。他是怎么可以做到这样好地对待每一个人呢？

梁嘉聿充斥在林知书脑海的每一个角落。电影上的画面变成没有意义的色块交替，人声喧闹，林知书的双眼迷茫。

林知书想，人生中漫长的三个小时，请允许她变成懵懂的、愚蠢的、为情所困的少女。

电影散场，林知书和吴卓并没有离开。画面上正播放无穷无尽的演职人员姓名，吴卓兴奋地想要和林知书探讨剧情。

林知书说："对不起，吴卓。我看电影的时候有些走神了。"

吴卓愣了一下："你今天不高兴吗？"

林知书点了点头："但不是因为你，是我自己的私事。"

吴卓侧过身子对着林知书："是你家里的事吗？"

林知书知道吴卓误以为自己在想念父亲，但她不想再多解释，只点了点头。

吴卓沉默了一会儿："我不太会安慰人，但如果你需要人说话，可以找我。"

"我觉得我好像在利用你。"林知书说。

"朋友不就是应该互相帮助吗？"吴卓说。

林知书有些苦笑，却也点了点头："对，谢谢你。如果你以后有什么需要帮忙的，也一定告诉我。"

吴卓也点头。

"那彩蛋就别看了，我们走吧。你今天回学校吗？"

"不，我回家。"

吴卓："你怎么走？"

"打车。"林知书说着，率先站了起来。

电影一连播了三个小时，结束已是深夜。两人走到大厅，外面冷冷清清的。

吴卓："我先陪你打车吧，然后我坐最后一班公交车回学校。"

林知书点了点头："谢谢你。"

"你总是很喜欢说谢谢。"吴卓说。

"因为我真的很感谢你，你们。"

"你说还有乌雨墨？"

林知书点头："是啊。"

吴卓笑着摸摸头："以后工作了也别失去联系啊。"

林知书也朝他笑了笑："没问题。"

两人一同走出电影院，外面吹来寒而刺骨的冷风。林知书掏出手机，点开了打车软件。

街道上已不似来时一样热闹，只有路灯孤零零地站着。林知书抬眼想要确认电影院的名字，看见了街对面唯一停着的一辆车，心在刹那间变得很静。

吴卓问她打到车了没有。

林知书收起了手机："我先陪你等公交车，我家人来接我了。"

吴卓顺着林知书的手，看见了街对面的那辆黑色轿车。

"还是上次那个家人？"

林知书点头："还是上次那个家人。"

公交车站就在不远的地方，林知书和吴卓坐在站台的椅子上等待。

十一点二十三分，吴卓等的最后一班公交车到来。林知书在车外隔着玻璃同吴卓说再见。

蓝色公交车驶离，街上安静得只剩下林知书和那辆汽车。

林知书走得很慢，像是蹚过不浅的水。水浪前后拍打着她，摇晃着不再安静的心跳。

梁嘉聿的车窗缓慢落了下来，林知书站在他的车门外。风把她的围巾吹落了一截，她站得很静，只有那截围巾在风中慌张地晃动。

"先上车，外面冷。"梁嘉聿的身上传来很淡的香烟味道，他说他偶尔需要提神时会抽一支。

林知书说："梁嘉聿，车的位置没有动过。"

梁嘉聿很轻地笑了："是啊，小书。车的位置没有动过。"

第四章 我想你了,梁嘉聿

梁嘉聿递来纸巾,林知书说:"谢谢,太冷了。"何须欲盖弥彰,她双眼已酸胀。

梁嘉聿关上车窗,隔绝车外风霜。"电影太感人了?"他问。林知书点头,声音有些闷:"是啊,太感人了。"

"讲的什么?"

林知书一愣,破罐子破摔:"全忘记了。"

车厢里同时传来低低的笑声。

梁嘉聿才没有为难她的意思,林知书的愧疚从心底翻涌出来。她把用过的纸巾塞进大衣口袋里,说:"吴卓不是我男朋友。"

"嗯。"梁嘉聿回应中无任何惊讶。林知书望着他:"你知道啊?"

"我相信正常人都看得出。"

林知书吸气,也承认梁嘉聿这样聪明的人如何会看不出。

"那你为什么不戳穿我?"

"我没有任何戳穿你的必要。"

林知书看着他:"梁嘉聿,你永远这样对人好吗?"

"是吗?也有人觉得我不好。"

林知书在心里翻出答案,金瑶吗?可她才没这胆量说。

"如果有人觉得你不好,那是因为你对他们太好了,但是当他们误以为这好是无穷无尽的时候,你又离开了。"

"那你呢?"梁嘉聿却问她。林知书一顿,开口道:"还好你对我不怎么好！"

　　车厢里有人憋不住笑出声，林知书转脸去看窗外。窗外树木连成模糊的影子，她在玻璃上看见自己清晰的笑脸。

　　林知书想，她不是一个恋爱高手。就连这三个小时的电影都做不到抽离一刻。

　　乌雨墨的话还在心中，林知书也并未从自己的担忧中走出。但林知书做不到去试着喜欢任何一个别人，她清楚地知道，当她在梁嘉聿身边时，她会开心地笑。

　　元旦节后，万鹏打来电话，说人工矫正做完了，让他们来公司一起讨论结果。

　　林知书和吴卓，还有一同做项目的几个师兄在一月中旬的一天下午去了万通科技。万鹏很是热情地接待了他们，把人工矫正的数据展示了出来。

　　林知书没有太大意外，他们的数据准确度很差，很多肉眼可以轻易识别出来的物品，机器学习却会轻易误判。

　　万鹏找了公司的技术总监来给他们的代码做分析，轻而易举地把他们三分之二的工作全部否定，认为一定要重头再来。

　　商业代码为了之后的开发与更新，在基础代码书写时就会格外注意一致性与之后的可开发性。林知书他们的代码其实也可以小修后继续使用，但是如果以后当真要上市、维护，就一定要大刀阔斧重头再来。

　　万鹏和技术总监走后，会议室里只留下他们几人。

　　林知书说她会重新来过，却没想到那几个师兄完全反对。他们研究生临近毕业，或许已等不及从头再来。既然小修也可以做出软件，那就没必要追求什么完善。

　　"又或者，你们其实根本没想上市？"林知书直接问道。她想起梁嘉聿和金鸣的话，她的这个软件项目放到市场上根本没有前景。即使当初的项目计划书里信誓旦旦地写着之后要上架商城、进行推广、下载，但是不是只有林知书自己一个人信以为真？

　　师兄们的反应自然激烈。林知书算什么，一个大三辅修计算机专业的小姑娘也敢这样和他们蹬鼻子上脸。

数据拷贝到他们自己的硬盘上后,师兄们径直离开了会议室。

"你以后别管了。"吴卓站起身,左右为难,最后还是选择追了出去。

会议室里顷刻间空荡荡。林知书静了一会儿,长长地吸气,也长长地呼气。

万鹏走进来。他笑了笑:"这是常有的事。"合伙人之间吵架、纠纷,从来都不罕见。

"所以我喜欢自己当老板。"万鹏招呼技术总监,把之前就拷贝好的人工矫正结果又给了一份给林知书。

"谢谢你,万老板。"林知书接了过来。

"接下来你打算怎么办?"万鹏问。

林知书把硬盘放进自己的书包里,她面色并无太多担忧,站起了身。而后朝万鹏笑了笑:"万老板,你不知道我现在多开心。终于甩掉了一帮笨蛋!"

万鹏大笑了起来:"那天我第一次见你就喜欢你这个小姑娘!有需要还来找我。"

林知书谢过万鹏,转身离开。

电梯里人不少,临近下班时间。林知书一直有些走神,到了一楼后,远远听见有人在叫自己。

"小书!小书!"

林知书回头张望,才看见不远处的金鸣。金鸣喜上眉梢:"你来找万鹏?"

林知书点点头。

"结束了?"

林知书又点头。

"哑巴了?"

林知书笑了:"你才哑巴了。"

金鸣约她去附近吃晚饭,林知书同意了。

元旦过后,梁嘉聿忽然说要回伦敦一段时间。林知书记得他之前明明说从元旦到新年都不会再忙。家里冷清了,不如和金鸣一起吃饭。

金鸣带林知书去了一家日料店,林知书把书包放下,低头去看菜单。

金鸣把水杯递到她面前:"你今天心情不好?"林知书点点头。

"说给我听听？"

林知书抬起头："跟我合伙做软件的人，把我踢出团队了。"

她又接着说："不过没关系，反正大部分本来就是我做的，没有他们我一样能行。"

"可以啊，小姑娘。"金鸣倒是真有些佩服林知书了，"你到时候有需要尽管来找我，我这边年后就招满人开始正式上班了。"

林知书翻动菜单的手顿了一下，她点点头，又问："可以问你一个问题吗？"

林知书难得这样认真，金鸣扬眉："什么都可以问。"

林知书合上了菜单。

梁嘉聿走得匆忙，并未告诉她去伦敦是做什么。但其实他根本也没有必要告知林知书任何事。

林知书很难启齿一件事，她在微博同城上刷到了金瑶的社交账号。而梁嘉聿走的那天，金瑶放出的照片上有梁嘉聿的半只手臂。林知书认得他最近戴的那块手表。

林知书觉得，自己总在清醒与做梦间来回徘徊。梁嘉聿在车里等她时，像是做梦。而梁嘉聿一声不吭离开时，又把她拉回现实。

又或者，送她去和吴卓看电影根本也是清醒与做梦交错。一方面，他舍不得自己在天黑一个人打车，一方面，他即使知道她是和男孩子一起也不会生出任何负面的情绪。

有时候冷静下来，林知书觉得一切过分清晰。

梁嘉聿喜欢她，但没那么喜欢她。至少，没有她喜欢他那么多。

林知书看着金鸣，她问："你知道梁嘉聿现在在做什么吗？"

金鸣愣了一下，但很快也转过弯来："他没和你说他回伦敦了？"

"这个我知道。"

"哦，那就是他没和你说他回伦敦是做什么？"

林知书点头。

"所以你其实是因为这个今天才不开心的，对吧？"

林知书没有说话。

金鸣皱眉闭眼:"我没想到你这么喜欢他,算了,他本来就值得所有女人都喜欢他。"

林知书没有点头,也没有摇头。金鸣笑了笑,说:"金瑶的母亲病危了。"

林知书双眼微微瞪大。

"所以他不是故意不告诉你他为什么回伦敦,也不是要隐瞒他和金瑶一起的事情,他只是不想把金瑶母亲的病情到处扩散而已。"金鸣靠在座椅里,"嘉聿哥从来都是很体面的人,不会散播别人的私事,我想你一定深有体会。"

林知书这几天心里的困顿在一瞬间消散。羞愧甚至更甚,她这样无端地揣测梁嘉聿。林知书手指捏住杯子,开口道:"……那,那你知道金瑶的母亲现在的情况好些了吗?"

金鸣:"年纪大了,承受不住再做心脏手术,其实也就是挨着。"

林知书听出他话里的意思,怪不得梁嘉聿也要前去。

"你呢,你怎么不回去?"

金鸣笑了笑:"你忘了,那不是我母亲。我如果回去,只会在——"

"你别说出口。"林知书打断他说话。金鸣也就停止。

两人点了餐,服务员收了菜单离开。

林知书手指一直在杯壁上摩挲,她问:"如果我问梁嘉聿和金瑶的事,会不会冒犯到你?"

金鸣笑起来:"冒犯到我哪里?"

"金瑶毕竟是你姐姐。"

"你见过我叫她姐姐?"

林知书确定金鸣并不反感,她又问:"你觉得梁嘉聿有喜欢过金瑶吗?"

"我记得我上次和你讲过他们的故事。"

林知书点头:"你给我描述了事件,但我想听你的感受。"

金鸣静了一刻:"你知道吗?嘉聿哥如果真的喜欢一样东西,是无论如何都不会放手的。"

林知书:"但他每年都去参加金瑶的生日,还给她送贵重礼物。"

"他时间自由、金钱自由,做这些算什么难事?"

林知书又说:"毕竟认识了那么多年?"

金鸣笑得停不下来:"金瑶如果性别为男,嘉聿哥照样对他好。"

"……那你觉得,怎么样才算是爱呢?"林知书问。

服务员推开包厢门,送进餐食。林知书只目不转睛地看着正在思考的金鸣。

"我觉得……"金鸣在回想自己的过去,"如果你愿意为一个人浪费时间,或许就是爱。"

"浪费时间?如何定义?"

金鸣:"花时间去参加生日会就不算是浪费时间,因为这是目标明确且有收获的时间支出。浪费时间就是,他在不在这都没关系,但他选择在这里。"

"比如,一个人去看电影,一个人在外面等她三个小时?"林知书脱口而出。

"嘉聿哥在电影院外等你三个小时?"金鸣敏锐地嗅出不对劲,却又摇头,"怎么可能,他从不做这种浪费时间的事。"

林知书的手冰凉,或许是这刺身下方的冰块散发出太多的寒意。她跟着金鸣摇头,说道:"没有,没有。他没有。我就是随口一说。"

既怕梁嘉聿不爱自己,又怕他爱自己的证据是捕风捉影。林知书陷入情感的旋涡。

乌雨墨问她,有没有搞清楚自己是喜欢还是感激。

林知书想说,百分之九十九点九九是喜欢,但她说:"不清楚。"

乌雨墨破案:"那就是喜欢。"

林知书这辈子没陷入过这样的困境,但她知道,沉迷于此只会叫她一事无成。

期末来临,林知书也跟上乌雨墨去图书馆复习的脚步。现下软件的事情她被踢出了团队,反而可以自己安排时间。

吴卓来找过她几次,他代其他人向林知书说对不起。

林知书问他怎么选。吴卓不说话。林知书让他不用再来找自己了,她也不会怪吴卓。谁也没道理天生要站在她那一边,林知书理解吴卓的选择。

天气越来越冷,图书馆的位置也越来越难占。林知书每天早上五点去排队。她修两个专业,考试都比其他人多。

晚上十一点半踩着宿舍关门的点回来，又在床上用耳机听半个小时的英语听力。学习重新让林知书回到正轨，梁嘉聿已很久没有消息。

林知书偶尔点开金瑶的账号，她发得并不勤，但林知书翻到了新照片。

是梁嘉聿坐在医院的走廊里闭眼小憩。

很辛苦吧，不然怎么会这样也能睡着。

她没有给梁嘉聿发任何消息，她想，或许梁嘉聿现在并不需要她的打扰。他在伦敦有他自己的生活和要做的事情，她不是他唯一的生活。这种想法有些悲哀，却也给林知书带来额外的镇定。

她翻看自己的笔记本，第一页上是她同梁嘉聿生活在一起的初心。

让梁嘉聿开心，仅此而已。

二月初，各门考试纷纷结束。宿舍楼里不时会碰见提前离校回家过寒假的人。

乌雨墨问林知书今年过年怎么过。林知书想了想："不出意外，应该是一个人。"

"他呢？"乌雨墨问。林知书知道她问的是谁："他在过他自己的生活。"

乌雨墨想了一会儿，问道："你计算机是不是有一门二月中才考试？"

"是的，所以我要一个人在宿舍待到那时候。"

数学系的考试后天最后一门，大部分人考完就走了。乌雨墨说道："我考完还要接几个拍照的单子，大概也要二月中才离开南市。"

"什么意思？"林知书问。乌雨墨笑起来，坐正身体："去我家过年吧，知书！"

这年快结束的时候，终于发生了一件叫林知书可以笑出来的事情。她答应了乌雨墨去云市老家过年，并且雀跃不已。

乌雨墨各门考试结束后，就开始继续兼职赚钱。她如今已不得了，靠自己赚的钱甚至买了一台相机。这样她便可以妆造、拍摄一条龙服务。乌雨墨技术好、服务也好，在附近几所大学里都小有名气。

林知书复习得差不多了，也会跟着乌雨墨一起。她帮忙搬搬器材、打打下手。

二月中,林知书考完最后一门。

乌雨墨家在云市,从南市过去要先坐六个小时的火车,然后再坐两个小时的大巴车。

林知书收拾了一个小包,约定在她家小住一个星期。她们出发得晚,农历二十七的上午才去往火车站。

林知书从前没真切地感受过春运,人像是芦苇丛中的一根,左右摇摆无法自控。乌雨墨告诉她把包背在胸前,然后紧紧地拉住她的手。

绿皮火车上,很多打工回家的农民工。过道里也站满了人,前来推销零食的工作人员不时应付着些难听的黄色笑话。

乌雨墨笑:"是不是从没见过这样的?"林知书点头:"但是跟在你身边,我不害怕。"

六个小时的火车有点难挨,气味、噪音、坚硬的座椅都让林知书筋疲力尽。下了火车之后,林知书又迎来了两个小时的乡野大巴车。

一路上有点颠簸,林知书忍住想吐的感觉。她终于明白乌雨墨为什么很久才回家一次。

到家的时候天已经黑了。乌雨墨带着林知书又走了一段漆黑的乡路。最后,乌雨墨推开一扇大铁门,大声喊道:"我回来啦!"

乌雨墨和爷爷、奶奶住,她父母离婚,各自有了家庭。

林知书进门打过招呼后,给了爷爷、奶奶红包。几番推搡,林知书坚持一定要给,爷爷、奶奶才收下了。

晚上吃得丰盛,四个人围坐在并不亮堂也并不豪华的屋子里,但是林知书觉得很幸福。

她想起林暮,也想起梁嘉聿。

吃完饭,林知书也帮着收拾。两人忙完之后,回到乌雨墨的房间。

"你是不是有点不习惯?"乌雨墨问,"我看你情绪不高。"

"不是,"林知书摇头,"我不是不习惯,我只是……觉得我是一个人。"

每逢佳节倍思亲,但是林知书如今没有亲人可以思念。乌雨墨给她倒了热水,又问:"他呢?他也没联系你吗?"

"他在忙重要的事。"林知书说。

"重要到一个电话都不打?"

"不是,"林知书自然而然地想为梁嘉聿辩解,"他的一个长辈病危,他一直陪在医院里。"

"……好吧。"乌雨墨说,"那你为什么不给他打个电话呢?"

林知书哑然。

农历二十八、二十九,林知书在乌雨墨家中度过。乌雨墨的奶奶很有意思,沉迷韩剧无法自拔。奶奶竟还自学韩语,说打算以后去韩国旅游。

林知书喜欢和奶奶坐在卧室里看韩剧。有时候韩剧里讲到奶奶会说的话,奶奶会高兴地自己重复一遍。

"等我以后去韩国,语言就没问题了!"奶奶说。

林知书跟着笑,她不是一个合格的陪伴者。林知书很难说出一些显而易见是谎言的话。

比如:奶奶你一定可以去到韩国的。

乌雨墨的奶奶患有严重的心脏病,乌雨墨说她根本坐不了飞机,去不了韩国。

乌雨墨朝她挤眉弄眼:"但我奶奶很有意思,她说她喜欢韩语,难道一定要有韩国人和她说话她才有资格学习韩语吗?"林知书从她话里听出不一样的意思。乌雨墨笑起来,溜走。

农历三十,林知书和乌雨墨在早上六点就起来帮忙。爷爷、奶奶卤了大锅猪头肉,林知书走出院子的时候正好赶上爷爷回来。他已把卤好的猪头肉带去土地庙敬完回来。

奶奶端了圆子出来吃,林知书和乌雨墨吃完早饭后就去贴春联。

这一天,林知书略显沉默。她埋头涂胶水,在贴卧室福字时,忽然走出屋子。

林知书想,有些道理不是她不懂,是她被惯坏了。

不主动出击的乌雨墨不会赚得足够的生活费,不会得到出去念大学的珍贵机会,不会习得高超的化妆、拍照技术,为自己的未来增加更多的保障。

而林知书从前生活在温室里。她想要什么,就能得到什么。她变得怯懦,变得要百分百确定自己定会得到满意结果才敢出手。可是……一定要确定会有韩国人来和自己说话,才有资格学习韩语吗?一定要确定对方爱自己,自己才可以爱对方吗?

林知书从乌雨墨的话里品尝出深层意思。一定要求一个完满的结果,才敢迈出第一步吗?

但现代社会,没有人开始一段感情是因为确定他们一定会天长地久。

一定要你爱我,我才可以爱你吗,梁嘉聿?

不,不是的。胆小的人才不敢去爱,不敢去承担不被爱的结果,不敢去面对一个人的结局。

林知书从迷宫中找到出口。答案其实一开始就很简单。

两年,梁嘉聿给了她两年,梁嘉聿只给了她两年。而她用此乞求天长地久,原本就是违背了规则。

乡下的信号并不好,林知书发出的消息转了好半天。她沿着门口的小路一直走,终于走到一处开阔的地方信号满格。

梁嘉聿没有给她回消息,他给她打来了电话。

"小书?"电话里,他的声音一如既往的温和、平静。

林知书望着遥远的天空,她说:"梁嘉聿,现在是伦敦时间凌晨十二点。"

"是,小书,你有什么事吗?"

凌晨十二点,梁嘉聿可以在收到消息的下一秒打来电话。他还没有睡。

林知书鼻头发酸,声音依旧平静:"梁嘉聿,我没有催你回来的意思,你想什么时候回来都可以。我只是想告诉你一件事。"

乡下的冬天冷得厉害,林知书的口鼻中呼出成团雾气,模糊了她的视线。但她的思绪清晰,没有任何的犹豫:"我只是想告诉你,我想你了,梁嘉聿。"

金瑶哭得厉害。医生简单安慰过后,请人将她母亲送去普通病房。没有再用高昂仪器维持生命的必要,不如让老人走得舒适一些。金瑶父亲头疼得要命,直问梁嘉聿在哪儿。

梁嘉聿收起手机,从门外进来,说:"这边交给我吧,我请司机先送金叔你回去休息。"

金潮生求之不得,他前来看望前妻原本就不甚情愿,金瑶又哭了一整夜,哭得他实在是头大。

病房门关上,梁嘉聿带金瑶去一旁的休息室。金瑶情绪并不稳定,梁嘉聿打电话请了她的朋友来陪伴她。

安抚金瑶绝非易事,梁嘉聿这段时间几乎住在病房里。金瑶母亲的情况一直反反复复,金瑶也跟着时而崩溃时而大哭。

梁嘉聿当然对此没有任何怨言。他小时候在金家住过很长一段时间,那时候金瑶的母亲和她父亲还没有离婚,他受过他们家的照顾。

梁嘉聿的袖口湿了,因为金瑶伏在他的手臂上哭泣。从前一起长大时,金瑶是高高在上的公主,公主不会哭泣。后来的那一次,是他出现在她的"订婚宴"上时。

休息室里的灯光并不亮,现在已是伦敦时间凌晨十二点。

金瑶母亲的情况在今天清晨急转直下,经过一下午的抢救,也不过是勉强又维续了几天的寿命。但是医生的话已很清楚,没有再住重症病房的意义,不如让老人在普通病房,在亲人的陪伴下,安详地离开。

手臂上的重量轻了,梁嘉聿倾身,从桌上抽来纸巾递给金瑶。金瑶的话语掺杂着浓重的鼻音与泣声,叫梁嘉聿想到林知书。

想到他去看望她父亲时,她扑在他怀里哭泣。感知到林知书的长大并非一瞬间,而是很多个瞬间:抱住她身体的时候,送她上学看着她离开的时候,为她过生日的时候,牵手的时候,在包间里尝他酒的时候。

又或者,在她说"想你"的时候。她的话语平铺直叙,没有少女的羞涩与遮掩。

林知书说:我想你了,梁嘉聿。

伦敦的生活同过去的几十年一样平淡、乏味,甚至苦涩。因此后来很长一段时间,梁嘉聿都会生活在世界的各个地方。他喜欢酒店,让他在世界各个地方都有落脚点。

海面偶尔泛起涟漪,但也会很快扩散、消失。尤其是身处伦敦时,梁嘉聿变成一潭死水。但他不得不回到这里,因他知道这是他的责任。

金瑶叫了好几声他的名字,梁嘉聿从迷思中回神。

"有什么事?"

"梁嘉聿,我想回家。"

"不在这里多陪陪你母亲吗?"

金瑶摇头:"我累了,梁嘉聿。"

久病床前无孝子,金瑶母亲推入普通病房的那一刻,所有人都松懈了精神。

梁嘉聿自然理解,他起身:"我送你。"

凌晨的医院并不清冷,走廊里仍有急促的脚步声。电梯下行到地下停车场,金瑶紧紧地跟在梁嘉聿的身后。坐入车内,也如冰窖。梁嘉聿开了座椅加热,说:"稍等一会儿就不冷了。"

金瑶眼眶再次湿润,她试图去拉梁嘉聿的手,梁嘉聿悄声地避开了。车厢里安静极了,彼此的心思都写在脸上。

金瑶说:"对不起。"

梁嘉聿启动车子:"你没什么对不起我的。"他的话语平静,没有半分赌气的意味。

"我是说之前。"

"金瑶,过去的事就让它过去。"

金瑶想要和好,而梁嘉聿并非为了她留在伦敦。他的话语温和、平静,却残忍地根本不再给金瑶任何机会。

车厢里响起轻缓的音乐,金瑶望向窗外的目光泛冷。然而她的话语依旧柔和,说:"梁嘉聿,今天是农历三十。"

梁嘉聿有些意外地看了她一眼:"是吗?已经是农历三十了吗?"他已忙得完全忘记了日子。

金瑶再次看向梁嘉聿的目光重新变得充满期待:"我们已有很多年不在一起度过新年了。"成年之后,梁嘉聿开始不断地前往世界各地。后来,他只偶尔回到伦敦。

梁嘉聿想起林知书刚刚的那通电话,原来是因为今天是农历三十她才打来的。

目光自然而然地看向仪表盘,此刻已快到国内早晨八点。

"不如这样,今晚你就在我家休息,明天我们一起过年。金鸣不回来,但是我家里至少热闹。我不想你一个人过节。"

金瑶话里的意思过分明白,但是梁嘉聿只说:"谢谢。"

谢谢是什么意思，是来还是不来？金瑶的耐心快要消耗殆尽，胸腔里已隐隐燃起怒火。

梁嘉聿一路将车开到金瑶家前，引擎熄火，他没有下车的意思。

"早点休息。"他说。

看看，梁嘉聿冷血也冷血得温情十足。

金瑶爱他，金瑶也恨他。

"你就恨我恨到宁可自己一个人过节也不愿意见到我？"车门开到一半，金瑶忍不住回头质问他。

然而梁嘉聿面色平和，只说："金瑶，我没有这样的意思，只是我明天已有安排。"

冷风吹着金瑶的头发，她面色瞬间缓和。

"你没和我说你明天还有安排。"

"抱歉，临时起意。"

"是什么紧急的事吗？"金瑶又问，"需要我帮忙吗？"

"多谢，但是不用。"

金瑶等了一秒，梁嘉聿已无再说下去的意思。他不愿意告诉她是什么事。

金瑶苦笑，下了车。

车门轻轻关上，梁嘉聿在下一秒启动了车子。

Chloe挂了梁嘉聿的电话，又拨打航司电话。

二十分钟后，梁嘉聿的手机收到伦敦时间凌晨两点起飞的通知。

Chloe带来梁嘉聿的行李，早早在候机厅等待。机场里也有关于中国新年的广告，梁嘉聿在凌晨一点四十五分赶到休息室。私人飞机还未停到停机坪，Chloe买来咖啡递给梁嘉聿。

"辛苦了。"梁嘉聿说。

"应该的，"Chloe拿出手机，又问，"那我先发个消息告诉小书？"

梁嘉聿喝了一口咖啡，抬手制止。

"先不用。"

Chloe："啊，惊喜。"

梁嘉聿无声地笑了下。

两点半，飞机准时离开希思罗机场。一路上顺畅无虞，连高空颠簸都少有。距离降落还有两小时，梁嘉聿去洗了澡，换了一套干净的衣服。

飞到南市，已是国内时间晚上十点半。司机把梁嘉聿一路送回公寓。

电梯门上贴着一张精致的镂空福字，走廊里可以隐约闻到有人家在吃大餐。一切都安静，却也很热闹。

踏上走廊的脚步比平时要略快一些，梁嘉聿在想，林知书现在在做什么？是否点了大餐，是否在看电视，是否请了朋友来家里做客，是否没想到他会回来。

拇指放上门锁，传来流畅而清脆的解锁声。梁嘉聿打开门，里面连灯都没有开。一切都很安静，像是根本没有人。又或者，其实就是没有人。

梁嘉聿抬手开了灯。客厅里很整洁，没有任何活动的痕迹。

他如常换了鞋，将行李先推到一边，走到林知书卧室的门口。何须敲门，她的卧室大门敞开，而里面空空如也。

林知书根本不在家。她没有在吃大餐，没有在看电视，没有请朋友来家里做客，也没有在等待他的出现。而她早上刚刚和他通过电话，她现在处在安全、平静的环境里。她在别处过年。

梁嘉聿当然不会责怪林知书，是他自己未告知林知书他会在今天回来。

他将自己的行李送回房间，然后走到客厅打开了电视。春节联欢晚会正进行到歌舞节目，梁嘉聿坐在沙发上安静地观看。

窗外，有人已放起烟花。梁嘉聿的心里升起一种陌生而又强烈的感觉。巨大的、虚无的、无法忽视的气体急剧膨胀，在将人的身体撑到最大的那一刻，又忽然坍塌、湮灭，徒留下漫长而无尽的灰烬和迷茫。

梁嘉聿曾经喜欢那些林知书为他泛起的涟漪，而后他把她留在身边。可梁嘉聿没有意识到，林知书如今已不仅能泛起涟漪。风平浪静好久的海面上，消失的林知书为他投下一颗点燃的炸弹。而炸弹的名字梁嘉聿并不陌生。

——如果你还记得"空心巧克力"。

乌雨墨朝林知书挤眉弄眼。林知书镇定自若地把手机放回桌上，问她还有什么需要贴的。

"打完了?"乌雨墨问。

"什么什么,听不懂。"林知书捋捋被风吹乱的头发。

"听不懂?"乌雨墨凑近林知书,"那你嘴角怎么拼命向上啊,你中彩票啦?"

林知书忍不住,笑出声来:"你好烦!"

"我好烦?"乌雨墨去挠林知书痒,两人迅速扭作一团。

笑到快喘不过来气,林知书终于投降。热气从衣服领子里往外冒,两人并排坐在椅子上看着外面的院子。林知书的嘴角很难扯下来,乌雨墨叫她从实招来。

"我给他打电话了。"

"说什么了?"

林知书眨眨眼睛:"我直接说我想你了。"

"牛啊,林知书。他说什么?"

"他笑了。"

"没了?"

"对啊,没了。"

"他没回答什么其他的吗?"

林知书摇了摇头:"因为我一说完,我就立马说拜拜、拜拜!"

乌雨墨发出大笑,林知书也跟着笑。

她不需要梁嘉聿一定要回她什么,她只想告诉他,她想他了,仅此而已。

"挺好的,我觉得。"乌雨墨说。

"我也觉得挺好的。"林知书把头靠在乌雨墨的肩上。当她不再对结果有所执着的时候,行动就变得自如。林知书觉得轻松,也觉得开心。

奶奶从厨房探出半边身子:"有没有人来帮我烧火?"

林知书率先发声:"我!"

农村土灶烧火是林知书以前从未有过的体验,奶奶站在大锅边娴熟地挥动锅铲,林知书和乌雨墨挤在灶台后面一起烧火。

年夜饭须得从中午开始烧,四个人也要吃得圆圆满满。

爷爷骑三轮上街买东西,给林知书和乌雨墨带回来两捆烟花棒。林知书兴奋至极,同乌雨墨各抽出一根开始在院子里"华山论剑"。两人追着跑了大半个小时,热得内衣都湿了。

中午吃得略微简单,下午两人继续在厨房帮忙。年夜饭在晚上六点左右开始,乡间的晚上安静极了,林知书帮忙上菜。

今年同过去的任何一年都不一样。林知书记得从前的除夕夜,林暮必定要在大饭店订桌子。熙熙攘攘的一大群亲戚,平时根本都见不到。

林知书最为懂事,席间敬酒从未叫林暮失望过。再远的亲戚她也叫得上称呼,端起酒杯保管把人说得大笑连连。一种虚浮的、没有实感的热闹与欢乐。

奶奶关上门,家里只有四个人。桌子是老旧的八仙桌,放上五六个盘子就已显得有些拥挤。爷爷最先端起酒杯,说:"欢迎小书来过年,雨墨总是提起你。我们都很想见见你。"

林知书在这一瞬间想要落泪。她似乎很难再做到游刃有余,端起饮料的瞬间甚至有些紧张:"谢谢爷爷、奶奶招待。"

简单的几句话后,再无繁重的礼节。

林知书无需整晚都保持警惕,随时应对亲戚们的敬酒,她被允许安心地、松弛地、快乐地享受这个夜晚的时间。

吃完饭后,两人收到红包。

乌雨墨拉着林知书去院子外放烟花。乡下购买的烟花并无城里的花哨,每支十响,更像是送上天的一个响炮。但是握在手里的烟花棒传来真实的热,确认这一切是真的。

放完烟花后,两人回到屋子里。电视上已开始播放春节联欢晚会,乌雨墨把电暖器打开,和林知书一起坐在椅子上看。

林知书频频去看手机,她问乌雨墨:"你觉得我要发条新年祝福吗?"

乌雨墨甚至没回头:"废话,当然要啊。"

"可是我早上才给他打过电话,而且我不知道他过不过春节。"

乌雨墨:"那也发。"

"没到骚扰的程度吧?"

乌雨墨义正词严:"美女发消息怎么能叫骚扰?"

林知书笑出声。她点开手机,查看伦敦时间。这里是晚上十点五十,伦敦是下午三点五十。梁嘉聿在做什么呢？还在医院吗？心情好不好？有没有吃过午饭呢？

应该吃过了吧，都已经下午了。林知书思索了一会儿，点开梁嘉聿的对话框。

她开始编辑：你好，梁嘉聿。你在做什么？

林知书迅速删掉，什么玩意。

对话框空白，从头开始：忙吗？

删掉。

林知书：有空说话吗？没空也行。

删掉。

乌雨墨探过头来："你在写高考作文吗？打那么多字。"

林知书刚要捂住手机屏幕，手机就振动起来，把她和乌雨墨都吓了一大跳。下一秒，林知书看清来电人，几乎是跳起来："我去外面接电话！"

怎么憋得住笑脸，简直要用手紧紧揉住，才不至于叫颧骨飞升上太空。夜里凉得厉害，林知书身子热得像炭。

她坐在院子里的小板凳上，接通了梁嘉聿的电话。梁嘉聿拨来的是微信电话，院子外面 WiFi 虽不强，但也够用，比白天的电话信号好多了。

林知书把电话紧紧贴在脸颊上，尽量保持语气淡定："你好哦。"

梁嘉聿也学她："你好。"

"我说的是，你好哦。"她在"哦"上加重声音。

电话里传来梁嘉聿熟悉的低笑。"心情很好。"梁嘉聿为她下定义。

"一般吧。"林知书蹬鼻子上脸。

"一般吗？我怎么听见你一直在大笑？"

"怎么可能？"林知书抬高声音，"我又没笑出——"

林知书忽然反应过来自己被诈，高呼他的姓名："梁嘉聿！！！"

梁嘉聿没立马回话，很快听见林知书再难忍住的笑声。

"我今天才知道今天是除夕。"他说。

"啊，真的吗？是不是太忙了？我早上给你打电话的时候你还没睡呢。"

"你呢？"梁嘉聿问。

"什么?"

"你最近过得怎么样?"

林知书把腰弯下来,板凳低矮,她另一只空着的手摸着鞋面上软乎乎的绒毛。"正常。"她如今也这样回答。

"你的正常就是过得不太好的意思。"

"为什么你的正常就是正常,我的正常就是不太好的意思呢?"

"那你过得开心吗?"梁嘉聿又问。

林知书手指在鞋面上乱画:"梁嘉聿,我被那个软件小组开除了。"

"为什么?"

"因为他们根本不是真的想做可以上市推广的软件,他们只要一个不能用的软件装装样子。"

"你有什么想法?"

"我有什么想法。"林知书倏地坐正身子,面容严肃,"我是真的奔着要上市推广的念头去做这个软件的,你说过即使最终未能成功,但这种经验也是值得和有意义的,不是吗?"

"我觉得你说得没错。"

林知书笑起来,又伏下身子去玩鞋面:"我反正就退出了。"

"接下来你有什么打算?"

"我打算自己做,反正这个软件我是从头开始做的,金鸣说有需要他可以帮我。"

"还有我。"

"什么?"

"有需要我也可以帮你。"梁嘉聿补充道。

林知书把高高扬起的嘴角埋在膝盖上:"人家开科技公司呢,你又不是开科技公司的。"

梁嘉聿笑笑,不与她争辩:"今天是除夕,你怎么过?"

"我吗?"林知书喜笑颜开,"我今年在乌雨墨老家过的年,可有意思了。"

"不在南市?"

"不在!"林知书来劲了,给梁嘉聿详细描述了她坐六个小时火车后又坐两小时乡村大巴到达乌雨墨家的过程。

"你肯定吃不了这样的苦,"林知书说,"但是乌雨墨爷爷、奶奶可好了,她奶奶还会说韩语呢!"林知书又把在乌雨墨家的事说了一通,从看电视到放烟花,从烧火做饭到看春晚。

外面风不小,吹得林知书的鼻头红彤彤,可她一点也不冷。

"有意思吧!"她说。

梁嘉聿赞同:"挺有意思的。"

林知书开心地笑,她看了眼手机上的时间。

"你们那里现在是……四点四十了?"

梁嘉聿安静了一刻,轻声说:"是。"

"那你快吃晚饭了吧?"

"还早。"

"我还没问你呢,"林知书摸摸自己凉透的鼻头,"你在伦敦过得怎么样?"

梁嘉聿说:"正常。"

林知书总是很难从梁嘉聿的"正常"里品尝出正确的味道,但她想,长辈生病,他一定也很辛苦。

"按时吃饭哦。"林知书说。

"多谢提醒。"

"你那边好安静,听不到一点声音。"

"我在家里。"

"啊,这样。"林知书想到一个梁嘉聿在伦敦的地址,她曾经给那个地址寄过感谢信。

"伦敦的春节气息怎么样?"

"没有过多关注,但我想应该很浓郁。"

"那你以前是怎么过春节的?"

"我不太过春节。"

"这样。"林知书觉得对话变得有些枯燥,是否梁嘉聿在想其他事情?又或者他觉得是时候结束对话了?

林知书想了一会儿,问道:"你现在有事要做吗?如果有的话,我们可以结束。"

"我现在没有任何事。"

林知书无声地笑起来:"还有一会儿就十二点了,我们聊到那个时候吧。"

"好。"

屋外漆黑一片,只有客厅透出一小片微弱的光线。林知书望着星星,发现今晚的星星格外亮。

"梁嘉聿,我今晚特别开心。"

"我想听听为什么。"

"因为乌雨墨特别好,因为爷爷、奶奶特别好,因为梁嘉聿特别好。"林知书望着无边的星空,满脸笑意,"你知道吗?在你给我打电话之前,我刚准备给你发消息。"

"你要发什么?"

"我还没有打完字,总之是关于新年祝福一类的话。既然打电话了,我就在电话里说了。梁嘉聿,祝你新年快乐,身体健康。"

"谢谢。也祝你,"梁嘉聿停顿了一下,"祝你新年快乐,学业进步。"

"谢谢,"林知书脸蛋笑成绽放的小玫瑰,她换了下拿手机的手,将冰冷的手塞进大衣口袋里,又开口道,"没想到我们还挺默契的。"

"为什么这么说?"

"因为我刚准备给你发新年祝福的时候,你就打来了电话。"

梁嘉聿静了一刻,却说:"小书,我不是为了给你送新年祝福才打电话的。"

林知书定住身,迟钝了好一会儿才发出声音:"你不是吗?那你刚刚……为什么给我打电话?"

梁嘉聿的声音很平静,字句也清晰:"小书,你为什么打给我,我就为什么打给你。"

早晨的那通电话,林知书说:"我想你了,梁嘉聿。"

不远处,亮起无声的大片烟火。炸裂的声音在三秒后才响起。放烟花的地方距离林知书有一千米。

那梁嘉聿呢?从伦敦到云市又有多远?瞬间的欣喜被瞬间的沮丧冲淡,

林知书好久都没有说话。

乌雨墨推开门来查看她的情况,发现她还在专心致志地打电话,便又安静地退回屋内。

林知书摸摸眼角,有些濡湿了:"新年快乐,梁嘉聿。"她的声音带着些潮气,没有刻意隐瞒,"我想你了,也想我爸爸了。"

"流眼泪了?"电话那头,梁嘉聿问道。

"嗯,"林知书闷声回,又说道,"但只流了半滴。"

梁嘉聿低低地笑了:"你会希望我和你一起过新年吗?"

林知书犹豫了一下。

"不。"

"为什么?"

"因为你在伦敦照顾病人。"林知书说出口,心忽地被高高吊起,梁嘉聿并未和她说过他回伦敦是做什么。

然而,梁嘉聿根本没有追究,说:"我没想到你这么尊老爱幼、关心他人。"

林知书身上冒了遍冷汗,才稍稍镇定下来:"对不起,我那天去万鹏科技的时候遇见了金鸣,是我追着他问,他才告诉我的。"

"为什么觉得我会责怪你?"

林知书:"你没有告诉我,应该是不想告诉我。但是我知道了。换位思考的话,你会强迫我说我不想说的事情吗?"

"不会。"

林知书说:"那不就是了,对不起。下次你不告诉我的事情,我不会再多问了。"林知书有些沮丧,分明梁嘉聿并未责怪她,但她却好像做了很不好的事。

然而梁嘉聿说:"小书,下次直接来问我。"

林知书捏紧手机,格外认真地听他说话。

梁嘉聿:"金鸣的话听一半信一半,他对你有私心,我现在和他属于竞争关系。"

林知书听愣在原地,半晌,才大笑,知道梁嘉聿是在逗她。

"什么什么呀!"林知书笑得又安心地伏在双膝上,空出来的那只手紧紧贴在脸颊,控制住不断飞升的嘴角。

"我肯定选你。"林知书说。

"那我提前多谢你。"梁嘉聿回。

林知书不得不把脸埋在膝盖里,以控制笑声的音量。她笑够了,稍微收敛,声音变得严肃:"那我再和你坦白一件事。"

"什么?"

"我关注了金瑶的微博。"

林知书彻底坦白。电话里却传来漫长的空白。

偷窥别人的社交账号实在属于定义太过明显的行为。林知书决定以后再也不干这样的事了。即使她知道梁嘉聿绝不是会随意评价别人的人,但他漫长的沉默还是叫林知书的胸膛微微烧了起来。

"我现在就取关。"林知书点开免提,正准备去微博取消关注,却听见梁嘉聿问:"你账号叫什么?"

林知书一顿,连忙解释道:"我没在金瑶的发文下面评论过什么负面的东西,你放心。"

"你账号叫什么?"梁嘉聿依旧问。

林知书彻底停住了。不是她不想告诉梁嘉聿她账号名叫什么,实在是她的名字太过难以启齿。但她已达到微博改名次数的上限。

"我找到了。"梁嘉聿定是翻了金瑶的粉丝列表,他念道,"宇宙第一美少——"

"是我!是我!是我!"林知书急声打断梁嘉聿的话,"求求你,别念出来!求求你,梁嘉聿!"

电话里,梁嘉聿的笑声不加掩饰。林知书紧紧捂住自己的脸。

微博和梁嘉聿像是两个永远不会相遇的次元,而林知书的网名从梁嘉聿的口中念出,就像是开庭的法官穿着黑丝渔网袜。

"我没脸再和你见面了。"林知书萎靡地说道,"我在你面前抬不起头见人了。"

"为什么?"梁嘉聿的声音透着愉悦的气息。

"你一定觉得我是自恋狂。"

"网名而已,每个人都可以夸张。"

"你真的可以理解吗?"林知书问。

"小书,我只是年纪比你稍大,不是老古董。"

"是吗?"林知书故意使坏。

"林知书。"梁嘉聿叫她名字。

"是的。"林知书瞬间投降,也偷偷地笑了出来。

片刻,她忽然问道:"你不会在看我的动态吧?"

"这很难猜吗?"梁嘉聿愉悦地反问。

林知书立马也去查看自己的微博内容,庆幸的是,林知书其实很少在网上发布内容,寥寥几条,很快就能看完。

梁嘉聿显然也是翻完了,又重新开口:"方便问下你什么时候回南市吗?"

林知书立马回道:"大年初二回,就是后天。"

"还是先坐大巴,再坐六小时火车?"

"是啊。"

"一个人?"梁嘉聿问。

"是啊。"

"不害怕吗?"他还记得林知书刚刚说的话,她说车上很多社会人士,她得紧紧靠着乌雨墨才安心。林知书想了想:"应该不怕吧,大年初二兴许没那么多人返回。"

"几点出发?"

"上午八点的大巴车,火车是中午十二点,这样下午六点多就可以到家了。"

梁嘉聿应了一声:"不早了。"

林知书明白他是要结束电话了:"嗯,十二点多了,我也要去睡觉了。你现在是去吃饭吗?"

"是。"梁嘉聿的确是要去吃饭。他在飞机上特意没有用晚餐,但是没想到家里也并没有林知书。

外面的烟火停了,客厅里就显得格外安静。沙发上是一条林知书喜欢披在身上的珊瑚绒毯子，梁嘉聿打电话时，一只手便搭在那毯子上。

"晚饭一个人吗？"林知书问道。

"是，我一个人。"

林知书有些讶异，但她也只问："那你晚上打算吃什么？"

客厅的电视被梁嘉聿静了音，在上面歌唱的人莫名有些滑稽。梁嘉聿将手里的珊瑚绒毯子揉起来，握在手里。淡粉色调因褶皱呈现出多元姿态，像是林知书。

"吃什么都可以，只要别再是空心巧克力。"梁嘉聿说。

林知书笑起来总是短而有力，像黑暗房间里打开又瞬间关上的灯，确定曾经存在过。

"是谁敢让我们梁老板吃空心巧克力？"

梁嘉聿从来不是做好事不留名的慈善家，他想林知书了，他想要林知书回来他身边。他不想隔着电话看不到林知书生动的笑脸。珊瑚绒被完全地揉皱在梁嘉聿的手中，他说："谁今晚不在家，谁就让我吃空心巧克力。"

电话那头，林知书沉默了。

"你在……南市？"

梁嘉聿轻轻放开毯子，柔声道："是啊，小书。我在家里。"

林知书不敢问：你是为了我回来的吗？

因她确定，她会得到想要的答案。

站起来的脚步已有几分虚浮，不确定是坐久了还是真的神情恍惚。到底有谁可以逃脱梁嘉聿的手掌，林知书甚至失去了判断他到底用了几分功力的能力。像是巨浪迎面拍来，她只能无能为力地被迅速裹挟其中。

回到房间，乌雨墨问她聊得怎么样。

林知书第一次深刻地感受到，或许她已不是单纯的喜欢，而是爱。

喜欢是听见甜言蜜语时欣喜若狂。爱则是在每个美好的瞬间为能否天长地久而迷茫。

但林知书想，一定、一定不要让自己陷入痛苦的陷阱。她不要求天长地久，她会在毕业时让梁嘉聿离开自己。

她当然爱梁嘉聿，但是梁嘉聿不一定要爱她。世间规则若是早早铭记于心，

痴心妄想之人便可少受灵肉的折磨。

林知书逻辑自洽,把有可能的伤害降到最低。笑容自然而然展露在脸上,她对乌雨墨说:"挺好的。"

两人上床睡觉已是凌晨两点。

林知书不敢辗转反侧,害怕打扰乌雨墨睡觉。但是黑暗中,她睁着眼。林知书觉得自己像一只猫头鹰。她偷偷地笑,却也知道自己不只是因为这猫头鹰笑,是因为梁嘉丰。

林知书在想,明天如果离开是否合适,乌雨墨是否会不开心,是否还能买到票。

林知书缓慢动作,小心翼翼地拿出了手机。先静音,再缩到被子里解锁。点开买票软件,火车是有,却发现乡下大巴大年初一不营业。燃起的火苗灭得干净利索。

这里地方偏僻,林知书想不到其他出去的办法了。即使有,必定也要折腾一番。林知书不想这样折腾大家。算了,还是大年初二回去好了。手机关上,又塞回枕头下。林知书闭着眼,强迫自己快点入睡,却在下一秒忽然想到什么似的,再次拿出了手机。

她点开微博,又点开了粉丝列表。林知书的微博是私人账号,没什么粉丝。最新关注里有一个红点,应该就是梁嘉丰。

林知书无声吞咽了一下,点开了红点。棉被要紧紧捂在嘴上,才可以彻底憋住笑声。冰冷的手机被贴在滚烫的心脏上,随着身体小幅度地起伏。

那是一个全新的账号,没有任何发文,没有任何粉丝,只有一个关注。但他改了名字,叫"其实我不觉得夸张"。

林知书的脸烧得烫人,现在若是用体温计来测,她必是重度高烧。

不觉得夸张?什么不觉得夸张?自然是说她的网名——"宇宙第一美少女书书"。

林知书一腔热血被搅得天翻地覆,不得不把腿伸出被子给自己降温。这还怎么睡得着?这还怎么睡得着?猫头鹰装到底算了!

抬眼又去瞧时间,已是凌晨四点。林知书彻底决定不睡了,再熬熬,天就亮了。

手指点进梁嘉聿的微博左看右看,其实根本没什么可看的,一个新注册的号,上面什么都没有。不会是小号吧?林知书警惕,渣男都喜欢玩这一套。

她笑了笑,戳进梁嘉聿的私信。

宇宙第一美少女书书:这不会是你无数小号中的一个吧?

宇宙第一美少女书书:渣男套路我还是清楚的。

林知书忍住嘴角戏谑的笑意,刚准备再发,却收到梁嘉聿的回复。

其实我不觉得夸张:还没睡?

林知书讶异又惊喜,梁嘉聿居然发现了她在给他发消息。

宇宙第一美少女书书:避重就轻,一目了然。

其实我不觉得夸张:连微博都是第一次下载。

林知书用手捂住自己嘴角,又发:真的假的?你之前不用微博吗?

其实我不觉得夸张:有什么问题吗?

宇宙第一美少女书书:你就没点想关注的人或者社会新闻什么的吗?

其实我不觉得夸张:以前没有。

林知书的身体还在"沉睡",灵魂已经上天。要不是乌雨墨就睡在她身边,她定已经在床上左右翻滚五百圈了。思绪活跃得失去控制,林知书停顿一会儿,叫自己镇定些。

宇宙第一美少女书书:晚饭吃过了吗?

其实我不觉得夸张:嗯。

宇宙第一美少女书书:那你怎么还没睡?

其实我不觉得夸张:时差。

林知书在心里骂自己笨蛋,他才刚从伦敦回来。

其实我不觉得夸张:你怎么还没睡?

林知书抿抿嘴唇,回道:我也有时差。

其实我不觉得夸张:你什么时差?

宇宙第一美少女书书:云市和南市的时差。

对话框传来梁嘉聿的沉默,林知书在空气中无声地大笑。身后乌雨墨忽然翻了个身,林知书吓得定在原地,而后听见她发出轻微的鼾声。林知书决定停止和梁嘉聿聊天。

宇宙第一美少女书书：我要睡觉了。

其实我不觉得夸张：好。

宇宙第一美少女书书：晚安，梁嘉聿。

其实我不觉得夸张：晚安，小书。

手机放下，笑容还在延续。林知书觉得很快乐、很幸福。

第二天，林知书睡到早上十点。起床后推开门，乌雨墨叫她吃"Brunch（早午餐）"。

林知书羞得假装要走，被乌雨墨一把抓住："来吃汤圆！"

吃完饭后，乌雨墨带着她出门散步。大年初一，就是要无所事事。

林知书跟着乌雨墨朝家后面的田野方向走，今天是个晴天，但温度并不高。两人围着围巾，手挽着手，从田埂中间走过。

乌雨墨问她未来打算："毕业之后，你打算读研究生吗？"

"是我的选项之一，"林知书说，"我打算先看看毕业能不能找到合适的工作，你知道我挺喜欢编程的。编程又是个挺注重实践经验的活，所以读研究生未必比直接工作好。

"但是，"林知书加重语气，"我也在考虑读研究生的事情。如果有可能的话，我想出国念数学系研究生到博士，这样可以把编程当作辅助技能，以后做科研也是大优势。"林知书很早就仔细考虑过自己的未来，梁嘉聿给了她一千万，叫她不用担心读书的事情。所以不论是毕业就从事编程工作，还是出国继续念数学，她都可以自由选择。

林知书偏头看乌雨墨："你呢？"

乌雨墨把下巴收进围巾里，说道："我应该不会读研究生了，毕竟以我的成绩肯定是要自己考的，但是考研我又未必考得上。更重要的是，研究生毕业也未必找得到好工作。所以我打算把我的副业发展成正业。"

乌雨墨去看林知书的表情："你会不会觉得我浪费了自己学的东西？"

林知书重重摇头："怎么可能？读书只是找工作的一种手段，工作才是最终目的。"

乌雨墨露出有些轻松的笑，嘴巴从围巾里出来，哈出白色气雾："毕业的时候,我们一起拍照吧。"林知书欣然点头:"一定。"

两人在外面转悠了大半天,中午回家吃饭。吃完饭后,有附近的小朋友前来串门,林知书和乌雨墨陪着玩了一下午。晚上,林知书收拾行李。虽然她在这里待了不过一个星期,但是离别时,竟也有难以名状的不舍。

乌雨墨和爷爷、奶奶在厨房打包了些当地特产,他们不敢送太多,怕林知书一路上拿着麻烦。乌雨墨打算年后通快递了,再寄一些给林知书。

晚上睡觉时,两人在被窝里抱在一起。乌雨墨流着眼泪说:"我在想毕业的事情了,那时候我们就不会天天在一起了。"林知书原本没那么伤感,听到乌雨墨的话也湿了眼眶:"我如果工作,很大可能就在南市。到时候也会时常见面的。"

乌雨墨点头:"但是别因为任何人、任何事留在南市,别因为任何人停下来。"

林知书安静一秒,点头:"一定。你也是,雨墨,别因为任何人停下来。"

这个晚上依旧一夜无眠,林知书其实很少这样和乌雨墨彻夜长谈。宿舍的环境并不允许,但这天晚上像是一个奇妙的际遇,又或者说,这个春节都是。林知书在失去父亲的第一年,也获得了新的爱与感动。

第二天早上两人早早起来。悲伤气息已不复存在,两人坐在餐桌上吃爷爷煮的面条。七点钟出发去大巴车站,现在时间还早。林知书把一碗面吃完,身体热乎乎的。行李已准备齐全,就放在门口的位置。

乌雨墨:"我没猜错的话,回去你应该可以见他了?"林知书眨眨眼,佯装听不懂:"他?哪个他?他是谁?"

乌雨墨憋住笑:"装,你再装。"林知书一装到底:"听不懂,实在听不懂。"两人憋笑对视,随后一起笑出声。

林知书帮着把碗筷送去厨房,乌雨墨去拿自己的围巾。

院门口这时传来敲门声。奶奶探出身子,叫爷爷去开门。

林知书也好奇谁来了,她把碗筷放下,走出厨房。爷爷打开大铁门,林知书发出一声尖而短促的叫声,冲了出去。

爷爷回头看乌雨墨,乌雨墨大笑着蹲在地上。

爷爷:"小书认识外面的人?"

乌雨墨连忙摆手叫爷爷回来:"是她男朋友!"

梁嘉聿穿了一件深色大衣,身后是一辆林知书没见过的车。

他好像瘦了,又好像没有。他好像在笑。他的确在笑。

冬天的早晨还透着侵骨的寒气,林知书却烧起来了。声音于是变得烫而细,不肯承认自己的欣喜若狂。

"你是谁?"林知书明知故问。梁嘉聿笑起来的时候,有一刻,林知书觉得春天是否到了。他答得认真极了,说:"你好,我叫梁嘉聿。"

林知书笑得别过脸去,还不放过他。

"哦,你好。你是来找人的?"

"是。"

"请问你来找什么人呢?"

"我只知道她的名字。"

"什么名字?"林知书问。

梁嘉聿望住她:"好像是叫——"他故意顿了一下,"宇宙第一美少女。"

林知书发出短促的尖叫,立马抬手捂住他的嘴。梁嘉聿张开双臂,将人抱在了怀里。

林知书应该想,这里是否适合拥抱,他们是否适合拥抱,是否会被乌雨墨看到,是否她应该保持理智从梁嘉聿的身上下来。

但是,但是。林知书闭上双眼,也紧紧环住他的脖颈。

梁嘉聿身上的古龙香水味一直没有变,淡淡地从他微凉的大衣布料上氤氲到她的身边。他抱住她身体的手臂很有力,林知书确定即使自己此刻放手,也不会从梁嘉聿的身上坠落。

她踮着脚,脸庞贴住梁嘉聿的脸庞。林知书知道他们之间的界线早已模糊,像是滴在清水里的颜料,眨眼间就可不分彼此。

这个寒冷的冬天,梁嘉聿出现在她正要离开的时间。

他是为她来的,他是为她来的。

梁嘉聿手指摸上她濡湿的眼眶,将人微微松开,去看她:"怎么哭了?"

林知书用手背囫囵擦去眼泪,说:"梁嘉聿,我太高兴了。"

小学的时候期盼父亲来学校门口接自己,初中时不再做这样的梦。不会张望、不会期待，也就不会有失望。即使确定梁嘉聿知道自己在云市，林知书也从未、从未升起过一丝念头他会来接自己。但是梁嘉聿出现了。

"你怎么知道乌雨墨家地址的？"林知书不愿在这个美好的场景里继续流泪，梁嘉聿递来手帕，擦干她面庞上的泪珠。

"学校里可以查到。"

"你怎么有权限？"林知书又问。

梁嘉聿笑了笑："我也有我的办法。"

林知书了然，也笑了出来："那你怎么来的？"她看他身后的车，"你不会开车过来的吧？这要很远呢。"

"我坐飞机来，下飞机后才开的车。"

林知书说不出话，她所有的语言在此刻化成无声沸腾的鲜血。最后只能一遍又遍地说："谢谢你，梁嘉聿。"

梁嘉聿同林知书一起进门，和乌雨墨，还有爷爷、奶奶打了招呼。那是乌雨墨第一次见梁嘉聿，她从前无论如何不明白林知书所说的"痴心妄想"是什么意思，如今有了具象的理解。他的外貌、身型岂止挑不出错，简直像是精心雕刻、巧夺天工。

乌雨墨以为这样的男人必定心比天高、眼睛长在头顶。可他走进院子，先同爷爷、奶奶打招呼，自我介绍，感谢他们照顾林知书。

梁嘉聿并未进来打完招呼就走，爷爷、奶奶招呼他喝点茶，他也欣然应下。

林知书去厨房拿杯子，乌雨墨寻得时间同她说话。

"我理解你。"乌雨墨说话没头没尾，但是林知书知道她的意思。

"好好享受。"乌雨墨又说。林知书点头，笑起来："一定、一定。"

两人端来茶，递给梁嘉聿和爷爷、奶奶。简短寒暄一阵，林知书和梁嘉聿就准备离开。

梁嘉聿把林知书的行李放上车，爷爷、奶奶又多装了些特产。

乌雨墨站在院门口同他们挥手，林知书从车窗探出头："再见！谢谢！"

乌雨墨挥手："再见，路上注意安全！"

汽车消失在道路尽头，乌雨墨和爷爷、奶奶走回院子。奶奶惊呼一声，看见厨房桌上不知什么时候放了一个厚厚的红包。

三人对视,明白是刚刚梁嘉聿放的。他定是来之前就已准备好,因那红包上端正地写着:

新年快乐,身体健康。

多谢照顾小书。

梁嘉聿

乡间小道并不十分平坦,开车需要些技术,还好现在时间尚早,走亲访友的人还未全部上路。

林知书把外套脱了放在后座,围巾取下来软和和地抱在怀里。电台播放着轻快的音乐,梁嘉聿喜欢把声音调到很小。

他开得很慢,并不赶时间。林知书问他:"飞机是几点钟?"

梁嘉聿:"我们到那里才起飞。"

林知书不解其意:"所以是几点钟?"

"是私人飞机。"梁嘉聿说。

林知书张开嘴巴,没有发出声音,而后,笑出来:"有时候觉得我们不是一个世界的人。"

"怎么说?"

"我爸爸还在的时候,我觉得我们家挺有钱的。吃穿也都是名牌,每年放假都可以出国。但是遇到你之后,才知道有钱是什么意思。"林知书并不觉得向梁嘉聿坦诚这些有什么问题,因她知道梁嘉聿从不会贬损或看不起她。

林知书:"我的思维还停在飞机几点起飞,但你知道这是私人飞机,没有确定的起飞时间。"

"只是认知上的不同,并非我和你生活在不同的世界。"梁嘉聿说。

"有什么区别?"林知书问。

"当然有区别,"梁嘉聿偏头看了一眼林知书,"生活在不同世界就没有相通的可能,但是认知是可以扩大的。比如下次你就不会问我飞机是几点起飞。"

林知书凝思，觉得他说得好有道理。她嘴角扬起，得意扬扬道："你希望我和你是一个世界的。"

梁嘉聿笑："当然。"

林知书别过脸去看窗外，笑得更不收敛。她喜欢和梁嘉聿讨论任何问题，因为梁嘉聿绝不是盲目服从、没有思想的人，相反，他有一套高度自洽和成熟的世界观。

而林知书也常常从他的思想里体会到一针见血。梁嘉聿洞悉世界运行的规律，以金钱为自己的一切铺下坦荡无虞的道路。但他又绝不高高在上，将自己划分出普通人的世界。他同意，他坦白，他想和林知书待在同一个世界。

梁嘉聿开了两个半小时的车来到机场，林知书跟着他上了私人飞机。两人坐在临近的沙发上，没一会儿飞机就起飞了。

林知书想再和梁嘉聿说话，发现他已在闭目养神，探过去的身子又收回来。梁嘉聿察觉到她的动静，睁开了眼："我睡一会儿，时差还没倒过来。"

林知书立刻点头："那我坐远一点，不然总会不小心弄出声响。"

梁嘉聿笑起来的时候没有声音，他说："如果我不想被你打扰，我可以去里面的床上睡。"

林知书的身子烧起来，因梁嘉聿还在她面前展开了手掌。

放上去，是她的本能。"我会动来动去。"她提前声明。

"没关系。"梁嘉聿轻轻握住林知书的手，合上了双眼。

一侧的窗户挡板已落下，他面上的光线昏暗也柔和。林知书没有办法移开自己的目光。悲伤情绪随之而来，她凝视梁嘉聿，也凝视她和他的未来。可是他们并没有未来。

林知书同样闭上双眼，她轻轻依靠在梁嘉聿的肩头，同他一起睡去。

飞机抵达南市机场，正是中午十二点。南市比云市更冷，林知书一下飞机就把围巾紧紧绕回脖子。

两人回到公寓时，梁嘉聿是牵着林知书的手的。

这天中午，两人在家简单解决午饭。晚上，梁嘉聿在外面的餐厅订了座。Set menu（套餐），菜品一道一道上，慢得厉害。

林知书情绪高涨，一直在同梁嘉聿聊天。她打算在年后继续自己的软件项目，但她不要再做从前的品类，她要专注于美妆和服饰类。将品类确定为小范围，机器学习的代价就大大减少。更何况美妆与服饰在市场上属于有大需求的种类，到时候说不定真可以上市。

梁嘉聿偶尔提点意见，给出新思路，林知书就拿出手机记录："明天早上再誊写到本子上。"

"你有记笔记的习惯？"梁嘉聿问。

林知书点头："但也不是什么都写，一些重要的东西我喜欢写下来。存有实体，会让我感到安心。"

"就是那次你在餐桌上拿出来的笔记本？"

"没错！"林知书笑起来。

"我有机会可以看看吗？"梁嘉聿问。

林知书歪着头，也问："我有拒绝的权利吗？"

梁嘉聿笑起来："当然，比如刚刚，你就拒绝我了。"

林知书喝了一点酒之后，会变得更加鲜艳。像是浸润过油水的油画，真实的色泽叫人挪不开眼。梁嘉聿觉得有些渴，他端起酒杯发现已经见底。又点了一杯轩尼诗，梁嘉聿从身侧取出一个红包。

林知书望过来。

"新年快乐，小书。这是给你的红包。"

林知书喜上眉梢，接过红包："谢谢。"

她没期盼梁嘉聿会给她红包。她手指把红包捏起，又轻又薄，里面好像是一张硬质卡片。

"不会又是一张银行卡吧？"林知书问道。

梁嘉聿靠在椅背上，看着她："打开看看。"

林知书把封口小心拆开，抽出一张黑色卡片，映入眼帘的第一行字就是：悦凤国际。

"是那个酒店？"林知书想起来，"年前你说正在收购的酒店？"

梁嘉聿点头："合同已经走完，这是给你留的一间房。"

林知书其实有些喝醉了，她的思绪变得很缓，才想起那天梁嘉聿说，等收购结束，定给她留一间房。

"这家酒店目前主要在国内有分店,之后也会在全世界继续开分店。这张卡送给你,以后不论什么时间、哪家分店、住多久,都可以。"

林知书的眼眶发热,停了许久才说:"梁嘉聿,你这样会把我惯坏的。"

无需林知书再多言,梁嘉聿当然知道她的意思:"小书,会不会惯坏你从来不是我担心的问题。你比任何人都聪明、努力、上进,所以我对你放心。我给你所有的这些,不过是希望你知道,无论何时何地,你总有一条退路可以走。"

林知书望着他,眼泪简直要直直掉下来。她不肯发散这种浓烈的情感,故意问道:"我只有聪明、努力、上进,没有很漂亮吗?"

餐厅里灯光昏暗,林知书根本不知道此刻双眼盈泪的自己有多漂亮。梁嘉聿想,"我见犹怜"绝不是夸张手法。

她盈盈泪水在光下流转出神采,鼻头微微发红,连同嘴唇都更鲜艳。

梁嘉聿轻轻地笑了起来:"小书,如果你很想知道,我不介意说给你听。其实有时候我在想,那天是否并无必要拉上你的拉链。"

当情感触碰到本能时,一切开始显示出原始的面貌。褪去文明社会的遮羞帘,我爱你也代表渴望更深、更本能的接触。

最开始是喜欢,喜欢在一起,喜欢牵手,喜欢拥抱。后来,是喜欢抚摸,喜欢亲吻,到最后,是喜欢进入身体,喜欢摒弃所有理性思维,变成全凭本能控制。

林知书当然理解关于喜欢的每一种感受,因为她在很早很早之前,就为那个克制住的吻而"流过泪"。

"如果你觉得不舒服,我们可以不聊这个。"梁嘉聿说。

"不,不,我想聊。"林知书说,她把手边剩余不多的酒一饮而尽,低头去查看他们的菜单,"还有一道甜品,吃完我们散步回家,在那时候聊可以吗?"

梁嘉聿静了一刻:"当然。"

林知书喜欢把什么都和梁嘉聿摊开来聊,她在梁嘉聿的世界里感到安心,她愿意把所有的自己剖开来。

最后一道甜品,林知书三两口解决,几乎没尝出什么味道。走出餐厅,梁嘉聿帮她把围巾系好,依旧是两人牵着手。

大年初二,街头已热闹起来。路上车来车往,时不时有小孩飞奔而过。

同梁嘉聿谈论这些,林知书并不感到色情或是龌龊。因他态度极端坦然,也从不展现任何不适的试探。

"我从前没有人可以聊这些。"林知书握着梁嘉聿的手,抬头去看他,"你知道陈阿姨是什么时候在我们家常驻的吗?"

梁嘉聿紧握她的手,示意他在认真听。

"是我十四岁月经来的时候。"林知书在说到"月经"的时候,看了看梁嘉聿的面色,他没有任何异常。

林知书又说:"我妈妈走得早,家里从前就是我和我爸爸。小学四年级时,我因为不知道要穿内衣,被班里的男孩子笑话。穿内衣倒也还好办,我爸爸后来请公司里的阿姨带我去买了许多。但是来月经,他就没有办法了。

"陈阿姨是那个时候来我们家的,是她教我怎么买卫生巾、怎么用,来月经时需要注意什么。"林知书抱住梁嘉聿的手臂,"后来上高中,我学同学穿吊带短裙,我爸爸狠狠骂了我一顿,他说我不知廉耻。"

林知书去看梁嘉聿。

梁嘉聿说:"我理解他说这句话的原因,但是不赞同他的观点。"

林知书点头:"是,我后来也不再挑战他。根深蒂固的思想是很难在一朝一夕改变的。或许,这也是我和我父亲情感没办法缔结太深的缘故。本质上,我们没法沟通。但是后来好了。"

"发生什么了?"梁嘉聿问。林知书笑起来,凑到梁嘉聿耳边:"我遇见了乌雨墨。雨墨是我最好最好的朋友,我什么都和她说……除了你。"

梁嘉聿轻轻笑起来。林知书安静了一会儿,忽然问:"如果我问一些问题,你会不会觉得被冒犯?"

梁嘉聿停下了脚步,叫她看着自己认真的面庞:"就像我之前说的那样,我不介意你问我任何问题。如果我觉得被冒犯,我也会拒绝回答。"

林知书又安静了一会儿,她问:"梁嘉聿,你是个对性持怎样态度的人呢?谨慎的还是随意的?"

梁嘉聿当真思考了几秒:"我既不谨慎,也不随意。"

"什么意思？"林知书晕了。

梁嘉聿拉着林知书的手继续往前走："我既不觉得性是洪水猛兽，应该严防死守、视为大敌，也不觉得应该放纵欲望，过分轻贱自己的身体。重要的是尊重自己的感受，不自轻自贱，就不会对这件事产生困惑。"

林知书看着他。梁嘉聿的话并不难懂，但要真的理解透彻绝不是分秒之间的事。

她努力厘清思路："你的意思是，只要想清楚并且是认真的，性就是被允许的？"

"当然，每个人对自己负责。"

林知书又安静了一会儿，她笑起来。

梁嘉聿去看她："什么这么有意思？"

"觉得你很有意思。"林知书说。梁嘉聿也笑："哪里有意思？"

"男人喜欢女人忠贞，就会告知她们一些错误的、严苛的教条，好叫她们对男人专一。但是你说，尊重自己的感受，别把性视为洪水猛兽。"林知书看着他，"然而，我很快想明白这是为什么。因为无用的男人才会用这些虚假的教条约束女人，而你从头到尾都不需要。就像你第一次见我的时候，毫不吝啬地夸赞我。你不会害怕因为夸赞别人而有损你自己的地位、形象，但是很多其他男人会害怕，所以他们总是想着打压女人。"林知书说着说着，声音越来越大。她说完，看着梁嘉聿。

梁嘉聿点头："你说得没错，其实换成上级与下级，也有异曲同工之妙。等你工作了，有机会可以观察一下。"

林知书很难忍住笑意："我从前也和班里男同学讨论，总是不欢而散。"

"下次和我讨论吧。"梁嘉聿说。

他们走到一个公园的附近，灯光变得更亮些。林知书的面庞因为刚刚说话而变得有些红润，她正紧紧地抱住自己的手臂。

多久了？她在他身边多久了？

他从前在一个地方常住很难超过两个月，因而一年里总在世界各地流转。梁嘉聿并不觉得这是一种折磨，他喜欢出差，喜欢离开，喜欢去到新的地方，喜欢平静的海面上泛起新的涟漪。

但是她在他身边多久了?十月到如今,已有五个月之久。

林知书问:"你不高兴了吗?"

梁嘉聿回过神:"什么?"

"你沉默了很久,我以为你不高兴了。"

梁嘉聿摇摇头:"我在想年后的事情。"

"你又要出差了?"林知书记得梁嘉聿说只有圣诞到春节这段时间是空闲的。

"是。"

"一路平安。"林知书说。

梁嘉聿无奈地笑:"这么快就想盼我走?"

"没有这个意思。"林知书说,"有空我去看你。"

"你怎么去看我?"

"坐火车、坐飞机都可以啊,我偷偷问Chloe你酒店的地址,然后突袭,看你有没有背着我出轨!"

梁嘉聿扬眉,更笑:"那我是不是得小心点?"

"当然——"林知书拉长声音,"不必啦!如果我看见你和其他女人在一起,我会偷偷溜走的。"

"为什么?"

"因为我们结婚是假的,你也可以有自己的爱人。"林知书声音平静,嘴角挤出笑意,"你说人人平等。"

她想松开梁嘉聿的手。"我的手出汗了。"她说。梁嘉聿就松开了。

风吹过温热的、带着薄汗的手掌,林知书感到刺骨的寒意。

她手心贴到外套上,哪还有一丝的汗。可林知书正准备把手放入大衣口袋时,梁嘉聿再次拉住了她的手。

"不会发生那样的事。"他说。

第五章 劳伦斯与西西莉亚

不会发生那样的事？哪样的事？是他不会有别人？还是他确定不会叫她发现？林知书不愿深想，他又凭什么给出这样的承诺？

梁嘉聿在大年初五离开南市，Chloe那里发来消息，他接下来几个月都未必有时间再回来。收购工作进入忙碌期，梁嘉聿的行程排得很满。

寒假的剩余时间，林知书专心在家写代码。乌雨墨提前回来，林知书索性也早早搬回了宿舍。

大三下开学，林知书的学业任务更重，专业课难度增加，更别提她还辅修计算机。偶尔会在计算机系的课上遇见吴卓。吴卓会和她打招呼，林知书也不避讳。

吴卓告诉林知书，那个项目已经结束了。那些学长拿着初见雏形的软件通过课题组申请到了基金。他们一开始的目的就不是真的上市推广。吴卓唯一落得的好处就是，保研之后可以顺利进入那个课题组。

"对你来说是好事。"林知书客观评价。

"对不起。"吴卓说，"浪费了你那么多的时间。"

林知书摇头："不，我没有浪费时间。我会自己继续做那个软件。"

吴卓讶异，他听完林知书的想法后问自己可不可以加入。林知书拒绝了他。

梁嘉聿偶尔在晚上打来电话，林知书常常需要从自习教室跑出去接电话。那是林知书一天里最开心的时刻，他们并不会聊很久，因为林知书总是很忙。

但是有个话题时常出现，就是林知书会向梁嘉聿汇报软件的进度。她需要梁嘉聿的意见和指点，而后才有更多的信心走下去。

林知书没有单独去找过金鸣,她想,梁嘉聿或许会不高兴。

　　棉服脱下已不记得是什么时候,宿舍外面的大树重新抽出了绿色的嫩叶。三月份林知书没收到援助学生的感谢信,但她自己寄了一封信给梁嘉聿。三月份的时候,他的地址在南半球的某个城市。七月份的时候,Chloe说他在美国。

　　临近毕业季,校园里各种宣传又丰富起来。林知书去参加了毕业生招聘宣讲会,也参加了偶然看到的出国留学介绍会。她没有确定自己最终会去向哪里,所以什么样的选择她都不会放弃。

　　暑假来临,乌雨墨开始全力以赴接拍摄任务赚钱。

　　校园里一下热得叫人受不了,林知书给刚拍摄回来的乌雨墨拧开冰可乐。乌雨墨仰头喝掉大半瓶,才气喘吁吁地伏在桌子上休息。

　　暑假到来,宿舍另外两名室友已经回家。林知书陪着乌雨墨住在宿舍里。

　　平时乌雨墨出门赚钱,林知书就在宿舍里编程和学英语。梁嘉聿打来电话的频率降低,林知书没问过。

　　他们原本就不是日日要打电话汇报行程的相处模式,更多的时候是有具体的事情要讨论才会通话。反正林知书没有问过,她当然很想问,但是一旦问出口,念想落地就会生根发芽。林知书小心把握着自己的尺度,她不想分别时,痛苦会盖过她假装镇定的演技。

　　乌雨墨从大汗淋漓中解脱出来,开始和林知书抱怨今天的客人。迟到三个小时不说,还让乌雨墨换了好几个地方。她一个人提着重重的行李箱跟着到处跑,最后还被抱怨说拍得不好看,不肯给原来商定好的价钱。

　　林知书听了也生气,同乌雨墨一起大骂。

　　自从做了以后要专心拍照的打算,乌雨墨把所有的心思都放在了拍照上。但是兴趣爱好变成工作,意义就变得不一样。乌雨墨不可再凭自己喜好、脾气接单,遇到不讲理的客人,也必须顾及自己的名声,不敢撕破脸。互联网社会,一通不分青红皂白的污蔑即可毁掉一个人单薄的事业。

　　乌雨墨最后越说越生气,竟然哭了出来。林知书抱着她,拿纸给她擦眼泪。宿舍里陷入低落情绪,两个人萎靡地靠在一起。

　　说实话,林知书这段时间的状态也不算好。安慰完乌雨墨之后,林知书叫她在宿舍休息,自己下楼去买饭吃。

走出宿舍，才发现外面正在下雨。林知书不想再上去拿伞，于是一路小跑着去了食堂。

乌雨墨喜欢吃铁板牛柳，林知书打包了两份回宿舍。

回到宿舍，乌雨墨已恢复正常。两人开始吃饭，乌雨墨才发现林知书不太对劲。她头发因刚刚出门下雨而濡湿了，两人吃饭时一起看着综艺，她却不在搞笑的地方大笑，就连乌雨墨喊她名字，林知书也在听到后的第三秒才反应过来："什么？"

乌雨墨问她："你怎么了？"

林知书摇头："我没有怎么。"

乌雨墨停顿了一秒，又问："梁嘉聿怎么了？"

林知书定在了原地。她思索得实在是太过漫长，漫长到乌雨墨已确定是因为梁嘉聿。

"他在出差。"林知书说。

"你想他了？"乌雨墨问。

林知书摇头："不，我不想他。"说出这样违心的话，简直比机器人还机械、呆板。

"你们多久没见了？"乌雨墨又问。

林知书放下了手里的筷子："从过年到现在。"

"二月到八月？他从没联系过你？"

"不，我们时常通电话，只是最近有些少。"

"没办法见面吗？"

林知书摇头："他总在世界各地飞。"

"那至少每个地方也会待一段时间啊。"乌雨墨指出问题，"只要你想见，你就可以去找他。"乌雨墨总是一针见血，局外人把林知书的胆小看得清清楚楚。

说句"我想你了"又有何难，付诸实际行动却像落地生根。林知书想，或许毕业时分离，她不止撕去一半的身体。

"你还在顾虑未来的事？"乌雨墨问，"那你其实没真的放弃未来。"

林知书望着乌雨墨。

乌雨墨翻开手机："他现在在哪个城市？"

林知书摇头："最近一段时间我没问过他了。"

"那你至少问一问。"

林知书走出宿舍，她在楼道里踱步。

大部分时候，她和 Chloe 微信联系，但这次 Chloe 很久没有回她的消息。总觉得不太对劲，林知书给 Chloe 拨去了电话。

Chloe 在第二个电话时终于接起："对不起，小书，我刚刚在开会，没能及时回你消息。"

林知书连忙说没关系。

Chloe："你有什么事要问吗？"

林知书停在一堵墙前，她的声音显得很平静，问道："就是想问问梁嘉聿最近是不是很忙？"

"是啊，"Chloe 似感慨万分，梁嘉聿从未叮嘱过她需要对林知书隐瞒什么，因此 Chloe 也就不遮掩，"他最近人在伦敦。"

几乎不必多言，林知书就猜出一二："金瑶的母亲……"

"没错，"Chloe 说道，"前段时间去世了，梁先生一直在张罗她的葬礼，但是手上几个并购案又都正好推到重要部分，简直分身乏术。梁先生是不是好久没联系你？"

林知书短促地应了一声。

"你别怪他，他时常几天睡不了一个完整觉。"

"我知道，我知道，所以我只敢打电话问你。"林知书不知为何，觉得心脏跳得难受，再难问出更多的话，"那就这样，你不用告诉他我来过电话了，不用，不要。"挂断电话，林知书没有立刻返回宿舍。脚步甚至虚浮，不敢下楼生怕摔倒。

楼道里如同往常一样喧闹，林知书站在一侧一动未动。

有时候她觉得她是金瑶，有时候她觉得金瑶是她。林知书时常很难在这段关系里，区分出她与金瑶是否有任何不同。而这一点困惑，在今天推到高潮。

金瑶母亲去世，梁嘉聿忙着为她张罗葬礼。同去年他为她在南市做过的一模一样。简直像行走到快没过脖子的海水里，只要轻轻一个浪头，就可叫林知书轻易翻入海底。

做出飞去伦敦的决定更像是一种不见棺材不落泪的冲动。林知书很难描述自己的心理,一败涂地好过遥遥无期。

八月末,林知书坐上飞机去往伦敦,她从前收到过梁嘉聿在伦敦的住址,也知道他偶尔入住的酒店名称。林知书不担心找不到他。一路上,心情反倒比过去这段时间平静了太多。

林知书从前不止来过一次伦敦旅游,因此对这里并不陌生。抵达希思罗机场,林知书打车至切尔西,梁嘉聿在伦敦的住处就在这个区。

在酒店办完入住已是天黑,林知书从楼下自动售卖机买了几瓶水。

乌雨墨发来消息问她进展如何。

林知书回她:明天见分晓。

乌雨墨:有事随时给我打电话。

林知书:一定!

晚上自然是失眠了,但林知书并未觉得自己情绪有多么起伏。梁嘉聿或许根本没和别人有什么,又或者金瑶变成第二个"林知书"。酒店的床很软,林知书陷入其中,无法动弹。

第二天,天色还蒙蒙亮时,林知书就洗漱完毕出门。伦敦也值盛夏,她穿着黑色碎花吊带裙和黑色马丁靴,头发在月初刚刚修剪过,柔顺地散在林知书的后背。

她在梁嘉聿家附近踱步。说起来有些惭愧,林知书觉得自己像是没有道德的跟踪狂。好在梁嘉聿家门口有一大片开阔的草坪,而对面就是公园,林知书不至于站在马路边干等。

天色真正亮起来,路上也多了行人。不远处街角的咖啡店开门,林知书去买了一杯咖啡,坐在店里等着。心头自然会烦躁。但是林知书想到那个夜晚。梁嘉聿送她去和吴卓看电影,又在外面等她三个小时。

梁嘉聿等过她,她为什么不能等他?

人人平等,女孩子也不娇气。

咖啡在手里慢慢被消灭,林知书又买了一个面包走出门。

今日是周末,草坪上有零零散散的人分开坐着。林知书也成为其中的一员,一边吃着面包,一边看着梁嘉聿的家。那个曾经只是一行文字的地址如今具象化了,只是那扇棕色的大门,从上午到下午都不曾打开过。

林知书从吃饱到再次饥肠辘辘。行至咖啡店买来第二个面包,林知书打算只等到晚上六点。天色渐渐开始变暗,林知书的手机也不剩多少电了。她站起来,拍拍裙子,打算再缓慢踱步十分钟就离开。

傍晚伦敦再次变得热闹,林知书走了一会儿,靠着街对面的栏杆发呆。有轻柔的风拂面,林知书有时闭上眼睛,有时睁开——看见梁嘉聿家门口开来一辆黑色的轿车。

林知书站直身子。风变得有些大,吹得她的头发与裙摆晃动。

不,不止一辆车。一共两辆车停在梁嘉聿住处的门口。Chloe 先下车,而后是梁嘉聿、金瑶和其他林知书并不认识的人。

林知书站着的地方并不远。梁嘉聿在下车的第一秒看到她。

林知书并没有招手,上前。但她也没有离开,她只是站在那里。这是梁嘉聿需要做选择的时刻,不是她的。

金瑶也投来目光,但她很快催促梁嘉聿进门。

梁嘉聿说:"稍等。"走到林知书面前,只需几步。

他问:"你怎么来了?"

林知书笑起来,随口胡诌:"我来旅游,正好路过。"她笑起来的时候落落大方,竟还说,"你去忙你的吧,我正好要回酒店。"

身后的人已走近,有人开口:"这位是?"

金瑶说:"这是嘉聿的朋——"

但是梁嘉聿没有让她说完。

他低头亲了亲林知书的脸颊,而后牵起她的手:"外面热,先回家。"

客厅里坐着一大圈人。金瑶母亲的追悼会在今天上午结束,她母亲那边亲近的一些亲戚、朋友原本打算在梁嘉聿这里一起吃顿晚饭,而后也就各自离开伦敦,回到各自的城市。

客厅里有佣人在端茶倒水,梁嘉聿即使不在,也算不上失礼。他这段时间的辛苦大家都看在眼里,没人会责怪他。

金瑶坐在角落里，说不出一句话。因为一进门，梁嘉聿就带着林知书先上了楼。

洗手间里，林知书还恍如做梦。梁嘉聿靠近的时候，带着能叫她即刻燃烧的温度。脸颊早就被自己摸得发红，林知书的心脏却还找不到落脚的地方。

他是在金瑶面前亲自己的，梁嘉聿做出自己的选择。又或者，对于梁嘉聿来说根本就没有选择，一切都是林知书的"恶意"揣测。

愧疚、狂欢、懊恼、欣喜，把林知书的思绪烧成飘在空中的灰烬，摇摇晃晃、摇摇晃晃，最后消失在抬手抓不住的半空中。

梁嘉聿在外面敲门，她在洗手间待得太久了。打开门，梁嘉聿问她住在哪里。林知书报出酒店名，就在这个区不远的地方。

梁嘉聿带她坐在二楼小客厅："今天晚上的晚餐是定好的，我不好推辞。有两个建议，你看看可以不可以？"梁嘉聿的声音一如既往的平和，林知书却觉得他像是语速更慢了些，可她也不能完全确定，只点头。

"你和我一起参加晚上的活动，结束后我和你去酒店拿东西。或者我现在送你回酒店休息，活动结束后我去接你。我个人建议——"

"我先回酒店。"梁嘉聿话还没说完，林知书就已做出了选择。她不愿意陪着笑脸参加楼下的活动，尤其是金瑶还在。又或者，林知书也不忍心看到此时此刻的金瑶，她不从金瑶的痛苦里产生任何快乐。

梁嘉聿也是建议如此。他很快带着林知书下楼，门外司机正在等候。

梁嘉聿将林知书送回酒店门口，然后让她先好好休息。活动结束后他会来接她。林知书点头，让他回去注意安全。

梁嘉聿离开得很安静，房门轻轻合上，林知书再次听见自己沸腾的心跳。她似乎站不住，要倒在柔软的大床上左右翻滚。身体里的血液似被抛下无数泡腾片，要不然此时此刻，她眼前为何会出现无数粉红泡沫。

亲亲脸颊，一个比亲吻双唇还要亲昵、亲近的举动。不带有任何情色的、强迫的成分，更像是他也依恋着她。这想法简直叫林知书心惊胆战，梁嘉聿也会依恋她吗？梁嘉聿也会需要她吗？可她刚才分明没有使出任何"有意思"的功力，也没能叫他开怀大笑，为什么他还会依恋她？

林知书把自己埋在被子里，她克制着自己的呼吸，也克制着自己的胡思

乱想。奈何笑容根本不会从她的脸上消失，贪婪的欲望化身洁白的棉被，也将她紧紧裹缠——林知书不只想要亲亲脸颊。

浴室里雾气弥漫，林知书用手擦开一片清晰的镜面。她洗了一个漫长的澡，黑色的长发分张出"邪恶"的手臂，将她紧紧裹缠。

林知书的脸颊泛着红润，她扶在玻璃上，凑近去看自己的眼睛。

九月开学，她就是大四的学生了。或许大一、大二时，她还带着些高中时的稚气，但是经历了父亲去世又即将大四的林知书，已不是稚气的孩子了。

林知书拉开自己与镜子间的距离。热气不再延续，落地镜前她的身影模模糊糊，显出几分玲珑。梁嘉聿的吻打开"潘多拉的魔盒"。

晚上十点十分，梁嘉聿打来电话。林知书已收好所有行李。酒店窗户关闭，林知书再次查看了一遍房间，没有任何遗漏的东西。

梁嘉聿的敲门声在不久后响起，林知书跑去门口开了门。司机没有跟上来，走廊里只有梁嘉聿。

他推开门，刚要开口，林知书抬臂抱住了他。

她身上有隐约的、轻盈的沐浴露的味道，林知书洗了澡，换了新的裙子。黑色头发还未完全干透，因此滑落至梁嘉聿手臂上时，也带来微凉的寒意。但是这个拥抱很坚定也很漫长。梁嘉聿想要说些什么，但他也已忘记。

饭局上，金瑶情绪不定。她说是因为母亲去世而哭泣，投向梁嘉聿的目光却充满怨恨。

临分别时，梁嘉聿请司机送每个人回去，金瑶落在最后。

"你不送我吗？"她问。

梁嘉聿说："你知道我四十多个小时没睡，现在送你是对你的生命不负责。"

"那你一会儿还要去找她？"金瑶如今仍然不愿意念出林知书的名字，即使她一早就知道。

"这是我的事。"梁嘉聿说。

"我母亲从前对你那样好……"金瑶眼泪盈盈，快要掉下来。

梁嘉聿打断她的话："金瑶，你知道我为你家做的远远超过我曾经获得的。"

年少时曾在金家借住过一段时间，成年后，梁嘉聿用数以亿计的订单回馈。他不仅照拂金家，也照拂金瑶和金鸣。

金瑶当然知道这一点，可她曾经天真地以为这样的梁嘉聿是她的独一无二。

司机站在空车前等待，梁嘉聿为金瑶拉开了车门："回去注意安全。"他冷血时也叫你无论如何都挑不出刺。

"下午见到你的时候，你说话好慢。"林知书还抱着他。

"是吗？"梁嘉聿反问。

"没有很慢，只是有一点慢。"林知书微微松开他，认真地看着他的双眼，"现在我终于知道是为什么了。"

他身上的烟味并不浓，但是绝非闻不出来。而他的话语已再难维持正常的、均匀的速度，是否也是因为太累了？Chloe说他常常几天睡不了一个整觉。

林知书眼眶几乎在瞬间发红，她想起自己如何对梁嘉聿胡乱揣测，又想起梁嘉聿如何毫不犹豫地走到她的面前。

"为什么哭？"梁嘉聿问。

"我害怕你猝死。"林知书说。

梁嘉聿笑了起来。从前的笑有画面、有声音，如今的笑有触感。因她还抱着他，因她胸口还贴着他微微震动的胸口。

"为什么怕我猝死？"梁嘉聿问。

"因为一直不睡觉真的很容易猝死。"

梁嘉聿嘴角的笑容未收，手掌贴在林知书的脸颊上，手指自然而然地穿过她柔软的长发。

"不会，至少今天不会。"他说。

"为什么？"

梁嘉聿的手指从她的发尾缓慢穿过："因为我还记得今天要来接你。"他说话已很缓。

回去的车上，梁嘉聿闭目养神，但他的手一直握着林知书的手。

车入车库，林知书小声在梁嘉聿耳边叫他："我们到了。"

梁嘉聿轻笑出声，睁开眼睛："多谢提醒。"

他睡了一会儿,林知书觉得他精神好了些。

走进别墅,林知书闻见混杂的酒味。

"葬礼结束,大家精神也松懈下来,所以晚上喝了点酒。"梁嘉聿解释,而后带着林知书上了楼。

"右手边的卧室我已经叫人帮你收拾好,你想在这里住多久都可以。"梁嘉聿帮林知书打开门,然后说道,"我现在去洗澡,之后应该就会睡觉。"

林知书点头:"好,你快去吧。"

梁嘉聿望着她,没立马离开。他像是思考了一会儿,又问:"什么时候开学?我看你酒店一直订到了九月十号。"

"九月十一号。"林知书说。

"那在我这里住到十号,我和你一起回去。怎么样?"

"你想我留在这里?"

梁嘉聿靠在门框上,他很少有这样"不正经的"、松懈的模样,却也带来强烈的亲近感。他说:"小书,我想你留在这里。"

林知书几乎再难忍耐、遮掩。她说"好",然后踮起脚尖,再次抱住了梁嘉聿的脖颈。林知书不敢做其他的事,但她把梁嘉聿的脸颊吻还给他。

松开手,像是松开着火的薪柴。"你快去洗漱休息吧。"她说话也如同倾倒黄豆,抬手把梁嘉聿往门外推。

反手关上门,林知书身体着火。她脱力地坐在木质的地板上,抬手捂住自己难忍的笑意。

林知书给乌雨墨打去电话,她打算在伦敦住上十天左右,会在开学前回到南市。乌雨墨连说"恭喜恭喜"。

之前订的酒店退了房,她住到梁嘉聿的家里。一幢两层高的别墅,内里是典型的意大利装修风格,大面积暗色调,利用软装增添色彩。

梁嘉聿在葬礼之后短暂地休息了几天,带着林知书在伦敦闲逛。画展、音乐会、私人晚餐以及各类拍卖会,只要林知书感兴趣,梁嘉聿就会带她去。

林知书有时候会问他在伦敦最喜欢什么,梁嘉聿说他并不喜欢伦敦,以后有机会,会带她去其他地方。

九月初,梁嘉聿还有其他的工作再推脱不得。林知书时常一个人待在别墅里。

这间别墅对她来说像是一个秘密城堡,而梁嘉聿对她毫不设防。比如混杂在书房无数相片中,那张梁嘉聿小时候同父母的合照。褪了色的小小相片,歪斜地插在相簿的其中一页。拍照的地点像是在家里,梁嘉聿的父亲坐在宽大的皮椅上,母亲站在一边,中间是穿着英制校服的梁嘉聿。

相片的氛围看起来略显严肃、沉闷,而正中央的梁嘉聿看起来不过十岁,他面容平静地看着镜头。

照片的最下方却写着:Dear Lawrence, Happy 10th Birthday.(亲爱的劳伦斯,十岁生日快乐。)

梁嘉聿的英文名叫劳伦斯,这张肃穆、沉闷的照片竟是生日合照。

林知书觉得心脏变得沉重,像是窥到了关于梁嘉聿的一角。他从未提起过自己的父亲和母亲,而金鸣曾说过,梁嘉聿的父母在他年少时闹过几年分居,那段时间梁嘉聿借住在金家。

他并不喜欢他的父母,林知书得出显而易见的结论。

可下一秒,她看见梁嘉聿父亲手边的轩尼诗。凡是出门饮酒,梁嘉聿从来多饮轩尼诗。

林知书的心脏像被人紧紧地揪起,她将相片小心地放回相簿,可情绪如同被搅乱的池水,无法即刻平复。

她想,梁嘉聿并非天生薄情,也绝不是对任何事物都难以产生天长地久的连接。他从未提起过他的父母,可他记得他父亲爱喝轩尼诗。

他这样口腹之欲淡薄的人,喝轩尼诗绝不会是因为嗜好,而是因为执念。是因为父亲爱喝。

合上相簿,林知书坐在书房的椅子上看着窗外。

她此次来伦敦,其实也不全是为了看看他在做什么。

他见过她的身份证,她也见过他的绿卡。

梁嘉聿出生在九月九日,前来给他庆生更像是一种林知书自己的妄想,她从前悄悄问过Chloe,Chloe说梁嘉聿从不过生日。

"他觉得过生日没意义?"

"不,"Chloe 否认道,"梁先生不否认任何生日的意义,但他希望他的那一天是平静的。"平静的、安全的、不会搅动出任何浑浊泥沙的一天。

林知书不会给他买生日蛋糕,那不会是梁嘉聿想要的平静的一天。

九月九日那天,梁嘉聿照例清晨出门。

林知书问他今晚是否回来,梁嘉聿说今天工作繁重,可能要在晚饭后。

"没关系,晚上见。"林知书把他送到门口。

"你今天有什么安排?"梁嘉聿问。

"我注册了下午两点在 UCL 的 Book Fair(图书展会),去看看有没有什么合适的二手书可以买。"

"玩得开心。"梁嘉聿说。

"一定!"

下午一点,林知书从梁嘉聿的别墅出发去学校。她心情平静,同早上出门的梁嘉聿一样。展厅设置在二楼,巨大的场地里已有不少前来淘书的人。

不同类型的书被分门别类,从前动辄五六十刀的书籍,现在却可以几刀的价格购入。林知书在每个区域长久地驻足,怀里渐渐抱起一摞书。

排队付完账,林知书又在校园里转了一圈。除了一毕业就工作,她其实也想再读一读书。

晚上五点多,林知书回到别墅。梁嘉聿不在,她自己做了简单的培根意面。

Chloe 送来消息,梁嘉聿约莫晚上九点半到家。

林知书谢过她。

吃完晚饭,林知书上楼洗澡。换了白色的宽松吊带长裙,林知书拿着书去外面的院子。

夜晚的伦敦褪去白日里的燥热与暑气,潮湿的凉意从修建整齐的草坪中翻涌出来。院子中央放了柔软的长椅,林知书赤足搭在对面的椅子上。手边是一盏墨绿色的台灯,前天梁嘉聿特地找来放在外面,方便她偶尔在外面看看东西。

林知书目光落在翻开的书本上,又情不自禁地去看手机。

九点,九点十分,九点二十分,九点半,九点四十分。

开门的声音并未迟到很久,林知书握着书本,克制住转过去看他的冲动。

梁嘉聿走到院子里，林知书才佯装惊讶，抬头望他："你回来了？"

梁嘉聿点头："看来你找到了很喜欢的书。"

林知书笑，又问："你着急上楼休息吗？"

梁嘉聿就坐在了她的身边。他身上有淡淡的烟酒气息，林知书靠近，嗅闻："我猜你今晚喝了轩尼诗。"

梁嘉聿笑起来："我猜你刚刚洗过澡。"

林知书坐得离他很近，手臂依着手臂，头颅几乎枕在他肩上。别墅的夜晚显得很安静，她踩在对面椅子上的脚背反射着皎白的月光。

林知书并未立马开启什么热火朝天的话题，她依旧在看书，只是轻轻倚靠在梁嘉聿的身边。

书里的文字于是挣脱了注意力的束缚，一个个从米白色的纸张中飞出。林知书再难读懂任何一句话的意思，大脑空白后的数秒，她佯装不经意地问他："今天开心吗？"

梁嘉聿在闭目养神，他听见林知书的话，睁开双眼："正常。"如同其他绝大部分日子一样，今天也是正常。

林知书看着他，举起手里的书："你想听我念书吗？"

梁嘉聿安静了一刻，但他没有问为什么："当然，我想听你念。"他从不打击林知书的任何积极性。

林知书的双膝微微屈起，书本便平展地摊开在她的膝盖上。

"你可以闭着眼睛听。"她说。梁嘉聿便闭上了双眼。

林知书其实很少见到梁嘉聿这样累，说不上来，却又与早几天她刚来时见到的那种累并不相同。从前在南市时，他也时常夜半开会，但是从未展现出这样的状态。

林知书想，或许是因为伦敦。梁嘉聿清晰地表明过他不喜欢伦敦。

书本随便翻到一页，林知书小声清嗓。

"劳伦斯先生走到前厅，前天快递员送来的信件还在邮箱里，他走进院子将一沓信件取回。屋外天气晴朗，今天是入秋的第三天。农场里的活暂告一段落，上月售出的奶制品也刚收到尾款。今日是悠闲、平静的一天，劳伦斯先生坐在院子的长椅上拆看信件。"

林知书掀眼去瞧梁嘉聿,他还在安静地聆听。

她于是又继续"读"道:"第一封信来自好友罗伯特,他正完成自家小屋的修建,邀请劳伦斯先生今年圣诞前去同住。第二封信来自农场挤奶工萝丝,她来信感谢劳伦斯先生今年免除她的住宿费。第三封信来自……"

林知书望住梁嘉聿,停顿了片刻。

梁嘉聿在此时抬起眼。

"——来自西西莉亚,"林知书面色依旧镇定,垂眼去看书本,认真读道,"第三封信尤为不同,浅粉色信封,正面绘有鎏金图案,很是郑重。劳伦斯先生拆开信封,上面写道——"林知书再次停顿。

梁嘉聿的手臂不知什么时候搭在了她身后的椅背上,像是搂着她。

"写了什么?"他问。林知书说:"你猜。"

屋外起了微风,吹得林知书蓬松的裙摆就要飞起来。她手搭在膝盖上,摁住白色的裙子,又说道:"你猜。"

梁嘉聿望着她。院子里的灯光并不均匀,她右手边的一盏台灯将她的面庞照出明暗的分界线。

林知书笑起来,身子也小幅度地左右晃动。因此,她有时候落在"明"的那一面,面容皎洁,双眼盈着明亮的、清晰的笑意。更多时候,她落在"暗"里,望向他的目光因此变得深邃且难以完全看清。像是她此刻说"你猜"。

梁嘉聿情不自禁地靠近:"上面写着'我喜欢你'?"

林知书笑得前俯后仰。

"根据粉色信封产生的合理推测。"梁嘉聿又说。

林知书笑得倒在他的身上,但她没有否认。片刻之后,林知书清清嗓子:"上面写道——"

林知书靠近梁嘉聿的脸庞,像是要让他听清,也像是故意要窃窃私语。

梁嘉聿的脸庞就在她的唇边,林知书松开书,轻轻抱住了他的脸颊:"上面写道:'生日快乐,劳伦斯先生。希望你今天过得平静、愉悦。'"

林知书松开了手。她如今已可以偷亲梁嘉聿的脸庞,说出这样的话又算什么。

即使他目光长久地注视着她,她也可以面不改色地辩解道:"我只是在念书而已。"她说罢，把书展开，拿起，上沿贴在自己的鼻梁上，于是只露出一双有些期待又有些不确定的眼睛。

"如果我没看错，这是本英文书？"梁嘉聿说道。

"啊，是吗？"林知书扬眉，"我刚刚是直接给你翻译成了中文，担心你听不懂。"她笑起来，圆润而纤薄的肩头也跟着轻轻摇晃。

梁嘉聿落在她身后的手掌便自然而然地揽住她。

"这么巧，书里的人也叫劳伦斯？"他又笑着问。

"这么巧？"林知书还在装样子，"难道梁嘉聿你的英文名也叫劳伦斯？"

梁嘉聿不再搭话，失笑出声。林知书也跟着他一起笑。

她随后抿抿双唇，收敛了笑意："Chloe说你希望过生日那天是平静的。"林知书放下书，看着他，"所以我既没有准备生日蛋糕，也没有想要和你吃一顿隆重的晚餐。如果你觉得介意，那就当我是在读书；如果你不介意——那我今晚就叫西西莉亚。"

光将林知书的面容完全照亮，她双眼如同剔透的宝石，一动不动地看着他。

有风从他们之间轻柔地吹过。梁嘉聿望着她。

父母很少在伦敦的家里团聚，从他有记忆开始，母亲就长期居住在新西兰。母亲不喜欢伦敦的阴雨沉闷，也不喜欢父亲。但是每年梁嘉聿生日，一家人定要齐聚在伦敦。

父亲不满母亲的肆意妄为，母亲也厌恶父亲的控制。一点小事，便衍生出无休无止的口角。梁嘉聿希望生日那天是平静的、没有争吵的，是即使河底淤泥满布，也不会被搅动起的。

成年之后，金瑶执意为他举办过几次生日聚会。人来人往，把这一天变得比从前还要累。梁嘉聿严肃拒绝了金瑶再给他办生日宴会的要求，从此以后，他定会在生日这天安排上满满当当的工作行程。

那天林知书前来伦敦，他没有料到。走近她身边，亲吻她的脸颊，他也没有料到。连续高强度运转四十多个小时，梁嘉聿在见到林知书的时候放松了警惕。

结婚后不久，他拉上她的拉链，是梁嘉聿的仁慈。他知道叫林知书陷落是一件多么容易的事，却不希望两年之后，离开他变成她无法抹平的伤痛。

但是今天，西西莉亚来信，祝劳伦斯先生生日快乐。

梁嘉聿说:"我改变主意了,西西莉亚。"

林知书一怔:"什么?"

他的手掌随即贴在她侧脸上。林知书浑身泛起酥麻,但她没有后退。

"你之前给过我准许,今天我就不再多问了。"

他们靠得近极了,梁嘉聿将她揽进怀里。林知书微微侧脸,露出洁白的面颊。梁嘉聿却轻轻捏住她的下颌,转向正面。

——劳伦斯先生今天不想只亲吻脸颊。

林知书想起乌雨墨的话:……别因为任何人停下来。

新年那天,她们站在田埂上,可以看见辽远的天空。有一只振翅飞翔的鸟从空中飞过,目标明确,没有停留。

别因为任何人停下来。

不会的,林知书说。

她和乌雨墨继续沿着田埂向前走,脚下是扎实的土壤。走着,走着,田间蓄起浅浅的水,而后漫过她们的脚踝。林知书低头去看,田野已成汪洋大海。白色的裙摆漂浮在水面,她忽地回过神来。

梁嘉聿含住她的双唇,又轻轻地抽离。呼吸停滞,双颊憋出天边的烧红。他身上的味道如同无形的咒语,靠近就会陷入无尽的陷阱。

林知书迎上去。梁嘉聿再次轻轻含住她的双唇。他将她抱进怀里。柔软的白色裙摆在林知书折叠的腿边堆出千层雪。

这样一个绝对静谧、绝对安全的地方,梁嘉聿环抱住她。并非激烈的、莽撞的,他的吻也带着令人痴迷的慢条斯理。

如何还能这样保持理智,林知书的手臂都发抖。

梁嘉聿轻轻按住她肩头,干燥、温暖的手掌一路顺着向下,无声牵起她的手。

林知书总是想到他牵着她的手。有时候,她高高扬起他们的手臂,有时候,他们会自然而然地十指相扣。有时候,他把手掌摊开,她就意会地送出自己的手掌。但是有时候,她会说她手心出汗,而后惶然地松开他的手。并非百分百的、绝对的快乐。

林知书的双眼流下未知原因的泪水。

梁嘉聿停止了："你不喜欢这样？"他的拇指擦过林知书的眼下。

林知书重重地摇头。她不知道如何解释巨大喜悦之后涌起的巨大悲伤，像是本能反应，潜意识从冰山之下发起猛烈进攻，叫她流出难以克制的、淙淙的眼泪。林知书的心脏在燃烧。

"我没有不喜欢你亲我。"她说话时，紧紧抱住梁嘉聿的脖颈，湿漉漉的脸颊贴在他的脸侧，证明自己所言非假。但是，林知书想，亲吻像是通往心脏的快速通道，比任何一种行为、话语都要强劲。或许是她还没准备好，但她绝不是不喜欢梁嘉聿。

林知书的眼泪并未持续太久，她靠在梁嘉聿的胸口上，梁嘉聿就轻轻地抚摸她的后背。

像是抚摸一只受惊的猫咪。

"你会觉得没意思吗？"林知书的声音在他耳边响起，"我这样忽然流泪。"

梁嘉聿胸口无声地震动了一下，她知道他在笑。

"不会，要不然一开始我也不会拉上你的拉链。"

"你知道会这样。"林知书说。

"是，我知道会这样。"梁嘉聿的手掌还在轻拍她的后背，"让你做你不愿意的事，其实也是毁了你。"

"如果毁了我，我就不会有意思了。"林知书顺着他的话说。

"是。"梁嘉聿承认。

一开始，梁嘉聿就目标明确。他要一个鲜活的、有趣的林知书。而强迫林知书同他上床，就好像亲手捏死一朵鲜艳的玫瑰花。

红色的液体流下之后，她会变成枯萎的花瓣碎片。而梁嘉聿更想要在花园里观赏她。

"但是刚刚我没有不愿意。"林知书再次澄清。

"我知道。"

"我只是……"林知书斟酌语言，"我只是，太高兴了……或者，我还没能适应这样的转变。"她从梁嘉聿的肩头起来，同他直视。

梁嘉聿的面容依旧温和、沉静，林知书忍不住再次靠近。

"你别动，行吗？"她说。

林知书轻轻碰了碰他的嘴唇,梁嘉聿就真的没动。掌控权回到自己手上,林知书才觉得几分安全。崎岖危险的洞穴停止施展魔法,林知书得以缓慢地扶墙探索。

梁嘉聿应和着她的每一次动作,但是绝不反客为主。林知书的双手慢慢扶住他的双颊,察觉他手臂也在自己身后收紧。

进度依旧缓慢。速食爱情里亲一秒就要动手脱衣服、真枪实弹,林知书却把亲吻探索到天长地久。鼻尖错着鼻尖,脸颊贴着脸颊。偶尔分开急促地呼吸,又在下一秒重新贴紧。

夜里的凉气落下来,又在林知书滚烫的皮肤上迅速蒸发。

他微微张口,林知书随即陷落。鼻尖挤出"恨铁不成钢"的声响,却又自甘堕落地把舌尖同舌尖搅动在一起。像是彻底送出灵魂,身体也情不自禁地用力贴紧。

林知书看见赤身裸体站在酒店浴室的自己,林知书想起宿舍里偶尔谈起的私房夜话,林知书回忆起那些她曾看过的影片。林知书溢出柔软的、短促的声响。

林知书猛然停止。心跳快到无法从他的身上立马坐起来,只能抱着他,大口地呼吸空气。

梁嘉聿撩起她脸侧凌乱的头发,看见林知书湿漉漉的双眼。但他没有再靠近,只留下漫长的、足够的时间,叫林知书重新找回心跳。

风不从他们之间吹过,因为林知书靠在梁嘉聿的怀里。

安静了许久、许久。梁嘉聿拿起躺在长椅上的那本书,林知书的注意力也跟过去。

"今天在书展上淘来的?"他问。林知书点头。

"买了一本?"

"买了好多本。"

梁嘉聿若有似无地应了一声,随便翻开一页,而后笑了起来。

"辛苦了,小书。"他说。

林知书抬起身子,望着他。

"找到一本主角叫劳伦斯的书,应该费了你不少功夫吧?"他目光从书本上移开,落在林知书的脸上。

林知书憋着,也笑了起来,大声"抱怨":"你也知道!我找了好半天。"

气氛在一瞬间重回轻盈、自在。林知书从梁嘉聿的腿上下去。

他们在长椅上又坐了一会儿,谈话依旧平和、轻松。

两人回屋分别时,林知书送上一封早早准备好的粉色鎏金信封。

梁嘉聿当她面拆开,上面写着:

生日快乐,劳伦斯先生。
西西莉亚

那天林知书的脚步异常轻盈、愉悦,她回到卧室里,打开笔记本书写。她写到她给梁嘉聿念的那段话,也写到劳伦斯先生和西西莉亚小姐。

心满意足地合上笔记本,林知书熄灯上床睡觉。

——却在夜半时分惊醒。

梦里看见巨大的、蓬松的、粉色泡沫从地面遥遥升起,而林知书坐在其上。粉色泡沫随即脱离高楼与山川,眼见要飞出遥远的大气层,却因气压变化而在瞬间破裂。

林知书于是向下坠落,她试图振翅飞翔,她记得从前她是一只可以翱翔天际的小鸟,却发现许久不用的翅膀竟退化成软弱的装饰。于是从万丈高空坠落,于是身体四分五裂。林知书从梦中惊醒,睁眼看见一片漆黑。

林知书说:"我们在谈恋爱。"

"他如今不再是一条平行于 X 轴的直线了?"乌雨墨盯住林知书。

林知书眨了眨眼。

"他比以前喜欢我。"

"那你比我奶奶运气好哦,"乌雨墨调笑道,"你学韩语就能遇到韩国人。"林知书笑出声。

"祝你们长长久久。"乌雨墨说。

林知书望着她,却没有说话。

从伦敦回来之后，梁嘉聿仅在南市待了小半个月，而后很快又飞去挪威。上次经由金瑶介绍认识的威廉，如今有意同梁嘉聿在北欧合作酒店生意。梁嘉聿虽然这两年重心放在国内，但是欧洲生意的蓬勃发展叫他也没办法完全放下。

林知书在和梁嘉聿恋爱，她当然确定这件事情。朋友不会接吻，不会亲昵地脸颊贴着脸颊，更不会大张旗鼓地说"我喜欢你"。

不，不是同从前一样宽泛的、不带有特殊含义的喜欢，是"男女"之间的喜欢。

但是林知书同样陷入清醒的迷思。梁嘉聿的吻到底意味着什么？是简简单单嘴唇与嘴唇的碰触，还是灵魂与灵魂。

从前梁嘉聿对她说动人的"情话"，如今梁嘉聿亲吻她。然而心情仍如捕风捉影，不过如今不是怕他喜不喜欢，而是怕那喜欢不能长久。

但林知书或许知道答案。从伦敦回来，到再次离开南市，梁嘉聿从未、从未提到任何关于"离开"或是"不离开"的事情。

而林知书已经大四，按照约定，他们会在她毕业时离婚。林知书没有忘记任何事，但她已比最初同梁嘉聿住到一起时成长太多。她告诫自己，这世界上其实很难有十全十美。如果梁嘉聿并未想过和她天长地久，那也不是梁嘉聿的错。她感激梁嘉聿，无论如何，当初是他把自己保护起来。林知书用理智重复告诫自己。

大四开学，专业课远不如大三多。许多人已确定前程。考研党早出晚归，备战十二月。留学党专注于语言考试和文书，年底即可开始投递学校。准备毕业就工作的同学也开始留意各家公司的实习机会。

尚未毕业，林知书已嗅到各奔前程的味道。那是一种宏大且悲伤的味道，催促着每个人必须前进，不得后退。

金鸣又抛来橄榄枝，林知书在电话里问梁嘉聿的意见。梁嘉聿并未反对："只是金鸣公司资历太浅，公司架构也并不成熟。我觉得你还有更好的选择。"

林知书："比如？"

"比如万通科技。"

梁嘉聿从前就对万通科技青睐有加，万鹏是技术出身，从一无所有到建立万通科技,再到如今的规模,在南市算得上数一数二的科技公司。

梁嘉聿说:"你从前也接触过万通科技,你自己的感觉如何?"

林知书思索了一会儿:"万通科技当然好了,建立时间长、团队经验丰富。但是他们对实习生的要求也很高,我看我们学校往届本科毕业生能进去实习的其实很少,至少要研究生毕业。"

电话里,梁嘉聿很轻地笑了笑:"我今年给万通科技投了不少钱,这个不必太担心了。"

林知书:"梁老板这是要给我走后门?"

"当然不是,我相信你的实力一定够得上。"

林知书笑得前俯后仰,她拿着电话坐在窗边,又问:"你最近很忙吗?"

"是。"梁嘉聿说,"但是你生日那天我会回去。"林知书心虚,装作无所谓,"我可没有那个意思。"

"是我想回去。"梁嘉聿又说。

林知书笑得把脸颊埋在手掌里:"我想你了,梁嘉聿。"

电话里,梁嘉聿那端沉默。

林知书刚想说"就这样,先挂了",梁嘉聿开口:"小书,你这样我会很想现在回去。"

林知书眼眶瞬间发红,但语气依旧自然:"我就是随便一说。"

梁嘉聿却当真查看起日程表,电话里传来他同 Chloe 说话的声音,而后梁嘉聿说:"后天……下午,我飞一趟,回来。"

"待多久?"林知书真生出期待。

"三个小时,可以陪你吃顿晚饭。"

林知书的念头倏地落下来。他从欧洲飞十几个小时回来,陪她吃顿晚饭再回去?没有这么折腾人的。

"不要,"林知书说,"我生日的时候再回来吧,可以多待几天吗?"

梁嘉聿说:"可以待一周。"

"好,那到时候见。"

"好,到时候见。"

林知书挂了电话。她很想说些俏皮话,说些叫分隔两地没那么悲伤的话。

但是林知书骗不了自己。无忧无虑的泡沫才可轻盈地跳动在空气之中，而一旦开始深思熟虑、患得患失，泡沫便会难承其重，直直坠去地面。

她很难再做到轻盈、无忧无虑。在这样面临重要日子到来的时刻，等待毕业变得像是死期倒计时，如何还能心安理得地吃每一顿饭、讲每一个笑话。

虽然一直对自己说没关系，不要抱有期望，但是身体的反应最为真实。

乌雨墨问她最近是不是在减肥，林知书说不出话。她不是不想吃饭，是一吃饭，整个胃都在剧烈地燃烧。她感受不到饿，感受不到饱，只感受到无穷无尽的焦虑。

从前父亲去世后，她担忧害怕自己会一无所有。如今，她担心失去梁嘉聿。不，她分明已做好失去梁嘉聿的准备。她知道所有开导、慰藉自己的理论思想，可为什么身体还是这样，陷入无法自拔的痛苦之中。

林知书说只是最近太辛苦。她一个人做一整个项目本就是不堪重负，而如今没了吴卓在一旁提醒吃饭，林知书有时便会跳过午饭或晚饭。

梁嘉聿每日定挤出时间同她打电话，有时问她吃过没，她会说吃过。

梁嘉聿只比从前更加关心她，而这叫林知书更加痛苦。

挂了电话，林知书翻看日历。今天是十月十三日，距离梁嘉聿回来还有一个半月。

有时候林知书想说，可不可以多回来陪陪她呢？毕竟很有可能他们很快就会分开。

但那念头会在瞬间被林知书掐灭，一是她不愿意耽误梁嘉聿的事，二是她没那样卑微、无所事事。他说什么时候回来就什么时候回来好了，她难道没有自己的事？

林知书拿起电脑，又朝图书馆走去。下午三点，正是阳光旺盛的时候，林知书被照得浑身发烫。

最近乌雨墨生意红火，只要没课她人就不在校园。另外两名室友投身考研事业，早出晚归藏身在图书馆里。

林知书在图书馆找了几圈也没找到位置，只能退而求其次去了没有空调的自习教室。平时课业也不敢落下，林知书翻开草稿纸，手写计算过程。心脏和胃一直在燃烧，学习是唯一可以叫林知书"冷静"下来的方式。

她在自习教室一直待到晚上十点半,才发现今天又忘记吃晚饭。

回到宿舍,乌雨墨正在用电脑修片。林知书坐在她身边,靠着她的肩头。

乌雨墨察觉她不对劲,停下鼠标:"你最近好像情绪不好?"

林知书望着她屏幕上的照片,语气平静:"可能因为要毕业了,所以会有些悲伤情绪吧。"

"你舍不得我?"乌雨墨调笑道。

林知书也跟着笑笑:"最舍不得你。"

十一点,宿舍熄灯,林知书上床。一晚上睡得浑浑噩噩,醒来后并不记得到底做了几个梦。

林知书翻看手机,才早上六点,宿舍里已没有人。她索性也起床洗漱。

十月的早晨还透着些凉气,林知书随便套了一条米白色的无袖连衣裙。她今天正好早起,还想去图书馆碰碰运气。沿着楼梯下去,走出宿舍楼。

校园里还很安静。林知书拎着电脑包缓步朝食堂方向走,却在路口停下了脚步。

他身后有一棵茂盛的、巨大的梧桐树,翠绿的叶子在晨风中轻柔地晃啊晃,投下一片温柔的阴影在他的脸上。他没有坐在车里,而是站在外面。

林知书的鼻头酸得叫她立马想要逃跑,可脚步还是无法自控地朝他走去:"你怎么在这里?"

梁嘉聿笑起来的时候,正好有一阵轻柔的风吹过她:"我在等你。"

"不是,你为什么现在在这里。"说话间,林知书却已算出时间。从昨天她挂电话到现在,大约十五个小时。他是在她挂了电话之后就上飞机的。

"因为你说想我了。"

"可是……"林知书仍说,"你说你明天才有空。"

梁嘉聿看着她:"是,但那是在你挂电话没哭的前提下。"

"谁说我哭了。"林知书话语已艰难。

"你没哭吗,小书?"梁嘉聿问。

林知书摇头,眼睛却流出淙淙泪水。

在车里只是拥抱,回到公寓才敢无休止地亲吻。陷入柔软的沙发,手指插入他微热的发根。胃同心脏一起燃起熊熊大火,将林知书的身体也烘烫。

梁嘉聿的手掌扶住她的肩头,将人轻轻往后拉。林知书哭得一塌糊涂,身体不停地轻颤,离开了梁嘉聿的双唇。

"发生什么事了?"梁嘉聿语气略显严肃。

林知书却摇头:"没有。"

梁嘉聿当然察觉到她不对劲,昨天电话里她情绪明显低迷,临挂断时,也没有任何从前的轻盈、喜悦之情。电话结束,他就请Chloe把他的行程往后延,随后马不停蹄地坐了十几个小时的飞机回来。

开车到达她学校时不过早晨五点,六点半看见她出门,风吹着她的裙子,她明显心不在焉。

"小书,我关心你。"梁嘉聿说,"所以你不应该拒绝和我沟通。"

他手掌抚上林知书的面颊,拇指轻轻擦去她眼角的泪水。

林知书仍然胸口起伏,但她如何说,我好想你,如何说,请别再这样对我好,如何说,我不知道离开那天会是什么样。

林知书想问,毕业那天你要离开我吗?毕业那天我们还会按照约定离婚吗?你有想过和我的未来吗?

可是,可是,她分明早已得出理性结论,不管最后梁嘉聿如何选择,她都接受,她都感激,她都觉得值得。但为何,为何,又在见到他的瞬间理智分崩离析,哭得不能自已。

林知书不肯回答他,只把脸颊再次埋入他肩头。衬衫也被泪沾湿,梁嘉聿并不逼迫她,抱住她,一下一下地抚慰她。

梁嘉聿想,少女是水做的少女。他肩头热了又凉。慢慢地,她身体不再抽动,最后声音也消逝。

梁嘉聿说:"我在家里住一周。"

肩头上传来浓重的鼻音:"为什么?"

"因为我想林知书了。"他怎么能这样平静地说出这句话。

"你骗人。"林知书于是发出强烈的指控。

"我不想你,我飞十几个小时回来见你?"

"你又不是来见我的。"林知书说。

"那我现在在做什么?"

林知书词穷片刻,"恶狠狠"地指控他:"你就是想看我哭的样子有多丑!"

梁嘉聿无奈地笑起来,他于是把人从自己肩头拉开,去看她的脸:"既然如此,那让我看看这张脸哭完有多丑。"林知书震惊,随后震怒。

梁嘉聿却当真看得仔细,而后发出疑问:"怎么哭过也还这么漂亮?""怒火"在瞬间湮灭,林知书鼻间挤出羞赧的声音,眼泪流得更凶。

梁嘉聿笑了笑,把她额间的湿发捋到耳后,又用手帕把她的泪水擦干净:"如果现在不想和我说也没关系。我带你去洗把脸,你先睡一觉。"

林知书换了宽松的睡裙。卧室里温度适宜,她盖了一条柔软的珊瑚绒毯子。梁嘉聿没有立马离开,他说在卧室里陪她一会儿。

窗帘拉上,阴影将他们之间的距离拉近。梁嘉聿就坐在床边不远的沙发上,林知书很难忍住看他的欲望。

"睡一会儿。"梁嘉聿说。

"你呢?"

"我在这里陪你。"

林知书鼻子更酸:"你也去休息一会儿吧。"

"我走了你会安心睡觉吗?"

林知书闭上双眼:"会的,梁嘉聿。"

青天白日,睡得比所有夜晚都要踏实、绵长。没有噩梦,也没有惊醒。

林知书睡了很久、很久,醒来的时候,梁嘉聿还在她的卧室。

她动了动:"你没去休息吗?"

梁嘉聿笑了笑:"你睡得太久了,我已经离开又回来了。"

卧室里拉开一条窗帘缝,透进来些温和的日光。梁嘉聿坐到她床边:"现在可以和我说说了吗?"

林知书枕着他的手掌,说:"因为快毕业了,马上就要和同学们分开了。"她声音平静,语速均匀。

"因为舍不得和朋友分开?"

林知书点头:"因为舍不得和朋友分开。"

"如果在万通科技工作，你可以不用离开南市。"梁嘉聿问，"乌雨墨呢？我想你最不想和她分开。"

林知书又点头："是啊，我最不想和她分开。"

"她之后会留在南市吗？"

"应该是。"

"那你不会失去你最喜欢的朋友。"

"没错。"林知书应和道。

她不知道怎么说，却知道自己没办法同梁嘉聿说实话。林知书坐起身，问："你呢，你之后会回去欧洲发展吗？国内的事业可以暂告一段落了吗？"

梁嘉聿思考了一会儿："说实话，我也还没做出决定。眼下两头抓，的确不是办法。"

林知书应和："的确。"

梁嘉聿还未做出选择。若是留在南市，说不定他们还会有更久的未来。

林知书觉得眼角有些潮热，于是倾身，去亲梁嘉聿的侧脸。梁嘉聿偏头，含住她的双唇。

梁嘉聿当真在南市待了一周，但他黑白颠倒，过欧洲时间。一周后，再次坐上前往挪威的飞机。

林知书已开始在万通科技实习。十一月下旬，大四上的课陆续续结束，林知书把大部分时间花在公司里。

金鸣得知她选择去万通后气绝，但是断不敢找梁嘉聿发问，只能在午间休息时，常找林知书一起吃饭。

林知书不常同万通科技的同事来往，因公司私下小话传得快，说林知书是找关系进来的。说来难堪，这件事林知书真没立场反驳。梁嘉聿出钱，她才有机会进来实习。虽然并不占用常规实习生名额，却也的确不好听。但林知书想，踏实做事、做出成果，比口头反驳来得有用。

十月天气还热得叫人烦躁，十一月就陡然冷下来。

金鸣倒上两杯热水，推一杯到林知书面前。

"是不是快毕业了？"他问。

林知书点头:"明年六月。"

"之后就打算在万通工作了?"

"大概率。"

"这么年轻就投入计算机事业,佩服!"

林知书笑出声:"金少爷有何指教?"

"你没想过出国读书什么的?"

林知书安静了一会儿,她大三下学期的时候的确考虑过出国读书。但是……大四开始,梁嘉聿就给万通科技投了一笔资金,并且也建议林知书去万通实习。

她在万通待得很好,一切都熟悉,也被万鹏照顾着。于是很长一段时间,林知书就没再想起出国的事情。而且,林知书不想欺骗自己。留在万通,就像是还保留与梁嘉聿的一丝联系。或许梁嘉聿之后也会选择在国内发展,那他们就还有可能。而如果选择出国的话……目的地并非她可以控制。林知书怕失去任何与梁嘉聿有联系的可能。

林知书说:"我不知道,我不太了解。"

"你成绩怎么样?"金鸣问。

"目前为止,综合绩点专业第一。"

"语言呢?"

"我还没考,但是应该没问题。"

金鸣拍大腿:"那你至少应该申请申请学校。"

林知书却反问:"意义是什么呢?"

"意义?"金鸣大笑,"对于我来说,意义就是多几年轻松日子,去不同的地方体验生活,别那么早踏入工作的坟墓!"金鸣还是一如既往的不着调,但是那天离开后,林知书给吴卓发去了消息。她早就听说吴卓放弃了保研资格,要申请美国的学校。

夜晚两人依旧约在从前见面的地方,吴卓还是给林知书带了一杯热咖啡。两人见面,并无太多尴尬。上次的事情过去就过去,没有人再停留在原地。

吴卓知道林知书约自己出来是为了询问留学的事情,他带了笔记本电脑出来,把自己申请时用到的文书、资料,毫不吝啬地全部分享。他其实仍心有愧疚，希望自己这次可以帮上林知书一点。

林知书问了吴卓决定出国读书的原因，吴卓沉默了一会儿，说道："我那时候没反应得过来，觉得保研是最重要的事。但是后来我才意识到，我不想变成和师兄他们一样的人。林知书，我总比你慢半拍，要花费些时间才领悟到这些道理。所以我打算出国，在烂泥里是走不远的，但我想走到更远的地方。"吴卓看着林知书，又说，"我有学姐在万通科技工作，我知道你也在那里实习。"

林知书知道他的意思："她和你说我是找关系进去的。"

吴卓没摇头也没点头，他嘴笨，不说有时候比说好。

林知书没有介意，只又问："那为什么是美国呢？"

吴卓开口："要去就去最好的，别浪费时间和金钱。林知书，我想你比我更想去更高的地方。"

他们站在图书馆的门口，冷风吹得林知书手脚冰冷，但她的胃再次燃烧，几乎痛得叫她弯下身去。

美国……好远、好远的地方，离南市那样远，也离欧洲那样远。

"谢谢。"林知书说。

"那我把资料发给你？"

林知书却说："……不，先不用，我还没考虑好。"

回到宿舍，梁嘉聿照例打来电话。林知书同他说她在万通科技实习的事情，也同他说自己的编程项目已进入尾声。

"恭喜你，小书。"梁嘉聿说。

"还没到那天。"

"迟早的事情。"

林知书笑笑，却没说话。

"你还有话要说？"梁嘉聿问。林知书想说，金鸣同她提到出国留学的事。林知书想讨论讨论吴卓告诉她的事。

可是……可是……美国好远好远。

"没有，没有其他事啦。"林知书说，"再见，梁嘉聿。保重身体。"

"好，你也是。"

有一根绳索套在林知书的脖子上,绳索的另一端系在时钟上。指针每走一圈,绳索就更紧一分。林知书觉得很不对劲,但她不知道哪里不对劲。失眠找上门来,夜晚变得煎熬、痛苦。

她总是在等,在等生日那一天,在等梁嘉聿回来,在等毕业那一天,在等梁嘉聿的决定。他要继续留在南市吗?还是决定回到欧洲?他要和自己离婚吗?还是……他也不愿意?但其实他没有给出任何、任何的承诺。

林知书变成烧烤架上的鱿鱼,每寸皮肉都痛苦地蜷缩在一起。

乌雨墨最先发现不对劲:"你别拿毕业要和我分开那事糊弄我。"

林知书装听不懂:"什么什么?"

乌雨墨拿来镜子照她:"你看看你的黑眼圈!"

林知书失眠得厉害,藏无可藏。

她无话可说,只能面对乌雨墨的质问。

"林知书,你有很大的心事。"乌雨墨说的是肯定句。

林知书更加萎靡,伏在宿舍的桌子上:"是吗?"可她话里哪有半点质疑,拿来乌雨墨手上的镜子自己仔细照照。

"你到底怎么了?是因为梁嘉聿吗?"

林知书条件反射地摇头:"不,不是。"

"你们感情出问题了?"

"不是。"

"你实在太想他了?"

"不,他前段时间刚刚回来过。"

"那是为什么?"乌雨墨问。

内脏很热,但手脚是冷的。林知书很不舒适,她说:"雨墨,我好像着火一样。"

"什么意思?"

"就是,"林知书看着乌雨墨,"就是每个内脏都不在正确的位置,胸腔里总是在烧火,像是下一秒我就四分五裂了。"

乌雨墨担忧得不得了:"林知书,如果你真的觉得不对劲,又不想对我说,我拜托你一定去看看心理医生,别自己憋着!"

到这样的程度了吗?林知书不觉得,不,她不是心理问题,她是心里的问题。

一边她每天照常去万通科技上班,一边她在工位上用手机搜寻美国高校的申请要求。一边她对梁嘉聿说万鹏给自己制定的工作规划,一边她请吴卓发一份留学资料给她。

林知书变成分裂的林知书,然而她既无法调和,也无法停止。内脏错位,胃里燃起熊熊大火。

十一月末,发生两件大事。

第一件事是梁嘉聿如约从欧洲回来给她庆祝生日,但是行程紧张,竟真的是来回飞三十个小时但只能停留三个小时。

第二件事发生在梁嘉聿离开南市之后。

那天林知书走出宿舍楼,看见金瑶站在马路对面。她是来找自己的,林知书确定这件事。

跟着金瑶上车实在不知出于什么心理,或许是觉得能从她那里知道一些关于梁嘉聿的事。林知书没有觉得不安全,至少每次同金瑶见面时,她从未展露出危险气息。

两人在一家餐厅包间坐下,话题其实林知书早已预料。

"梁嘉聿喜欢你?"金瑶问。林知书点头。

金瑶笑起来。她笑的时候和梁嘉聿不一样。梁嘉聿是温和的、平缓的,而金瑶是尖锐的。她说:"你知道吗?如果你真的喜欢梁嘉聿,为了他好,你应该离开他。"

林知书才不问她为什么。金瑶说:"你克父克母,没有这样的觉悟吗?"

人的教养果真和社会财富没有任何关联。林知书说:"你这么迷信,没人告诉你,你现在印堂发黑吗?"

金瑶脸色煞白,声音抬高:"你胡说什么?"

"你胡说什么我就胡说什么。"林知书想,金瑶太小瞧她。

根本没有服务员上菜,金瑶也没有任何点单的意思。她只是找一个私密的地方"教训"林知书。林知书合理猜测,是金瑶知道了梁嘉聿现在同她的关系更加亲密，再难像从前那样冷眼旁观了。

"身份不配、家境不好这类话，可以跳过。"林知书说，"你有没有一点新鲜的东西？"

金瑶先离开饭店，然后是林知书。

十二月中，街头的树叶都落得差不多了。

林知书把围巾忘在饭店，等她想起来的时候，她已沿着这条街走了一个小时。那就再走回去吧。林知书于是折返，从饭店寻得那条围巾。

乌雨墨问她怎么没来上上午的政治课，林知书才想起她上午分明还有课："对不起，我忘了。"

乌雨墨说："你没对不起什么，但是为什么忘了。"林知书语气如常，说她今天和一个好久没联系的朋友出门吃饭了。

乌雨墨："你没事吧？"

"没有，"林知书笃定道，"一会儿中午我去找你吃午饭。"

林知书坐公交车回到了学校，乌雨墨见她的确没什么事，也就放心。两人一起吃了午饭，下午没课，乌雨墨又要出门拍照。她拖着黑色的行李箱走出宿舍，每一声脚步都坚实有力。林知书坐在宿舍里朝她挥手："再见，雨墨，注意安全。"

乌雨墨朝她挥手："你也是。"

宿舍里依旧空空，只有林知书一个人。她的头好痛，眼睛好痛，心脏好痛，好痛、好痛。

傍晚，梁嘉聿打来电话。林知书在床上熟睡，没有接到。半个小时后，乌雨墨匆匆忙忙回到宿舍，发现林知书高烧。或许是下午在冷风里走了两个小时，又或许是这段时间精神状态实在太差，林知书病倒了。

乌雨墨摇醒她："小书，起来，我带你去医院！"

林知书从前身体很好，发烧更是少见。这次是真的烧起来了，体温直逼四十摄氏度。

医院很快安排了住院，梁嘉聿已打过招呼。私人病房里挂上水，林知书很快又迷迷糊糊地睡过去。

金鸣接到电话,梁嘉聿请他去医院照看一会儿林知书,说自己在路上,还有十几个小时才能赶到。金鸣自然不推迟,嘴上还说:"你们可真赶巧,金瑶今天也回来了。"

一下飞机,司机已在停车场等待。梁嘉聿马不停蹄地上车,朝医院赶去。

走廊里不止金鸣一人。林知书已经醒来,里面是乌雨墨在陪着。梁嘉聿要往病房里走,金瑶开口:"她倒是会告状,会靠装柔弱博你同情。"

梁嘉聿止住脚步,却并未提问,像是等着金瑶往下说。

金瑶望着他。她母亲的葬礼刚刚结束,他就把林知书带到伦敦的家里去住。她想,他怎么也不可能是认真的,他们那么多年,他曾经对她也不薄。却没想到从Chloe嘴里知道,梁嘉聿竟愿意来回坐三十个小时的飞机,只为了陪林知书三小时过生日。

从前他甚至不愿意叫林知书的名字,如今妒火把自己燃烧。一怒之下,金瑶飞回南市,跑去林知书的学校找她。包间里,林知书面色惨白。金瑶骂她是不知廉耻的、恶心的、粘上就摆脱不掉的寄生虫。

"你以为我要说什么身份、等级?不好意思,你有没有想过,你甚至配不上什么身份、等级。对于梁嘉聿来说,你不过是一条恶心的寄生虫!"

只要稍加调查即可得知,林知书的身世和梁嘉聿的手笔。

"你住的房子是你的吗?你花的钱是你的吗?你父亲的公司是你保住的吗?你现在实习的万通科技真的是因为你有多厉害才招你的吗?

"林知书,你有没有想过,其实你根本就是一个不劳而获的寄生虫。你吃的、穿的、用的,全部不是你的。你以为你是凭本事进入万通科技吗?哪天梁嘉聿不要你了,你怕是连街上的垃圾都不如!"

林知书当然面色惨白,因金瑶即使有些夸张,却或许已说对百分之八十。她如今吃梁嘉聿的、用梁嘉聿的、穿梁嘉聿的、住梁嘉聿的,她父亲的钱早就亏损在股市里。认识万鹏和金鸣,也是因为梁嘉聿。

那是梁嘉聿的人脉,不是她的。她何曾真的在市场上投递过简历,何曾正儿八经地准备过面试?没有,全部没有。

她说要全力做的那款软件,到如今其实也并没有什么惊人的结果。但她轻轻松松地得到了进入万通科技的机会。

走出饭店时,几乎失魂落魄。像是被雷劈中,连还手的机会都没有。

走廊里,传来金瑶喧闹的声音。金鸣闻声,立马走出了病房。

乌雨墨想出去看看,林知书拉住了她。她挂了两瓶水,又睡了好久,现在精力恢复了不少。

林知书听出金瑶的声音,她想,金瑶或许是来找金鸣的。却没想到很快,梁嘉聿也出现在病房门口。门被打开一半,林知书听见外面传来隐约的哭泣声。金鸣扶着金瑶从门口走过,梁嘉聿反手关上了门,像是关上一场正在发生的战争。

乌雨墨站起身:"我去弄点热水。"

梁嘉聿朝她点头,说:"谢谢你,乌雨墨。"

"应该的。"乌雨墨走出病房。

林知书已感觉好多了,她并没有询问外面的事,脸上带着很浅的笑意,看着梁嘉聿:"你怎么知道乌雨墨的电话?"

梁嘉聿走到她床边,先伸手探探她额头:"我上次怎么知道她地址,这次就怎么知道她电话。"

"梁老板果然神通广大。"

梁嘉聿把她的手放回被子里:"怎么忽然叫我梁老板?"

"因为你是我的衣食父母啊。"

梁嘉聿看着她。病房里的光线冷白,照得她一张小脸更是没有血色。嘴唇不再红润,梁嘉聿手掌抚住她侧脸,拇指摩挲了下嘴唇。

金瑶以为林知书向他告了状,于是在病房外毫不保留地和盘托出。

梁嘉聿其实并不惊讶,他从小就知道金瑶是什么样的人,只是没想到她这次做得这样过分。一切应该到此为止,她母亲离开,他和他们家的缘分应该就到此为止。

"下次不用这样回来。"林知书说,"只是小感冒而已,挂完水我现在已经生龙活虎啦!"林知书笑起来,鼻头挤出可爱的纹路。

梁嘉聿没有说话。林知书又说:"你下次不能这样叫乌雨墨突然来找我,她在工作,不好半路离开的。"

"我给了她三万的补偿,但的确是我不对。"梁嘉聿说。

林知书失笑:"好吧……其实我是想说,你弄得大家都好紧张,把金鸣叫来,你又飞回来,真的没必要。"

"小书,"梁嘉聿却打断她,"你有要对我说的话吗?"

林知书想起刚刚门外的争吵:"金瑶……和你说什么了?"

梁嘉聿望着林知书:"没有,她没有对我说什么。"

林知书眨眨眼睛:"……没有,我没什么特别要对你说的。你想听什么?我不明白。"

告状?如何告状?说金瑶如何骂自己是寄生虫?可她分明说的是真话。但梁嘉聿没有追问。他把手伸进林知书的被子里,握住她的手:"你最近瘦了。"

林知书说:"我在减肥。"

"为什么?"

"为了……漂亮。"

梁嘉聿安静了一会儿:"希望你是在以自己身体健康的前提下。"林知书声音很轻,说:"好,我会注意的。"

她觉得,她很难再在这个时候控制住情绪。梁嘉聿这样温柔、这样轻轻地握住她的手。

"你要不要先回家,这里没办法休息。"

"我现在不需要休息。"梁嘉聿说。

林知书努力挤出笑容:"可我今天生病,可能没办法很有趣让你开心哦?"

梁嘉聿安静地望着林知书,她甚至可爱地耸了耸肩,嘴角无限上扬,眼尾却无力地下落。

上一次林知书耍宝、逗笑他是什么时候?上一次她轻盈自如地讲笑话又是什么时候?就连梁嘉聿自己都忘了。记得更多的,是她这段时间的泪水。这不是梁嘉聿从前会觉得有趣、有意思的事情,这不是他觉得自己会喜欢林知书的理由。

他没有任何理由留下来。可是……他不止一次连夜坐十几个小时的飞机回来见她。

林知书松开了他的手:"你先回去吧,真的。"

梁嘉聿却倾身,轻轻含住了她的唇。

第六章 从未给出的承诺

金鸣来换梁嘉聿的班,乌雨墨还有工作,当天晚上就先离开了医院。梁嘉聿在病房里陪了一晚上,早上回公寓休息。

开水倒来放在床边柜上冷着,林知书伸出手请护士小姐扎针。今天再挂四瓶水,下午没问题即可出院。

金鸣刚到不久,哈欠连连,笑着看林知书扎针:"你不怕疼?"

林知书心情还不错,摇摇头:"只要我不看,我就不怕。"

"勇敢的鸵鸟。"金鸣盛赞。林知书笑起来。

护士小姐挂好吊瓶,调了速度就出去了。

金鸣把椅子拖到床边,对林知书小声说:"对不起。"

林知书眨眨眼:"什么意思?"

"金瑶的事。"

林知书依旧装傻:"什么事?"

金鸣看着林知书,也笑了出来:"我要是梁嘉聿,我也喜欢你。不对,我本来就喜欢你。"

林知书看着金鸣的样子,又想到昨晚梁嘉聿也问她有没有要对他说的,再联想到金瑶的哭声。她面容有些局促,问:"你们都知道了?"

金鸣扬眉:"你没听到昨晚金瑶是哭着被我拉走的吗?"他眉头瞬间紧皱,"一路上哭得我心烦意乱。"

林知书看着金鸣,却想到昨晚的梁嘉聿。原来梁嘉聿都知道了。

可林知书心里没有半分开心,她觉得好丢脸、好丢脸、好丢脸。金瑶虽然是骂她，但其实也是戳穿了她。现在梁嘉聿也知道了，她是一只寄生虫。

金鸣凑到她面前："你怎么一副要哭了的样子？"

林知书看着他："……你们……知道金瑶说我什么了？"

"金瑶昨天以为是你告状，梁嘉聿才回来的。所以在外面又把你大骂了一顿。"

林知书羞愧地用手捂住脸，牵动手上的输液针，痛得她又立马放下。

"我没脸见你们了。"林知书说。

金鸣笑得不行，把她另一只手从脸上拉下来："金瑶的话你也敢听进去。"

林知书愁眉苦脸地看着金鸣："但她说我是寄生虫，其实也没说错。"林知书不敢同梁嘉聿讨论这件事，倒是可以和金鸣袒露这些心事。

"她其实没说错，我就是梁嘉聿的寄生虫。吃穿住行都是他的，认识的人脉也是他的，就连进万通也不是我光明正大地投递简历进去的。"林知书有些沮丧，"我知道，在公司里大家会说我的小话，但我其实真的没法反驳。说到底，我其实就是什么成果都没有。"赤裸裸地把自己摊开，像是开膛破肚，风吹过来，冷得人瑟瑟发抖。

金鸣说："有句话我觉得你可能不喜欢听，但，我也是寄生虫，金瑶也是寄生虫。你知道，金瑶从出生到现在只花钱、不赚钱。所以在我看来，做寄生虫没什么问题，只要被寄生的那个人没有意见。"

林知书沉默了一会儿："梁嘉聿也是寄生虫吗？"

金鸣也沉默："……嘉聿哥不是。"

林知书便不再说话。

金鸣无奈地摸摸头："你要是和嘉聿哥比，那我真的没办法开解你。"

林知书靠在病床上，手攥紧被子："你还记得我第一次去你公司吗？"

"记得。"

"那时候我还说那样的大话，说我父亲去世，我不会再依靠任何人。但是现在看来，我根本就是撒谎精。我利用梁嘉聿的人脉、平台，去站在不是我应该在的高度。"林知书如今彻底看清自己，她也知道自己和金鸣、金瑶的区别。他们是依靠自己的父母，而父母不会背叛孩子。

但她是依靠梁嘉聿。梁嘉聿何曾给她承诺过天长地久，他一旦离开，林知书会陷入比父亲离开时更可怖的境地。

林知书说:"不聊这个了,聊点开心的。"

金鸣点头:"那我给你说个开心的,你知道金瑶昨晚为什么哭吗?"

林知书思索:"梁嘉聿不可能骂人吧?"

"怎么可能?"金鸣笑了笑,"嘉聿哥就对她说了一句话。"

"什么?"

"嘉聿哥说:'我们之后不要再来往了。'他甚至没叫金瑶的名字。"金鸣说,"你看,嘉聿哥多爱你,他同金瑶几十年的情谊,为你也可说断就断。"

病房里,金鸣还在松快地讲着些什么,但是林知书已听不太清。

她应该感到高兴吗?梁嘉聿这样在意她,从前他如何对金瑶好,林知书不是没听说过,但如今也可一句话就再也不来往。

她应该感到悲哀吗?或许吧。她其实和金瑶并无太大区别。她们的生死并非捏在自己的手里,而是在梁嘉聿的手里。

梁嘉聿要她们生,她们就生。梁嘉聿要她们"死",她们就"死"。

病房里开着充足的暖气,林知书后背出了一身冷汗。

金鸣在她面前挥动手掌:"想什么呢?"

林知书回过神来,却像是惊恐未定。可身体里的内脏在这一刻各归各位,没有炽热、没有焦灼、没有颠倒、没有难分难舍。有的,是一股强大却又极致冷酷的寒流,从林知书的头顶贯穿至四肢百骸。

她在等待铡刀落下,她在等待梁嘉聿的选择,她把自己的命运放在梁嘉聿的手中,她心安理得地站在梁嘉聿为她托起的高塔之上。

他爱她,她就是顺风顺水、未来无忧的林知书。他不爱她,她就是几十年情谊都可说放就放的金瑶。

什么早就想好毕业时他会离开她,她会接受,她会感恩;她不祈求天长地久的爱情,只要梁嘉聿爱她一天,她就会开心一天,全部是林知书用来欺骗、安慰自己的假话!

她根本没放弃梁嘉聿,她根本不敢想象和梁嘉聿分开。要不然为何连去美国读书都不敢?若是真的相爱,怎么会害怕分隔两地?

只不过是林知书担心,美国太远太远。欧洲、国内,梁嘉聿尚且有理由常住,而美国不是他的主要落脚点,即使他去过一两次,但林知书用什么办法天长地久地留住他?他渐渐地不会从她身上感到有趣、有意思,梁嘉聿会再次寻找其他的"林知书"。

潜意识冲出冰山,赤裸裸地展示在林知书的面前。梁嘉聿越对她好,她越焦灼、痛苦。

其实就是因为她在内心里,从未真的放弃过。于是分裂,于是焦灼,于是彻夜难眠。而如今,林知书看到金瑶的下场。

如果真的相爱,不会因为林知书在美国,梁嘉聿就不爱她。如果他仍然只是把她当作"有意思",那谁可以保证梁嘉聿一辈子觉得她"有意思",或只觉得她"有意思"?

爱不是仅仅觉得那个人有意思,爱是不管有没有意思,都想和那个人在一起。

金瑶狠狠"甩"了林知书几个巴掌。别忘了,林知书从一开始就知道,梁嘉聿是个薄情的人。

轩尼诗是他和父亲的情感缔结,你林知书在他心里又算什么?轩尼诗还是凉白开?林知书不敢回答。

他可曾给过你任何承诺?当然没有。

所有的痛苦、纠结、愁思和烦恼在这一刻抽丝剥茧,现实或许残忍,但它逻辑严谨、环环相扣,寻不到任何一处不清楚。林知书当然喜欢梁嘉聿,但她不愿意成为第二个"金瑶"。

"金鸣,你从前在哪里留学?"林知书忽然开口问。

"美国,我念 UCLA。"金鸣端来床头变温的水,递到林知书手上,"怎么,你现在有兴趣了?"

林知书像是在慎重思考,而后点了点头:"不过……你先别和梁嘉聿说。"

下午三点多,林知书结束挂水。她的体温已正常,精神状态也恢复良好。不,是比这段时间的任何一个时刻都要好。

林知书心里清楚,她不愿等待着被选择,不愿意把自己的命运交到别人的手上,不愿意做最后歇斯底里哭泣的"弃妇"。

眼前的迷雾似乎骤然散开,林知书再没有前段时间的踌躇犹豫、辗转反侧，因道路其实过分清晰。摘去所有梁嘉聿赋予她的，然后选择一条她能力范围内最好的路。力量重新回到林知书的手里，她的大脑比任何时刻都要冷静、清醒。

她依然爱梁嘉聿，但这与她要离开梁嘉聿并不冲突。林知书确定，在爱梁嘉聿之前，她一定要先爱自己。

金鸣同意保密，但他想问为什么。林知书说："一旦我告诉他，他会做什么？"

几乎无需思考，金鸣说："嘉聿哥一定帮你去到任何你想去的学校。"

林知书点头："甚至，如果他想让我更近一些，他会希望我去欧洲。他最近都在欧洲出差，虽然他之前和我说过，在犹豫之后几年是留在国内还是回去欧洲。但是……金鸣，我觉得他还是会选择在欧洲。但是现在说这些对我来说已经没有意义。"

"我不明白，"金鸣皱着眉头，"嘉聿哥帮你不是好事吗？而且这和他之后在哪里发展有什么关系？"

林知书抿了抿唇："第一个问题的答案是，我不想要梁嘉聿帮我了。第二个问题，很抱歉我没办法回答你。"

林知书要把梁嘉聿给她的所有东西还回去，在她还可以还回去的时候。她并非故意要隐瞒自己打算去美国留学的计划，只是一旦说给梁嘉聿听，他决不会袖手旁观。

梁嘉聿会为她做很多事，但林知书已经没办法接受了。她要她接下来的每一步是因为她林知书自己的能力，而不是梁嘉聿。

金鸣或许说得没错，金瑶自己也是寄生虫，有什么资格指责林知书。但这一刻，林知书看到了自己和金瑶的区别。

金瑶可以甘心做一只寄生虫，但林知书绝对不会。林知书会走自己的路，林知书会做自己的选择。她绝对不会再苦苦等待、渴求梁嘉聿为她选择留下来。

当然，林知书也无法否认。她害怕告诉梁嘉聿，也是害怕听到他的"挽留"。如果他说"小书，为什么不去欧洲呢"，如果他说"小书，你不会想我吗"……

林知书害怕自己好不容易建立起来的坚定信念，会在他的言语之中轰然坍塌。她要走到无法回头的时候，才能告诉梁嘉聿，一切已成定局。

那天金鸣离开前，林知书再三确定他不会提前告诉梁嘉聿。金鸣朝她郑重点头。

梁嘉聿在这天傍晚回到病房，林知书已经穿戴整齐，准备出院。

病房门打开，林知书小跑过去，抱住梁嘉聿。与昨天晚上的苍白无力截然不同的生机。

梁嘉聿反手关上门，也回抱住林知书。他身上大衣还带着外面的寒意，林知书亲吻他微凉的嘴唇。梁嘉聿后背靠在房门上，微微弯着身子迁就她。

病房里像是开了一扇窗户，有丝丝缕缕的、清冷的空气流动，但是并不觉得冷，只觉得口鼻清新，像是新生。

很久，林知书也没落下眼泪。

梁嘉聿微微退开身子，去看她的面颊。面色红润，双眼明亮。她两只手捧住梁嘉聿的脸颊，语气欢快："你不想亲我啦！"

梁嘉聿忍不住，再低下头。一个绵长的、愉悦的、鲜活的吻。像是回到在伦敦的那天晚上，她穿着雪白睡衣在花园里给他读"西西莉亚与劳伦斯"。

口鼻呼出温热的、潮湿的气息，林知书贴住他的脸颊，问："今晚可不可以散步回家？"

梁嘉聿思索了一会儿："建议不要，你发烧刚好。"

林知书眨眨眼，大笑："好吧！"

两人随后离开医院，梁嘉聿开车回到公寓。

陈阿姨做了一桌清淡却丰盛的饭菜，林知书一推开大门就夸张嗅闻。

"好香哦！"她脱下鞋子，小跑进厨房，连连夸赞陈阿姨。

梁嘉聿跟在后面，送上她的棉拖鞋："先把拖鞋穿上。"

"谢谢你哦，梁嘉聿。"林知书乖乖坐在椅子上，穿上梁嘉聿送来的拖鞋。

陈阿姨上完菜，装完米饭就先退出了餐厅。

家里开着恒温的暖气，林知书脱掉厚重的外套。

梁嘉聿帮她盛汤，林知书又把脚从棉拖鞋里拿出来，轻轻踩在梁嘉聿的拖鞋上。梁嘉聿面色未变，林知书憋住笑意，接过他盛的汤："谢谢你哦，梁嘉聿。"

"今天特别有礼貌。"梁嘉聿说。林知书小口尝尝汤："谁叫我是知书达理呢？"

餐厅里光线柔和，林知书喝汤时闭着眼像在享受。皎白的面颊上被照出模糊却柔和的光圈，黑色的眼睫不时轻颤着。

太过、太过鲜活了。梁嘉聿不自觉地轻抿嘴唇。

"今天心情很好。"他又说。

林知书放下汤碗，看着他："因为你回来了。"她说话时还带着轻盈的笑意，但是看向梁嘉聿的目光认真无比。

梁嘉聿说："先吃饭。"

这天晚上林知书吃了很多，她前段时间饮食状态很差，胃口终于在今晚恢复。

梁嘉聿吃完就在一旁陪她，手机传来一次Chloe的消息，他回复今晚不处理任何工作。

林知书吃完，去洗手间洗手、漱口，走到客厅，却看见梁嘉聿穿戴整齐在玄关处等她。

"如果你现在还想出门散步。"他说。

林知书惊喜地发出"啊"声，然后点头："我要散步消食！"

梁嘉聿笑起来："外套、围巾、手套都要戴好。"

林知书的状态比他以为的还要好，Chloe发来消息，问他什么时候回去。和威廉的合作案推进到关键的节点，这段时间他都在各个地方实地考察酒店。

说实话，回欧洲做生意比留在国内更划算。国内虽然市场大，但是从长远利益回收的角度评估，梁嘉聿应该把重心重新放回欧洲。

梁嘉聿回复：我在国内待一周。

Chloe：那明后天的三个考察全部取消吗？

梁嘉聿：是，会议我在线上参加。

Chloe随后发来北京时间的会议时间，都在夜间凌晨。

林知书穿戴整齐，拉住梁嘉聿的手。她自己也怕着凉，于是穿了件厚重的外套。

出门之前，梁嘉聿忍不住又抱住她，低头亲了亲。亲了亲嘴唇，亲了亲脸颊，最后又亲了亲微凉的额头。林知书笑得鼻子不是鼻子,眼睛不是眼睛。

乘坐电梯下楼,两人决定就在公寓附近散一会儿步。小区里绿化建设极好,背后靠着一座不高的山。梁嘉聿拉着林知书的手沿着小路缓步前行。林知书问他:"你什么时候回去?"

"我昨天刚来,你今天就盼着我回去?"他质问人也带着笑意。

林知书笑得身子乱颤,还偏偏要装样子:"你这么想和我待在一块啊?"

"不明显吗?"梁嘉聿笑问。

夜晚温度不高,但是林知书的身子一直很热。她的笑声没有断过,说什么梁嘉聿都有问有答。手掌被他牵着放在他温暖的口袋里,脸颊贴在他的手臂上。从前的愿望被重复地实现,她如今可以贪婪地同梁嘉聿牵着手散步。

夜风并不大,轻轻拂在人的脸上。两人绕着小区走了半圈。

梁嘉聿挑了一个轻松愉悦的氛围说起这件事:"如果以后还发生这样的事,我希望你可以告诉我。"

林知书看着前方,她当然知道梁嘉聿在说金瑶的事,他知道她不愿意提,他也就不点名字。但林知书已不愿在这件事上同梁嘉聿再多做发散,只点头,说:"好,一定。"

梁嘉聿停下脚步,查看林知书的眼眶,确认她没在偷偷流泪。

"我在家里待一周。"

"又是过欧洲时间吗?"

梁嘉聿:"没办法,小书。我也需要工作。"

林知书心里说不上是心疼更多,还是钦佩更多。梁嘉聿从来不做任何人的寄生虫,他比任何人都知道自己要付出什么才能得到什么。

"你回去吧,梁嘉聿。"林知书说。梁嘉聿目光凝视她。

"梁嘉聿,你回去吧,真的。"林知书从他口袋中抽出自己的手,"我既舍不得你每天这样黑白颠倒,也不想成为你工作时的绊脚石。"

"我从没这样觉得过。"梁嘉聿说。

林知书又牵起梁嘉聿的手,像是为自己的话做证:"我没有赌气或是说反话什么的,梁嘉聿,我舍不得你像上次一样为了我在这里过黑白颠倒的欧洲时间,我也会心疼你。另外,我偶尔也觉得,我好像耽误你太多时间了。"

我总是把你的工作时间打碎，让你飞十几个小时回来看我。我没有帮助到你，反而总是耽误你。"

不远处高高的灯光照下来，林知书的面容比任何时刻都要清晰、认真。

梁嘉聿想不起来是在哪个时刻，她像是又长大了。并非身型、面容的变化，而是从内到外。即使她仍会像从前一样飞奔到自己的身边，即使她仍会动不动就流下无法止住的眼泪。但是是从哪一刻开始，林知书的目光变得那样坚定、那样清澈。

"梁嘉聿，我没和你说过，我其实崇拜你。"林知书笑起来，"十六岁第一眼见到你的时候，我就崇拜你、喜欢你，想要得到你的认可，喜欢和你说话。所以——"她重新拉着梁嘉聿往前走，"请不要因为我停下来，去做你应该做的事情吧。"

林知书如今确定这件事，爱不应该是互相拖累，爱应该是互相变得更好。

路程的后半段，他们显得有些沉静。梁嘉聿应允，他会在明天下午离开，返回挪威。

手依旧是紧紧牵住的，两人缓步返回了公寓。

玄关处，林知书解开围巾，脱下外套，随后穿上拖鞋同梁嘉聿一起去洗手间洗手。水流制造出均匀的白噪音，梁嘉聿率先洗完，擦干净手。

林知书目光没跟过去，忽然轻声叫住他的名字："梁嘉聿。"

梁嘉聿投来目光。林知书抬起头。

水流还在不断冲刷她的双手，林知书没能关闭它。像是只有这样才能缓解心中的紧张与无措，至少叫她完整地、平静地说完这句话。

她说："梁嘉聿，我爱你。"

梁嘉聿上前关闭水龙头，怕是他没听清："小书，你说什么？"

林知书收回手，却忘记去擦毛巾，透明水珠顺着指尖往下坠。她说："梁嘉聿，今天晚上我可以和你睡吗？"

他们都忘了一些事情。她忘了今晚是否合适、是否可以完全地行进。而他忘了追问她，上一句话是否是他听错。可眼前这一切，叫梁嘉聿无法也不愿后退。

那支他悉心移植在自己花园的玫瑰已经完全长大。他闻过花朵的芬香，也知道细腻花瓣之上如同脂玉般的手感。但是,梁嘉聿从未看过深藏的花心。

深红色的、仿佛浸染着古老咒语的花瓣在这天夜晚绽开。一瓣、一瓣,掉落在梁嘉聿的手边。于是露出几乎叫人挪不开眼的、酝酿了二十多年的洁白月光。

雪一样纯白,月光一样明亮。但并不是冷的,而是带着鲜血流动的温度。

因此丰盈,因此柔和,因此色彩艳丽,因此血脉偾张。

家里好静,再没有人说话。可是,粗重的呼吸如同欲盖弥彰。

阴霾、迟疑,与郁郁寡欢。林知书将这些负面情绪一扫而光。

梁嘉聿的手臂很紧,紧到她几乎发痛。林知书却从痛中生出浓烈的快意。

梁嘉聿在关键时刻停止,因为他们没有准备。于是,干净的手指探入那晚柔软的月光。

那天晚上,梁嘉聿理所当然失眠。林知书在洗漱之后,依偎在他的身边沉沉入睡。柔软的头发如同灵活勾缠的精灵,要不然,他为何没办法从她的身边离开。

梁嘉聿想,有一件事情他错得实在离谱。那天,他把林知书的拉链拉上。梁嘉聿以为,性爱是通往林知书心脏的快速通道,而他不想要她陷入那样的圈套。

拉上她的拉链,是梁嘉聿仁慈。

而今晚,林知书在他身边沉沉睡去。漆黑的天花板在漫长的凝视中展现真相,梁嘉聿想,他错得实在离谱。因为性爱从来都不是一条单行道。

那天,林知书允许他为她拉上拉链,是林知书仁慈。

林知书醒来时,梁嘉聿已不在身边。

她醒来时是中午时分,身体并无任何异样。但林知书没忘记那种感觉。她想,她喜欢那种感觉。喜欢皮肉贴着皮肉、热气偎着热气的感觉。喜欢梁嘉聿的声音,喜欢梁嘉聿的手指。喜欢他用力抱紧自己却又小心翼翼贴住她脸颊的手掌。

喜欢梁嘉聿。不,是爱梁嘉聿。

林知书如今分得清这些感情,她确定自己爱梁嘉聿。但她也一定会离开。

"做你自己"是她父亲葬礼之后，梁嘉聿对她的期望。做自己，才是梁嘉聿喜欢的林知书。又或者，林知书如今是为了自己"做自己"。其中缘由或许错综复杂并不单一，但是林知书找寻到自己该走的路。

从床上翻坐起来，林知书步履轻盈地往外走。

陈阿姨从厨房探出头，说梁先生早上离开时打过招呼，中午会回来吃饭。

林知书点头说"谢谢"，走进洗手间。刷牙洗脸，湿漉漉的脸庞重新出现在镜子前。林知书一点点地擦干自己的面庞，直至干净，原本的林知书重新出现。她长长地吸气，也长长地呼气，只觉得身体爽快，真是大病初愈。

梁嘉聿的声音从洗手间门口响起。林知书没有关门，转头就看见还未脱下大衣的梁嘉聿。

她有片刻犹疑，昨晚过后，她应该用什么表情去迎接梁嘉聿。但是梁嘉聿没有给她机会。他走上前，微凉的手掌贴住林知书的脸庞，低头亲了亲她尚还湿润的嘴唇："身体有没有哪里不舒服？"梁嘉聿空出咫尺距离。他身上还带着外面的清冷，拇指像昨天晚上那样小幅度地在她面颊摩挲。

林知书抬手抱住了他的腰："一点也没有不舒服。我喜欢，梁嘉聿。"

他胸口传来的笑声仅贴在他怀里的林知书能听到，梁嘉聿抱住她。如今手指穿过她的长发，多了旖旎、缱绻的意味，但他并非白日里也要延续情欲的人。

他的手指从她发间穿出，贴在她脸颊上："我下午三点的飞机离开。"

"一路平安。"林知书从他怀里仰起头。

家里总是很安静，因此他们之间的对视也被允许无限拉长。

梁嘉聿笑："我以为你会留我。"

林知书也笑，她踮脚，亲亲梁嘉聿的唇："梁嘉聿，我会想你。"

午饭在家里解决。

按照约定，梁嘉聿于今天下午离开。林知书的状态肉眼可见比之前更佳，他的确可以安心回欧洲继续工作。只是，某种层面上来说，梁嘉聿后悔了。或许在家里再多待几天也不是坏事，昨晚答应得太过匆忙，如今也是"骑虎难下"。又或者，就食言再多待几天也无所谓。

可目的性实在太过强烈。不在这一时,梁嘉聿想。眼下多留几日,之后回到欧洲定会更难专心做事。断断续续、纠纠缠缠,他宁愿快刀斩乱麻,做出妥善安排,没有后顾之忧。而后便可以长久地待在一起。

下午分别,林知书送他去机场。在车里亲吻时,她双手紧紧抱住他的脖颈。离开挥手时,她又大声请他别再担心自己,别耽误工作。

梁嘉聿看着司机将林知书带离,Chloe 在一旁汇报他接下来几天的行程。

Chloe 喊第三遍"梁先生"。

"抱歉,"梁嘉聿收回目光,"刚刚你说后天下午是在哪里开会?"

Chloe 当然察觉出梁嘉聿的不对劲。

回到挪威之后,梁嘉聿同威廉明确了他接下来几年的发展计划。欧洲市场自然不会放,这里利润高昂,他又根基深厚。同威廉合作酒店的计划已初步成型,因此不会取消。更何况,梁嘉聿手上还有其他的欧洲合并案正在推进。

原本是同时顾国内和欧洲的工作,但是眼下梁嘉聿请 Chloe 将国内的事务先放一放,他要专心把欧洲的工作全力推进。Chloe 在心中自动为老板添加注释:欧洲事务推进结束,即可将重心重新放回国内。

但梁嘉聿并非恋爱脑,欧洲方面工作推进结束之后,他心中已有合适人选代为常驻欧洲,他只需偶尔回来看看即可。分身乏术,不代表他会放弃拿到手里的利益。只是重心须得偏颇,才能享到两全其美的收益。

林知书如今在南市,往后也未必一直留在南市。只是她眼下在万通科技实习顺利,梁嘉聿觉得这是一个很不错的起点。

同林知书的电话至少每天一次。电话里,林知书语气雀跃,再不像之前那样低落。每每问她怎么样,她总说很好、很好。问她有什么需要帮忙的,她总说没有、没有。

梁嘉聿从寻常话语里品出不寻常。林知书从前爱同他讲生活里的大小烦恼,有时只为了排解,有时是想听听他的意见。但是他从南市离开之后,林知书再没同他说过任何苦恼。

她只说:"梁嘉聿,请别担心我。我专心我的事,你也专心你的事。"

梁嘉聿从中提取出关键信息:林知书不再希望他过多插手她的事情,也不必为她回来。

而她不希望他回来,大概是因为她有了不愿意告诉他的秘密。梁嘉聿当然尊重她,但是梁嘉聿也把电话打给万鹏。

林知书在公司的表现一如既往良好,她把从前的软件代码按照商业标准全部推翻重写,并且缩小了软件识别的物品种类,做了市场需求调研,前段时间已完成人工矫正的工作。同林知书告诉他的,一模一样。梁嘉聿当然知道再同万鹏通话,行为实在算不上光明磊落。

但是,那天从机场离开时,梁嘉聿看着远去的林知书失神。她亲吻他时不留余地,请他别再担心自己时声音清朗。电话那头,林知书一定会说"梁嘉聿,我想你"。但她不会再求他回来,不会再问:"梁嘉聿,你什么时候回家?"

梁嘉聿没有忘记,但他没有再问。那天晚上她洗手时,说的是否是"我爱你"。梁嘉聿没有问,梁嘉聿不愿意问。

他不喜欢这世界上不明码标价的东西,他不喜欢一切免费带来的不确定性。他希望林知书的"我爱你"标上确定的价格,而他便可以用金钱买下确定无疑的承诺。但是,林知书说,最珍贵的东西就是免费的、不可控的。

一种矛盾的、割裂的、难以控制又难以消弭的情绪。梁嘉聿从前只经历过一次,是他十二岁那年,曾经说过那么多次"我爱你"的父母将他彻底遗留在金家的时候。

梁嘉聿不喜欢这样的感觉。

寒假初始,林知书不再待在学校。她周一到周五都去万通科技上班,软件现下实际已经成型,如果是用作学业申请,完全足够。但是林知书没有止步于此。

梁嘉聿离开后的这两个月,林知书去考过了语言,并且拿到了够用的成绩。

材料准备大头是文书,林知书自己写好又润色几遍。最后,再加上自己编写的软件代码和程序样本。虽然还没有做商业化推广所需要的美工,但是底层代码坚实,功能齐全,已是足够厉害的申请武器。林知书一共投递了五所大学,并且都申请了学校可以提供的奖学金。

十二月末,林知书的所有课程结束,留学申请全部投递,签下放弃保研名额的承诺书。

乌雨墨在外面租了一间两室的公寓，用作之后拍摄、住宿的场地。

元旦当晚，班级聚餐。热闹的氛围里溢出无法忽视的悲情气息。分岔路口，要各奔前程。所有人心有不舍，却也绝不会停下脚步。

林知书陪乌雨墨喝啤酒，喝着喝着，眼泪不止。应和着悲伤的情景，好叫自己的情绪崩溃也变得合理。

林知书舍不得朋友，舍不得乌雨墨，也舍不得梁嘉聿。但是正确的决定从来伴随着眼泪，林知书不会停下来。

元旦过后，林知书每天去万通科技上班。她的软件内容已全部成型，最近在跟着美工做程序界面。万鹏偶来看看她情况，自然是赞不绝口。问她之后正式入职想具体进哪个部门，林知书说她目前还没想法。

"没事，等你之后拿到毕业证，正式上班了再决定。"

林知书朝他笑，真心实意："谢谢你，万老板。"

天气越来越冷，一月末，金鸣带着林知书去了一趟万福寺。新年快要到来，也为她的申请求一个好结果。林知书不太信这些，但还是跟着他去了一趟。

回程路上，林知书手机响起。她点开，是心仪学校的录取通知书。

金鸣还在开车，车厢里暖气充足，吹得林知书的眼眶发红。她偏头看向窗外，山间树木倒行，像是她行路间无数个连面容都看不清的路人。

此时拿到必走的船票，林知书忽然想问，到底她是梁嘉聿的路人，还是梁嘉聿是她的路人。可眼下问这样的问题实在是没意义。无论如何，林知书都会离开。

林知书揩去眼泪，去看金鸣："我刚刚收到 offer（录取通知书）了。"

两人从山上回来，林知书请金鸣吃晚饭。金鸣问她现在该打算告诉梁嘉聿了吧？

林知书点头，去切盘里的牛肉："我会告诉他的。"

"那我真舒口气。"金鸣笑道，"我最怕嘉聿哥问起这件事，在他面前撒谎可不是件简单的事。"

林知书笑起来："还有金少爷害怕的事情呢？"

"这不叫害怕，这叫珍惜，懂不懂？"金鸣悠哉地去拿酒，"你知道嘉聿哥多好,傻子才会和他对着干。"

林知书抿抿唇,说:"是啊,只有傻子才会和他对着干。"

"你打算什么时候说?"

"尽快吧。"

"那你打算怎么说?你一直瞒着他,他心里肯定会不舒服的。"金鸣思索片刻,提议道,"服软,道个歉,跟他说清楚你的想法,我想嘉聿哥舍不得你。"

林知书安静一会儿,点头:"好。"

除夕前五天,万通科技开始放假。

林知书和陈阿姨把过年要备的年货全部准备妥当。这几天接连下了几场暴雪,外出的行人日渐减少,反倒更有了过年的味道。

林知书知道梁嘉聿这段时间人在法国,她问了他今天空闲的时间,请他随时给自己打电话,因她已放假在家。

原本同金鸣说自己会尽快告诉梁嘉聿,可林知书思来想去觉得若是在电话里告知,她会很没有把握,也显得不太郑重,于是决定拖到过年,梁嘉聿大概率会回来。她想要当面告诉梁嘉聿。

电话打进来时,林知书正躺在沙发上看电视。用遥控器关了声音,她接起梁嘉聿的电话。

"新年好,梁嘉聿。"林知书笑弯眼睛,喜气洋洋。

"新年好,小书。"梁嘉聿也就附和她,随后又说,"不过有个疑问,我以为三天后才是新年?"

"对啊,我想提前祝你新年好不行吗?"林知书拿着电话,整个人裹在珊瑚绒毯下。

"当然,那我也提前祝你新年快乐。"电话里,梁嘉聿声音一如既往的温和、宽厚,偶尔传来笑声,是林知书贴在他胸口时听见的那种。

"今天心情很好。"梁嘉聿从林知书的语气中察觉出格外的欣喜。

林知书说:"是啊,因为正在和梁嘉聿打电话。"

梁嘉聿又笑:"放假了有什么打算?"

"没有,外面一直在下大雪,今年放假打算在家里度过。你呢?"

"我?"梁嘉聿短暂地停顿,"你希望我回去吗?"

林知书说:"如果你不忙的话。"

"如果我不忙的话,你希望我回去吗?"梁嘉聿又问。

林知书手掌有些冷,贴着自己的脸颊,一字一句地道:"如果你不忙的话,我希望你回来。"

"我会回去。"梁嘉聿说。

林知书嘴角上扬:"难道你原本不想回来?"

梁嘉聿语气平和:"我当然想回去,那也是我家。"

林知书笑得要捂住自己的嘴巴才不至于出声,却还要装样子:"仅仅是因为这里是你家吗?"

电话那头,传来梁嘉聿的笑声,他像是有些无奈,却也像是舒心至极。

话音传来时并不急促,似是要林知书听清楚:"我想你了,小书。"

除夕前的日子因为等待梁嘉聿的到来而变得格外期待。梁嘉聿定在除夕上午抵达南市,林知书和金鸣一起去机场接他。金鸣原本邀请林知书同他一起和他的朋友们共度除夕,林知书感谢后拒绝了。

出门前仔细化了妆,林知书从乌雨墨那里学来不少化妆技巧,如今用在自己脸上也是得心应手。乌黑长发已快长至腰际,明亮灯光下似细腻无瑕的玲珑缎锦。林知书去理发店烫了大卷,蓬松随意地垂在脑后,金鸣见到她第一眼哑然。

她穿了一件米白色贴身羊绒衫,下面是一条黑色直筒裙。裙子刚过膝盖,露出纤细匀称的小腿。黑色筒靴松松地拢住脚踝,金鸣问她:"冷不冷?"

林知书笑起来,她把厚重外套放进金鸣车厢后座,随后坐到了副驾驶。

"你和梁嘉聿一样关心人。"话中自然带些揶揄。

金鸣也笑起来:"小没良心的,我只是关心你。"

林知书系上安全带,说:"我知道,谢谢你。"原本是开玩笑的氛围,林知书语气忽然有些诚恳。

金鸣莫名觉得心头酸涩:"怎么忽然这么认真?"

林知书安静了一会儿:"可能是要走了吧。"

金鸣看着她:"我感觉你长大了。"

林知书从柔软的卷发中抬眸:"为什么?"

冬日的清晨，阳光亮得像雪一样，映照在林知书柔软的面颊上，金鸣承认自己卑劣，他有伸手摸摸她脸庞的冲动。但他没有做。

"不知道，我随口一说。"他笑着说道，"出发了，小书。"

抵达机场时正是早上八点十分，距离梁嘉聿落地还有一个小时。

林知书和金鸣坐在 VIP 休息室里等待。飞机还有几分钟抵达时，林知书起身去了一趟洗手间。

九点十三分，梁嘉聿落地南市。Chloe 前往行李提取处找寻行李，梁嘉聿率先走去休息室。

只有金鸣上前送上拥抱，梁嘉聿的目光向无人处搜寻。金鸣大笑："你这样在意小书，她到时去了美国读书你还不得天天追去！"

梁嘉聿投来目光，不是疑惑的、质询的，而是平静的、诱导的。

因此金鸣毫无察觉，他以为林知书早已告知梁嘉聿："嘉聿哥，你别怪她瞒你。小书有自己的顾虑。"

休息室门口，有人从外面进来。林知书没有穿外套，因为这里并不冷。窈窕身形被轻薄衣衫勾勒，更显高瘦，或许是因为那双高跟筒靴。快步走来时，乌黑的卷发就从她肩头轻盈地散落。

"梁嘉聿！"她喊他的名字，快步朝他走去。

梁嘉聿就抬手，将林知书抱进怀里。他想，他或许知道了林知书不愿意告诉他的秘密。她不愿意告诉他，金鸣却知道，甚至还劝他不要生气。金鸣以什么样的立场、什么样的身份劝诫他？

手臂之下，林知书扬起面容。她说："梁嘉聿，我想你了。"

梁嘉聿看着她漆黑的瞳孔，笑笑："是吗，小书？"

梁嘉聿想起那天晚上，她说要同吴卓一起去看电影。电影院外等三个小时，并非他本意。可离开，也是一件困难的事。

那时是他们建立"婚姻"后的多久？他性格里有本能的占有欲。或许并非全部出于情感，但至少，他觉得林知书的陪伴应当属于他。

如今日子走到末尾，梁嘉聿其实应当放手。林知书想走并不在他的意料之外，但是梁嘉聿没想到，她一点都不愿意告诉自己。

梁嘉聿当然清楚，他从前告知林知书的那套"利用与被利用"里，林知书没有任何义务、任何理由告知他她之后想去哪里。他花钱买来的是开心与陪伴，而非林知书的人生。

可梁嘉聿以为他们如今已不一样。但是，林知书或许从未改变过。她做任何事，或许只是为了他开心。

利用与被利用，原本以为自己比任何人都熟稔、接受的这套理论，如今作用回自己身上。

她在秘密地准备、秘密地谋划，或许也打算在离婚后秘密地离开。从金鸣的话语来看，她如今已找到心仪的出路。或许她从来都只将这段关系当作是这两年的保护伞。而"利用他""将他当作跳板"，明明就是从前他教她的东西。梁嘉聿没有任何苛责她的理由。

柔软的黑色长发弯曲成具有成人魔法的弧度，林知书纤细的手臂与身体严丝合缝地贴住他的胸膛。宽松筒靴里，赤裸的脚踝摇晃。一双明亮的眼睛里溢出薄薄的、梁嘉聿无法辨别真假的水汽。

林知书想吻他，但是金鸣还在场。松开梁嘉聿，林知书再次拉上他的手掌。

梁嘉聿摸摸她的脸颊，问她冷不冷。

"不冷。"林知书说着，把脸颊贴上他的手臂。

金鸣直呼受不了，转身看见Chloe就在不远处。门口的轿车已安排好，梁嘉聿带着林知书往外走。

金鸣不再送他们回去，梁嘉聿朝他道谢。

"新年后再聚。"金鸣说着，朝三人挥手，驾车离去。

Chloe坐副驾驶座，林知书同梁嘉聿坐在车后座。手握着手，林知书靠在梁嘉聿的肩头。

路上天气忽变阴沉。天好似很低，沉沉的云雾压在人心头。

林知书有好多话、好多吻，但她没办法现在就说、现在就做。

吃完年夜饭后，林知书打算坦白。她已做好万全准备。笔记本上详写了要同梁嘉聿做的解释，她怕自己到时候太过紧张、着急，没能把所有的话说全。林知书想，梁嘉聿一定会理解她、支持她。

汽车一路开到公寓楼下。

Chloe帮忙送行李上去，临走前林知书拦下她，送上提前准备好的红包：

"新年快乐，Chloe！"

Chloe 去看梁嘉聿，梁嘉聿面色松弛："这是小书给你的，你有权利选择收或者不收，不必问我。"

Chloe 于是欣然收下："多谢。"而后同两人招手，"新年快乐，梁先生、林小姐。我先走了。"

公寓门关上。林知书同梁嘉聿仍在玄关处，安静的氛围却忽如刑场静默，下一步做什么变成生死抉择。

梁嘉聿选择先脱下外套。林知书转身，选择紧紧抱住他。她身上还穿着厚重的大衣，抱住梁嘉聿的手臂没有任何犹疑。

梁嘉聿却抬手，空出咫尺距离，先帮她脱了外套。领着人坐进沙发，林知书自动吸附在他的身上。刚开始亲吻是小心的、生疏的，直到梁嘉聿也轻轻按住她的脖颈。

如今再吻，林知书心头涌起繁杂心绪。知晓自己必定要离开，也知晓自己到底多爱梁嘉聿。

看见他的第一秒，想要抱住他，想要亲吻他。想要梁嘉聿收紧的手臂，想要梁嘉聿干净的手指。或许是心中清楚自己即将离开，因此亲吻的欲望越发强烈。呼吸难以持续，几乎就要窒息。

梁嘉聿轻轻抬离林知书的面庞，他要去看她的双眼。

林知书把头埋在他的肩上："梁嘉聿，我好想你。"声音覆上潮湿的气息，克制的眼泪便成欲盖弥彰。

梁嘉聿望向空旷客厅的目光并不松弛，即使他声音如常，唤她："小书。"

梁嘉聿从一开始就喜欢唤她"小书"。

小书、小书、小书。

那样亲昵又亲切。

父亲喜欢连名带姓地叫她"林知书"，或许是为了彰显威严。但是梁嘉聿从来都叫她"小书"。一种柔软的、带着无限缱绻的情绪。在她双眼失神的时候，梁嘉聿也无比动情地叫她"小书"。

十六岁到二十二岁，林知书认识他六年。从前摸不到的仰慕对象，在最后的两年里落地成坚实无比的爱。

回忆美好过去几乎变成一种酷刑，因为和梁嘉聿在一起的每分每秒都像是虚幻到根本不存在的美梦成真。

即将分离的痛感在这一刻攀至顶峰，林知书确定，这是一种生理上的痛感。心脏迸发出淙淙的鲜血，而后四肢百骸都因刺痛而轻颤。

但是，林知书一定会离开。

林知书一定要离开。

她当然愿意与梁嘉聿再次相爱，但是在他真的爱她，而不是仅仅觉得她有意思的前提之下。他应该爱她这个独立的个体，而不是依附在梁嘉聿身上的寄生虫。

梁嘉聿的肩头热了又凉了，她眼泪沾湿整片衣衫。

梁嘉聿的拇指摸到湿漉漉的脸颊，几乎在叹气："你再没在电话里哭过。"

林知书知道他的意思。如果她哭，他一定回来看她。

"我不想你因为我回来。"林知书止住眼泪说道。

"我不明白，小书。"

"我不想要。"她只说。

梁嘉聿没有再问，他不确定林知书如今是否愿意坦白她的秘密，如若再问，或许她也不好回答。

拥抱变成漫长沉默，林知书想，她没办法再等到吃完年夜饭后再坦白了。她表现得太过异常，她相信梁嘉聿一定看得出。

眼泪囫囵擦在自己的手心，林知书从他肩头上抬起脸庞。湿漉漉的手心摸上梁嘉聿的面颊，林知书自己都未意识到。想起那年在饭店包厢第一次见到他，如今六年过去，他几乎容貌未变。温和、宽厚的目光望着她，总是一如既往。

林知书深吸一口气，声音平稳地说："梁嘉聿，我有事要和你说。"不是适合坐在他膝头说的事情，林知书退到他身侧，坐好。

即使她又安静好久，慎重地思考怎么开口，梁嘉聿也耐心地等她。

呼吸又过几轮，林知书说道："我申请了去UCLA念研究生，毕业之后，我不会再去万通科技上班了。"

接下来是什么？林知书早先就做过准备。

要说自己为什么要离开，不是因为她想离开梁嘉聿，不是因为她不爱梁嘉聿，是因为她不得不离开梁嘉聿，而她怕提前说破，自己会意志松动。

重提金瑶的话，讲述她的心路历程。坦白自己不愿意做寄生虫，告知他自己不想再在痛苦之中等待他的选择。

她是林知书，不是梁嘉聿的"猴子"。她想有选择的权利，而非永远只能被选择。

林知书说："你稍等，我去拿我的笔记本。"她想拿来本子，确保自己不会错失任何细节、逻辑。她想拿来本子，给梁嘉聿看她写下警示自己的那句话。林知书想把所有的自己坦白给梁嘉聿，想告诉他，自己选择隐瞒绝不是因为轻视、不在意他。

她赤足踩在地板上，脚步却没能走出去。梁嘉聿说："当然可以，小书。"林知书止住脚步，回头看他。

窗外不知什么时候下起了雨，雾蒙蒙的，阴沉沉的。

梁嘉聿坐在沙发上，他面容没有任何的讶异、不解，或不悦。他嘴角仍然带着温和的笑意，说道："当然可以，小书。你当然可以不在万通科技工作，也当然可以离开。我尊重你的选择。"

林知书站在原地："是吗？"

梁嘉聿点头："小书，你有选择你人生的权利。"他从沙发上站起身，走到林知书的面前，"我还有时差，可能需要去睡一会儿。"他摸摸林知书的面颊，而后转身走去了房间。

何须她准备那么多，何须她准备那么多。梁嘉聿根本没有问。他同意林知书的离开，没有问她一句为什么。

设定梁嘉聿一定会理解自己，几乎是一种道德绑架。林知书想，这其实是自己为自己预设的美好愿景。希望梁嘉聿原谅她的隐瞒，理解她的难处，最后还要祝福她。

但事实是，每个人都有生气的权利。更何况她在同他睡觉之后，忽然又告知他她马上就要离开。

如果梁嘉聿觉得自己被戏耍，林知书丝毫不觉得意外。

她想，如果自己追去他的卧室，不管不顾地把自己的想法强迫说给他听，梁嘉聿也一定会理解、谅解她。他那样体面的人，从来不叫人难堪。但是，何必呢？何必强迫他做出体面的谅解，只为了让自己得一个心安？她林知书做不出这样的事。

更何况，梁嘉聿其实已做出选择，他不愿意听。对梁嘉聿来说，只有林知书最终的选择有意义。而选择背后的诸多理由，不过是林知书为了宽恕自己。

窗外灰蒙蒙的，一点不像那年夏天刚搬进来的时候。郁郁葱葱的树叶在微风的轻拂下摇摇晃晃，室内被温暖的阳光充斥。

林知书不愿再哭，如今是她自己选择的这条路，不管梁嘉聿如何应对，她都不能、也不应该停下来。获取梁嘉聿的谅解与支持更像是奢求十全十美，但是林知书知道，没有谁的人生可以十全十美。

她在卧室的沙发上坐了很久，呼吸被压制着缓慢进行，直到心脏迸发出刺痛。笔记本安静地躺在打开的抽屉中，林知书没能把从前写下的那句话拿给梁嘉聿看。

新年过得平淡、冷静。梁嘉聿在家里休息，偶尔出门处理公务。林知书也没有再提那件事，一切像是已经翻篇。可两人心知肚明。

梁嘉聿在家中待了一周，而后再次飞回法国。Chloe传来信息，说梁嘉聿只是去处理一些工作尾声，之后会长久地待在国内。林知书说知道了，多谢。

他们之间的结局，完全没林知书从前幻想过的戏剧化。她要在他离开的时候强忍眼泪，别叫他看出她舍不得。脑海中像是播放言情剧，她是女主角，他是男主角。可现实远比想象残酷，她和梁嘉聿的结局淡得如同白水。是梁嘉聿最不喜欢的"没意思"。

她说她要离开，他说他尊重她的选择。没有争吵、没有纠缠、没有质疑、没有解释。只有简单的两句话。淡得甚至找不到一个关于结束的确切节点。

年后不久，林知书重新去万通科技上班。她软件的界面已成型，万鹏推荐她参加五月末的行业会议。万通科技有几个可以在会议上展示的名额，万鹏有心留给林知书一个。

"我记得名额到时是要在公司里公开竞争的？"林知书问道。

万鹏说："的确如此。"

"万总，我到时候一定会努力的。"

林知书如此说，万鹏便知道她的意思，拍拍她的肩头："那行，到时候看你表现。"

林知书不再每天同梁嘉聿通电话。乌雨墨察觉出端倪，林知书坦白："我想，我和他分开了。"

"你想？"

林知书安静了一会儿，又说："我和他分开了。"

乌雨墨没有问她为什么，只问她还好吗？林知书笑了笑："好，我很好呢。是我自己选择的路，我不后悔，雨墨。"

即使Chloe的话语中透露出梁嘉聿之后会在国内发展的意思，林知书心中也没有了狂喜。因她已不再以梁嘉聿的选择为人生标杆。

二月、三月，梁嘉聿都在法国工作。

金鸣在和林知书午餐期间问起他们两人的近况，林知书才告知他，她和梁嘉聿已分手。

"什么时候？"他问。

"应该就是过年的时候。"

"没个具体的日子？"

林知书凝思："非要说具体的日子，或许是除夕那天。"

"为什么？别告诉我是因为你瞒着他准备出国留学的事情？"

直接原因自然是如此，可林知书不愿意点头。因为点头就像是给了金鸣指责梁嘉聿的理由。

"很复杂。"林知书说。

金鸣望着林知书，他自然知道自己心中所想卑劣，他分明记得嘉聿哥承诺，和林知书分开的时候会告诉他。但是梁嘉聿没有。

"我没见你有多伤心？"

林知书笑起来："难道要我在你面前大哭？"

"我不拒绝。"金鸣说，"况且我现在也是单身。"

林知书笑得别过脸去："多谢你了，但是不必。"

两人在公司楼下吃完午饭，金鸣又问她周末安排。

"在家休息吧，"林知书说，"最近不是很忙了。"

"我带你出去散散心。"

"我没有不开心。"

金鸣笑了："就当我请你出去玩，行不行？"

"金鸣，"林知书喊他名字，"我现在没有再谈恋爱的心情。"

"没问题，我只是想叫你开心点。"金鸣的心思从来都写在脸上，但是林知书不愿意利用他的情感填补自己此刻的创伤。

周末偶尔他约她出去，林知书会说她要陪乌雨墨拍照。

乌雨墨如今把工作室经营得有声有色，林知书周末没事就去她的工作室帮忙。有时候帮她搬运器材，有时候帮她回复客户消息、安排档期。

林知书在乌雨墨身边感到平静、安全，她有时候发呆，乌雨墨知道她在想梁嘉聿。

三月末，林知书攒下五封援助学生寄来的感谢信。有一个学生甚至寄来一整箱当地土特产。她今年刚考上初中，家里情况大有好转，因此特地寄了一些风干的冬笋。

林知书问Chloe梁嘉聿现在的住址，Chloe说梁嘉聿这段时间回到了伦敦，但人时常在外面出短差，住所不定。考虑到信件邮寄时间的不确定性，建议寄到伦敦家里，他出差结束自会看到。

林知书应允，问道："风干冬笋可以邮寄去伦敦吗？"

"食品可能有些困难。"

"好的。"林知书于是放弃，打算仍只邮寄信件。

再写感谢信，同过去许多年一样。从前心情多有雀跃、新奇，到后来小心翼翼写上"只要你想，我可以"。

称呼变成"梁嘉聿"，连名带姓，沾上浓重情意。如今还写"梁嘉聿"，已有几分疏离。

林知书写：

梁嘉聿，你好。

这是今年援助学生寄来的感谢信。还有一箱风干的冬笋不方便寄到伦敦，等你什么时候回到南市，可以请陈阿姨做来吃一吃。

谢谢你这么多年的善心，一直帮助他们。

林知书停笔，"他们"之中，其实也包含着"她"。

黑色笔尖再次落下：多谢你，梁嘉聿。

指尖被挤出青白，林知书安静许久，又写下：我爱你，梁嘉聿。

林知书无法解释自己写下这行字的缘故。或许是因为他们之间的结局已尘埃落定，那句从前要和着水声才敢说出来的话，如今再次写下，更像是一种郑重的告别。和梁嘉聿告别，也和自己告别。

Chloe之前分明说过梁嘉聿去法国后不久就会回到南市，但眼下已是四月，他还在伦敦。

梁嘉聿或许不会回来了，林知书想。或许，他也不愿再看这些感谢信了。

林知书不知道，不清楚。她把这封信当作最后一封信来写。

落款她写：小书。

而后同其他信件一起放入厚重的邮寄袋内，粘好封口。

信件一周寄到伦敦，林知书在一周后的一天早晨重新见到梁嘉聿。

乌雨墨有天和林知书说，春天到了。林知书不相信，说外面还是阴沉沉、光秃秃的。即使她已脱去厚重的外套，床铺上换成轻薄的单被。

今天走到宿舍楼外，才发觉对面的梧桐树上抽出了嫩绿油亮的新叶。梁嘉聿也不再穿长款的大衣，一身黑色的西装外套，袖口是崭新的珍珠白。

天色还蒙蒙亮，林知书这天起早要陪乌雨墨去拍外景。乌雨墨站在林知书身边，瞬间弄清楚状况。她接过林知书手上的包，说今天别和她去了。

梁嘉聿拦住脚步匆匆的乌雨墨，他的目光看向林知书，说他先送她们过去。

林知书点头，说谢谢。

梁嘉聿开车将乌雨墨送到拍摄场地，递给她一张司机的名片："返程的时候，请给司机打电话。很抱歉临时借走小书。"他做事从来叫人挑不出错，借走林知书，便给乌雨墨送上补偿方案。

林知书跟着梁嘉聿重新上车。她面色如常，开口甚至带着些寒暄的意思：

"Chloe没和我说你今天要回来。"

梁嘉聿启动汽车:"临时起意,Chloe并不知道。"

汽车沿着早晨的公路前行,林知书聊起不痛不痒的话题:"你最近忙吗?"

"不忙。"

"哦,那挺好的,你要多休息。"林知书短促地笑了笑,别过脸看向窗外。

梁嘉聿在红灯处停下车,目光转向林知书:"你不问我为什么回来吗,小书?"他声音依旧平和、宽厚,林知书转过头来的动作却艰难无比。

她当然想问,问他为什么回来。但是也不敢问。喉头于是粘连,只吐出重复字句:"……你为什么回来?"

梁嘉聿平静地望着她:"有个问题,我觉得当面问比较合适。"

"……什么?"

"小书,你说'你爱我',是什么意思?"

欧洲工作早已收尾。威廉来喝送行酒,问他是否之后即刻返回中国。梁嘉聿说原本是这样计划的。

酒席散后,Chloe以为他要飞回南市。梁嘉聿却说不,他要先回伦敦。从前多喜欢在世界各地流连,如今却选择回到伦敦。

汽车开到家门口,街对面不再有等待他的林知书。采买回来的二手书几乎都被林知书带回国,只留下一本,主人公的名字叫作劳伦斯。

那封粉色信笺夹在其中,上面写着:"生日快乐,劳伦斯先生。希望你今天过得平静、愉悦。"落款是:西西莉亚。

简单字句,分明看上一遍即可倒背如流。

梁嘉聿一个人坐在花园的长椅上,他总是想起那天,林知书坐在他身边读书。她穿着洁白的睡裙,肩头靠着他的肩头。凑近他脸庞时,也带来属于林知书身体的气息。声音好似耳语,在说:"生日快乐,劳伦斯先生。"

答应她离开几乎是本能。林知书有完全决定自己人生的权利,梁嘉聿绝不会强加干涉。

但是不问为什么,是他保有自己"愤怒"的权利。知道将嫉妒加之于金鸣身上简直算是可笑,也还是无法避免地产生负面情绪。

林知书觉得自己不可信任吗?林知书觉得金鸣更能理解、帮助她吗?梁嘉聿不理解。

分别前的那天晚上,于是更像是林知书的"处心积虑"。她早已做好离开的打算,而他无法自拔地沉湎其中。

她当真有说"我爱你"吗?梁嘉聿几乎无法确定,或许根本是他听错了。又或者她说的"我爱你",其实也并非真的。像是小时候每逢生日,父亲、母亲对他说的那句"我爱你",梁嘉聿信过很多年,最后也失望过。

母亲从来只在他生日那天出现在伦敦,十二岁之后,就连父亲也离开了伦敦。他们重新找到"对的人",开始各自"新的生活"。而他还留在原地、留在伦敦,才知道并非所有的"我爱你"都是真的。

他分明信过、失望过。如今却还试图再次相信。

愚蠢。梁嘉聿为自己的行为下定义。

可真正的愚蠢是,即使他意识到了自己的愚蠢,还是没有办法自如地做出任何决定,向她表达自己的不满,抑或彻底地放手。

梁嘉聿被自己绊住,他把自己绊在伦敦,绊在靠近林知书和远离林知书之间。这间她曾经来过的公寓,变成绊住梁嘉聿的沼泽。

——直到再次收到林知书的感谢信。

梁嘉聿想,林知书有林知书的魔法。要不然为何这么多年,他从未对她的信件感到过厌烦。从前她叫他"梁大菩萨""梁大善人""梁老板",而后,她郑重其事地叫他"梁嘉聿"。

"多谢你,梁嘉聿。"

"我想你了,梁嘉聿。"

到如今,她白纸黑字写上"我爱你,梁嘉聿"。

他们已有一段时间没联系,林知书没有任何的"挽留"。她像是放弃,像是默许梁嘉聿的任何揣测,像是一定要离开不再在意他的任何想法。

可是,她给他写感谢信,又写"我爱你,梁嘉聿"。白纸黑字,她一手清秀、独一无二的小楷。字字清晰,落在洁白的纸张之上。像是真的,像是她真的说过,如今又再次写下,证明她没有说谎。

林知书看向窗外,她说:"就是字面意思。"

现在要她来解释那句"我爱你"简直是杀人诛心,她把那句话当作最后一句告别，却没想到梁嘉聿要当面向她问清楚。

"那我换个问题，"梁嘉聿说，"你说的是真的？"

林知书双眼潮红："当然是真的。"即使此刻他们之间的关系分明还僵硬，但林知书也不愿意为了自己的面子否认。她的情感是真的，她的爱也是真的。

红灯跳灭，亮起绿灯。

梁嘉聿只说："我知道了。"而后踩下油门，继续向前行驶。

林知书不明白梁嘉聿知道了什么。回程路上，她接到金鸣的电话。

金鸣同朋友在斐济游玩，他邀请过林知书，但是林知书没有同意。他说："我今晚的飞机回南市，问问你要不要一起出来吃饭。我有个朋友也是今年九月要去 UCLA 读书，可以介绍给你认识，到时候也算是有个可以互相照应的朋友。"

林知书转头去看梁嘉聿，金鸣说话声音不小，她想梁嘉聿一定也已听到。

"我今天不行，实在不好意思。"

"小书，我是真的想介绍朋友给你认识。以前在公司我们还经常一起吃午饭。反倒是你和梁嘉聿分开之后，对我这样避嫌。"

林知书目光有些不自在地看向车窗外。

她只能坦白："梁嘉聿今天在家。"

金鸣讶然："嘉聿哥回南市了？"

"嗯。"

"他现在在你身边？"

"嗯。"

金鸣发出泄气声："好吧，那我把微信推给你？"

"谢谢你，金鸣。真的。"林知书说道。

"我还给你带了礼物。"

"明天我去拿吧，多谢你。"

金鸣语气并不高昂，说："行吧，到时候联系。"

"好。"林知书挂了电话。

气氛有些尴尬。其实也不是什么见不得人的事情。金鸣喜欢林知书，梁嘉聿从前就知道。只是车厢私密，电话声音遮不住，林知书觉得不合适。可梁嘉聿半句话都没有多问。他回到南市，林知书理应花时间陪着他，到底协议的时间并未结束，林知书没有忘记。

中午两人在家里吃饭，气氛其实比林知书以为的要松弛太多。梁嘉聿什么都没有再问，一切就像是从前。林知书想，或许梁嘉聿是真的把他们的过去翻篇了。没有深情，也就没有怨恨。从某种程度上来说，其实也是件好事。

梁嘉聿说话依旧温和，偶尔也问问林知书的生活。

林知书只说些软件的事情，她说五月末万通科技内部有行业会议展示名额比试，她会参加。梁嘉聿笑说有需要帮忙的地方可以告诉他。林知书也笑，说一定。可他们都知道林知书不会这样做。

下午四点多，家里响起门铃声。同城快递送来一只小箱子，林知书的手机收到金鸣的消息，说他那边忽然工作上有急事要出差几天，所以索性把礼物同城快递先送来。

林知书坐在客厅的沙发上拆快递，梁嘉聿就坦然地坐在另一头休息。

包装盒里裹了厚厚的泡沫纸，看得出来邮寄时很是爱护。

梁嘉聿安静地看着，林知书觉得气氛好怪。可她说不上来，只觉得他目光分明坦然至极，她却无端生出紧张。

拆了半天也难解开紧缠的胶带，梁嘉聿从茶几抽屉中拿出剪刀递来。

林知书说谢谢，又低头去拆。层层解开，内里是一个精美的深绿色盒子。掀开搭扣，里面是一只粉色的香水。一张小小的卡片卧在一侧，林知书捏起，仔细去看上面的字。原来是一瓶定制的昂贵香水。

目光再抬起时，不知梁嘉聿什么时候已离开了客厅。林知书转回目光，将香水盒子合上。

梁嘉聿在傍晚时分离开，他说有事需要出一趟门，明天应该可以回来。

林知书说好，请他路上注意安全。

梁嘉聿说："好。"

开车去往邻市，不过两个小时路程，正赶上晚宴开始。万鹏发来晚宴地址，问梁嘉聿怎么忽然又有兴趣参加了。梁嘉聿问过万鹏，邀请人员名单上的确有金鸣的名字。

"来找个朋友。"梁嘉聿说。

晚宴设在国际展厅，大部分人员坐定之后，梁嘉聿寻得金鸣的身影，坐了过去。金鸣有些讶异，也有些惊喜："嘉聿哥，你怎么在这里？"

梁嘉聿偏过头，笑道："我投资万通科技，自然也关心行业发展。"

"哦，这样。"金鸣也跟着笑笑。他知道梁嘉聿的话并非没有道理，只是他从前只投钱，没实际参加过什么会议，今天忽然出现，其实显得有些奇怪。

金鸣情绪复杂，目光投向台上的主持人，心里泛起嘀咕，不知他忽然回国是为什么。

再瞥一眼梁嘉聿，他倒是听得认真。金鸣正要收回目光，梁嘉聿忽然又说："小书收到你的礼物了。"

金鸣看着梁嘉聿。梁嘉聿也就转过头来，他面上依旧带着轻和的笑意，就连语气都是："但是我想，香水是很私人的礼物。"

金鸣双唇抿起片刻，他当然从梁嘉聿的话语里品尝出深层意味。可他即使有半分胆怯，也是因为梁嘉聿本身，而非认为他行为本身有何僭越。

林知书和梁嘉聿早已分手，金鸣不觉得自己做得有任何问题："嘉聿哥，你也没像你承诺的那样，告知我你和小书分手的事。"金鸣低声反诘道。

"是，所以我没有责怪你的意思。"梁嘉聿说道。

"那我送小书香水也没什么问题吧，嘉聿哥。"金鸣松口气，话语中也有不满。

"不，不是的，金鸣。"梁嘉聿望着金鸣。

金鸣投来不解的目光。梁嘉聿嘴角不再有笑容，金鸣很少见到他这副模样，心不自觉地沉到谷底。

梁嘉聿的目光重新望向前方，他的手肘轻轻支在座椅扶手上，手掌自然交合，搭在交叠的膝盖之上。梁嘉聿想，他其实从前就和林知书说过，他并非什么真的好人。如今她敢说"我爱你是真的"，那么成年人要为自己的话负责任。

"有件事情我想你或许会感兴趣。"梁嘉聿忽然说道。

金鸣偏头看着他。梁嘉聿仍然目光平静地看着台上。他语气平淡，像是在说一件再平常不过的事。

"小书没有和我分手，她是我的妻子。"梁嘉聿说完，起身离开了位置。

第七章 离婚

林知书不确定，下一次梁嘉聿再回到南市是什么时候。他出差一连几个月是常事，而林知书很快就要离开。

离婚显然需要提上日程，尤其是梁嘉聿的日程。同他确认好他会在南市的日期后，约好民政局的号，然后才可一起去办理手续。

林知书在网上搜寻办理手续需要的材料，那两本红色的结婚证一直放在客厅的书柜里。原本拿来是和其他材料放在一起以防忘记的，林知书却不自觉翻开，看得眼眶湿热。透明泪珠越蓄越重，林知书及时把结婚证从眼前移开以防弄湿。然而彩色照片栩栩如生，一切竟像是昨天。

她把梁嘉聿的名字写错，工作人员递来梁嘉聿的绿卡。

"林小姐，你把你老公的名字写错了。"

她紧张得手心出汗，梁嘉聿宽慰她："不打紧，我平时并不常用中文名。"

走出民政局，她第一次来到这个家。梁嘉聿握住她的手腕，耐心录制她的指纹。他们在这个家里吃过很多很多顿饭，她常常在饭间同他讲述生活里的大小事情，后来她逐渐放肆，敢把脚踩在梁嘉聿的脚背上。再后来，他们在这个家里拥抱、亲吻。

林知书把结婚证放进透明的材料袋，温热的眼泪"吧嗒吧嗒"落在浅色木地板上。

今晚梁嘉聿出门，家中安静得厉害。

林知书哭不出声，只觉得不该哭、不能哭，可她止不住。人生最艰难的时候是梁嘉聿陪着过来的，大风大浪都被他挡在身后，她一点苦都没有吃。

时间走到最后,一切按照原本计划分开,不知道还有可什么遗憾的。没有遗憾了,林知书想。有时候觉得不舍,觉得后悔,却也顷刻间警惕起来,告诫自己别沉湎在梁嘉聿的温柔乡。即使他也拥抱、亲吻自己,但其实梁嘉聿从未、从未给出过任何承诺。

他可曾说过爱她?可曾说过不愿意和她离婚?可曾许诺过天长地久?

没有、没有、没有。

林知书有时候庆幸,知道梁嘉聿给得很多,但同他拥有的相比,其实根本不值一提。保持清醒,像是昏昏欲睡之人自刺的一把剑,虽然疼痛难忍,但可救自己于水火之中。如今还能独立找到出路,林知书尚有自救的能力。若是以后彻底依附在梁嘉聿的身边,林知书确定自己有一天也会变成金瑶。

眼泪被擦干,林知书仔细核对袋中材料是否齐全。打开手机查询附近民政局离婚预约,发现果然没那么好约上。

林知书翻动日期查看,临近三周的只剩下四五个时间点可以约上。她随手拿来笔记本,翻到空白页,把民政局地址和可供预约的时间点记了下来。三周之后的预约还不算特别紧张,就是不知道梁嘉聿会不会还待在南市。

林知书六月中毕业,她买了八月的机票飞往美国。所有事件都被标上了明确的时间节点,像是不允许反悔、不允许回头。

林知书把材料袋和笔记本一起拿去客厅,正倾身把东西放进茶几抽屉,听见手机传来响声。她拿起手机,是一条来自梁嘉聿的消息。

他们已很久不发消息。

梁嘉聿:吃过晚饭了吗,小书?

他还叫她小书,林知书眼泪差点又掉下来。她抬头去看时间,才发现居然已经八点半。她刚刚因为回忆往事掉眼泪,消磨了太多时间。

林知书:还没,不小心忘记了。

梁嘉聿:下楼吧,我带你出去吃饭。

林知书一怔,立马站起身,又顿住,发消息问:你在楼下吗?

梁嘉聿:刚到。

林知书忽地觉得浑身热了起来,像是血液流通,像是起死回生。手指飞速打字:我去换衣服,很快下去!

发出消息时，才发觉自己又使用了感叹号。不知为什么，只觉得感激。梁嘉聿主动带她出去吃饭，像是和解。

即使年后他们依旧看起来相安无事，但是林知书知道，那是粉饰太平的平静，而非真的相安无事。此刻梁嘉聿主动发来消息，像是和解，抑或谅解。

梁嘉聿这样好的人。

林知书飞速跑回卧室，换下睡衣，而后穿上毛衣和牛仔裤。外套挂在门口，林知书边换鞋边套上大衣。

四月的夜晚已没有冬天那样寒冷，林知书想，乌雨墨说得没错，春天来了。

走出公寓大厅，梁嘉聿的车正停在路边。不知是否这个夜晚太过多情，林知书远远看着那辆车的时候，又想起好几次梁嘉聿接她回家。

他总是在等她，就像现在这样。努力憋回眼泪，林知书小跑到车边。拉开副驾驶车门，林知书说："晚上好，梁嘉聿。"

"晚上好，小书。"和从前一模一样的梁嘉聿。

林知书又想哭又想笑。她稳住情绪坐进车里，闻到极淡的烟味。

"你很累吗？"林知书问。

梁嘉聿启动车子："刚刚开了一会儿长途，现在已经没事。"

"下午是忽然有什么重要的事吗？"林知书又问，"我看你走的时候好像有些匆忙。"

梁嘉聿点头。

"那现在解决了吗？"

梁嘉聿很轻地笑了一下："解决了。"

"那就好。"林知书也跟着笑了起来。气氛自在、和谐，像是回到过去。

梁嘉聿开着车子离开小区，一路朝南驶去。林知书没有问去哪里吃饭，她不在意这个。

约莫半小时后，梁嘉聿把车停在一家四合院门口。里面有人来开门，林知书跟着梁嘉聿走进去。小桥流水人家，用来形容此间四合院最合适不过。

夜晚亮起灯笼，高高挂在飞起的屋檐之下。两人一前一后进了包间，服务员送来菜单，一张张薄薄的竹片，粗线穿引，菜名为毛笔所写。

包间里光线并不明朗，像是刻意而为，因此更显得幽静。灰岩桌面一侧摆着高低蜡烛,明暗晃动。包间门又合上,只剩下林知书和梁嘉聿。

林知书忍不住出声:"好漂亮。"

梁嘉聿笑起来。林知书也抿嘴上扬,只觉得这个时刻真好。梁嘉聿没有生气,她也没有在哭泣。明明是从前他们生活中最平淡无奇的某个时刻,如今却是这样珍贵。

"点菜吧。"梁嘉聿说。

"好。"

这家餐厅主打新式中餐,西式烹饪手法加上中餐理念,每道菜都是熟悉的名字,端上来却是完全想象不到的样子。林知书好奇心旺盛,每每端来新菜,都表现出极大的兴趣。

有些菜品需要切分,梁嘉聿就如同从前一样自然地接过来,拆分,将另一半送去林知书的盘中。

"谢谢你,梁嘉聿。"她总是这样说。

"不客气。"梁嘉聿吃饭前脱下了外套,此刻一件简单的白色衬衫,显得随意而又松弛。

"我还没问你为什么忘记吃晚饭。"梁嘉聿又提起这件事。林知书将嘴中食物吞咽,说道:"我在准备材料。"

"什么材料?"

"今晚回家我告诉你。"林知书没有再伤心,她笑起来。今天晚上她仿佛得到了宽恕,也得到了无与伦比的满足。

"哦,对了,家里还有上次学生寄来的风干冬笋。"林知书说道,"明天如果你在家吃饭,我就请陈阿姨炒冬笋吃。"

"明天我会在家吃饭。"梁嘉聿说。

林知书的笑容更甚:"太好了。"明灭的烛光下,林知书的笑容也跟着晃动。梁嘉聿不知为何想起去年下雪,她拉着他的手散步,手臂被她拉着前后晃动,高高甩起,又高高落下。

吃完晚饭,两人一前一后走出包间。隔着不远的距离,林知书没有来牵他的手。

回到家已是晚上十点半,林知书把大衣挂在门口,听见梁嘉聿问她要给他看什么材料。

"你稍等我一下。"林知书说道。客厅里亮了灯,梁嘉聿坐在沙发上耐心等待。

林知书走到他身边,蹲下身去,抽出了放在茶几抽屉里的笔记本和材料袋。手指紧紧捏着材料,在抬头看向梁嘉聿之前,林知书长长地深呼吸。梁嘉聿今晚的"谅解"无形中给了林知书莫大的勇气,她想,至少今天晚上面对梁嘉聿讲出这件事,他应该是接受的。

"就是这个。"林知书抬起头,声音如常。

她坐在距离梁嘉聿不远却也不近的地方,递出了手里的材料袋。

"我不确定你接下来还要不要出差,出差的话又要出多久。你也知道,"林知书顿了一下,"我很快就要离开。所以,我觉得这次你回来正好也是合适时机。那里没那么好约时间,我今晚看了下,最近三周只有五个时间可以预约,你可以看一下,请Chloe对下你的行程,哪天合适告诉我,我就去预约。"林知书太阳穴突突地跳,说完才发现,她竟全程没提到"离婚"这两个字。但透明材料袋内两本红色结婚证实在太过刺眼,她想,梁嘉聿知道她在说什么。

初春的夜晚,林知书如同当年盛夏登记时一样,手心濡湿。不敢去看梁嘉聿的眼睛,只装作低头翻页,找到笔记本上写下的一串时间、地点:"这是我早些时候看到可供预约的时间,有些可能不在了,我还是再核对一下好了。"林知书又点开手机,找到预约的网址,点进去一一查看那些时间是否还在。

梁嘉聿没有说话。林知书不用抬头,知道他一定在看着她。

他只是看着她,看着她说完一大段话,看着她点开手机,强装镇定确认日期,看着她再次抬起头,说:"日期都还在,要不我现在发给Chloe,她最清楚你行程?"

客厅里灯光明亮,梁嘉聿面容清晰无比。他伸出左手,示意是否可以拿过笔记本。

林知书以为他要查看具体日期,连忙将本子递过去。但是梁嘉聿的目光没有从她身上离开过。

客厅里安静极了,因此纸张被缓慢撕下的声音如同警铃大作。林知书怔在原地。

梁嘉聿将她的笔记本合上,放回茶几,而后将那张纸仔细对折再对折,推回到林知书的面前。他说:"小书,我听不明白你在说什么。"

"……是我们之前说好的,"林知书声线依旧维持着平稳,手心却出了冷汗,"等我毕业就……离婚。我不确定你什么时候离开南市,而我很快也会离开。所以,想请你确定一下日期,我们一起去民政局办理手续。"把这件事清晰地、一字不落地说出来,讲清楚。像是细刃挑过心脏每一根神经,字句都带着淡淡的血腥味。

梁嘉聿却说:"我知道你在说离婚的事,小书,我只是不明白你为什么要和我离婚。"

林知书想,如果梁嘉聿在更早一些对她说出这些话,一切或许会大不一样。但是今时今日,她已做出一定要离开的打算。

"我们从前说好的。"她只这样说。

梁嘉聿双肘撑在膝盖上,身体更靠向她:"可是小书,约定离婚是预设你我不会产生感情,到期你可安全离开。但是,我想我们之间不是没有感情。"

林知书觉得心脏跳得好痛。他说他们之间不是没有感情。眼眶热得发烫,呼吸也跟着变重,她却只机械重复道:"梁嘉聿,我们说好的。"真到此情此景,才觉得自己从前把理由誊写在笔记本上有多重要。梁嘉聿一说起"感情",林知书几乎再难理智地辩驳。

可是,要她如何再解释自己即将去留学却刻意隐瞒他的行为动机?

梁嘉聿已做出选择,那天他离开时,没有问她一句为什么。鼓起勇气想要和他讲述自己的心路历程,祈求还能获得梁嘉聿的理解与支持,也在漫长的粉饰太平之中湮灭了执念。

林知书接受不是十全十美的人生,接受梁嘉聿的不理解。因此,回答只能永远围绕在那句约定之上。他们说好的,他们说好的。

气氛像是陷入僵局,即使梁嘉聿试图从逻辑角度证明,离婚不是必要的,林知书却一直重复:"我们说好的。"

那张被叠起的白纸被林知书重新展开,她说:"我去问 Chloe,可以吗?"

明亮的灯光下,梁嘉聿看过来的目光几乎刺眼,林知书挪开目光。

她想,梁嘉聿或许已经生气。

她想，他们最终仍没有一个和气的结局。

梁嘉聿许久没有说话，林知书默认他允许。手指捏着纸张收起，却听见梁嘉聿缓声道："小书，我为我那天的行为道歉。"

捏住纸张的指尖因太过用力而泛青，林知书的声音却竭力维持着稳定："什么？"她说。

梁嘉聿看着她："你和我说你要离开，我没有问你一句为什么。"

林知书没办法去看梁嘉聿，去看他，就像把自己的眼泪和痛点通通坦白。

她最最在意那天，梁嘉聿没有问她一句为什么。身体假借收回纸张，几乎完全背过去，声音却像是无事发生："没事、没事，没关系。你有不听我解释的权利。"她穿着粗呢宽松毛衣，也遮不住肩头微微颤抖。

"小书，如果你还愿意的话，我很想听听为什么。"

哭泣来得自然而然，像是背过身子即可认定他一定看不见。手掌摸到濡湿的脸庞，林知书恨自己这样脆弱，却又无能为力。

她知道是自己隐瞒梁嘉聿在先，但这并不代表林知书不觉得委屈。此刻获得"谅解"，也轻易升起"怨气"。可最终理智回归，林知书竭力平息了自己的情绪。

她没有转过身去，像是这样才能平静地说出那些话。手背抹去眼眶最后一滴眼泪，林知书缓声道："……我从伦敦回来后的很长一段时间，陷入了一种无法自拔的痛苦之中。或许你曾经也有所察觉，我变得不再乐观、积极，而是时常情绪低落。梁嘉聿，我没有和你说过，我其实一直在等你的这句话。如果你在早些时候告诉我，你从未想过和我离婚，那我一定会幸福得晕过去，然后欣然接受你的提议。

"但是那天，金瑶来找我。在此之前，我已痛苦很长一段时间，金瑶的话更是让我备受打击，她说我是依附于你的寄生虫。她说话很难听，但是那天晚上你回来看我，金鸣说，你轻易断了和金瑶的联系。"林知书停顿，嗓子几乎哽咽。

"梁嘉聿，我很难从你那样的行为中获得绝对的快乐，因为就是在那时，我才发现我其实处在和金瑶一样的处境。我们在等待你的选择，我们在乞求你的爱。即使你从未有过这样的想法，但我其实在这段关系里没有任何的安全感。你对我好有信心,我因为你的一句话、一个动作就可以高兴得上天堂或是下地狱,但是……我对你完全没有信心,我甚至害怕如果我去了美国,离你那么远,你是不是很快就会找到新的有意思……

"你不是因为爱我才和我结婚的,你是因为想要一个有意思的人陪伴你度过一段时间才和我结婚的。但是梁嘉聿,这不是我想要的婚姻,这不是我想要的爱情。"林知书已经忘记她是否遗漏了某些重要的节点,但她知道,这些足以让梁嘉聿明白她的动机。

"而且……我也不是凭借自己的能力进入万通科技的,站得那样高,万老板常常亲自来过问我的工作。我却其实是踩在一堆随时可能坍塌的沙堆上……哪天你不觉得我有意思了,我就会重重地摔下去。梁嘉聿,我想出国读书,也是因为这是我如今可以依靠自己走出的最好的路了。"

眼泪早在讲述中消失,濡湿的发梢被林知书掖到耳后。氧气重新充盈至身体的每一个角落,林知书缓慢挪动身体,重新看向了梁嘉聿。把自己的动机完整地描述,仿佛再次为自己注入信心。

只是……她从未见过这样的梁嘉聿。不再是带着温和笑意的梁嘉聿,他漆黑的双眼如同望不见边界的旷野。

梁嘉聿从她的讲述中提炼出重点。

"小书,我很抱歉最初和你结婚只是想找个有意思的人在身边,但我想你知道我如今对你的感情。"

"梁嘉聿,我从来没有因为你和我结婚的原因怪过你。"林知书说道,"我一直感激你,你知道的。"

梁嘉聿轻抿双唇,又开口道:"那如果是因为我帮助了你太多而给你造成不安全感,我向你道歉。但是小书,我从来都支持你独立。"

林知书更是摇头:"梁嘉聿,你帮助我,我一直都很感激。你其实什么都没有做错。"

梁嘉聿望着林知书,片刻之后才问:"那我不明白你为什么一定要和我离婚?"

这是林知书料想过的最后一步。梁嘉聿当然有任何理由反击她的动机,但是林知书有最后一步。她从茶几上重新拿来自己的笔记本。久违地,更像是心头释然地,林知书短促地笑了一下:"梁嘉聿,你不是有说过想看看我的笔记本吗?"

林知书从被梁嘉聿撕去的那页开始,向前翻。最先看到的,是她这段时间策划软件美工的任务列表。笔记本上的字迹并不完全工整,偶有涂改。

完成的任务前时常画有大大的钩,代表着这一项任务的完成。

再往前翻,都是些零碎的记录。有时候是考试的时间安排,有时候是编程进度记录。

林知书翻得很慢,也像是重温过去的两年。比起不舍,心头更多的是无限的温情与快乐。翻看到记录梁嘉聿回家日期的地方,林知书的眼眶又酸得发胀。

一直翻、一直翻,一直翻到第一页。是那天他们办理完结婚登记,林知书在家写下的第一页。

振兴计划

1. 和梁嘉聿友好相处。
2. 两年后完整地拿回公司(或者折现)。
3. 有自己的工作和事业。

那天晚上,林知书只在第一页写下了这三个目标,但是不久之后的某一天,林知书在第一页的末尾补上了一句话:林知书,别真的变成一只猴子。

林知书把那句话轻声念出来:"林知书,别真的变成一只猴子。"

林知书想,如果梁嘉聿真是对的那个人,那他一定可以理解她,一定会同意她。

"我从来没有这样想过你。"梁嘉聿说。

"我明白你的意思,"林知书偏头看向梁嘉聿,"可是,这段婚姻的开头,不是因为我爱你、你也爱我,我们才在一起的。是因为我是一只有意思的'猴子',而你是一个无聊的看客。

"梁嘉聿,我想我不算一个很差的人。"林知书说,"我不值得有一份幸福的爱情,一个郑重的求婚,一段健康的婚姻吗?梁嘉聿,我和你的一切,从一开始就走在错误的轨道上,即使你可以用力地将后半段矫正过来,但不代表我一定也要将就错误的开头。"林知书的声音慢极了,几乎是耗尽浑身的力气。可字句清晰,容不得一点差错,"梁嘉丰,我爱你这件事是真的。但我想如果未来有一天我要和一个人结婚,一定是因为我爱他,他也爱我,我选择他,他也选择我。而不是……因为一个人觉得另一个人有意思,而另一个人那时没有任何其他选择。"

林知书没有意识到自己在发抖。不是因为害怕,而是因为太过、太过郑重了。用尽了所有的诚意、勇气,确定自己永不回头的决心。

"你还记得我和万鹏的第一次见面吗?那次酒会你向你的朋友介绍我,那时你说我只是你的朋友,可我们分明已经结婚。如果以后他们问起来这是怎么回事,你要我怎么回答呢?是如实回答,说那时候我们的关系还见不得光,你根本不爱我只是可怜我,还是要我编造一个谎言,永远地说下去呢?"林知书的声音很平静,她没有任何在此时此刻去苛责梁嘉丰的意思。她只是在陈述,在陈述他们一定要分开的理由。

空气几近凝滞,仿佛变成易碎的透明玻璃,谁也不敢轻举妄动。

梁嘉丰身体陷在沙发里,他想起很久很久之前的事。

十二岁之前,父母还维持着表面上的和气。每逢他生日,两人必定碰头,表演对他根本没有的关爱。

梁嘉丰曾经相信过,后来也彻底失望过。他从小比同龄人聪慧、早熟,即使早早被人与人之间的情感伤透,也并未走入极端变成玩弄人情感的浪荡之子。

那些曾经深厚缔结的情感被现实剥落,梁嘉丰经历过漫长的流血期。而后鲜血凝结,他周身长出坚硬的伤疤。

他变得不再容易与任何人产生情感缔结。然而聪慧与早熟也叫他深谙为人处事的道理。待人温和,彬彬有礼,从不叫人难堪。他成为一个叫人既挑不出错,其实也难以接近的梁嘉丰。

他只是太过聪慧,知道如何叫人开心,却并非真的深情。既诚心报答金瑶母亲曾经多年的照顾,也可以在金瑶母亲去世之后,毫无芥蒂地同金瑶不再联系。

成年之后，父亲希望他继承家族企业，梁嘉聿游离其间两三年，而后毅然决然投入酒店业。其间自然发生过数次争吵，但梁嘉聿从未有过回头的意思。他说他不喜欢乏味、无趣的家族企业，须得他常年留在伦敦工作。而父亲同样无法理解他的冷血与无情。

　　那么多年，梁嘉聿离开母亲，离开父亲，与金瑶断交，在世界各地落脚之后又毫不留恋地离开。那身鲜血铸就的铠甲赋予他淡薄的情感，也赋予他对于情感缔结的轻视。

　　他其实应该早有察觉的。他其实应该早有警惕的。他那样一次又一次，义无反顾地从世界各地赶回她的身边。从前他从全世界的身边离开，如今林知书离开他。

　　一阵天旋地转，梁嘉聿闻到自己身上伤疤裂开，流出淙淙鲜血的味道。

　　客厅里漫长的安静被他平和的嗓音打断。梁嘉聿轻声问："方便告知我你是几月几日的飞机离开吗？"

　　林知书说："八月二十日。"

　　梁嘉聿轻轻地点头："毕业是？"

　　"具体日期还没定，但应该是六月中旬。"

　　"最近还忙吗？"

　　林知书不知他为什么忽然问到这些，只如实应答："不忙，已经结课了。"

　　"这样，"梁嘉聿轻声应道，又说，"我在八月上旬和你去办理手续，方便吗？"

　　林知书喉头稍哽，知道梁嘉聿已答应。

　　"好，多谢你。"

　　梁嘉聿很轻地笑了笑，几乎像是叹气："小书，你总是对我很客气。"

　　"应该的。"林知书一时情绪汹涌，竟不知道该再说些什么。

　　梁嘉聿却问："那我们现在已和好？"

　　林知书重重点头："当然。"

　　"事情都说开，我也答应和你离婚，心情有没有好一点？"梁嘉聿又问。

　　都这个时刻了，他还在关心她心情到底有没有好一点。林知书根本无法忍受这种温情，点头的同时也溢出炽热的眼泪。

"那离婚之前,我们还和从前一样?"

林知书再次重重点头:"当然。"

梁嘉聿于是在这一刻摊开双手,轻声道:"那过来抱一下吧,小书。"

有一些事情没有变。

比如林知书永远不会在对梁嘉聿的坦白中受到任何伤害。比如林知书永远无法拒绝梁嘉聿的怀抱。

那天晚上在伦敦,他捏住她的下颌亲上她的嘴唇。手臂于是也将人带进怀里。林知书像一只无法自理的树袋熊,紧紧抱住梁嘉聿。

也如同此时此刻。

新年过后,他们变得不再亲密。减少同梁嘉聿的联系,像是一种自然而然的行为,即使偶有联系时梁嘉聿从未、从未表露出任何冷淡、不悦的情绪,林知书却知道,永远不会再像从前一样。

那件事如同一团越缠越乱的线球,堵在林知书的胸腔里,叫她呼吸也困难。如今,梁嘉聿亲手将它解开。眼泪比任何时候都汹涌,林知书几乎是大哭。

过去几个月内她表现正常,像是完全接受这样的结果,却只有林知书自己知道,有时候她一个人待在家里,呼吸偶尔很困难。

哭泣变成一种发泄、一种自救,一种将胸腔内悲凉郁结通通掏空的方式。

梁嘉聿一只手环在她的后背,一只手轻轻抚摸她的头发。他总是这样很有耐心,一直等到林知书呼吸逐渐平稳。

"对不起。"她的声音仍带着浓重的哭腔。梁嘉聿没有接话,安静地等着她。

林知书抬手囫囵擦了擦面颊上的泪水,浅浅地吸气。她想,她确确实实做错了一些事情,造成如今局面,她有不可推卸的责任:"对不起,梁嘉聿。我那时候一意孤行,就是觉得不能再在你身边沉沦下去了。又怕如果你挽留我,我会意志软弱放弃自己的决定,所以才打算拿到一定要走的结果时再和你说。"

林知书短暂停顿,又说:"但其实……如果那时候就和你坦白,你或许根本就不会干涉我、挽留我,甚至会像从前一样支持我。但是……但是我那时候太钻牛角尖了,总觉得你对我太好、太好了,什么事情一和你说,你一定会帮助我。"

梁嘉聿胸口轻微起伏,像是笑又像是叹气:"怪我是个太好的人了?"

林知书笑，也挤出剩余的眼泪。她说："是啊，梁嘉聿，你太好、太好了。那时候我不想去美国，总想着要么留在南市，要么读书也该去欧洲。这样总能和你有一个地方重合。你那时候不确定之后是要常驻在欧洲还是国内，我不敢问，但是心里痛苦极了。金瑶的事情过后，我才发现，我不应该依赖于你的任何一个决定，这是我的人生，我应该去我想去的地方。"此刻再说起这些话，没有了刚刚的激愤情绪。字句平静，在爱人的怀里倾诉。

梁嘉聿的手掌摸到她湿漉漉的脸庞，林知书抬起头来，也在看见他面庞的下一秒低下头。

"太丑了。"她说，"我现在眼睛肯定肿得像青蛙。"

梁嘉聿很轻地笑："我不信，让我看看。"

林知书的脸庞就随着他的手又抬起来。小小的一张脸，哭得红通通、皱巴巴的，眼睫上还沾着细碎的泪珠，梁嘉聿拇指轻轻抚上去，擦干她的泪珠。

只觉得现在气氛过分温和、平静，像是不论说什么，都可以被理解、被接受。

林知书说："我真应该从一开始就和你商量，是我太蠢了，做出这样的事。对不起，对不起，真的对不起。"

梁嘉聿却摇头："有时候专心致志、兴头十足地要去做一件事时，会很容易忽略很多其他事。这是很正常的。比如你想要独立，想要从我们的……"他停顿，斟酌用词，"……我们的婚姻困局中独立出去，就会自然而然地先把我排开。我完全可以理解。你是在过真实的人生，那就会犯下各种各样的错误，不必要这样苛责自己。

"只是，如果你停下来稍加思考，会发现'把我排开'并非一个必选项，因为你的最终目的不是'离开我'，而是'独立'。这样，'我是否可以留下，是否可以参与在计划中'，就变成有待商榷的可选项。"梁嘉聿仔细同林知书分析，他眼神中没有任何指责，只是理性地分析。

林知书点头："我那时候太一意孤行了，武断地觉得一定不能让你知道。"

"没有人可以做到十全十美、永远不做错任何一件事。"梁嘉聿将她落下的碎发捋至耳后，"但下次做出决定和行动之前，我还是建议先慎重地思考。甚至如果有必要，可以将自己抽离出当下环境，避免一时脑热，做出错误决定。"

林知书重重点头。

"但是,"梁嘉聿短促地笑了笑,"有时候思考太久,也会给别人造成伤害。"

林知书不解。梁嘉聿看着她:"我应该早点回来问你为什么,而不是让你一个人待在这里。"

她眼眶里又起薄薄水汽:"你新年后回伦敦,是为了避免做出错误的决定吗?"

梁嘉聿点头:"是,我怕我留在南市,会不可避免地做出让我自己后悔的行为。"

"什么后悔的行为?"

"比如言语或者态度伤害到你。"

林知书眼眶胀得厉害,她那时隐瞒了他,他想的却是不要伤害到她。

"……那现在呢?"林知书喃喃地问,"你做出了错误的决定还是正确的决定?"

梁嘉聿笑:"我做出了对你而言正确的决定。"

林知书重新把脸埋在梁嘉聿的肩头。她想不出更多的言语再去感谢梁嘉聿,只能把手臂紧紧地缠绕在他的脖颈上。

"我在美国会想你的。"林知书说。

"多谢你。"他也学她说"多谢"。

林知书偏过头,他脸颊离她那么近。梁嘉聿于是也偏过头。他们很久不再亲吻,她湿漉漉的眼睫在他的注视下轻轻颤动。

"我如果现在再亲你,会显得……显得我……"林知书没有说完,她想说,分明是她决定要离开、要离婚,但若是此时此刻她还是很想亲吻他,那她是不是一个很"贱"的人。

但是梁嘉聿轻轻靠近,碰到了她的嘴唇。鼻尖错着鼻尖,呼吸缠着呼吸。嘴唇间有湿热的泪水滑下来,梁嘉聿揩揩她眼角,笑问:"怎么总是一亲就掉眼泪?"林知书止不住眼泪,只说:"因为太幸福了,梁嘉聿,因为太幸福了。"

从前因为害怕失去而掉眼泪,如今林知书感到真正的幸福。

亲吻间隙,林知书捧住他的脸庞,问他:"你在伦敦时偶尔有想过我吗?"

梁嘉聿安静地望着她,说道:"有时候回家,我偶尔会在门口待一会儿。"

"……为什么？"

"想看看街对面有没有一个旅游路过的小姑娘。"

林知书声音几乎哽咽，"……真的吗？"

梁嘉聿笑了笑："是真的。"

他说完，又安静一会儿："只不过……不是偶尔，小书。"

频繁地离开伦敦，又频繁地回到伦敦。开车停在家门口，街道对面再没有一个穿着黑色碎花裙子的小姑娘。

林知书说："我发誓，这是我这辈子最后一天流泪。"她说着又流下眼泪。

梁嘉聿的衣衫早已被她哭湿，笑着摸了摸她的脸颊："起来，我带你去洗把脸，时间不早了。"

林知书这才后知后觉地去看客厅时钟，已经凌晨两点。他们这晚说了太多、太多的话，多到忘记时间，像是要把过去失去的弥补回来。

林知书从梁嘉聿的身上起来，走去洗手间时，梁嘉聿牵着她的手。

洗漱完毕，已过凌晨三点。梁嘉聿走到自己卧室门口，林知书跟在他身后。自然而然，不需要额外的言语。

这天晚上，他们都没有睡。林知书躺在梁嘉聿的怀里，喋喋不休地向他讲述她没有告知他的事。

从金瑶出现的那天开始，林知书讲她如何忘记拿围巾，又如何走一个小时路回去。

她同吴卓的交谈，吴卓告知她的话。到后来她考语言考试，如何一次就高分通过。申请学校时赶上双专业同时期末考试，她累到瘦了整整五斤。

有时候讲到激动处，林知书就从被子里坐起来，慷慨激昂。有时候讲到伤心处，又重新趴在梁嘉聿身上，要脸颊贴着他的脸颊。

天色蒙蒙亮时，林知书的声音在晨光中式微。梁嘉聿抱着她，听见她逐渐平稳的心跳。

很多年前，林知书为他平淡、乏味的生活泛起淡淡涟漪，他因此觉得有趣，于是驻足观看。而如今，她说要独立、要离开，她说他们的开始是一个错误，而她不愿意将就。

他同意了。是他自己同意的。

乌雨墨在第二天早上接到电话，林知书声音清亮，问她昨天外景拍摄顺不顺利："对不起，原本说好我陪你去的。"林知书道歉。

乌雨墨听她声音大有不同，知道定是和梁嘉聿有关："你们和好啦？"

林知书在电话那头笑得倒在沙发上。乌雨墨也笑："那你还去不去美国？"

"当然去，当然去！"林知书坐正身子，"他也支持我。"

乌雨墨又想笑，又想哭。她记得很长一段时间里，林知书几乎处于游离、麻木的状态里，也记得她偶尔偷偷靠在自己肩头流泪，却不说为什么。

"恭喜你。"乌雨墨说。

"谢谢你，雨墨。"林知书又问，"我记得你今天也是外景，对吗？"

"是啊，现在正在外面吃午饭呢。"

林知书从沙发上站起身："地址发给我，我去给你帮忙。"

梁嘉聿提出送林知书过去，林知书没有拒绝。两人站在玄关处换鞋，梁嘉聿先换好，林知书就扶住他的手臂摇摇晃晃地穿鞋。一双粗跟红色漆皮鞋，上面是一条红色格纹连衣裙。裙摆结束在膝盖，林知书在外面套了一件白色针织开衫。

春天到了，今日气温已是二十度。

林知书穿好鞋子，在地上轻跺两下，笑着抬头去看梁嘉聿。

"好看吗？"她问。梁嘉聿说："好看。"

"裙子呢？"林知书又后退，原地转了两圈。红色的裙摆于是轻轻地上扬，而后又落在林知书的腿边。

梁嘉聿笑起来，走到她面前，低头亲亲她的面颊："好看。"

梁嘉聿开车一路把林知书送到乌雨墨拍外景的地方。春天到了，选择在户外拍摄的人也越来越多。拍外景的地方是网红景点，漫山遍野的芦苇在风中轻轻摇晃，林知书在人头攒动中寻向乌雨墨。

梁嘉聿一同下来打招呼，再次为昨天的事情抱歉。三人简单地寒暄，梁嘉聿随后离开。

乌雨墨又开始挤眉弄眼："谁笑得这么开心啊？"

林知书抱住她,抬手去捂她的嘴。

同梁嘉聿和好之后的生活,重新注满氧气。林知书精神状态极佳,全身心投入软件的收尾和五月末的会议准备。

梁嘉聿不再时时飞回欧洲,他留出绝大部分时间停留在林知书的身边。一种即将分别的气息似有若无地笼罩在两人的身边,即使谁都没有提。

林知书时常同梁嘉聿讨论软件最后的界面设计,一切准备就绪之后,她有希望在五月末的会议里,向所有人展示一个完整的商业软件。但前提是,她须得在万通科技内部竞争中脱颖而出。万通一共有三个可以在会议上展示的名额,就林知书了解到的,有很多人都对这个机会感兴趣。

内部比试放在五月中旬,临近日期前,林知书反复练习自己的演讲稿。林知书把这次机会当作一个自己平等竞争的机会,她请梁嘉聿务必不要在结果上帮她。

"选不选得上不是最重要的,最重要的是我努力的过程和决心。"

梁嘉聿笑:"我总觉得你好像一下就长大了。"

林知书扬眉:"长大不好吗?"

"好也不好。"

"怎么说?"

"小鸟长大就会飞走。"

"那你希望我永远不长大?"

梁嘉聿又摇头:"不道德地讲,是希望身体自然长大,心理不用长大。"

林知书瞪目,捂住他的嘴:"你做梦,梁嘉聿!"

梁嘉聿笑着把人抱进怀里。

五月中旬,万鹏也打来电话,问梁嘉聿去不去旁听。比试在公司内部是公开的,他听说梁嘉聿最近在国内。

"去。"梁嘉聿给出肯定的回答。

比试前一天,林知书在家里化了妆,试穿了明天要穿的衣服。平时上班没有着装要求,但是比试的话,得穿稍微正式的衣服。

南市气温已稳步攀升，林知书穿上那件她从前穿过的黑色无袖长裙。简洁、修身的裁剪，裙筒笔直结束在膝盖下方。西装面料，没有一丝褶皱。林知书把自己的长发盘起来，带上两颗珍珠耳环。黑色高跟鞋露出洁白的脚面，在家里走动时敲出悦耳的音乐。

　　红色唇膏其实并不适合在第二天使用，但是林知书涂上后没有擦去。漆黑的瞳，嫣红的唇，还有耳边两颗圆润、发光的洁白珍珠。她脸上没有多余的色彩，自己也被自己的面容吸引。

　　梁嘉聿出现在洗手间门口。林知书偏头去问他："好看吗？"

　　她扑闪几下轻盈的眼睫，而后笑起来："梁嘉聿，我准备好了，现在把展示内容再讲给你听一遍。"

　　家里电视投屏了电脑，林知书站在电视的一旁，轻轻清嗓："大家好，我是林知书。"

　　今天天气晴朗，明亮、轻盈的阳光从一侧的落地窗铺入。林知书的脸上一直挂着笑容，两条纤细的手臂时不时配合着演讲抬起来。

　　梁嘉聿想到很久之前的一天，他匆忙赶到林知书家原来的住址，看着她被那些亲戚团团围住。他们走到书房里，她却一个人兀自蹲去书柜前翻找东西。

　　他克制住情绪问她在找什么。她从书柜里翻出书信，转头笑着看向他。脸庞上有透明的、湿热的汗珠，手臂却高高扬起，对他说："梁嘉聿，我想给你写今年的感谢信。"

　　根本不知道为什么会忽然又想到这些事，或许是因为她要离开了。

　　或许是因为她要离开了，脑海里于是像是走马灯，又记起他去学校接她，路过她，又倒着开回来。

　　第一次见她穿着细细的筒靴，脸庞探进车窗时，银色的耳环在她脸侧轻盈地晃动。

　　梁嘉聿想起很多很多关于林知书的回忆，她的首饰总是不一样的，但脸庞总是莹亮的、像是发着光的。

　　如同此时此刻。

　　林知书停下声音。

　　梁嘉聿回过神来，对上她"质问"的眼神："抱歉，小书，我刚刚走神了。"他绽出轻笑,也诚恳道歉。

林知书佯装生气,轻跺高跟鞋:"什么东西那么吸引你,连听我演讲都能走神?"

她轻微晃动身子,阳光就在她的双眼里流淌。

梁嘉聿看着她,他如何说这样的话时也能这样诚恳、坦白,半分没有轻浮的模样。他说:"我在想,我的小书,实在是——太漂亮了。"

怎么生气?到底还要怎么生气?眉头都皱不到一秒,嘴角就飞到天上去。别过脸去笑个够,回过头来还要"批判"梁嘉聿太肤浅。

梁嘉聿还是说抱歉:"重新开始吧,这次我不会走神。"

林知书又把PPT调回第一页,开始前郑重"告诫"他别再走神。

梁嘉聿听她完整地讲了一遍展示内容,提出了一些细小的意见,对整体改动不算很大,林知书当下就坐在沙发上用电脑修改。她改得很认真,低着头在电脑上敲字。梁嘉聿从后轻轻揽住她的肩头,没有更多的动作。

工作其实放下了大半,有不得不去的行程时,梁嘉聿才会离开南市。八月其实没那么远了,如今已到五月中旬。林知书改得很认真,梁嘉聿就坐在她身边陪着她。

偶尔她又抬起头,问他些具体的意见,梁嘉聿就一一为她解答。但林知书不会对他的想法全盘接收,有时候她觉得自己的想法还是更合适。

改完PPT,林知书又在家里练习两遍,确保自己到时候不会因为不熟练而被减分。

傍晚梁嘉聿开车带她出门吃饭,年前收购的酒店旗下开了新的餐馆,两人去试试菜。吃完饭,照例还是散步,车由司机开回去。

临近夏天的夜晚,空气中流动着柔软的湿气团。

林知书换了一件米白色的连衣裙和便于走路的平底鞋,但保留了脸上的妆容。手掌拖着梁嘉聿的手臂前后轻轻摇晃,有风把她的裙摆吹拂到他的西裤一侧。临分别的时候,倒是真像夫妻一样了。

第二天早晨,梁嘉聿送林知书去万通科技。比试时间是下午两点到五点,梁嘉聿在此之前还有一个会议推不了,不得不参加。

林知书在副驾驶座上同梁嘉聿拥抱:"一定赶得及回来看我吧?"

梁嘉聿轻笑,点头:"一定。"

林知书也笑,下车关上车门。梁嘉聿放下车窗,再次和她道别。林知书朝他摇摇头,却又探进车窗,和他说:"我开玩笑的,梁嘉聿。如果赶不及也没关系,反正你在家看过了。"

梁嘉聿看着她,也点头:"好。"

黑色汽车离开公司,林知书也转身走进大厅。

上午在公司又温习了几遍PPT,万鹏还特意来看过,告诉她别紧张。中午林知书简单在楼下吃了午餐,她有段时间没再见到金鸣。上次两人联系还是林知书发消息谢谢他的礼物。她问过金鸣公司的员工,得知金鸣这段时间回了伦敦。

午餐时间很是短暂,结束后林知书重回办公室。

比试的地点在公司的大会议室,其他同样参加比试的同事已在会议室的电脑上调试各自的PPT。林知书在一旁找了个位置先坐下。

一点五十左右,会议室里陆陆续续来了不少人。所有参加比试的人都已经将PPT拷贝至电脑上。

比试弄得正式极了,有人在分发今日赛程的纸质安排单,上面详细写了参赛人员的信息以及展示内容概述。

林知书站在会议室的门口,她小步地来回,看见万鹏也走出来。

"梁老板今天不来?"

林知书笑笑:"他今天忽然有工作,不一定赶得上。"

"要不要把你的顺序调到最后?"

林知书思索了片刻,摇头:"不,不用。"她不是专门为了梁嘉聿演讲的,她是为了她自己。

时间又走到一点五十六分。第一个上台展示的人已在一侧做好准备。

林知书站在后门的位置,时间一到,她也会进入会议室。手机上没有任何消息,或许梁嘉聿还在忙。

一点五十七,一点五十八,一点五十九。

林知书脸上忽地绽出笑容,电梯门打开,梁嘉聿大步走来。

"还没开始?"他问。

"还没开始!"

会议室里几乎坐满,林知书把梁嘉聿领到她专门留的最后一排的空位上。梁嘉聿坐下,林知书又目光遥遥地去看每个人面前的纸质赛程单:"你等我一下,我给你找张多余的赛程单。"

人事小姑娘或许也没预料到有这样多的人来观赛,林知书走了几步草草扫了一圈,都没看见多余的。台上的人已在准备打开 PPT,林知书对梁嘉聿说:"等我,我去楼下打印。"

梁嘉聿却捉住她的手腕:"不用麻烦了。"

林知书低声说:"上面是所有人的比赛顺序和参赛信息,你不要吗?"

梁嘉聿拉着她坐在身边:"不要紧,反正我也不是来看其他人的。"

他怎么能这样理直气壮地说出这样的话呀!

林知书脸颊烧红,小声"抱怨":"梁嘉聿,你不要现在说这种话!"

梁嘉聿倒是笑得自然:"会让你紧张吗?"

"本来不会的,你这样一说……"林知书目光看向梁嘉聿。他额间有层薄薄的细汗,赶过来的时候一定很匆忙吧。

林知书瞬间有点想落泪,但此刻不是合适的场合,只重复道:"……你这样一说,我的确更紧张了。"

"抱歉。"梁嘉聿说。他目光落在林知书脸上,她今天没有涂红色唇膏,褪去艳丽,面容就显得更加纯洁、柔软,珍珠耳环已挂在耳边,几乎与她的皮肤交相辉映。

"眼睛上是什么?"梁嘉聿忽然低声问。

林知书一惊:"什么?眼皮上吗?我涂了眼影。"

"亮亮的?"梁嘉聿又问。

"我没有涂亮的。"林知书心下不好,以为自己眼皮上不小心沾了什么东西。

"快点帮我弄掉,梁嘉聿。"她凑近梁嘉聿身边。

梁嘉聿就微微偏头,亲了亲她的眼睛:"没有什么东西,我看错了。"他语气那样若无其事,林知书心里发出尖叫,却又无法控制地被他气笑。

"梁嘉聿,我再也不和你说话了!"她咬牙在他耳边"发誓"道。

梁嘉聿却笑,问她:"现在心情有没有好点,不紧张了吧?"

林知书这才发觉刚刚心头的紧张早被他逗得一扫而光。梁嘉聿握了握她的手,看向会议室前方:"开始了,小书。"

林知书排在第六位。前几位上台展示的都是在公司工作过好几年的同事,学历也都比林知书高。亲耳听到这些人的展示,林知书才觉得自己的内容简直像是小学生汇报。但是梁嘉聿一直轻轻握住她的手,临近她上台,梁嘉聿松开了手。

"你唯一的任务就是不辜负自己的准备,做完演讲。你不需要和其他人比较。"

"好。"林知书应道,起身走去了会议室的最前方。

林知书的步伐坚定,即使被这么多人注目,也未显示出一丝一毫怯场。

从前,她常常从很远的地方朝他跑来。如今,她穿得漂漂亮亮,走去很远的地方。

梁嘉聿的心里很静,走神并非他本意。只是所有的声音都变得很远很远,他看着同他隔着最远距离的林知书。

很多年前,他在林暮的饭局上第一次见到林知书。她斜坐在沙发上,抬眼告诉他她总成绩全年级第三,数学满分。

而后那一年,她父亲去世。他把她留在自己身边。

梁嘉聿不喜欢在一个地方常驻,他时常在世界各地流转,不喜欢在同一个地方停留超过两个月。但是,他在这个有林知书的地方停留了很久很久。久到第一次,有人要从他的身边离开。

林知书讲演得很好,她在家中准备充分,又天生不怯场。口条清楚,逻辑缜密。笑起来的时候,很难叫人从她的面容上移开目光。

十五分钟,远比想象的更快。梁嘉聿同所有人一起为她鼓掌。

林知书重新落座,比试中途休息五分钟。梁嘉聿说:"小书,你做得非常好。"

林知书激动得脸颊发烫。

"但我可能要提前离开。"梁嘉聿说道。

林知书一怔，随后立刻点头："好，你先去忙你的事。"

梁嘉聿又握了握林知书的手，说："晚上我来接你。"

"好的，梁嘉聿，你快去忙你的事吧！"

梁嘉聿离开会议室，乘坐电梯下楼。他拿出手机，看见司机在一小时前发来的消息，告知他，车已被交警拖走。

下午来得实在匆忙，开车绕去停车场已找不到任何车位。只能先把车停在街对面，总算是赶上比试开始。而后发了消息请司机来挪车。现在看来今天并非梁嘉聿的 lucky day，交警在司机赶来之前做出了处理。

梁嘉聿给司机打电话，司机早已在大厦附近等待。这条街上没有停车的地方，司机说五分钟后就到。梁嘉聿挂了电话。

下午起了风，天色变得有些阴沉。

梁嘉聿站在街边安静地等候，听见不远处传来隐约的、熟悉的声音。他缓步走近，是一家正在播放音乐的咖啡厅。露天位置也摆了几张餐桌，因此音乐声一直绵延到街道。

梁嘉聿并未走进去，只站在不远的地方。音响效果其实并不好，但能听出音乐里的欢快情绪。仿佛看到她还坐在高脚凳上，纤细脚踝在筒靴里摇晃。

那天下起冬天的第一场雪，她说今天特别开心，因为是梁嘉聿的女朋友。

梁嘉聿一直站在原地。有服务员走出来，问他是不是要用餐？几个人？

梁嘉聿很轻地笑了笑，摇头："不好意思，我只是在等人。"

他于是转身，正要离开，却忽然又开口说："歌很好听。"

服务员一怔，正打算告诉他歌名，梁嘉聿却没有停留，抬脚离开了这家店。

林知书自然没有被选上。公司里能人辈出，她无论如何排不上号。然而林知书没有半点悲伤情绪，她亲眼见到他人到底有多优秀，也知道自己从前在学校的优异放在社会上简直不堪一击。她还不够好，她还需要更加努力。

六月份，林知书接连做了很多事。从万通科技离开，梁嘉聿请万鹏前来一起吃了顿饭。金鸣终于打来电话，林知书这才知晓梁嘉聿曾去找过他。她在电话里同金鸣道歉，金鸣表示他生气过，但其实也无可奈何。这次打来电话，是问她毕业典礼的事。

林知书的毕业典礼定在六月十五日，结束和金鸣的通话之后，林知书告诉梁嘉聿，自己也邀请了金鸣。梁嘉聿表现得淡定极了，说当然可以。

林知书笑："你最好是当然可以！"

毕业典礼当天，梁嘉聿和金鸣再次碰头。梁嘉聿主动打招呼，金鸣也在瞬间卸下芥蒂。就像是他从前对金瑶。轻易原谅，有时也代表并不曾有什么深厚的情感。

只是金鸣朝梁嘉聿表明态度，他已放下追求林知书的念头。梁嘉聿点头，说好。

毕业典礼上，林知书作为优秀本科毕业生坐在台上。茫茫人海里，她同梁嘉聿高高挥手。

所有事件都被标定上具体无误的日期，确保一定会发生，绝对不会错过。包括离婚。

林知书选定了八月十六日，是她飞去美国的前四天。约定办理手续的前一天晚上，林知书再次拿出那只早已准备好所有材料的透明材料袋。只是今时今日，不再有梁嘉聿问她：我听不明白你在说什么。

林知书念着网页上列出的所需材料，梁嘉聿坐在一旁核对。

最后的最后，是两本红色的结婚证。气氛无可避免地朝低落处滑去，但是林知书不愿意他们最后的日子里是充满泪水的。

她把核对好的材料全部装入袋中，起身放去了玄关处。

"这样明天出门不会忘记。"她说。

梁嘉聿点头应允。

两人早已吃过晚饭，收拾完材料，照例出门散步。天气已经很热，林知书穿着白色吊带连衣裙。头发在上个月刚刚修剪过，重回顺直，披在瘦而薄的肩头上。

走出小区门口，外面的街道依旧车水马龙。

梁嘉聿牵着林知书的手，问她一起租房的室友人怎么样。

林知书说挺好的："她是念本科，年纪比我小不少，但是看起来很能干。我们租的house（房子）里还有一个本地男生，他和我一个专业，也是计算机。"

梁嘉聿完全没有干涉林知书在美国的任何安排，除非她向他提出请求帮助,但是林知书一次也没有,只是偶尔会问问他的意见。所有的事情都是林知书自己处理的,房子不好找,她一直等到临近出发才弄好了合同。

林知书又问他工作怎么样,梁嘉聿笑道:"大概属于全面停摆。"

林知书也笑得别过脸去:"哪天你要是破产了,我可以养你。"

"是吗?"梁嘉聿又牵紧林知书的手,"那我提前多谢你?"

"不用客气!"

两人沿着街边走了好一会儿,没有提一句明天离婚的事。

但其实他们每日待在一起,也并非时时刻刻都有说不完的话题。

比如今晚。又或者,今晚实在不是个倾诉欲望丰沛的时候。

走到公园,又绕几圈。两人便返回。快到公寓,林知书又说:"我不是永远离开了。"

梁嘉聿偏头看她,没有说话。林知书没有看他,只平静地说:"我们只是各自重新自由,重回宇宙,重回最初的状态。就像两颗被释放、重回自由的电荷。但是或许有一天,再次靠近的时候,我还是会被你吸引。"

"那个时候会怎么样?"梁嘉聿问。

林知书看着他:"那个时候我一定已经离开你有一段时间,或许你也找到了新的'有意思'、新的'林知书'。那我会继续前进。"

"一段时间的定义是多长?"梁嘉聿抓住重点。

"不知道,或许是一个月,或许是一年,或许是永远不会。"林知书笑着说,"或许我离开,我就发现我也没那么喜欢你。"

梁嘉聿面色如常,竟也点头:"有道理。"

平常对话里也衍生出无端忧伤,即使没有人提起"不舍"。

电梯上行,林知书如同从前无数次抬手解开门锁。家里窗户未关,开门的同时也吹来叫林知书不自觉闭上双眼的风。

总是想起过去的事,其实不是一件好事。

两人在玄关处换鞋,也一同走去洗手间洗手。梁嘉聿不常这样从后拥住她,明亮灯光下,林知书忘了去关水龙头。梁嘉聿圈住她的手腕,抬手关停水流。

偏头同他亲吻,简直带上虔诚的轻颤。这是他们的最后一天。

他也不再和从前一样,亲吻也带着从容不迫与气定神闲。他的手掌贴住她的脸庞,十指穿入她微凉的发梢,跌跌撞撞回到客厅,白色裙摆折叠在她腿边堆出千层雪。

他总是把她托在身上,黑色长发垂下,为亲吻的情人隔出神圣的空间。

他的手掌去摸她湿热的脸颊、手臂、腰后,也摩挲到纤细的脚踝。

梁嘉聿见过系着金色链条无法腾空的小鸟,他在无声中用手掌圈住她的脚踝。双脚于是被禁锢。禁忌中陡生强烈的快感。

林知书鼻间溢出短促的声响,双臂紧紧抱住他的脖颈。

重归于好之后,林知书不再睡在自己房间。他们当真如同夫妻,她每日睡在梁嘉聿的床上。但是因为确认她要离开,梁嘉聿的索取仅限于亲吻和拥抱。林知书没有强求,她知道重归于好并非真的重归于好。

但是,在这个夜晚,梁嘉聿越过了他自己的界限。

梁嘉聿有时候想,他的小书是水做的。从前无穷无尽的眼泪,总是把他的衬衫湿了一遍又一遍。怎么这时候也哭,脸庞又湿又热。但他腾不出手为她擦眼泪。

梁嘉聿的身上一塌糊涂。林知书却没有挪开身子,她去摸梁嘉聿的皮带,却被梁嘉聿捉住了手腕。她的裙摆被他重新拉下、整理。

林知书投去不解的目光。梁嘉聿没有用手碰她,只亲了亲她的嘴唇。林知书说:"我不明白,梁嘉聿。"

梁嘉聿看着她,笑了笑。但那笑容很是短暂。他缓声说:"小书,我从来不高看性爱的力量,但是我也确定,我从前低估了性对于我的影响。"

"……什么意思?"

梁嘉聿安静片刻,松开自己放在她身上的双手。他从未这样严肃过,一双漆黑的眼睛看着林知书,声音却那样轻:"小书,我怕我会后悔放你离开。"

第八章 永不反悔的戒指

梁嘉聿想，或许并非天生口腹之欲淡薄，而是没遇见真正喜欢的东西。

他坦然自己并非绝对意志坚定之人，因此必须悬崖勒马，松开圈在她纤细脚踝上的手。

第二天上午十点，两人一同去民政局办理手续。

填写信息，林知书这次没写错梁嘉聿的名字。所有材料都准备齐全，敲章、签字，一切顺利得不可思议。

回到家中，公寓门厅有等候的律师，一同上楼，梁嘉聿接过律师早已准备好的材料。

林知书有所预感，梁嘉聿这样做事周全的人。

父亲的公司一直经营良好，梁嘉聿把股权转让书递到林知书面前："签完字，你父亲的公司就重新回到你手里。"

律师抬手指明签字位置，又递来一支黑色签字笔。林知书伏在茶几上，手指捏住签字笔的地方几乎发青，借以克制心头起伏的汹涌情绪。

梁嘉聿如今兑现他说过的所有话，一句也不作假。眼泪掉下来之前，林知书快速签了字，以截断那种情绪的蔓延。再抬起眼已一切正常，她朝梁嘉聿和律师说："谢谢，谢谢。"

梁嘉聿："公司方面不需要你出面管理、做决策，你拿着股份即可有相应的收入。这份文件也签下字，你家原来的房子也归你。"

林知书有些迟疑："其他叔叔呢？我记得这房子原本是在公司名下的。"

梁嘉聿笑了笑:"公司现在是你和我的。"

"什么意思?"

"除你以外的股份,我全部收购了。我决定把房子给你,所以不用担心其他人的想法。"

林知书几乎说不出话,梁嘉聿也无意让这种悲伤情绪蔓延。

需要签字的材料都已签好,律师核对后便提前离开了公寓。

房门关上,林知书站起身朝卧室跑去。再次折返客厅,林知书将三张卡放在茶几上:"这张是你从前给我的一百万。"林知书拿出第一张卡,卡面已有些旧了,"我之前捐款一直用的这张卡里的利息,我还有固定捐款学生的联系方式,到时候也一起给……给 Chloe 吧。"

林知书又拿起第二张卡:"这张是悦风酒店的房卡,谢谢你。"

第三张卡,是他送给她的生日礼物:"虽然是你给我的生日礼物,但是我现在已拿回我父亲的股份,所以……这张卡还是应该还给你。"

林知书说完,安静地等待。梁嘉聿却没有任何拒绝:"小书,我尊重你的决定。"

几乎不用多言,梁嘉聿知道林知书如今铁了心要自己出去闯一闯,不肯再多借用他的力量。因此尊重她所有的决定,是他唯一能做的事。

桩桩件件,如今分得清清楚楚。再多纠缠,也在这一刻解开结头,落成两段。

林知书长长、长长地吸气,也长长、长长地呼气。

"多谢你,梁嘉聿。"

"不客气,小书。"

离开前夕,林知书和乌雨墨一起吃了饭。两人约好谁也不准流眼泪,却一见到面就双双红了眼睛。

乌雨墨给林知书送了平安福,她特地坐车去隔壁城市求来的,送给林知书希望她一个人在外平平安安。林知书送了乌雨墨一台她渴望已久的专业摄像机,希望很多年后乌雨墨一定成为有名的摄像师。

梁嘉聿开车来接,他先送乌雨墨回她的住处。

乌雨墨下车之后,请他们两人稍等。她快速走进屋子,带着一台拍立得又出来:"给你们俩拍张照。"

像是擅作主张,林知书去看梁嘉聿。梁嘉聿已牵起林知书的手。安静的夏夜,他们站在车的旁边。头顶的灯光并不明亮,因此照片有些模糊,像是很多很多年前。

照片从相机的顶部缓缓吐出,林知书松了梁嘉聿的手上前去看。她看着镜头,他看着她。

八月二十日那天,梁嘉聿送林知书去机场。她的两只箱子装满,托运时自己搬上传送带,扬眉去看梁嘉聿。

梁嘉聿就如她愿送上夸奖:"力大无穷。"

林知书笑得弯下腰。无人有意制造悲伤气氛,托运完行李,梁嘉聿跟着她一起进安检。他今日也有出差行程,私人飞机,起飞时间定在送走林知书之后。

两人买来咖啡,坐在登机口的公共休息区。

"辛苦梁老板了,今天不能在 VIP 休息室休息。"

梁嘉聿笑道:"偶尔换换环境,也是不错的体验。"

林知书努力稳住咖啡杯,笑得身子直晃。梁嘉聿就接过她的杯子,叫她笑个痛快。

登机的时间还尚早,两人坐在椅子上平静地聊天。林知书同梁嘉聿讲很多学校的事情,她已注册学生账号,最近收到学校的很多邮件。

梁嘉聿总是认真地倾听,及时给予回应,像是他们从前还在家里的时候。

十点一刻,飞机开始值机。

林知书站起身,背起自己的书包。"我要走了,梁嘉聿。"她说。

"好。"梁嘉聿也一同站起身。

林知书走去人群后面排队,梁嘉聿也跟着一起。

"是不是从未在登机时排过队?"林知书笑着问他。

梁嘉聿也笑:"的确。"

"感觉如何?"

"还不错。"

"怎么说?"

"拉长了送别的时间。"梁嘉聿语气平淡,终于在林知书走之前,提起"送别"这个词。林知书鼻头在瞬间发酸,但她不想哭。

两人随着队伍缓慢地前进。林知书说:"谢谢你,梁嘉聿。"

"你说过无数次了,小书。"

"我想最后再抱你一下,可以吗,梁嘉聿?"

林知书偏头去看他。梁嘉聿没有回答,抬手抱住了她。他或许轻轻亲吻了她的头发,或许并没有。

一个简短的拥抱,像是这间机场里最平常不过的告别。

"再见,林知书。"梁嘉聿将她送到检票口。

林知书朝他招手:"再见,梁嘉聿。"

走到连廊,眼泪无法控制地往下掉落。根本看不清路,只凭着本能跟着人群往前走。

空姐问她怎么了,林知书只囫囵擦去眼泪说没事没事。快步走到窗边的座位,林知书别过脸看向窗外,眼泪簌簌往下流。

梁嘉聿发来消息。林知书止住眼泪去看。

梁嘉聿:一路平安,小书。落地请给我发一条消息。

眼泪又打在手机上,把字句都模糊。手指擦去屏幕上的水渍,给他回:好,梁嘉聿。你也一路平安。

并非再也不会见了,更像是精神世界的一种切断,确定从此时此刻开始,他们重新变成浩瀚宇宙里的自由电荷。

身侧很快有乘客落座,林知书关闭手机,叫自己迅速冷静下来。空姐一一合上头顶行李仓,很快,飞机开始缓慢滑行。

林知书情绪逐渐平缓,她想从书包里拿出耳机,却在打开拉链时停了下来。

林知书记得那天晚上,她说"如果你觉得介意,那就当我是在读书;如果你不介意——那我今晚就叫西西莉亚。"

他说:"我改变主意了,西西莉亚。"

那张粉色卡片上写着:"生日快乐,劳伦斯先生。希望你今天过得平静、愉悦。"

今天,西西莉亚收到劳伦斯先生的回信。粉色信笺印有金色纹路,他从哪里找来一模一样的纸,又在什么时候放入她的书包。

飞机轰鸣声加大,林知书的身体被惯性紧紧压在椅背上。心跳声同时放大,像是失重,也像是失控。

林知书拆开信笺,抽出里面的贺卡。

梁嘉聿不常写字,林知书不知道他的字原来这样好看。

上面只有三行字:

小书,一路平安。

祝你前程似锦,心想事成。

林知书,我爱你。

句与句之间断裂,没有连接。像是其间有千言万语却最终没能落在纸笔之上。

只留下最最重要的三句。

小书,一路平安。

祝你前程似锦,心想事成。

林知书,我爱你。

眼泪根本无法控制,林知书面朝角落,克制住自己的声音。这才摸到信封之中,还有一个硬硬的东西。她手指摸进去,摸到坚硬的棱角。

飞机升至高空,太阳从一侧的舷窗照射进来。有庞大的、稀碎的光影团在飞机的内壁上缓慢流转,像是璀璨的星光,折射出动人心魄的光芒。

小小的、细细的指环,上面是一颗璀璨的钻石。手指摸到指环的内壁,察觉到镌刻的痕迹。手掌擦去湿热的泪水,林知书定睛去看。

梁嘉聿当然知道,他如今已和林知书离婚。再送戒指、镌刻两人姓名,实在像是某种情感绑架。他那样有分寸的人,不会做出这样的事。

窗外阳光耀眼,硕大钻石折射出满天星空。细细的指环内壁刻有精巧的字母,林知书仔细去读,是"C & L"。

不是梁嘉聿和林知书,因他们已离婚。

是 Cecilia & Lawrence(西西莉亚与劳伦斯)。

那天晚上,西西莉亚写信祝劳伦斯先生生日快乐。劳伦斯先生在今日给西西莉亚回信,他说:"我爱你。"

——并附上永不反悔的戒指一枚。

林知书使用英文名 Cecilia（西西莉亚），她的中文名 ZHISHU 发音对于外国人来说算是一种酷刑，与她而言亦是。听着她的名字在别人口中支离破碎，林知书宁愿被叫 Cecilia。

抵达美国那天，她见到她的两位室友，中国女孩 Mandy 和美国男孩 Mark。房子位于距离学校三千米的街区，坐公交车十分钟左右可以抵达。

新生活的开启几乎没有太大困难，林知书性格外向，英语也没有什么大问题。本地生活指南她早在网上做过完全功课，知道哪些街区危险、哪些街区安全。

梁嘉聿只在她落地那天来过一通电话，林知书说一切都好，也说谢谢。不必明说，他们之间自有默契。

梁嘉聿只说，如果遇到紧急情况，可以联系 Steve。他在微信上给林知书推了 Steve 的名片，Steve 是洛杉矶本地华裔，是梁嘉聿的朋友。

"紧急情况一定不要犹豫，联系他。"

"好，一定，梁嘉聿。"林知书知道轻重缓急，不会在这种事情上逞能独立。

梁嘉聿之后便再没打来电话，茫茫宇宙之中，他们彻底变成两颗自由电荷。

林知书的生活重新充满活力。研究生的课程量不轻，她还给自己多选修了其他专业的两门课。既然已确定要继续读书，就不要浪费宝贵的时间。她本科时便修了两个专业，因此对于繁重的学业自有自己的一套应对方式。

九月初，林知书主动给梁嘉聿发去了一条消息：生日快乐，梁嘉聿。

梁嘉聿在微信里回她：谢谢小书。

林知书没有忘记梁嘉聿从前许给她的承诺：我生日的时候，你不用来看我。

梁嘉聿也说：好。

日子从她上飞机的那天开始变得飞快，或许是因为所有发生的事都太过平淡，从而失去了值得记忆的节点。

梁嘉聿照例在世界各地出差，他不是允许自己沉湎于负面情绪里不可自拔的人。有时候回到伦敦，竟也觉得伦敦并非从前以为的那样无趣、乏味，甚至是厌恶。他不会再在门前等候，但走过时总是看一眼街对面。

更多的时候，只要时间允许，梁嘉聿会回到南市休息。

Chloe 第一个察觉这样的变化，她想，巨轮也会有想要靠岸的时候，只是那个岸边的人已经不在。

十一月末,梁嘉聿飞了一趟洛杉矶。他没有告诉林知书,因这是他自己的工作行程。

合作伙伴在洛杉矶举办晚宴,梁嘉聿如常完成自己的行程,第二天白天一个人开车去了 UCLA。

金鸣从前在这里读书时,他曾经来过。但那时并未在校园里多加停留,因金鸣的主场总在校外的娱乐场所。如今再来这里,梁嘉聿想,林知书一定把最多的时间花在校园里。

梁嘉聿在校园里缓步转了一圈,而后也参观了学校的各个图书馆。重回宇宙的意思是,没那么容易再随机碰到她。

傍晚离开学校,梁嘉聿开着车停在林知书住所的门口。屋子里没有亮灯,他只是安静地坐在车内。

九点多,一辆公交车在路尽头的站点停下,林知书和一个男生并肩往回走。他们像是在兴奋地讨论什么,两个人一起笑得前俯后仰。

街边停着很多辆车,谁也没有注意到那辆黑色的轿车。

林知书腾不出手拿钥匙,身旁的人自然而然地接过她手里的东西。大门关上,屋内亮起昏黄的灯。

圣诞节,梁嘉聿在南市休假。金鸣约梁嘉聿出来吃饭,梁嘉聿在电话里问他是不是金瑶的意思。金鸣语塞,支吾说:"嘉聿哥,我也是被逼的。她说她只是想和你重回朋友关系。"

"我理解,但是其实没有必要。"梁嘉聿话里的意思明白,金鸣知道绝对不会再有任何回转的余地了。

金鸣:"好,我知道了,之后绝不会再帮她来问话了。"

金鸣要挂断电话,梁嘉聿却说:"你呢?要一起出来吃饭吗?"

林知书走后,金鸣和梁嘉聿的关系缓和。但金鸣不敢确定,梁嘉聿的"缓和"是否只是为了给林知书面子。但此刻梁嘉聿主动邀约,金鸣心头湿热,斩钉截铁地说好。

说到底,梁嘉聿在金鸣心中的地位坚不可摧,从小到大,他把梁嘉聿当亲生哥哥。金瑶有时跋扈,是梁嘉聿一直护着他。

两人约在圣诞节后,梁嘉聿体谅金鸣平安夜定有娱乐活动。

第二天傍晚,两人在外面的餐厅碰头。

金鸣毫不担心见面会有任何隔阂或是尴尬,因为梁嘉聿从不叫人难堪。

梁嘉聿面容温和,问起金鸣公司最近怎么样。

两人聊天似回到从前,梁嘉聿关心他的生活和工作,也问他有没有交新女友。金鸣说最近没有,他有些犹豫,但还是问出口:"你最近和小书还有联系吗?"梁嘉聿很轻地笑笑:"我们不常联系,你呢,我记得你从前和她关系也还不错。"

金鸣有些紧张地眨眨眼:"我们也好久没联系了。"

梁嘉聿安静了一会儿:"不联系未必是坏事。"

"这是什么意思?"

"她现在怕是只有事态紧急才会联系我,所以不联系就代表她现在的生活很好。"

金鸣从这话中品出几分"悲哀"的意味,可他看着梁嘉聿,无法从他的面容之中辨别出任何的悲哀情绪。梁嘉聿依旧和从前一样,嘴角带着很淡的笑意。

菜品一道一道上来,两人的聊天也不再只围绕着林知书。

金鸣说起他明年上半年会去一趟洛杉矶,UCLA 校友会他也被邀请参加。

"嘉聿哥你要一起去吗?"

梁嘉聿面色如常:"如果到时候没有工作安排的话。"

"好吧。"

两人平淡地用完晚餐,金鸣跟在梁嘉聿的身后走去停车场。

他表现得太过平淡和没有依恋了,叫金鸣几乎恍惚,那个告诉自己"小书是他妻子"的男人是否是真的。

行至车辆前,梁嘉聿打开车门坐进驾驶座,他今晚没有喝酒,送金鸣回去。

一路安静,只有电台在小声播放歌曲。

梁嘉聿把车停在金鸣家门口,金鸣转头说谢谢。

梁嘉聿说:"早点休息。"

"好。"

金鸣伸手去摸安全带,却又忽地停了下来。有个问题他想了好久好久,他没办法不问就这样离开。手指于是停下来,目光去看梁嘉聿:"嘉聿哥,我对林知书已经没有想法。"问问题之前,金鸣还是给自己先套上"保护罩"。

梁嘉聿熄火,点头说:"我知道,你和我说过。"

金鸣咽了咽口水:"我只是好奇,嘉聿哥你是彻底放弃林知书了吗?"

梁嘉聿笑了起来,像是根本没想到这也算是一个问题。车里没有播放电台,因此他的声音足够清晰。梁嘉聿说:"我以为你知道我是什么样的人。"

圣诞节前夕,Mark 买到一辆三手 SUV,载着 Mandy 和林知书出门采购。三人搬了一棵巨大的圣诞树回家,而后用彩色灯饰将圣诞树装饰完毕。

他们三人都不回家过圣诞,因此 Mark 提议请学院里不回家的同学都来家里一起过节。林知书自然同意,她此刻是真的孤家寡人,有朋友一起过节再好不过。

来到洛杉矶之后,林知书很少出现低落情绪,一是因为生活总被充实的学业和多姿多彩的课余生活填充,二是因为她如今目标明确,不再徘徊在无解的泥潭。她步履轻盈,一路向前走去。直到上学期考试宣布结束,时间进入圣诞假期,林知书不再忙忙碌碌,偶尔会和 Mandy、Mark 在家里喝点小酒。

他们喝得并不多,但是足够勾起一些理智思维尚在时不允许出现的情愫。

林知书在圣诞来临之前又想到梁嘉聿。那枚戒指被她妥善地收在卧室的衣柜里,但她再没有拿出来看第二次。像是没有勇气,也没有明确的立场。

喝过酒后的视线偶尔模糊,朦朦胧胧中像是又被他牵着手。

第一次同梁嘉聿过平安夜,下了那年的第一场雪。他们在街边散步。她喝了他两大口轩尼诗,却因为不敢亲吻他而在心中落泪。那天梁嘉聿也是想亲吻她的吧?

林知书从缥纱的思绪中回神,才发觉自己嘴角的笑。可承认自己还在思念梁嘉聿并非一件羞耻的事情,林知书如今比从前长大太多,她想,她从梁嘉聿身上学到的第一件事就是"坦诚"。

坦诚自己还在思念梁嘉聿,但这并不代表她后悔。就像梁嘉聿坦然送出那枚戒指,但他没有要任何回应。

机场分离之后,他们再没有联系。即使林知书并非同他说好,以后请务必老死不相往来,梁嘉聿也没有任何想要过多干预她生活的意思。

他当真平静地退出,给她留出足够的空间去成长。林知书想,她总是从梁嘉聿那里得到尊重和平等。

那他呢?他又过得如何?

林知书很早之前就取消关注了金瑶的微博,她不会也不必再从金瑶处得知梁嘉聿的消息。而事实是,她其实也彻底失去了关于梁嘉聿生活的一切信息。Chloe 的微信还在,但她不会去问。

平安夜,家里来了十多个同学。有些同学林知书只在课上见过几面,有些同学从前和她一起做过小组作业。大家都是因为各种各样的原因没能在圣诞节回家,因此决定和林知书他们一起度过圣诞。

每人都带了不同的食物,一些是酒水,一些是自己做或买的菜肴、点心。林知书帮忙把所有的食物都摆在圣诞树的前面,家里的椅子根本不够十几个人坐下,大家决定就坐在圣诞树前的地毯上,食物摆在中间,可以边吃边交换礼物。

心中偶有的落寞在这个夜晚被治愈,大家来自世界的各个角落,如今团坐在一起,肩膀挨着肩膀。林知书确定,这是自己前进方向的动力之一。她想看看这个美丽的世界,不想变成笼子中无知的小鸟,以为那片天地就是全世界。

大家带来的食物各不相同,林知书同 Mandy 一起激情品尝。酒水自然也不放过,直到林知书发现,有人带来一瓶轩尼诗。

"轩尼诗度数高,你能喝吗?"Mandy 问她。点头比思绪更快,林知书在今天明白梁嘉聿。

之于梁嘉聿,轩尼诗是他不会说出口的对家的依恋。

之于林知书,轩尼诗是她身体对于梁嘉聿最本能的反应。

林知书溢出眼泪,放下杯子。Mandy 笑她:"我说了度数高,很辣的!"

林知书也笑,抹去眼角泪水,抬手又喝一口。

那天晚上,林知书鲜见地喝醉了。她连喝三杯轩尼诗,在众人的游戏声中昏昏欲睡。Mandy 把她送回房间,又折返回客厅和众人继续游戏。

林知书在半梦半醒之中又想到梁嘉聿。

梁嘉聿、梁嘉聿、梁嘉聿。

他从前在电影院外等她三个小时，如今已过去多久？

八月、九月、十月、十一月、十二月。已经五个月了。

梁嘉聿在做什么呢？他是不是又觉得生活太过乏味、无趣了呢？那么……也找到新的有意思、新的"林知书"了吗？这是他不再联系自己的原因吗？

林知书有些糊涂了。她喝多了，躺在柔软的床铺上，也想起林暮。

眼泪于是簌簌地流进被子，她如今是一个人了。

一个人要坚强一点啊，小书。

圣诞节后，Mandy 和 Mark 开车去临近城市游玩，林知书婉拒了邀请，待在家里。她在网上注册了哈佛大学的课程，只需几百美金，就可以在课程学习结束之后获得证书。现代社会获取资源的方式丰富多彩，林知书有意叫自己忙碌起来。

圣诞假期很快过去，开学后大家又开始忙碌。林知书的课程并不轻松，因此她需要付出加倍的努力。

梁嘉聿的那条消息在三月的某一天发来，那天林知书正在图书馆写论文，静了音的手机屏幕倏地亮起来。她随手拿过来看，看见梁嘉聿的名字。

梁嘉聿：好久不见，小书。

某种熟悉却又遥远的记忆从尘封的心底袭来。那时梁嘉聿总在外地出差，他们见面总是会说"好久不见"。

林知书回他：好久不见，梁嘉聿。

梁嘉聿：在洛杉矶的生活怎么样？

林知书：很好，谢谢关心。

"谢谢关心"其实显得有些冷漠，林知书想要撤回，可又觉得没有必要。

梁嘉聿：我这周末会去洛杉矶，方便见一面吗？

林知书无声抿唇：出差吗？

梁嘉聿：算是。

林知书：好的，没问题。到时候你给我发消息。

梁嘉聿：一定。

简单的几句对话，并不掺杂任何意有所指的话语。

林知书承认，在看到名字的那个瞬间心头皱缩，可对话结束，又觉得平静。

和梁嘉聿交谈从来不是一件艰难的事，即使争吵，他也表现出极大的耐心和包容。林知书想起梁嘉聿的好。

三月份的生活于是有了不可言说的期盼，梁嘉聿在一个周五发来消息，说他会在周六抵达洛杉矶，问请她吃晚饭合不合适。

林知书说可以，又问他餐厅地点。梁嘉聿就发来定位。

林知书：没问题。

梁嘉聿：如果你不介意的话，我去你家接你？

林知书犹豫了片刻，还是发了家的地址。她忘记她出国前就告诉过他房子的地址。

周六早晨林知书在家里把作业写完，中午洗了澡，就去干洗店拿回了自己的衣服。

下午阳光正好，林知书坐在窗边化妆。她画得很淡，画完后闭上双眼，感受温暖的阳光。以为自己会在梁嘉聿来之前如何地紧张、不安，却没想到真到此时此刻，林知书心里异常地平静。仿佛那时候她跑去伦敦找他，抱着"一败涂地好过遥遥无期"的心态，反倒变得勇敢。也像现在，她既已做出选择，就不怪梁嘉聿也做出他的选择。如果没有缘分，自由电荷便可擦肩而过。

傍晚时分，梁嘉聿发来消息：我在你家门口。

林知书回他：马上出来。

三月洛杉矶气温已有回升，傍晚也有十几度，林知书穿着白色修身套头毛衣，配棕色高腰半身裙。露出纤细脚踝，出门时穿一双棕色漆皮鞋。黑色的长发如今已长到腰际，开门的瞬间有风，林知书抬手按住长发。

街道上的灯光并不明朗，但是林知书一眼看到站在对面的梁嘉聿。他身型挺直地站在车门边，烟灰色西装没有扣上外套，因此显得有几分随意、亲和。

林知书忘记看路，好在这条街道上并没有车辆通过。她打招呼的声音有些大，或许是为了掩饰因情绪起伏而产生的声颤。

"好久不见，梁嘉聿。"林知书笑起来，假装是最简单不过的老友重逢。

梁嘉聿也笑："好久不见，小书。"

拥抱是自然而然的，他轻拍她的后背，也礼貌地松开。

"好像长高了。"梁嘉聿说。

林知书笑："真的吗？"

"真的。"

"有没有可能是你变矮了?"林知书故意揶揄道。

梁嘉聿也装样认真地点头:"有可能。"

两人随后又一起轻笑起来。和梁嘉聿在一起,从来不需要担心尴尬。林知书觉得心口通畅,格外轻松。

"上车?"梁嘉聿去开副驾驶的门。

"好。"

车门关闭,像是回到从前,梁嘉聿调声音很低的电台音乐做背景,送林知书回宿舍。

他转动方向盘启动车子,林知书目光平静地移过去。有时候她觉得时间是否没变,如果不去看窗外,是不是现在她还是大三。他总是开车送她回宿舍,有时候南市下雨,他就把他的那把伞留给她。

车厢里光线昏暗,有模糊视线与认知的力量。是不是下一秒梁嘉聿偏过头来,还要问她今晚回不回家吃饭。

林知书把目光投回窗外,世界重回现实。

梁嘉聿的声音响起来:"没有影响你周末原本的计划吧?"

林知书转过头去:"没有,我周末经常在家。"

"室友怎么样?"他语气平淡,像从前一样关心她的生活。林知书心头湿热,说:"很好,他们都是特别好的人,圣诞节的时候我们是一起过的。"

"过得开心吗?"梁嘉聿又问。

"挺开心的,"林知书说,"我们请了学院里不回家的同学一起来家里过的圣诞,吃了很多好吃的,喝了很多酒。"

"有收到圣诞礼物吗?"

"有,大家都写了贺卡,因为人太多,都送礼物不现实,也太贵了。"

梁嘉聿点头:"的确是。"

"你呢?"林知书忽然问,"圣诞节你是怎么过的?"

"和平时一样过。"

"没有人陪你吗?"林知书刚问出口,就有些后悔。

他话里意思清楚,圣诞节那天并没有特殊活动,应该是一个人过。她却又问他是否没有人陪他,像是故意要引他说些凄惨的话,而后必然又带出低

落情绪。

梁嘉聿却笑:"这对我来说不是重要的节日,所以过不过都没有关系。"

林知书的心顷刻回落,即使梁嘉聿得到"卖惨"机会,他也丝毫没有这样的意愿。只平铺直叙,说他没有这样的需求。心头像是化了湿雪,升起淡淡暖意。

"那你还在世界各地飞来飞去吗?"林知书问道。

梁嘉聿点头:"工作需要。"

"辛苦吗?"

"在承受范围内。"

"赚钱了吗?"

"实话实说,是不少。"

林知书笑起来。透明玻璃上映出她小半张笑脸,黑色发丝轻轻颤抖,又被她撩至耳后。

"我还没问你这次来洛杉矶是做什么?是要在这里考察酒店吗?"

"不是。"梁嘉聿说道。

他将车停在路边,林知书这才发现他们已到餐厅门口。

发动机熄火,车厢内于是变得更加安静。梁嘉聿从储物格里抽出文件夹,递到林知书的手中。

林知书目光疑惑,还是安静地先打开了文件夹。厚厚一沓信封,林知书几乎倒抽口气,抬眼去看梁嘉聿。

梁嘉聿说:"按照你之前给的学校信息,我又增添了一些资助名额。我没能抽出空,但是已请人在年前实地走访了一些学校,计划顺利的话,年后会在那里盖新的学校。"

林知书几乎说不出话,手指紧紧捏着那沓信件。

"……你还记得这些事情。"她声音很轻。

"你的事情我总记得很清楚。"

"我代他们感谢你。"林知书说。

梁嘉聿却摇头:"说起来,应该是我要感谢他们。"

"……为什么?"林知书声音几乎消失。

梁嘉聿看着她,笑道:"因为如果只是'我想见你',算不上一个可以名正言顺出现在洛杉矶的理由。"

梁嘉聿说："如果你觉得有任何不适,我可以送你回家。吃饭不是必要的行程,你可以拿着信回家慢慢看。"梁嘉聿没有下车的意思,他甚至开了车厢顶部的灯,将这里化作他们见面后的最后一个场景。

温黄的灯光发挥巨大魔力,林知书的心头热得发烫。

"你没有找到新的'有意思'吗?"林知书捏着信封,目光垂下去。

"我不再寻找那样的人。"

八月到次年三月,梁嘉聿不再寻找新的"林知书"。

"也对,经历过我之后,你很难再找到另一个比我更有趣的人了。"林知书话里有打趣的意思,眼眶却也发热。

"你说得没错,小书。"他当真再次肯定。

为什么不管林知书说什么,梁嘉聿总能这样坦然地承认。像是永远会被兜底、永远会被接住,不管林知书说什么。

然而林知书确定,她已成长太多。从前要靠乌雨墨鼓励、靠自己痛苦折磨才敢拥有破釜沉舟的勇气,如今也从梁嘉聿身上学到淡然坦诚的力量。

"你这些话是什么意思?"林知书重新望向他。

梁嘉聿笑:"就是字面意思,自由电荷也有自由意志。"他如今把她的话又还给她。

"什么什么呀?"林知书皱眉,也一下笑出声。气氛变得不再凝滞,梁嘉聿看着她笑得别过脸去,又故作严肃地看回来。

"还想下车吃饭吗?"他问,"你有选择的权利,如果你觉得应该到此为止,我就送你回家。"

林知书安静了片刻,心里没有任何一个声音在说"不"。

"我和你一起吃饭算是什么呢?"林知书问。

"算是自由电荷在宇宙里的一次随机碰撞,不必要赋予明确的定义和这之后的轨迹。"

"那你是正电荷还是负电荷呢?"林知书又问。

"这个问题比较复杂,我建议在吃饭的时候进行讨论。"

林知书笑得捂住了脸。她不愿再与自己的内心做抵抗,自由电荷在宇宙中的一次碰撞不需要被赋予明确的定义。

"走吧。"她说。

梁嘉聿笑:"小心开门。"

一家法国餐厅,侍者领着两人到窗边的位置。餐厅位于较高楼层,因此窗外风景美不胜收。车灯与高楼汇成璀璨灯链,在夜河中缓慢流动。

两人点了餐,侍者随后离开。

林知书侧着脸看向窗外,站得高了之后,世间的一切仿佛就变得很小。从前她坐在车里,后来车辆变成她眼里的一只蚂蚁。

梁嘉聿没有开口说话,餐厅里光线刻意调得很暗,只有正上方一盏琉璃花色的吊灯低低垂下。灯光把她的侧脸微微照亮,她看得很认真。

林知书回过头来,是侍者在上第一道菜。

"好漂亮。"她说。

"如果喜欢的话,我们可以在这里多待一会儿。"

他总是这样自然地说我们。林知书笑着摇摇头:"不,不用麻烦了。"

梁嘉聿就没有再强求,他拿起刀叉,和从前一样为面包涂抹黄油,而后递到林知书的盘子里。

"学校预计会在年底开工,你如果有空可以回来看看。"梁嘉聿说。

林知书对此事没有任何犹豫,她点头:"到时候建好了你告诉我,我只要回国一定去看。"

"目前有计划回国的时间吗?"梁嘉聿问,"下一次长假应该又是圣诞了吧?"

"是的,我课业很多。"

"我想你应该不止修了本专业的课程?"

林知书一愣:"你怎么知道?"

梁嘉聿只是笑。林知书也笑了出来,他太了解她。

"我不想浪费这么好的读书机会,所以除了计算机专业的课,我还选修了一些金融的课程。"

"打算之后做金融相关的工作吗?"

"没有,还不确定,"林知书摇头,"但是 Mandy 学的是金融,我之前有看过她的课表,里面其实不少课也是和编程、数学高度相关的。我对金融的感觉很好,所以觉得多学一些不算坏事。"

林知书说完，犹疑了一会儿："梁嘉聿，你觉得我可以问你意见吗？"

林知书如今有些迷茫，她确定自己要独立，但有时候很难把握其中的度，怎么样算是独立，怎么样算是寄生虫，怎么样又算是合理利用资源但自身仍然独立，尤其是在遇到梁嘉聿的时候。

梁嘉聿放下刀叉："小书，你当然可以向我询问意见。"

"但我有时候不知道，这样是不是又在依赖你。"

梁嘉聿笑："这个问题很好解决。"

"怎么解决？"

"当我给你提意见时，我仅把你当作向我进行咨询的陌生人，而不是林知书。这样你就不必担心我为你提供额外的资源。"

林知书想，梁嘉聿拥有解决她人生任何问题的能力，从前依赖他实在是太过自然。但他现在提出新方法，林知书倒是觉得可行。

"我想听听你对陌生人的意见。"

梁嘉聿眉眼微弯："在不影响你身体、心理健康的前提下，多修一些课程是完全有益的。不管是线上还是线下，现在网络资源发达，学习不受地域限制。而且跨学科学习是一种很重要的能力，等你以后找工作时，会深有体会。尤其是金融知识，如果你以后想要赚钱，光有技术不行，商业感知同样很重要。"

听到"赚钱"，林知书也笑弯了眼。

梁嘉聿看着她，语气含笑："不过，我只关心你多修课程，钱够不够？"

说到这里，林知书也不自觉"抱怨"："一门课几百到上千美刀，贵到我肉疼！"

梁嘉聿装作无奈地皱皱眉："但是很抱歉，我不为陌生人提供资金赞助。"

林知书笑得捂住了自己发烫的脸颊。身子热热的，心里也是。

"谢谢你，梁嘉聿。"

"不客气，小书。"

梁嘉聿顿了一刻，又说："其实你有这样的困扰很正常，人的成长不是一蹴而就的。探索独立和合理利用资源之间的界线，也是你成长的一部分。"

梁嘉聿不把林知书的矛盾、犹豫当作负担，他告诉她这是成长的一部分。

林知书觉得心头温热，却又问："那为什么你之前只是一味地让我依赖你，而不是教我独立呢？"

梁嘉聿说:"因为在那之前,让你依赖我,对我来说是获得最大利益的便捷方式。最开始我并不真的关心你的成长。我向你道歉,小书。"

他这样认真道歉,林知书觉得鼻头发酸:"你没有错,每个人都只是在为了当下的目标做事罢了,我现在理解这件事。你不是我的父母,没有必要为我做那些事。"

从前觉得父亲多有严苛、教条,其实是因为只有父母知道,一味的溺爱绝非是对儿女最好的馈赠,因此严厉成为林知书成长路上"敬畏"的教育方式,却在长大之后才懂得父母的好。

林知书安静了一会儿,她说:"今年十月,我想回去看看我爸爸。"

"你如果不介意,我想和你一起去。"

林知书点头。她又说:"梁嘉聿,真的谢谢你。我想我现在能明白我爸爸从前为什么总是对我那么严格。"

梁嘉聿点头:"但我想,有件事情我可以做得比你父亲更好些。"

林知书看着他,轻声问:"什么?"

梁嘉聿望住她,说道:"我可以陪你走更久。当然,在你愿意的前提下。"

梁嘉聿不为自己的话留下任何可能叫林知书困扰的空间。他说自由电荷碰撞,不必被赋予明确的定义和之后的轨迹。他说,吃饭不是必要的行程,如果她感到不合适,他可以送她回家。他说他可以陪她走更久,但是在她愿意的前提下。像是把所有选项简单、清晰地摊开在她的面前,却没有要求她在任何时间框架下做出任何选择。像是那枚送出之后没有问过一句的戒指。

是这样的梁嘉聿,林知书爱着的梁嘉聿。

回程的路上,林知书看着窗外的眼眶模糊了又清晰。

下车之后,两人简短地拥抱又松开。

"回去注意安全。"林知书朝梁嘉聿摆摆手。

梁嘉聿点头:"我看着你进去。"

"好。"林知书最后看他一眼,转身穿过安静的街道。打开大门,她偏头从被风扬起的发丝之间看梁嘉聿。他们之间隔着一条不宽的街道,梁嘉聿的位置没有动过。他一直目送着她离开,林知书鼻头一酸,转身钻进了屋子。

林知书有时候想,是否验证"那个人真的喜欢自己和只是觉得自己有意思"有一个明确的时间界限。比如三个月不再联系,他彻底失去兴趣,便可确定他并非真的喜欢自己。但现实从来不是答案明确的数学题,就像林知书最初并未为父亲悲伤太久,也不代表她不爱林暮。

而三月之后,梁嘉聿也再没有联系过林知书。他们仿佛重新变成两条平行线,各自生活在各自的世界。林知书有时候觉得这样也很好,她可以专心学习,过好自己的生活,不必时时被他的话语或是行为牵动。她现在有更重要的事要做。

六月末,林知书第一年研究生学业结束。她全部课程拿 A 或 A+,最后 GPA(平均学分绩点)4.0。拿到成绩的那天,林知书幸福地在卧室里乱跳,最后跳到柔软的床上,快乐地翻滚。

她打微信电话给乌雨墨,乌雨墨在电话里笑得比她还大声。

"有了这个成绩,夏休的时候我就可以申请去我心仪教授的组里做 Summer Research(暑期研究)的项目,最后写毕业论文也可以请她来指导!"林知书喋喋不休地同乌雨墨说着她接下来的计划,却又忽地停止,抱歉道,"对不起雨墨,我说得太多了。"

乌雨墨笑:"我虽然听不懂,但是能感觉到你特别开心!"

林知书把笑脸埋进被子里,清清嗓子:"对了,你最近怎么样?工作室生意有没有很红火?"

"我都忘了告诉你,我搬到更大的工作室了。"

林知书瞠目:"天哪,雨墨你也太厉害了!"

"一般般吧,"乌雨墨谦虚道,又笑出来,"而且我还雇了一个小姑娘帮忙,也算是有个助手。"

"下次我回国,你一定带我去看看。"

"当然啦,"乌雨墨说,"所以你有计划什么时候回来吗?"

"有,十月初我会回来。"

"你爸爸忌日。"乌雨墨还记得。

林知书点头:"是的,那时候我会回去。"

"到时候我去机场接你。"

"谢谢你,雨墨,我好想你。"

乌雨墨:"我也是。"

林知书给乌雨墨打了两个小时电话,她们并不是每天都联系,但是无论何时，给对方打去电话都不会有任何的生疏或是尴尬。

打完电话的林知书像是电量满格，今日周六，她收拾完书包，又去学校图书馆。林知书脑海中有闪过告诉梁嘉聿她成绩的想法，但最终林知书没有发出那条消息。

研究生第二年，林知书比从前更忙。为了能顺利申请到心仪教授的毕业论文指导，她得在上学期就做出一些成绩。

林知书结交了一位在她心仪教授手下做博后工作的美国男生Christian。Christian主做大数据管理以及在B2B市场的实际应用。林知书的计算机和金融知识正好吻合。她做的工作并不接近核心内容，但林知书心甘情愿为他做一些基础工作。

一到没课的时候，林知书就带着电脑去Christian的办公室，Christian会给她一些处理基础数据的工作，偶尔林知书遇到问题，Christian也会给予专业的回答。

林知书在这样的模式里逐渐摸索到"独立自主"与"合理利用资源"的边界，靠自己获得的资源，是自己能力的一部分，可以算作是独立。但那时靠梁嘉聿获得的资源则不算，比如万通科技。她其实心里应该早清楚这其中的界限，只是当时沉陷在梁嘉聿的温柔乡里，脑袋并不怎么清醒。

日子一直这样忙碌到九月，林知书和Christian说起她要在十月初回国一周，那一周她虽然还有几节课，但都可以在线上完成，所以只需要和Christian打声招呼。但是Christian说，十月初他团队要一起飞华盛顿参加一个学术讨论会，原本是打算带林知书一起去的。

Christian问她："是很重要的事吗？如果是的话，就先忙你的事。"

林知书却摇头："不，不是重要的事，我想和你们一起去华盛顿。"

十月初，林知书和Christian以及整个团队一起飞去了华盛顿。她在离开前给梁嘉聿发了消息，说她另外有事，不能按照约定回国。

梁嘉聿问她是否有另外安排回来的时间，林知书说还没有，之后再说吧。梁嘉聿又问她是否出了什么事，林知书把学术讨论会的信息发给了他。

心头有千丝万缕复杂情绪，但把具体信息发给梁嘉聿，像是证明自己并非忘记了父亲、薄情寡义，而是真的有更重要的事。可"向梁嘉聿证明"这件事，又让林知书懊恼。她为什么要向他证明自己对父亲的爱，好似自己的爱并非真的。

林知书有时候想,这就是分离带来的"痛苦"。一个决定的产生并非只带来绝对的好处。比如离开梁嘉聿,比如离开家乡。但既已决定了一同来到华盛顿,林知书也不会后悔。

抵达华盛顿之后,林知书全程参与会议讨论。她在知识密度巨大的学术讨论中,再次感受到了自己的无知与渺小。一有空闲时间,林知书就在网上"恶补"课题组发出的相关论文,好在 Christian 随时提供帮助,为她解答所有不明白的点。

晚上在酒店休息时,林知书也很少和他们一起外出聚餐。她还有很多事情要做,当然,她也并没有那样轻松的心情。

不后悔不代表不会伤心。回去看望林暮是林知书很早之前就做下的决定。像是冥冥之中她和父亲做好的约定,但是临门一脚,她又反悔不出现。

林暮忌日那一天,课题组没有外出聚餐活动。林知书却一个人安静地离开了酒店。她没有走远,只穿过街道去到对面的小酒吧。林知书付钱买了度数很低的酒,她坐在角落的位置安静地喝完,然后安静地离开。

外面起了小风,但是并不冷。林知书镇定的脚步在挪动中逐渐僵硬,而后停下来。

在走回酒店之前,林知书擦了擦脸上的眼泪。口袋里的手机却在这一刻响起。梁嘉聿很久不再给她打电话,林知书没有走进酒店,她站在门侧不远处的阴影里接起了电话。

"喂。"她说。

"你好,小书。"

林知书的声音如常,并没有更多的异样:"你好,梁嘉聿。有什么事吗?"

梁嘉聿的声音也如常:"只是想打个电话告诉你,你父亲的墓地我已经请人打理过,并且送了花。"

"谢谢你,梁嘉聿。"

梁嘉聿:"在华盛顿怎么样?一切还顺利吗?"

"顺利,大家都特别好。"

"心情呢,没能回来看你爸爸。"

林知书低下头,语气平淡:"有点遗憾,但也还好。"

梁嘉聿:"是吗?"

"是啊。"

"没有哭吗?"他却这样问。

"……没有……"林知书却在此刻抬起头。她目光在昏暗的街道上睃着,可这里停靠的轿车实在太多。

有风将她的头发吹拂到面颊上,林知书却一动不动。冥冥之中,她问:"梁嘉聿,你在这里吗?"

梁嘉聿说:"是。"

"你在监视我吗?"

"我只是想来看看你。"

"只想看看我吗?那为什么又要打电话告诉我?"

电话里,梁嘉聿陷入沉默。

林知书想,梁嘉聿并非什么圣人,他千里迢迢飞来华盛顿,怎么会心甘情愿不让自己知道。

他今天或许给不出名正言顺的回答,林知书也无意叫他难堪。可"没关系"还未说出口,她就听见梁嘉聿说:"小书,叫我看见你这样还必须无动于衷,对我来说也是一件很残忍的事。"

林知书在想,他们有多久没见过面。上一次是三月,这一次是十月。

隔着马路看见他走出车厢,今晚脆弱情绪嚣张,林知书瞬间有抱住梁嘉聿的欲望。但是她没有动。

梁嘉聿穿过街道,走到她身边。风里有极淡的、几乎转瞬就消失的梁嘉聿的气息,林知书克制着呼吸,审慎地吸入。再否认没哭已没有意义,但林知书也想不出任何指责梁嘉聿的语句。

叫她想起那时候从伦敦回去,她为了梁嘉聿每日内心忐忑,他却从电话中察觉到她的异常,千里迢迢回来看她。

他好像没变,他好像没变。这想法叫林知书心脏剧烈地皱缩。但她今晚已无法承受更多复杂情绪。梁嘉聿走到她身边,林知书说:"……你好。"她言语干涩,情绪不佳。

梁嘉聿也说:"你好,小书。"

风微微地吹着她垂下的头发,两人都没有动。

梁嘉聿问她:"要不要散步?"

林知书有些错愕地抬起头来:"……可是他们说晚上出门不太安全。"

"那是当只有你一个人的时候。"梁嘉聿抬手指指路的尽头,"我们就走到路尽头,然后折返,你回酒店。怎么样?"

林知书安静了一会儿,点了点头。她转过身,梁嘉聿就走在她的身边。

林知书并没有开口说话,梁嘉聿也就安静地陪着她。夏夜里的风从林知书的身边穿过,她走得很慢,思绪也沉甸甸。

安静之中,刚刚喝酒、流泪时的悲伤情绪也慢慢缓和。其实之后再找时间回去就好了。只是当下情绪喷发,林知书一时间没能控制好自己。

又或许,是因为今天人在华盛顿。一个对她来说陌生的地方,身边甚至连朋友都没有。

一路快到尽头,林知书觉得脚步不再那么沉重。行至十字路口,她偏头问梁嘉聿:"我们再往前走一个十字路口,可以吗?"

梁嘉聿弯唇:"当然。"

两人又安静地往前走一段路。

梁嘉聿问她要不要看照片,他请人去打理了林暮的墓碑,那人也拍了照片。林知书点头。两人停下,梁嘉聿翻开相册。

林暮的墓碑被清理得很干净,墓碑上方整齐地绑了一圈花带。照片里,父亲依旧神采奕奕。墓碑的前方是一大捧新鲜的花束。南市今天看起来天气很好,照片的背景是碧蓝的天空。

林知书仔细看着那张照片,像是要把每个细节都看在眼里。梁嘉聿就耐心地拿着手机,说道:"你之后找到可以休假的时间,再回国看你父亲也是一样的。"他安慰她不必为了今天没能回go而伤心。

林知书点了点头,说:"好。"她缓慢地吸气,也缓慢地呼气,像是把悲伤情绪从体内排出。

"最重要的其实不是那一个具体的日子,仪式感有时候是用来欺骗自己的用心不足。"梁嘉聿说。

林知书不解:"什么意思?"

梁嘉聿收回手机,示意她一起往前走:"我并非说仪式感是一件不好的事情,只是说它其实并不那么重要。重要的是你对于这件事情真正的想法。"

比如你会因为没能赶回去看你父亲而伤心,那么一定要在这一天回去祭拜的仪式感就变得不那么重要。

"又比如,像你从前在伦敦时看过的我的生日合照。仪式感变成我父母表演他们对于我关爱的工具,而并非真的因为爱我、关心我。那么他们的仪式感对于我来说也是一种伤害。"

林知书偏头去看梁嘉聿,她当然记得那张照片。那样肃穆、了无生气的合照,竟是生日合照。而他此刻这样平和地承认,那对当时的梁嘉聿来说,是一种伤害。

林知书双唇抿起,但梁嘉聿面色依旧温和,说道:"所以,不必因为错过了仪式感而伤心。你父亲知道你心里记挂他。"

眼眶又止不住地发热,但林知书重重地点了点头:"好。"

又走到第二个十字路口,梁嘉聿止住脚步,问她还走不走。林知书说想走。

两人便并肩又往前走一段。走到第三个十字路口,两人折返。

再次返回酒店门口时,林知书的心情已回复平静。梁嘉聿没有提出任何挽留,只让她在华盛顿玩得开心,就要离去。

林知书站在酒店门前的一级台阶上,却喊住了梁嘉聿的名字。梁嘉聿止住脚步,转身。

这里灯光亮了些,因此她面上表情也更加清晰,比从前沉静些,也更坚毅些。

"如果我今晚没哭,你还会打电话给我吗?"林知书问。

"不会,我不会出现。"他话语那样笃定,林知书眼眶瞬间发胀。

"你以前也经常这样吗?"

"只有一次。"

"什么时候?"

"去年十一月末。"梁嘉聿如实说道,"只不过那一次我是真有工作行程在洛杉矶。"

"你看见什么了?"林知书问。

"看见你晚上坐公交车回家。"

"然后呢?"

"然后你就进屋了。"

"然后呢?"

"然后我就离开了。"

梁嘉聿的语气甚至没有任何起伏,林知书却觉得心头沉重。

多久了,他们分开多久了。从去年八月到今年十月。

梁嘉聿还没有对她失去兴趣吗?梁嘉聿还没有找到新的"有意思"吗?答案似乎太过显而易见。即使林知书刻意不去想,但视而不见其实也是对梁嘉聿的一种伤害。

风吹得林知书的发梢飞起,她抬手摁住,说:"谢谢你今天晚上来陪我。"

"不客气。"

林知书抿住唇,心跳却无法隐藏地剧烈跳动起来。

"梁嘉聿,"她又喊他名字,"下次你来洛杉矶,给我打电话吧。"

梁嘉聿看着她。

林知书扬了扬嘴角,装作随意:"我请你吃饭。"

梁嘉聿笑:"好,一言为定。"

十二月圣诞节假期,林知书回国休假一周。

乌雨墨去机场接她,两人兴奋地抱在一起。将近一年半未见,再次重逢时,却没有任何的疏离与陌生。林知书紧紧抱住乌雨墨,说:"雨墨,我好想你。"

乌雨墨如今在南市郊区租了一幢便宜的大别墅做工作室,拍摄生意也红红火火。

两人打车,先是回了林知书的家。自从父亲去世之后,林知书只来过这个家一次。而后她搬去梁嘉聿的公寓,就再未回来过。离开时,梁嘉聿把这幢别墅重新还给她,如今林知书回来才有一个可以落脚的地方。

输入梁嘉聿从前给她的密码,林知书和乌雨墨走进屋子。别墅里的所有家具都蒙着防尘布,乌雨墨说:"我们一起打扫一下吧。"

两人在别墅里忙活了一整个白天。家里的家具都不缺,只需将防尘布收起,再做简单擦拭即可。地面吸过再拖一遍,也就洁净如新。

林知书和乌雨墨上街,买了新的床上用品。

父亲从前经营的店面都还在,但是父亲已经离开。

两人收拾完家里已是傍晚,林知书拍拍乌雨墨的肩:"走,我请你吃饭!"

林知书有段时间没回来，南市新开了不少餐馆。乌雨墨推荐了一家火锅店，两人打车直奔。

寒冷的冬天里，火锅翻涌出热腾腾的气，好像就能轻易消解所有的疲惫和烦恼。林知书的脸庞在热气中逐渐回暖，她支着下颌饶有兴趣地听乌雨墨的"创业史"。

"最危险的一次，是遇见那个在网上抹黑我们的顾客。她自己说拍得不满意，我们就说那底片不给，拍摄款也全退。她又不乐意，一定要我们再拍另一组风格给她做赔偿，并且两组底片她都要！"

"她根本不是对第一组不满意，而是想找理由再白嫖一组？"林知书问。

"没错！"乌雨墨现在讲起来还要气愤地捶桌子，"我们不同意，她就在网上发布虚假信息，抹黑我们，说我们拍摄态度差、技术差，还骗人！还好最后都有聊天记录和证据，不然真不知道怎么办！"乌雨墨说得"气愤"极了，林知书却笑。

乌雨墨："你还笑呢，你不知道当时情况多紧急！"

林知书抿抿嘴唇，克制住笑："抱歉，雨墨，我只是在想，我们雨墨变成了一个好厉害的人，真的。"

乌雨墨也忍不住得意扬扬："当然啦，我现在每个月都给我爷爷、奶奶打至少三千块钱回去。"

"他们身体还好吗？"林知书问。

"好呢，不用担心。"乌雨墨说着，喝了一口饮料，又问，"你呢？"

林知书往火锅里下小青菜："我好呢。"

"在那边生活学习都还习惯吗？"

林知书点头："习惯，在那边也交到了朋友。"

"有我好吗？"乌雨墨挺起胸膛。林知书笑得眼睛都闭上："怎么可能！"

挺直的小青菜在火锅中很快消失，乌雨墨又问："那你和梁嘉聿呢？"

林知书看着她："不知道。"

"你这次回来，他知道吗？"

"我们其实不怎么联系。"林知书说。

乌雨墨抿唇，也有点拿捏不准："他或许会来找你。"

林知书摇头："我不知道。"

十月时请他下次来洛杉矶一定联系自己,她请他吃饭。梁嘉聿说好,但是十月之后,他再也没有出现。

两人吃完火锅,走出店面。林知书下意识地去看街对面。

今天是个寒冷的冬夜,街道上停留的车很少。对面空荡荡的,乌雨墨掏出手机打车,两人约定今晚在林知书家过夜。

回家的路上,外面飘起细密的小雨。两人下车,迎着细密的雨丝回了家。

一周的圣诞假期,林知书大多在家中度过。其中一天,乌雨墨陪她去了林暮的墓地。墓碑上没有灰尘,新扎的鲜花还在鲜艳地绽放。

门口的管理员说,梁先生付钱,请人每天来打扫。鲜花也是一周一换。

林知书与乌雨墨对视,但是谁也没有说话。

一周很快过去,梁嘉聿没有出现。林知书和乌雨墨重新将家里的防尘布遮上,而后乌雨墨送她去机场。

"一路平安哦!"乌雨墨说。

"好,一定。"林知书点头,"你回去也注意安全!"

飞机重新落地洛杉矶,一切好像没有变化。研二下学期,林知书成功进入心仪教授的课题组做毕业论文。

Mark 有段时间几乎很难见到林知书,因她时常坐最后一班公交车回家,第二天又早早出门。

二月初,林知书开始专心写论文。她论文方向挑选了网络分析在酒店与上游供应商之间 B2B 商业分析中的应用,搜索酒店信息时,也意外搜索到关于梁嘉聿的新闻。Chloe 不再有向林知书告知梁嘉聿行程的义务,当然,也包括他手术的消息。

那天林知书依旧在图书馆里完成了自己当天的计划。回到家里时,Mandy 问她要不要一起出门喝酒。林知书摇头,说她今天胃有些不舒服。

Mandy:"哪里不舒服,是不是吃坏肚子了,要不要去医院?"

林知书还是摇头。她当然知道是为什么。忍住不去过问梁嘉聿到底发生了什么,对她来说也是一件残忍的事。

洗完澡,坐在桌子前。晚上定下的阅读文献综述任务变成不可能完成的事。所有的字母在眼前虚化,而后飞出刺眼的屏幕。

林知书拿出手机,点开 Chloe 的对话框。编辑、发送出整条消息,才发现自己停止了呼吸。

林知书：嗨，Chloe。

Chloe 的消息回得很快：嗨，小书。

林知书不愿多绕弯子，把白天搜集消息时看到的新闻发给了 Chloe，是一则关于梁嘉聿今年年初出席活动的消息，但上面提了一嘴梁嘉聿年前遭遇了一场车祸，但手术后没多久就出席了活动。

Chloe：梁先生十二月份的确出了车祸，做了手术。

林知书的心脏涌出酸而烫的液体，又发去消息：那他现在身体好了吗？

Chloe：你问的正是时候，梁先生这几天正在伦敦复查。

客厅里传来 Mandy 和 Mark 断断续续的说话声，而后世界变得很静。

有一刻，林知书想起她临行前对梁嘉聿说的"自由电荷"。浩渺宇宙中，自由电荷的重逢并非一件易事，可她从茫茫宇宙中"接受到"他出车祸的信息，是梁嘉聿在"吸引"她。

发出那样的消息几乎是一种必然，林知书问 Chloe 医院的名字。

Chloe：你要来看他？

林知书：方便吗？

Chloe：当然方便，我只是想知道，你是否需要我告知他？

林知书：可以，你可以告诉梁嘉聿。

她只是想看看他，她只是想看看他。自由电荷的重逢，不必被赋予任何明确的定义，是他曾经告诉她的话。

下定决心，订购机票也就迅速，没有犹豫。林知书购得一张凌晨最快飞往伦敦的机票。她打开书包，装上电脑、充电线，还有必要的身份证件，推门走出了卧室。

历史总在重演，是不是他们不论如何，总会因互相吸引重新走到一起。

林知书在黑夜里等车时，濡湿了眼眶。她搜寻更多关于那场车祸的新闻，上面有梁嘉聿的汽车被撞翻后停滞在路边的照片。

漫长的航行中，林知书一直在浑浑噩噩地睡去又醒来。中转一次后，清醒过来，落地伦敦的时候正是日出。

林知书下了飞机就打车直奔医院，给 Chloe 发了消息，她在门口等到林知书。

"是不是很辛苦?"Chloe 要帮她拿书包。林知书摇摇头,挤出笑容:"不用,谢谢。"

"梁先生昨天做了最后一项检查,现在还没醒来。"Chloe 带着她往医院里面走。

"没关系,我可以等他醒来。"

Chloe 带着林知书乘坐电梯到六楼。林知书忍不住问车祸到底是什么情况。

"你看过新闻了?"Chloe 问。

林知书点头:"说是肇事者醉驾。"

Chloe 没有点头也没有摇头:"具体情况请梁先生告诉你吧,但是梁先生手术很顺利,这几天复查没问题之后就不用来了。"

林知书也就点头,安静地跟着 Chloe 来到病房门口。

"你先在外面休息区的沙发上坐一会儿,梁先生醒来会按铃,到时候医生护士会来。"Chloe 问她,"我去给你弄点吃的和喝的?"林知书说好,多谢。

医院的早晨显得有些安静,或许也是因为这里是 VIP 病房区。

Chloe 带来咖啡和面包,林知书润了润嗓子,把面包吃下去填饱肚子。

"感觉你长大了。"Chloe 坐在沙发的一侧,看林知书吃完东西。

林知书说:"真的吗?哪里感觉到的?"

Chloe 笑,说:"说不上具体的,就是感觉。"林知书也跟着短促地笑了笑。

两人就安静地坐在病房外的沙发上休息。林知书甚至忘记把背上的书包拿下,她斜着靠在沙发上,半边脸颊贴在柔软的沙发布上。

梁嘉聿出现在病房门口时,Chloe 最先看见。她起身去问要不要叫医生。

梁嘉聿摆手,说先等一会儿。

林知书在沙发上转过头来,但她没有起身。她第一次看见穿着病号服的梁嘉聿,目光变成看不见的双手,想要触碰他身体,确定他是否还安好。

但他身型其实并无太多变化,走向她时,脚步也和从前一样。心里的担忧顷刻间消散大半,林知书有点想哭,但她忍住了。

Chloe 离开了这里,梁嘉聿坐到她身边。林知书面色平静地问他:"你还好吗?"梁嘉聿看着她,眉眼间有很淡的笑意:"目前来说,一切都好。"

"我在网上看到你车祸的消息。"

"你在网上搜我名字了?"梁嘉聿问。

林知书语塞，立刻说道："我是为了写论文搜的酒店相关，又不是——"她没说完，忽地停下，"瞪"他，"梁嘉聿，你少自恋了。"

梁嘉聿笑，诚恳道歉："抱歉，是我想多了。"他态度这样诚恳，林知书哪还能再生气，也跟着笑出了声。紧张气氛顷刻消弭，林知书哪里不知道梁嘉聿是在"逗她"。

情绪微微平静，林知书又问他："你的身体……怎么样，车祸的时候是哪里受伤了？"

"你刚刚没看出来哪里受伤吗？"梁嘉聿问。

林知书沉默片刻，梁嘉聿刚刚走来的时候她的确没看出任何异常。林知书摇头。

梁嘉聿笑笑："那说明我恢复得不错。除了一些擦伤，主要是左腿骨折，不过现在已经行动自如，不必多担心。"

林知书看着他，她想长舒一口气，可又舒不出来，又问："醉酒肇事吗？"

"你别骗我。"林知书补充道。梁嘉聿安静了一刻："他目标是我。但是不用担心，该负责的人已经付出代价。我们生活在法治社会，不是黑帮电影。"

林知书心头堵塞，说："真的吗？"

梁嘉聿点头："真的。"

林知书还想担忧些什么，可梁嘉聿的话又叫她着实安心太多。沉默片刻，只说："我就是有点担心，所以过来看看。"

"我知道，谢谢。"梁嘉聿没有将她的行为做额外延伸思考的意思，这叫林知书觉得轻松。

一口气终于能缓慢地呼出来，林知书故作松快地说道："看你精神状态这么好，早知道我就不来了。跨越大半个地球飞一趟可不便宜呢！"

"机票我给你报销。"梁嘉聿说。

林知书笑出声，又说："你今天心情这么好哦？"她想说是不是因为她来看他，他心情才这么好。但是林知书没说。

梁嘉聿却真的点点头："的确，早上醒来的时候做了一个美梦。"

"这样哦，"原来还真不是因为她，林知书收敛笑容，问道，"那你做了什么梦？"

梁嘉聿靠在柔软的沙发上看着她。她今天扎了一个低低的马尾，素面朝天，穿着一件黑色的短款羽绒服。伦敦的冬天很冷,她却没有戴围巾。肩上的书包甚至还没有拿下,像是匆匆赶来,也要匆匆离开。从前他为她飞十几个小时,如今她也为他而来。

"什么美梦甚至舍不得和我分享吗?"林知书又问。梁嘉聿笑了笑。

医院里很安静,没有人从他们身边经过。梁嘉聿的目光没有从林知书身上挪开,手指却抬起,指了指窗外的天空。

"我梦见有一只小鸟回来了。"

第九章 梁嘉聿,我爱你

梁嘉聿的最后一项检查报告出来,一切数据都在健康的范围内,左腿骨头恢复良好,无需更多担心。傍晚时办理了出院手续,梁嘉聿带林知书返回伦敦的家中。

林知书从前住过的那间房间还为她空着,当天晚上,林知书住在他家中。

梁嘉聿问她打算什么时候回去,林知书说明天。伦敦和洛杉矶实在太远,一来一回,占用她好多天时间。

梁嘉聿没有挽留,问可不可以用私人飞机送她回去。林知书一直在笑,说:"谢谢梁老板,但是不要。我自己买机票回去。"

梁嘉聿最终为她付了来回的机票钱,第二天一早,送林知书去机场。没有上一次他送她离开时那样的情绪汹涌,值机时间到,林知书就起身去排队。

机票扫过,她转头朝梁嘉聿招手。

没有哭泣,当然,也没有拥抱。

时间依旧和从前一样平静地前行。偶尔林知书想起梁嘉聿,她还记得去年十月对他说的话。

如果再来洛杉矶,请来找她,她要请他吃饭。之前如果是因身体原因耽误了,但是之后梁嘉聿也没有来过。

五月末,林知书提交上自己的毕业论文。

毕业答辩前一个星期,她反复在家练习。想起离开南市前,她也曾这样练习过。但心中不再有怀念过去的缱绻,只觉得曾经的回忆变成一种温暖的动力。

答辩自然是顺利通过，所有评委给予了赞赏的掌声。

Mark还在迷茫之后要去哪里，他问林知书的打算，林知书说她要回国。

"你好像一点犹豫都没有？"

林知书笑着点头："因为我有重要的事情要做。"

五月的最后一天，林知书定了机票回国，好久不见的万鹏给她发来消息："你申请了我们公司的职位？"林知书弯起嘴角，回他："万老板好久不见。"

万通科技在五月发布了招聘数据处理工程师的广告，林知书想也没想就点了申请。从前被人说小话时连反驳都没有立场，如今林知书不怕卷土重来。

万通科技HR按照流程通过了林知书的简历，并且发来了网上测试的链接。万鹏也是此时才知道林知书也申请了。

林知书做完测试，提交。一周后之后，收到了第一轮面试的邀请。

第一轮面试主要是技术面，林知书本科时就技术扎实，研究生更是跟着Christian做了大量的技术工作。从前的所有努力在这一刻回馈，林知书表现亮眼，在一周后收到第二轮面试的邀约。

第二轮则是行为面试，考察面试人的社交、沟通、团队合作能力。这对林知书来说更是易如反掌。

六月末，林知书在南市的家中收到第三轮面试的通知。她知道万通科技向来竞争激烈，因此也做好了一轮轮面试的准备。

前两轮都是线上面试，最后一轮是线下。HR在邮件里写明这一次的面试官都是公司里不同层级的领导，林知书大概领会到意思，这一次更多的是考验面试者是否能和工作团队和谐共处，毕竟谁也不想招进来一个难以合作的怪咖。

六月的最后一天，林知书时隔两年再次踏入万通科技。前台自然认得她，惊喜地问她是不是找万老板。

林知书摇头，笑着说："不，我是来参加今天的面试的。"

休息室里，加上林知书一共五个人。

HR推门进来的第一眼，最先看到林知书。并非因为她今天化了精致却不喧宾夺主的妆，也不是因为全场五个人里，只有她最大胆、最鲜明地穿了白色的无袖西装连衣裙。

而是因为林知书的笑容。她太过松弛，抑或自信了，因此肢体语言不像其他人一样僵硬。HR 推开门时，其他人投来关注而紧张的目光，林知书却朝着她轻轻地笑了起来。她黑色的头发披在身后，耳边是两颗莹润发亮的珍珠。

第三轮面试时，所有候选人都可以坐在会议室里旁听。

HR 领着众人走向会议室，推开门，林知书看见熟悉的技术总监、部门领导、万鹏，以及好久不见的梁嘉聿。

会议室里开着均衡的冷气，阳光从一侧的落地窗铺入。室内显得很安静，很平和。

林知书看着梁嘉聿。他坐在最后面的位置，黑色西装松了衣扣，显得有些松弛。

林知书朝他淡淡地笑了笑，梁嘉聿也微微点头。

怎么可能以为梁嘉聿不知道她来面试万通科技，即使她回到南市之后，他一次也没有出现。但林知书想，不用她多说，梁嘉聿一定不会出手帮她。

万鹏介绍面试官，介绍到梁嘉聿时，说他今天只旁观，不参与评分。

HR 随后开始介绍面试流程。留到最后一轮的人，都不会是泛泛之辈。

听着其他人在台上应答面试官的问题，林知书已没有了那年离开时那一次比试的感受。她不比今天在场的任何人差，不觉得如果有一天真的重回万通科技，自己会再次被别人说小话。

轮到林知书，她走到台上。梁嘉聿还和从前一样，坐在会议室的最后一排看着她。那年他说过的话，如今林知书也还记得："你唯一的任务就是不辜负自己的准备，做完演讲。不需要和其他人比较。"

内心充盈着自如的底气，林知书一一回答面试官的问题。

一共三个小时，面试在下午五点结束。HR 感谢大家前来参加面试，并说结果会在下周一发送到大家的邮箱。

林知书离开万通科技时没有看到梁嘉聿，她从电梯下到一楼大厅，看见梁嘉聿坐在楼下的咖啡馆里。

走到他面前坐下，梁嘉聿才点餐。林知书说她要喝一杯热可可。

梁嘉聿无声地笑："表现得很好，小书。"他永远赞美她，从十六岁到二十四岁。

林知书也笑。

"好久不见，梁嘉聿。"

"好久不见，小书。"

真的好久好久了。

林知书的热可可上来，她端杯大喝了一口。心情极度松弛，双眼也幸福地闭起来。

"不紧张最后的结果吗？"梁嘉聿问。林知书摇头："不。"

"确定自己一定能收到 offer？"

林知书再次摇头："也不是，因为有个人曾经和我说过，我唯一的任务就是不辜负自己的准备。我没有辜负自己的准备，所以我心满意足了。更何况我知道自己的水平如何，我拿不到 offer 只会是万通的遗憾。"

梁嘉聿笑了起来，她此刻说话的方式同她十六岁那年说起自己是年级第三时一模一样，只不过脸上少了些稚气。

"为什么会选择回万通科技？"梁嘉聿问。林知书放下杯子，思索了一会儿："想从哪里跌倒，就从哪里爬起来。"

"理由充分。"梁嘉聿点评道。林知书笑弯了眼睛。

"那接下来有什么打算？"

"目前是先等万通的结果，不过七月末我还要回一趟洛杉矶。"林知书说道。

"毕业典礼？"

"没错。"

"恭喜你，小书。"梁嘉聿说。

"谢谢。"

两人在咖啡馆里喝完咖啡，梁嘉聿问她去哪里。

"我回家。"

"我送你一程？"梁嘉聿问。

"方便吗？"

"当然。"

"……你还住在从前的公寓里吗？"林知书站起身。

梁嘉聿跟着她走出咖啡馆，语气平淡："当然，那里也是我家。"

林知书忍不住偏头去看他，却又难耐地移开视线。他这样自然地说出这

些话。

一路上显得有些安静，林知书一直在看外面的风景。心变得很静很静，因此某些声音也变得格外清晰。

多久了？两年了。

她如今回来，有重要的事情要做。

梁嘉聿在林知书家门口停下，他没有熄火，因此空调还在平稳地运行。林知书也没有要立马下车的意思，她用手拨弄了两下风片："三月份我回到洛杉矶之后，以为你至少会再去一次洛杉矶。"

梁嘉聿看着她："我没有去。"

"还是因为身体的原因吗？"林知书去看他。

"不，身体在一月初已经恢复好，二月份也只是复查。"

"那是因为太忙了吗？"

"飞一趟洛杉矶的时间还是有的。"

林知书又去拨弄风片，她看着梁嘉聿："那是因为不想去？"

梁嘉聿摇头，笑了笑："因为不能去。"

"为什么？"林知书停了手上的动作。

梁嘉聿看着她的目光依旧温和，轻声说道："小书，我当然希望可以时常陪你在洛杉矶，但如果真的开始接受你的邀请，那我或许会无法控制地一直前往洛杉矶。"

梁嘉聿："实话实说，那次你来伦敦看我，我有把你彻底留下来的想法。但是前功尽弃实在不是我想要的结果，我已等了这么久。"

梁嘉聿话里的意思足够明白，他有意要控制自己去往洛杉矶的频次，其实也是为了向林知书证明，他如今绝不只是为了从她身上汲取乐趣。他有耐心等待，也有信心证明。

林知书忍不住转头去看窗外："我回来万通，其实还有一个原因。"

"什么？"梁嘉聿问。

林知书鼻头不自觉发酸，但她这次回来有些话想说清楚："梁嘉聿，我觉得我们之间应该有一个明确的答案了。我从前离开你，是为了自己能独立地生存在这个世界上。所以我重回万通科技，也是为了证明，我如今拥有了这样的能力。我承认，我很想要万通科技的 offer，我不想叫我这两年和你的分开,成为一个没有任何结果的笑话。"林知书停顿了片刻,似在平复情绪,"离开的时候是我做的决定,回来的时候,决定的权利留给你。你从前说人人平等,我没忘记。"她说完,就紧紧抿上了嘴唇。

车厢里,空调还在安静地运行,并不冷,林知书却起了一身鸡皮疙瘩。

梁嘉聿问:"你认为自己独立的标准就是拿到万通科技的 offer?"

林知书缓慢转过头来。因为她实在没有办法仅通过梁嘉聿的语气判定他是以什么样的目的问出这句话。

如果不看他,林知书会觉得他在嘲讽她。可梁嘉聿此刻面容沉静,没有一丝一毫的轻视意味。心头情绪翻涌,也只能缓声道:"我知道,这或许对你来说根本算不上独立,我知道。但……但如果要等到我真正独当一面,再回来找你,我怕是四五十不止了……"

"我没有这样的意思。"梁嘉聿说。林知书低下头去看自己的手掌:"那我不知道你是什么意思。"

梁嘉聿抬手熄了火,车里于是变得更加安静,像是要叫她听清楚自己说的每一个字:"小书,我从来不觉得你一定需要一个具体的 offer 或是其他的东西来证明你的独立。所以我自然也不希望你等到能独当一面了再来找我。"梁嘉聿注视着林知书,轻声说,"在我眼里,从你下定决心要离开我的那一天,你就已经是独立的林知书了。不必要再去找任何额外的证明。"

林知书的视线模糊了。

"不过我尊重你的决定,你把万通的 offer 当作你独立生活的一个里程碑。"梁嘉聿停顿了片刻,解开了自己的安全带。

林知书循声望过去。梁嘉聿从自己的西装内侧口袋里拿出了一个钱包。打开,他们合拍的那张拍立得相片一闪而过。梁嘉聿从钱包内侧拿出了一小块丝绒布袋。

泪水猛烈地再次蓄积在林知书的眼眶,她当然记得那天在机舱里,她拿出那枚钻戒时,阳光如何被分割又折射成璀璨光芒。

而如今,梁嘉聿拿出那对戒指的另一半。银色戒圈闪烁着温润的光泽,梁嘉聿看着她:"小书,我从来喜欢实际行动多于言语。我很高兴今天你直接问我,你给出了你的回答,我也给出我的回答。"梁嘉聿没有犹豫,他将那枚戒指套在自己的左手无名指。

林知书眼泪簌簌地流下来。心头千丝万缕也似在这一刻滚落着，从她的心里解绑。只觉得从前甜蜜苦涩，到之后毅然决然离婚，一个人飞去美国，怎么过了那么那么长的时间啊。

那么那么长的时间，他还在原地等她。从前送出的那枚钻戒，到如今他自己先戴上。梁嘉聿做任何事，都不以林知书必须给出回应为前提，他只是坦然地先给出自己的选择。再克制，肩头也还是哭得剧烈颤动，林知书问："……你怎么还随身带着？"

梁嘉聿握住了林知书的手，她没有收回。那枚戒指传来温润的、微凉的触感，梁嘉聿说道："戒指原本就是要让人随身带着的，我只是从前找不到合适的机会和理由戴在手上。"

眼泪掉在梁嘉聿的手腕上，他靠近将林知书抱在了怀里。隔着并不窄的距离，身体没办法完全靠在一起，只有潮湿的脸颊紧紧地相依。

林知书抱着梁嘉聿的脖颈，哭声越发剧烈。并没有任何悲伤、萧瑟的情绪，而是失而复得的庆幸与愉悦。

她的眼泪如同很多年前一样再次沾湿梁嘉聿的衣衫，他低头亲了亲她湿濡的侧脸，说道："小书，我有一个建议。"

林知书抬起蒙眬的双眼，问他是什么。梁嘉聿说："我和你先回家，然后你像以前一样坐在我身上哭，这样也方便我抱着你。"

林知书几乎愣在原地，而后又哭又笑。梁嘉聿也笑："我认真的，小书。我不想和你隔着一段距离抱你。"

林知书简直更想流泪，她点点头，说好。

梁嘉聿抽了一张纸巾，将她面颊上的泪水擦净，而后两人一起下了车。

走到别墅门口一小段路，林知书害怕被别人看见自己哭红的眼睛，一直往梁嘉聿怀里躲。

梁嘉聿就搂住她，快步朝别墅走去。林知书输入密码，两人进了别墅。

梁嘉聿从前只来过一次这里，林知书彻底搬去公寓之后，这里就一直是Chloe找人管理。后来林知书回来住，他也没有再来过。

家里很是空旷，即使她已在这里住过一段时间。

一进门，林知书就去鞋柜里给他拆封新的拖鞋："等我一下。"

林知书飞速拆着塑料包装。梁嘉聿就在一旁耐心等待，他顺手开了灯，家里更亮堂起来。

两人换了鞋,往里走。林知书又去开空调。开完空调,又去厨房倒了两杯水出来。梁嘉聿帮忙接过水,林知书仰头喝了大半杯。杯子放回茶几上,林知书去看梁嘉聿。

悲伤情绪被打断,似乎并没有那么好接上。如果不是她依旧眼圈通红,怕是已没有人想起她刚刚还在大哭。

气氛有些尴尬,梁嘉聿却依旧牵住她的手,把人带到沙发上。

好像回到从前,她总喜欢跨坐在他腿上。身体直起来,可以滔滔不绝地和他谈论生活里的趣事。身体趴下去,可以在他的胸膛上汲取无限的勇气。

面试穿着的白色西装裙被不管不顾地提上去,重新贴上梁嘉聿的胸膛。好神奇,心脏像是有看不见的脉络,在两人重新靠近的这一瞬间重新连接。

林知书觉得身体好烫,脸颊好烫,心脏"怦怦怦"地再次跳了起来。

它当然一年四季、每分每秒都在跳动。但是只有在这一刻,林知书觉得它在鲜活地"跳动"。汹涌情绪再出现,但已不会流下淙淙的眼泪。

林知书安静地抱着梁嘉聿的脖颈,感受到他手掌轻轻地在她身上摩挲。摸到她的脸颊,也摸到她的肩头,摸到她柔软的手指,也摸到她的腰。而后是膝盖到脚踝。

梁嘉聿再次圈住林知书的脚踝,他偏过头,亲上她湿润的嘴唇。时间带来的拘谨与生疏只有一秒,身体上的欲望足够在瞬间掀翻所有的矜持与礼貌。

梁嘉聿收回手,一只按在她后背,一只按在她后脑。他当然不喜欢在车里,不喜欢隔着一段距离,也不喜欢那样的逼仄、有所顾忌。他喜欢林知书亲密无间地贴在他的身上,他喜欢林知书撩起的裙摆,他喜欢林知书细细的可以被他一只手握住的脚踝。他喜欢林知书回到他的身边。

此刻觉得平静、安宁。

戴有戒指的左手从林知书的发根处插入,感受到她散发出的微微湿热。而后,坚硬微冷的金属便触感鲜明地从她的头皮上滑过,来到微微战栗的脖颈、肩头与手臂。

梁嘉聿重新丈量林知书身上的每一寸皮肤,反复地抚摸,也反复地圈住她的脚踝。

悲伤气息早已烟消云散,再对视时,林知书已双目湿漉漉。

梁嘉聿问她:"还想哭吗?"林知书摇头。

梁嘉聿轻轻地笑了,他说:"小书,时间已经不早了。"

他当然意有所指,此刻算什么太晚。但林知书心甘情愿地掉入他的陷阱。

她问:"……那,你要走了吗?"

梁嘉聿低头看着她:"你希望我走吗?"林知书摇头。

梁嘉聿抚住林知书的面颊,低头又亲了亲她。

他声音很轻,却很郑重:"我想你跟我回家,小书。"

"回家",一个充满魔法、无法拒绝的词汇。

林知书眼眶又酸胀,她点头说好。

"我想去洗个澡,换身干净的衣服。"林知书从梁嘉聿的身上起来。

梁嘉聿说:"好。"

外面天色已黑,客厅玻璃上印出梁嘉聿的身影。他坐在沙发上,等身体重新恢复平静。双目合上,听见洗手间传来微弱的、连续的水声。

梁嘉聿感到前所未有的平静。从前最是厌恶的平静,如今却叫梁嘉聿近乎痴迷。他想,他从前感受到的其实并非平静,而只是枯燥、乏味和麻木。

对于情感缔结的"内在抗拒",一方面保护了他的自我,另一方面也让他难以从生活中再品尝到鲜活的快乐与痛苦。因此,他才对新鲜环境里的微小刺激感到兴奋,一次又一次在世界各地流转,也对那时林知书的书信产生了兴趣。

以为她只是制造泛泛涟漪的灰色石子,于是将她放在自己的巨轮上一同前行一段时间。却到最后才发现,她是一只只属于她自己的小鸟。

她曾经决意离开过一段时间,而今天,她重新回到了他的身边。

是否窗户并未关好,梁嘉聿似乎听见窗外树叶摇曳的细碎声响。轻柔的、温和的、愉悦的、轻快的。

是否还有风也吹拂到他的手指之间,梁嘉聿觉得身体轻盈。

洗手间里传来林知书的声音,门该是开了条缝,声音格外清晰:"梁嘉聿,我忘记拿衣服了。"

梁嘉聿睁开双眼,起身朝洗手间走去。

林知书开了一条缝,露出一只朝他挥舞的手臂。

"我的卧室在二楼右手边第一间,可以麻烦帮我拿一下衣服吗?随便什么裙子都好。"

"好。"梁嘉聿应声,抬步朝楼上去。

他没有来过林知书的卧室,也没有借此机会探寻的意思。

卧室里有一间很大的衣帽间,梁嘉聿拿了手边最近的裙子和一套内衣裤。

重新返回洗手间门口,林知书将衣服接进去。她把头发吹到半干,穿上梁嘉聿递来的裙子。

一条鹅黄色吊带裙,鲜活得如同她此时此刻的心情。

上半年一直忙于学业,这下才发现头发长得快要及腰。林知书简单梳理了一下,穿着拖鞋走了出去。

梁嘉聿放下手机。林知书几乎是小跑着过来的,重新扑到他的身上。

梁嘉聿胸膛传来笑意:"我身上脏。"林知书说:"我不嫌弃你!"

两人一同笑起来,梁嘉聿闻到轻盈的、甜腻的樱花香气,来自她温热细腻的肌肤。

脸颊此刻也不再沾满泪水、皱皱巴巴,洗过澡之后的林知书重新变成充盈、鲜活的林知书。

她双唇红而丰润,梁嘉聿偏头去亲。不像早些时候那样深入,他仿佛只是在仔细地品尝、回味。亲到她鼻尖又溢出声响,就把她放开。

"明天我们再来收拾东西,今晚先回家?"梁嘉聿问。林知书重重点头。

关闭空调和灯,林知书拉着梁嘉聿的手离开别墅。

外面正是一天中最凉爽的时刻,林知书舒服地闭上双眼:"好幸福哦,梁嘉聿!"林知书忍不住溢出感叹。梁嘉聿搂住她,叫她小心脚下的台阶。

汽车途经便利店,梁嘉聿下车去购买东西。他没什么可遮掩的,透明袋里装着四五盒计生用品。

林知书很想忍住笑意,但嘴角不受控制地飞去外太空。在梁嘉聿面前袒露欲望从来不是一件羞耻、困难的事,他们从前就讨论过这些事,梁嘉聿说,他觉得一切应该追随本心。

车辆行至市中心附近,窗外灯火璀璨,行人成群。车窗上映着梁嘉聿手上的戒指,折射出显眼的光泽。林知书没办法不笑,只能竭力控制着自己的声音。

红灯停下,梁嘉聿的右手握住她的左手。他们都没有看向对方,但是握住的双手却悄然十指紧扣。绿灯亮起,两人也默契地分开。

一路顺畅回到公寓,林知书对一切都感到熟悉极了。

电梯上行,两人走到公寓门口。梁嘉聿没有抬手,他让林知书开锁。林知书按上大拇指,门锁就应声而开。

鼻头简直一秒酸涩,他就是要让她知道,家里的门锁她随时都可以打开。

林知书拉开大门,强烈的熟悉感兜头而来。她曾经和梁嘉聿生活过的地方,她曾经哭过、笑过的地方,她曾经和梁嘉聿相爱过又离开的地方。

林知书重新回到一切的起点。心潮澎湃,要大口呼吸才能维持氧气。

梁嘉聿拿出拖鞋帮她换上,而后说他先去洗澡。目的实在再明显不过,林知书耳红着点头。

梁嘉聿的身影消失,林知书也马不停蹄地去看家里。客厅、厨房、阳台、卧室,一切都仿佛她根本没离开。没有任何变化,林知书离开后,梁嘉聿的时光停留在了两年前。

这想法叫林知书简直崩溃,她当年没有办法确定梁嘉聿是否真的喜欢她,还是仍停留在"有意思",于是离开他,不再叫他感到她任何的"有意思"。

两年之后,梁嘉聿戴上戒指,给她确定无疑的回答。

客厅里,林知书偷偷抹了溢出的眼泪,她不想今晚再被伤感淹没。

一个人走去厨房,弄了两杯水放在梁嘉聿的卧室。当时走的时候,她卧室里的东西都清空了。现下自然而然还是住在梁嘉聿的卧室里。

卧室里开了灯,林知书坐在沙发上看手机。乌雨墨刚刚给她发来消息,问她面试怎么样。林知书回复她说一切顺利,只需要耐心等结果。

乌雨墨:出来吃饭?我请你!

林知书抿住笑意,手指飞快打字:我和梁嘉聿和好了。

乌雨墨安静了三秒,发来了:恭喜!!!再见!!!

林知书笑得脸颊通红,抬眼看见梁嘉聿。他穿着深灰色的家居服,并未全干的头发带来些许亲近感。

"我在和乌雨墨聊天。"林知书举起手机。

梁嘉聿就坐到床边,和她面对面:"她约你出去吃饭?"

林知书震惊:"你怎么知道?"

梁嘉聿笑:"你今天面试结束,请你出去吃饭是合理猜测。"

林知书又想压他一头,谁叫他什么都猜得出。她佯装困惑说:"那你说我要不要答应她?"

"你不是刚拒绝吗?"梁嘉聿说。

林知书再次震惊:"你怎么知道的?"

梁嘉聿笑容更甚:"我不知道,但是我现在知道了。"

林知书:……

他怎么能这样镇定自若地诈自己,又这样镇定自若地坦白啊!林知书又气又恼,只能高呼他的名字:"梁嘉聿!"

梁嘉聿笑着把人抱到自己腿上,床上位置更大,林知书被抱着坐在他腿上,散开的裙摆就变成一支艳丽绽放的花朵。

"你要干吗?"她此刻明知故问。

"不干吗,看看你。"

林知书别过脸去偷笑,又严肃地转回来:"你这样不怕你老婆知道吗?"她摸上他无名指上的戒指,又在空中比画自己空空如也的十指,装模作样,"你结婚了,我可没有。"

梁嘉聿嘴角含笑地看着她,还顺着她的话认真往下说:"房门关好了,应该没有问题。"

"梁嘉聿,偷吃是不道德的,你懂吗?"林知书双臂抱胸,振振有词地道。

"是吗?"梁嘉聿看着她鲜活生动的面容,很难再忍下去了。

他将人倾倒,轻声说道:"那就当我鬼迷心窍吧。"

梁嘉聿总是想起那天在伦敦,他连轴转几十个小时未睡,在家对面看见佯装偶遇的林知书。那天他头脑已不似平常清醒,走到她身边,低头亲吻她的脸颊并非理智的行为。

他并非如今才鬼迷心窍的。伦敦的那天晚上,她在院子的长椅上给他读书。书打开搭在鼻梁上,只露出一双明亮的双眼,笑着看向他。她对他说:"生日快乐,劳伦斯先生。"梁嘉聿并不喜欢自己的英文名,那是父母常叫的名字。成年之后,他更喜欢身边人叫他梁嘉聿。但是那天她给他送上生日祝福,她怕他不喜欢,于是说成是给劳伦斯先生的。

梁嘉聿第一次喜欢自己的英文名。那天他是劳伦斯先生,她是给他写信的西西莉亚。

她膝盖屈起，踩在他的小腹上。

梁嘉聿想，她的头发应该蓄了很久。除了十八岁成年那一次，他再没见过她染发。浓郁的、漆黑的长发，与她皎白的肤色形成强烈对比。

是否忘记拉上窗帘，要不然月光是怎么流淌到她身上的。膝盖被推到胸口，梁嘉聿亲吻林知书。没有多余的紧张，和梁嘉聿在一起从来不必担心任何。声音当然被允许，不会被贬低为"经验丰富"抑或"强烈欲望"，梁嘉聿停下，观察她的表情。林知书说："梁嘉聿，我好喜欢好喜欢。"好喜欢皮贴着皮，肉挨着肉。没有任何阻隔，没有任何嫌隙。身体的每一处都严丝合缝地靠在一起，就连心脏的跳动都合拍地共享。

好喜欢、好喜欢。林知书好喜欢、好喜欢。

是否太快，他们明明今天才和好。是否太慢，结婚后的第四年才是第一次。可是到底又有什么关系？算起来，他们原本就是混乱了时间线，弄错了逻辑。最没有情感的时候结婚，最爱对方的时候离婚。

林知书想，自己和梁嘉聿的故事不遵常理、没有规律。她如今确定她爱他、他爱她，那一切就没有苛责的道理。双臂抱住梁嘉聿的脖颈。他喜欢看着林知书。她耳后细碎的头发被薄汗沾湿，弯成曲折的形状贴在她的皮肤之上。梁嘉聿喊她的名字："小书。"银色戒指贴在她的面颊上，林知书闭着眼睛在余韵中颤抖着呼气。林知书想，轩尼诗其实是烈性酒。一个喜欢喝烈性酒的人，性情不会温和到哪里去。

梁嘉聿说："下午就喝了杯咖啡，早知道先带你去吃晚饭。"他怎么能在这个时刻还说出这样的话。林知书抬手去捂他的嘴，梁嘉聿笑起来，亲吻她湿热的手心。

很多年前没有拉下的那根拉链，在今天晚上不再合上。千言万语或许逻辑通顺、更具理性，但也不如强烈的荷尔蒙攻击，能直击人心地告诉彼此从未减少的真挚爱意。有些爱不必再说出来，林知书如今感受得到。她闭着双眼，靠在梁嘉聿的怀里。

"一会儿我煮点东西给你吃？"梁嘉聿用手背轻轻碰林知书的脸颊。

林知书摇摇头。

"困了？"

林知书点头。

"我带你去洗澡?"

林知书点头,又忽地睁眼,摇头。

梁嘉丰轻轻地笑了。林知书把脸颊靠近他,小声说道:"我没和你洗过澡。"

"是吗?"他还明知故问。

"梁嘉丰!"林知书撑圆双眼"瞪"他,梁嘉丰笑得连带着她的身子也跟着晃动。

卧室里难得有些安静。强烈的情绪之后,此刻余韵绵长,叫人心头软得不像样子。又不似平时那般隔着薄薄的衣服相拥,皮肤贴着皮肤,心脏都仿佛通着。

他们笑了一会儿,林知书收了嘴角,轻声说道:"梁嘉丰,我想你了。"离开梁嘉丰之后,林知书再未对他说过这句话。即使内心允许,也不敢说出口告诉他。害怕他以为自己反悔,害怕他以为自己意有所指。于是忍在心里,变成身体里一根吐不出的钝刺。此时此刻,林知书说:"梁嘉丰,我想你了。"并非指现在,林知书想,梁嘉丰知道她这句话是在说过去。

而林知书不想再保有任何梁嘉丰不知道的秘密。在他们分开的这两年,梁嘉丰从未有过一刻叫她再吊着心思。忍住不说,像是叫她占了上风,像是她赢了,像是过去两年只有梁嘉丰爱她一样。

林知书不想要这样。她想要梁嘉丰也知道,在洛杉矶的这两年,她从未停止过想他。林知书还想再开口,眼泪先掉了下来。想起一个人在洛杉矶时偶有孤单、无助的时候,她即使坚强,也并非真的铜墙铁壁。

梁嘉丰抬手帮她擦了眼泪。他说:"我知道。"

林知书眼泪流得更凶,他说"我知道",其实是在说服她。

"我不想只有你一个人想我,我想告诉你,我从来、从来也没有忘记过你。"

"我知道,小书。"梁嘉丰把林知书抱在怀里。她的面颊湿漉漉的,发根也湿漉漉的。纤瘦的身体依偎在他的怀里,心脏却还在强烈地跳动。

梁嘉丰安静地吸气,也安静地呼气。失而复得的喜悦在这一刻攀至巅峰,梁嘉丰知道,一切都回来了。温热的掌心贴住她的面颊,梁嘉丰叫她抬起头来看自己:"小书,不必为你两年前的决定觉得对我所有亏欠或是什么,站在你的角度,你有不得不离开的理由。没有人可以做到完美,做到让所有人满意。重要的是,这两年的时间没有被浪费。

"你证明了你自己,有信心不依靠我也能活得很漂亮。我也证明了我自己,并非只是因为觉得你有意思才和你在一起。"梁嘉聿将林知书的碎发捋至耳后,看着她,"从商人的角度来说,两年的时间可以换取重新回到我身边,无论如何都是一桩赢钱的生意。"梁嘉聿停顿了一下,看着林知书感动的面容,又说道,"但是如果再多几年,我可能就有些压力了。"

林知书愣了一下,笑着笑着又掉了几滴眼泪出来。她抱住梁嘉聿的脖颈,说道:"我知道了,梁嘉聿。多谢你。"

梁嘉聿轻轻笑了笑,拍拍她的后背:"那我们先去洗一下,然后吃点东西,上床睡觉?"

"好。"林知书想,她其实不必再多说些什么。梁嘉聿从未、也不会以任何负面的、阴暗的角度揣测她,更不会因为那两年而心有怨恨。

他做任何决定,从不以一定获得她的某种回应为前提,比如此刻他左手无名指上的那枚戒指。

林知书第一次和梁嘉聿一起洗澡。透明的水流裹挟着雪白的泡沫,从他们的脚面上流过。林知书的双脚站在他的双脚之间,林知书的手臂抱着他的腰,林知书的面颊贴着他的心脏。到最后,梁嘉聿为她吹干头发,两人去厨房吃点东西。

陈阿姨不在,梁嘉聿简单做了两碗面条。林知书饿得厉害,拿起筷子就吃。不用顾及自己的形象,双脚也从拖鞋中抽出,踩在梁嘉聿的鞋面上。他就纵容她,抽来纸巾帮她擦拭桌面滴落的汤汁。

林知书抬头,夸张地赞叹:"梁嘉聿,你煮的面条也太好吃了!"

梁嘉聿笑:"是吗?那我这碗也给你吃。"

"不行,我吃这碗就够了。"

"多吃点。"

林知书点头,心中忽然涌起万千感慨:"梁嘉聿,和你一起吃饭好幸福哦。"

"我也是。"梁嘉聿说。

林知书把头低下去,热腾腾的水蒸汽扑在她的脸上,就连心脏都热乎乎的。

一起吃饭、一起散步、一起聊天、一起睡觉。那样简单又平常的事情，和梁嘉聿一起做就变成世界上最幸福的事情。不必是特定的节日、不必是谁的生日，只要是和他一起，那么每分每秒都是幸福快乐的诠释。

林知书大口喝完了面汤，热气熏得她眼底也泛起潮气。梁嘉聿也吃完，抽来纸巾递给她。

"谢谢你，梁嘉聿。"

"不客气，小书。"

林知书或许是在谢这顿饭，或许不止。但是她已不愿再多说任何，她知道，梁嘉聿懂得她的所有心声。

是否今天和好就代表从此以后他们一定一帆风顺？林知书不知道。但是梁嘉聿有一点说得没错，这两年并未被浪费，她如今已从从前的"弱势"之中走出，确定无论是否有梁嘉聿的陪伴她都可以活得漂亮独立，因此对于她和梁嘉聿的未来也就再没了从前的惶然与恐惧。而她也知道，梁嘉聿从未在任何事情上骗过她。他无名指上的那枚戒指，胜过一万句天长地久。

两人吃过晚饭后在沙发上看了一会儿电视消食，而后在同一间卧室入睡。这天晚上林知书睡得尤为踏实，或许是因为回到了家。

第二天早上醒来，梁嘉聿已不在身边。

林知书蹑手蹑脚地起床，去沙发边打开了自己来时带的包。客厅里传来脚步声，林知书又迅速地上床。

梁嘉聿推开门，看见林知书还闭眼躺在床上。他走到床边坐下，手心摸摸她的脸颊："早上好。"

林知书睁开双眼，故作不满："我还没醒呢，你怎么就和我说话？"

梁嘉聿笑："是吗？那你刚刚在做什么美梦，嘴角都笑到耳朵后面？"

林知书"骂"他："我才没笑呢！"嘴角却更放不下来。

梁嘉聿又摸摸她的头发，问她："身体有没有不舒服？"

林知书迟疑了一下。

梁嘉聿说："我摸一下？"

林知书点了点头。

薄薄的一床被子，里面被林知书焐得暖烘烘的。梁嘉聿的手伸进去，忽地停住了。他抬头望着林知书,看见她得意的笑容。柔软的被子下,林知书拉住了梁嘉聿的手。卧室里很安静,或许是因为他们都没有在呼吸。林知书的手松开了,梁嘉聿却又紧紧地反握住她。纤细无名指上质感坚硬,深深硌在他的手心,他却一再用力。

像是确认,像是确认。

林知书耐心地等待。直到梁嘉聿轻轻地笑了起来。眼角瞬间也弯起,林知书随即扬起眉毛,明知故问道:"什么东西?这么硬哦?"她声音轻快,双眼堆满期待的目光。

梁嘉聿安静地注视着她。他的声音如何那样轻,落在她心上却那样重。

"不知道,或许是……梁嘉聿的真心吧。"

正确的顺序应该是怎么样的?相遇,相爱,求婚,戴上戒指,登记结婚,举行婚礼。

他们呢?没有婚礼、没有戒指、没有情感的时候登记结婚,而后相爱却又离婚。

无需她的回答,他也可自如地戴上戒指,作为他给她的承诺。

他们之间从来不必遵循任何世俗的常理。

林知书想,她不愿意再做那个永远被动、永远等着他给出答案而后才小心谨慎做出选择的人。她如今有自己的底气,也想给出梁嘉聿她的承诺。不是只有梁嘉聿随身带着那枚戒指,不是只有梁嘉聿找不到合适戴上戒指的场合。翻出那枚钻戒,严丝合缝地套在自己的无名指之上。它像是属于自己,它原本就属于自己。

梁嘉聿将她的手从被子之下拿出。他的手掌很大,林知书的手平展地放在其上。

"我第一次戴。"林知书坐起身子说道。

"我没提前问你喜不喜欢这个款式。"梁嘉聿说。

"我喜欢的,梁嘉聿。"林知书手掌微微错开,露出梁嘉聿无名指上的银色戒指。两枚戒指轻轻地相碰,林知书仿佛听见清晨寺院里撞钟的声响。明明隔着很远很远的距离,却像是撞击到自己的心里。心脏于是跟着重跳,双唇不自觉抿起。

梁嘉聿一直在安静地注视。卧室里还没拉开窗帘,一切仍然静谧、亲近。

林知书手掌微微弯曲，握住了梁嘉聿的手："七月末的毕业典礼，你可以和我一起去吗？"

梁嘉聿手掌也握住她，放在柔软的床上："当然，我一直在等你邀请我。"

林知书笑了起来："我要去洗漱了。"梁嘉聿点头，拉住她的手："我和你一起去。"

从前分开时，他们有过一段像是真夫妻的生活，但那时她要走已成定局，再亲密的拥抱也隔着看不见却心知肚明的障碍。而如今，梁嘉聿身体微微依靠在门边，与她隔出一小段距离，林知书却觉得他们亲密无间地靠在一起。

她拿来发圈把头发束住，用电动牙刷刷牙。梁嘉聿就靠在一边看着她。

林知书漱口，打开水龙头洗脸。梁嘉聿说："我找了份新工作。"林知书从流水中抬起脸来，以为自己没听清："什么？"

梁嘉聿抽来洗脸巾递给林知书，说道："我说我找了份新工作。"林知书把流水草草擦去，看着他，重复道："你？找了份新工作？"梁嘉聿笑，接过她用完的纸巾丢进垃圾桶。

两人一同往厨房去。他打开冰箱给林知书弄早餐："做酒店也做得有点枯燥了，之后打算主要投资科技行业了。"林知书听得认真，忙问："是和万老板有什么计划吗？我听说万通科技有要收购南方游戏的打算。"

梁嘉聿给她端来牛奶和三明治："万鹏的确有这个计划，但不是我做这个决定的原因。"

"那是为什么？"

梁嘉聿靠在椅背上看着她。

餐厅里光线明亮，中央空调将室内温度常年保持在令人舒适、愉悦的范围，一如他此刻的心情。做出这样的决定其实并不需要太多的思考，他心中天平已大幅倾斜，所有筹码早就滑落到有她的一边。

"你还记得我们分开之前吗？"梁嘉聿淡声说道，"那时候我时常需要在世界各地出差，有时候几个月都不会回来一次。"

林知书当然记得。

梁嘉聿又说："以前我很喜欢那样的生活，但是现在我想留下来。"

何须梁嘉聿再多说，林知书在瞬间就明白他的意思。吞咽变成一种需要刻意推进的行为，林知书安静了一刻，说道："我不想你为了我……"

梁嘉聿笑了起来:"小书,我其实是为了我自己。"

林知书看着他。三明治捏在手心里逐渐变软,林知书觉得有些恍惚。很久很久之前,他在世界上的每个有意思的地方流转,停不下来。她把所有的思念与苦涩全部咽进肚子一个人品尝。如今,他说他要留下来。

眼眶泛酸,林知书克制住情绪说道:"但我可能还会再次飞走哦!"梁嘉聿点头:"当然,如果你还想再次离开我,那一定是我做得不好。不过,我会尽量不让这件事再次发生。"

林知书控诉他:"你一定要让我从早上就开始掉眼泪吗?"

梁嘉聿摇头:"我没有这样的意思,小书。"

"我要是真的又飞走了,你会怎么办?"

梁嘉聿认真道:"假话是我会让你走。"

林知书又想哭又想笑,振声道:"你以为我还是以前那只小嫩鸟吗?我现在长大了,飞得可快了,你未必跟得上!"

梁嘉聿就真的皱了皱眉头:"比私人飞机还快吗?那我需要请Chloe再帮我看看有没有更快的飞机,超音速飞机吧,要不然追不上林知书就麻烦——"

梁嘉聿的话还没有说完,就被林知书一声高呼打断:"梁嘉聿——"

餐厅里死寂片刻,梁嘉聿轻轻地笑了出来。林知书更是被气笑,哪里还能感受到一点悲伤气氛。

"你总是胡说八道!"林知书克制住笑脸"控诉"他。

"抱歉。"梁嘉聿笑笑止住话题,又问她,"大概还有多久吃完早饭?"

林知书看了看剩下的一点三明治:"两分钟吧,你一会儿有什么事吗?不用陪我吃完,先去忙你的吧。"

"不着急。"

"是什么事啊?"林知书又问。

梁嘉聿看着她,轻声道:"等你吃完我们抱一会儿。"

林知书一愣,耳后瞬间烫起来,声音哪还受自己控制,控诉也变成娇嗔:"梁嘉聿你怎么能说出这种话啊!"

"什么话?"梁嘉聿反问她。林知书最后一口三明治噎在嗓子眼,后背都感觉出汗。但怎么嘴角还控制不住地往上扬啊。

"抱一会儿还要这样说出来啊。"林知书说道。

"是你问我有什么事的。"他此刻倒是有理。

林知书咽下嘴里的三明治，笑得要用手捂住自己的脸。梁嘉聿站起身，走到她身边，拿来纸巾给她擦脸擦手，而后把人带去了客厅。

睡裙宽松，堆在林知书腿边，她坐在梁嘉聿的大腿上。梁嘉聿抱着她，也低头亲她的面颊、嘴唇和脖子。

"有没有不舒服？"他又问。

林知书摇头。

"你今天有什么安排？"

林知书又摇头。

梁嘉聿极近地看着她，轻浅的呼吸也变沉。鼻尖越来越近，挨在一起，又摇摇晃晃地离开。

林知书忍不住去吻他的嘴唇。

"你今天……不用工作吗？"

"我记得我好像是老板。"

林知书笑得身子轻颤。

"那你今天有什么打算？"

"就这样。"

"就哪样？"

"就这样。"

"就哪样？"

"就这样。"

林知书克制住自己太过汹涌的笑意："梁嘉聿，你什么时候变成复读机了啊？"

"是吗？"

"是啊，换一句说来听听。"林知书摸住他脸庞。

"你想要听什么？"梁嘉聿问。

"讲点有意思的。"

"好，我想一下。"梁嘉聿说。

客厅里，整面的落地窗送来轻盈、明亮的光线。

又是一年盛夏，郁郁葱葱的树木在外面轻轻地摇啊摇。半透明的阴影在林知书的面颊上轻柔地晃动。梁嘉聿安静地看着她。

十六岁的林知书，二十二岁的林知书，二十四岁的林知书。

他认识她八年了，他已认识她八年了。

——"梁嘉聿。"

——"林知书。"

——"知书达理？"

——"家喻户晓？"

——"梁嘉聿，我想你了。"

——"生日快乐，劳伦斯先生。"

——"梁嘉聿，我爱你。"

好久好久之前的回忆了，怎么还记得这样清楚。

林知书轻轻地喊他："梁嘉聿？"梁嘉聿的目光回神。

"你在想什么？"

"在想要和你说什么。"

"要想这么久？"林知书笑。梁嘉聿也轻轻地笑："是啊，小书。"

"那你想好了没？"梁嘉聿点头。

"是什么？"

梁嘉聿的右手握住她的左手，轻声道："小书，我爱你。"

林知书想，流泪是否总被认为是软弱。但如果她从来都是一个喜怒不形于色的人，她和梁嘉聿绝不会在一起。

他喜欢她丰富的情绪、鲜活的表情和总是能出乎他意料的行动。她高兴的时候前后摇晃他的手臂，她亲吻的时候流下无名的眼泪——都是融化梁嘉聿心脏的"武器"。

梁嘉聿嘴唇亲吻她眼角的眼泪，林知书望着他的双眼，也郑重地道："梁嘉聿，我爱你。"

"谢谢你，小书。"

"我已经长大了,以后要少哭了。"林知书说。

梁嘉聿却说:"我不介意这件事。"

"为什么?"

梁嘉聿笑笑:"你不是因为年纪小才哭,是因为你是林知书。这是我认识的林知书,你不必因为世俗观念而强迫自己改变。"

"你不会觉得这样的林知书一点也不坚强吗?"林知书又问。

梁嘉聿摇头:"我不会这样觉得。因为流泪不是林知书的软弱,流泪是林知书的真心。"

梁嘉聿的手掌轻轻贴在她的心脏之上,林知书浑身烧了起来。

怎么这样纯情又这样涩情啊?

梁嘉聿安静地看着她,手掌却在"听"她的心跳。

林知书很难再如常呼吸,心脏在胸腔里"怦怦"重跳。她声音细而缓,问道:"梁嘉聿,你听到了什么?"

梁嘉聿却收了手掌,轻声道:"这里离心脏还有些距离,其实听不太清。"

林知书的心里瞬间发出羞涩的尖叫,她抬手捂住梁嘉聿的嘴:"梁嘉聿,你怎么能说出这种话啊!"

梁嘉聿笑着把她抱进了怀里。

"抱歉。"梁嘉聿说。林知书却听到他心脏跳动。

"是我没控制好。"梁嘉聿又说。

林知书抬头看着他,身下的触感已替梁嘉聿说明一切。

"你今天有什么安排吗?"梁嘉聿已转移话题。林知书却望着他一字一句地道:"梁嘉聿,我从前说过的话现在也作数。"

梁嘉聿定在原地,缓声道:"什么?"林知书手掌捏住自己的裙摆,往上去。

"只要你愿意,我可以。"她说完,顿了一会儿,又说,"梁嘉聿,我喜欢。"

不再只是"我可以",不再只是"或有勉强,但是我可以",而是"我喜欢,梁嘉聿"。

从前的玲珑少女,如今只更旖旎漂亮。细窄的腰线,白皙而富有弹性的皮肤。

林知书从前喜欢梁嘉聿穿着笔挺的西装走在她的身边,如今她喜欢梁嘉聿穿着笔挺的西装抱住她。微凉的面料带来稍显刺激的触感,纤细的手指抽出黑色的皮带。

一回生，二回岂止熟。返回卧室，遮光帘又被重新拉上。

林知书喜欢双脚抬起踩在他洁白的衬衫上，身体摇摇晃晃，双脚却被他手掌按在他的心脏之上。像是激烈潮涌之中，他为她自留的一块温存之地。

林知书喜欢梁嘉聿，林知书喜欢和梁嘉聿在一起。

如今才明白梁嘉聿从前摁住她要解开他皮带的手，告诉她，他从不高看性爱的力量，却没办法再接受她的下一步。

——"我怕我会后悔放你离开。"

他比她更早领悟精神世界和物质世界如若一起沉陷，他没有一定克制得住的把握。如同此时此刻。

既然林知书准许，既然林知书准许。

梁嘉聿想，他从来都不是什么圣人，也不真是什么口腹之欲清淡的人。

林知书或许根本不清楚，仅仅是物质上的她本人就足够叫他难以克制。更不要说，林知书喜欢喊他的名字。

林知书喜欢喊他的名字，林知书喜欢叫他"梁嘉聿"。

她从前说："梁嘉聿，我想你了。梁嘉聿，我爱你。"

她如今说："梁嘉聿，我好喜欢、好喜欢。"

在梁嘉聿面前，坦诚是一件绝对安全的事情。因此林知书不隐瞒自己的任何感受。她说："好舒服，梁嘉聿。我好喜欢。喜欢你在我的身体里面。"

梁嘉聿清楚，精神世界和物质世界一起沉陷其实是一件很危险的事情。但他往下陷的时候，其实是义无反顾的。

Chloe 收到休假通知，梁嘉聿推了接下去两个月的所有工作。

林知书让他如果真的有事就去做，左右他们现在其实没什么要紧事。倒是梁嘉聿还反问她："我现在不忙吗？"

林知书："你不忙啊，你天天和我待在家里而已。"

梁嘉聿又问道："我和你在家不忙吗？"林知书立马捂住他的嘴。

以为自己认识了梁嘉聿这么多年，其实也并未真的了解梁嘉聿的所有。但一切并非无迹可循的，他是一个对自己的欲望很坦然的人。林知书放弃叫他去忙工作的想法。

七月上旬，万通科技传来消息，林知书通过面试，顺利拿到了 offer。

收到消息是在一天的下午，林知书正和梁嘉聿在床上小憩。她醒后摸出手机玩，看到万通科技发来的邮件。当然欣喜，但也不会过于激动。像是早有把握，如今不过是尘埃落定。

梁嘉聿从她的身后醒来，林知书转过身去，亲亲他的嘴唇。"我找到工作了，梁嘉聿。"她小声说道。

梁嘉聿安静了一刻，笑道："恭喜你，小书。"

"我也太厉害了吧？"

梁嘉聿肯定："当然。"

林知书大笑，钻进他怀里。

"庆祝一下？"梁嘉聿说。

"怎么庆祝？"

"我做饭。"梁嘉聿说。

林知书只见过梁嘉聿煮面条。一次是他们刚和好那天，一次是那年她生日，他在麻辣烫店外面等她吃完，然后带她回家。其余时间梁嘉聿没有做过饭，他没有那个时间，也没有那个必要。陈阿姨总是把家里打理得井井有条。

林知书跟着他去厨房，事先声明："煮面条可不算是会做饭哦！"

梁嘉聿但笑不语，打开了冰箱门。他请林知书给陈阿姨发条消息，今天晚上不用来了。

林知书应声，发完消息后，看见梁嘉聿已在挑选食材。他拿出三文鱼、芦笋、奶酪、奶油、蘑菇，还有其他食材，林知书已大概知道他要做什么样的晚饭。

梁嘉聿抽出刀具和砧板，林知书就倚靠在他身旁的流理台津津有味地看起来。

"你看起来还真的挺像回事！"林知书一本正经地点评道。

梁嘉聿笑着侧脸看她一眼："以前更像回事，不过后来做得少了。"

"你以前经常做饭吗？"

"在金鸣家的时候偶尔做。"梁嘉聿将清洗干净的芦笋切段，"金瑶有时候发脾气不准金鸣上桌吃饭，是我在厨房偷偷给他做饭吃。"

林知书目光凝视着梁嘉聿的面庞，他面色如常，语调也没有任何变化。

梁嘉聿其实从未避讳过任何他的过去，从前伦敦家里的相册，后来那年

在华盛顿,他也用自己的过去开解林知书。

林知书安静了一刻,倒是梁嘉聿先开口了:"我没和你详细讲过我家里的事情。"

林知书抿抿嘴唇:"你要不想说也没事,每个人都有秘密。"

梁嘉聿去水池洗手,望着她:"每个人都有秘密,但我不想对你保有秘密。"他语气温和,却叫林知书心里一酸。

这世上谁对谁没有秘密,再亲密的家人、夫妻之间,不也有自己的秘密吗?梁嘉聿却说不想对她保有秘密。

一方面林知书想,是因为梁嘉聿天然强大的心脏,他从来不怕在林知书面前袒露弱点。而另一方面,林知书觉得,袒露伤口其实也是一种依恋行为,像是请求舔舐、请求拥抱。比如那年她一个人去往伦敦,他在那样疲惫的时候亲了亲她的脸庞。

梁嘉聿用微湿的手背碰了碰她的脸,林知书这才回过神来。

"你这是在点我呢!"林知书故意调笑道。梁嘉聿也笑:"是吗?你以前对我隐瞒过什么秘密吗?"

"梁嘉聿!"林知书小声叫他的名字,双手却抱住他的手臂,脸颊贴上去,又分开,"你说,我想听。"

梁嘉聿拿来奶酪,撕去外包装:"从我有记忆开始,我母亲就不住在家里。她常年住在新西兰的皇后镇,我和我父亲住在伦敦。每年我见我母亲一次,就是我生日那天。"

林知书知道这件事:"他们每次见面都会吵架?"

梁嘉聿点头:"你知道我是个很不喜欢争吵的人。人的性格和从小生长的环境很有关系,我从前最讨厌却也最逃脱不掉这种争吵的场面,所以在我有机会选择的时候,我会希望自己生活的环境是平静的、和谐的。"

林知书接话道:"所以你从来不让身边的人尴尬,我第一次写错你的名字,你还那样帮我解围。"

"是,"梁嘉聿笑道,"我其实是在帮我自己,我不希望你的紧张、焦躁影响到我。从本质上来讲,我是个自私的人。"

"我爸爸刚走的时候,你和我说把自己放在第一位是天经地义。"林知书安静了一会儿,"其实你说得没错,后来我坚持要离婚,坚持要一个人出国读书,其实也是把自己放在了第一位。"

梁嘉聿偏头看她:"这也是我那时没立场阻止你的原因。本来以为只是教你些人生道理,没想到最后是搬起石头砸了自己的脚。"

林知书笑笑,身体轻微晃动,与他手臂接触又分离:"后来呢,后来你怎么住到金鸣家了?"

梁嘉聿打开烤箱,放进三文鱼。

"我十二岁的时候,我父亲也离开了伦敦。他和我母亲因为生意上的缘故没有法律离婚,但实际上两人已经彻底分开,各自有了新的家庭。我在伦敦成了事实意义上的'孤儿'。金瑶的母亲是我父亲多年的好友,她不忍心看到我一个人只有保姆、司机照顾,就提议把我接去金家一起生活。"

梁嘉聿不知是想起了什么,手上的动作停了下来:"刚搬去金家的几年,我很浮躁、叛逆,并不好管教。因为我父母健在,而我其实是被抛弃了。但是金瑶的母亲一直对我很好,没有放弃过我。这也是我后来为什么一直去伦敦看她。"

梁嘉聿看向林知书,林知书点头:"其实你是一个重情义的人。"

梁嘉聿反问道:"是吗?金鸣和金瑶都说过我是个很薄情的人。"

林知书安静了一会儿:"不是的,你只是目标明确、头脑清晰。你知道谁对你真的好,也知道你要对谁真的好。而对于其他不重要的人,你从来不拖泥带水。但你的……教养,又或者说是习惯,让你很难对人刻薄,因此也会让人难以自拔地误解、沉湎。像我以前一样。"

"你没误解,"梁嘉聿说,"我那时候已经喜欢上你。"

林知书原本在话语中衍生出些悲伤情愫,转瞬又被他弄笑:"我又不知道,谁叫你最开始把我当猴子!"

梁嘉聿也笑:"抱歉,小书。"

林知书别过脸去,佯装不原谅他,嘴角的笑却没能憋住。

"不过我现在有些理解你,"林知书看着他,"你没有生存的压力,因此活着的目标需要你自己制定。你那么多年在全世界跑来跑去,也是想找到能叫你长久觉得有意思的东西吧?就像喜欢画画的人把画画当作人生的意义,喜欢写作的人把写作当作人生的意义。就像我,我把独立生活、工作升迁、学到知识当作人生的意义,但你总是找不到。"

梁嘉聿停下清洗蘑菇的双手，清水从他的手上流过。他短暂地停顿，点头："你说得没错，我从前的确找不到长久的人生目标。"

林知书笑起来。看看，有钱人也有有钱人的烦恼。

"不过……从前是什么意思？"她明知故问。

梁嘉聿笑起来，他把清洗干净的蘑菇放在砧板上，右手取来刀："你不清楚我现在的目标吗？"

林知书装模作样："你现在的目标？我怎么知道。难道是切蘑菇吗？"

梁嘉聿更笑："要是和切蘑菇一样简单就好了。"

林知书忍住笑，蹬鼻子上脸："梁嘉聿你什么意思，你在内涵我很难搞吗？"

梁嘉聿失笑，实在是没办法再镇定自若地继续做饭了。他洗了手，把林知书抱起来去了客厅。

坐进沙发里，林知书还在装模作样，不理他。梁嘉聿摸了摸她的脸颊，亲了亲她柔软的嘴唇："小书，我不喜欢用'难搞'这个词，但我的确对你没有掌控权。你如今想飞就飞走了，我控制不了你。"梁嘉聿望着她，又说，"不过我也不喜欢说我把你当作目标，像是在道德绑架你一定要为我留下来。但是小书，你有一件事说得很对。从前我的人生没有目标，但今天如果你问我想去哪里，我有一个叫'林知书'的答案。"

林知书很难不去看梁嘉聿此刻的双眼。他的声音那样平和，他的目光那样平静。他在说"我爱你"这件事的时候，也不给她套上任何枷锁。

怎么还能和他再较劲，他那样的低姿态，叫林知书的心脏化成一摊柔软的春水。

"我会飞得慢一点，叫你跟上的。"林知书说。

梁嘉聿轻轻地笑起来："那我提前谢谢你。"

"不客气，谁叫我还挺喜欢你的呢。"林知书也笑。

厨房里传来烤箱"叮"的声响，林知书从梁嘉聿腿上下来，跟着他过去。

梁嘉聿在装盘，林知书忽然说道："梁嘉聿，我告诉你一个秘密。"

梁嘉聿摘下手套，转过身来。

林知书觉得呼吸变热，可她想告诉梁嘉聿。

"第一年在洛杉矶过圣诞的时候，有人带了一瓶轩尼诗，我喝了三大杯。"

"喝醉了？"梁嘉聿问。林知书点了点头："我喝多了，被 Mandy 提前送回卧室。梁嘉聿，我那个时候好想、好想你。我头脑不受控制，身体也是。"

林知书克制地深呼吸，说道："那天半夜，我迷迷糊糊醒来翻箱倒柜，戴上了你送的戒指。第二天早上起来，我吓得差点跳起来。"

梁嘉聿看着她，轻轻地笑了。

林知书有些羞也有些恼："我知道这行为很蠢，但你刚刚分享秘密的时候我可没笑话你，梁嘉聿！"

梁嘉聿牵起了林知书的左手："抱歉，小书。但我没有笑话你的意思，我是在笑我自己。"

林知书不解："什么意思？"

梁嘉聿把三文鱼放进盘子里，轻声道："你是喝醉了才做出这样的事，不算愚蠢。"

林知书望着他。梁嘉聿轻轻抬起自己的左手，银色戒指闪过温润光泽。他说："我才算是愚蠢，小书。我那时甚至没喝醉。"

银色戒指被戴在无名指上又退下，梁嘉聿清醒地愚蠢着。但他想，关于林知书，他做过太多愚蠢的事。戴上又退下，是因为他找不到名正言顺的理由。在她同意之前，他没有戴上这枚戒指的理由。

分开的两年，生活其实同过去一样，梁嘉聿在做一样的事，生意上的行程从来没有延误过，银行账户里的数字成倍增长。但是很奇怪，像是原地踏步。

梁嘉聿想，从前觉得生活过于枯燥，是否是因为其实自己并没有向前。时间只是穿过他，而他并没有向前走。

直到那枚戒指找到名正言顺的理由戴上，梁嘉聿在包含林知书的未来里看到无限的可能。生活怎么会枯燥、无味，他头脑中有无数还没来得及付诸行动的想法。去参加她的毕业典礼，求婚，登记，举办婚礼。

甚至于只是和林知书在一起简单说话，梁嘉聿也衍生出无穷无尽的欣喜。和从前他们还没分开一样，只不过那时候他还并不清楚。

"你也做过……那样的事……"林知书说。

梁嘉聿笑了笑："我在感情里不是什么高手。"

晚餐吃了梁嘉聿准备的香煎芦笋、烤三文鱼、奶油蘑菇汤、凯撒沙拉，还有冰箱里留存的一小块芝士蛋糕。

饭后两人收拾完家里，照常出门散步。林知书拉着梁嘉聿的手前后摇晃。她越晃幅度越大，自己也跟着跑前跑后。

梁嘉聿就纵容她，手臂随她怎么甩动，但不会松开她。

林知书的裙摆在跑动中飞起来，像一只色彩鲜艳的小鸟。

"明天可以请乌雨墨来家里吃饭吗？"林知书问。

"当然可以，我请司机去接。"

"七月末的时候我想请她也去参加我的毕业典礼。"

"费用我全部报销。"

林知书笑出声来："梁老板，你人也太豪气了吧！"

梁嘉聿嘴角上扬："是吗？你今天才发现？"

"对哦，你以前对我还蛮小气的呢！"

"怎么说？"梁嘉聿笑着问她。

林知书脑子转啊转，根本想不出来梁嘉聿小气的时候，于是造谣："你忘了，跟你在一起两年我瘦了不少，就是因为你不给我饭吃！"

梁嘉聿看着她，一本正经地道："我怎么记得是你想我想的？"

林知书尖叫一声，捂住梁嘉聿的嘴。

梁嘉聿于是就把人抱起来，原地转了几圈。林知书笑着说"还要还要"。梁嘉聿就不松手，把她抱在空中旋转。

和梁嘉聿在一起是一件幸福的事。林知书如今确定这件事。

七月末，乌雨墨和林知书、梁嘉聿一起飞往洛杉矶。金鸣从纽约出发，那时他在美国游玩。

重回学校，林知书心里感慨万分。乌雨墨正好感兴趣，于是林知书带着乌雨墨和梁嘉聿在校园里逛了一圈。最后来到林知书以前租住过的地方，梁嘉聿曾经在这里等过林知书，看着她下公交车，看着她走进屋子，他却没有出现。如今，她走在他的身边。

屋子里的卧室已转租给其他人，林知书没有了进去的钥匙。住在这里的两年时光明明还历历在目，但林知书确定，它们已属于过去。

金鸣在当天晚上和他们会合，四个人一起吃了饭。

晚上住在学校附近的酒店，第二天的毕业典礼是在下午四点半。林知书有两张客人票，她又额外买了一张。去礼服区穿戴好毕业服，距离典礼开始还有一段时间。

梁嘉聿请了摄像师，今天不用乌雨墨帮忙。摄像师拍了很多很多张照片，梁嘉聿今天穿着正式，衬衫、马甲、外套，一件不落。

林知书穿着毕业服站在他的身边。乌雨墨站在摄像师身后，不禁感叹："他们真的好配。"

金鸣无声地笑了笑。

典礼在四点半开始，林知书与毕业生们坐在一起。校长一个个叫名字，先是博士生，而后是硕士。

林知书走上台，梁嘉聿拿起手机录像。她脚步轻盈，脸上挂着欣喜的笑容。散开的黑发自如地在空中晃动，林知书接过校长手里的毕业证。下台之后，她跟随其他毕业生绕观众席一圈，而后重新坐回自己的位置。

典礼结束后，是学院举行的毕业晚宴。自愿参加，需要注册名额并且缴纳八十美元。但今年学院发来邮件，说全部免费，并且每人可以携带两名客人。

金鸣当晚还要飞回纽约，因此参加完林知书的毕业典礼后就离开。六点多，林知书带着梁嘉聿还有乌雨墨一起前往晚宴地点。

三条长到几乎看不见终点的长桌，上面摆满了精致的餐具。白色蜡烛被高高架起、点亮，下面是尽显奢华的花团锦簇。高悬的屋顶上垂下数个巨大的水晶灯，温黄的灯光轻而易举地塑造出隆重的气氛。

乌雨墨忍不住一直在四处拍照，梁嘉聿则牵着林知书的手。

毕业典礼之后，乌雨墨为她重新补妆。白皙的眼皮上涂上亮晶晶的眼妆，此刻在温黄灯光下，林知书看过来的目光像是在闪烁。

梁嘉聿靠近她，林知书的手抵住他的嘴唇："我的妆面不能被破坏。"

梁嘉聿弯起眼角无声地笑："我只是想问你喜不喜欢今天的晚宴？"

林知书笑："是太喜欢了！"

前来参加晚宴的都是林知书同一个学院的同学，熟人多，气氛又好。乌雨墨在一旁忙着四处拍照，林知书就和梁嘉聿在人群里聊天。晚宴还没开始，大家拿着酒杯四处走动。林知书如今酒量增长，她同梁嘉聿一起喝轩尼诗。

晚上八点，晚宴正式开始。乌雨墨和梁嘉聿分坐在林知书的两边。

院长发表致辞，并非什么严肃的劝诫，反而言辞幽默，逗得大家连连大笑。

小五分钟的演讲,末尾感谢了今天这场晚宴的赞助人。

林知书偏过头同梁嘉聿讲悄悄话:"原来今晚有人赞助,怪不得不收钱呢!真大方!"

梁嘉聿靠近她,应和道:"的确。"

院长结束致辞,说要请那位赞助人也上来讲两句。

林知书随着众人一起鼓掌——却听见梁嘉聿椅子挪动的声音。

林知书已经不太记得那年离开时,她都对梁嘉聿说了什么了。她说,她不想再做一只猴子了。她说,她不想变成金瑶,变成一个永远等着梁嘉聿来爱她的人。

她说,她要去美国,她说,她一定要和他离婚。

她说了太多、太多的话,林知书其实已经记不清了。

她今天穿得这样漂亮,乌雨墨为她细细地化了漂亮的妆,黑色长发卷成大卷,落在纤瘦的肩头上。而他穿衬衫、马甲、外套,银色领带夹夹在胸口的位置。

学院晚宴,有人赞助全场,因此才聚集得起这样多的同学、朋友。隆重晚宴,花团香槟,每个人都穿得无比正式。

这样郑重、这样隆重的场合,林知书有些眩晕,或许是因为她刚刚喝得有点多了,或许是因为此时此刻周围实在太安静了。脑海中话语纷呈,杂乱无比,却在偏头看到梁嘉聿的瞬间,清晰地回响起自己的声音——

"梁嘉聿,我想我不算一个很差的人。我不值得有一份幸福的爱情、一个郑重的求婚、一段健康的婚姻吗?"

梁嘉聿没有走到很远的地方。他只是站起来,而后单膝跪在了林知书的身旁。世界变得很安静,像是此时此刻天地万物都为他们停下来,屏着呼吸,放慢了心跳。

视线当然模糊,眼泪如何止得住。他把她说的每一句话都认真地放在心上。

乌雨墨为他们拍了一张照片。晚宴的所有人当作背景,梁嘉聿在亲吻林知书。面颊上的那滴眼泪在顶光的照耀下,变成一颗美丽的珍珠。

从前多有痛苦、矛盾、犹疑与溃败,也在壮士断腕的决心之中彻底破茧成蝶。飞跃千山万水回来,梁嘉聿没有离开。

那天晚上充满了欢声笑语、泪水与惊喜，林知书的妆容难以保持完美，但她收获了这个世界上所有最真挚的祝福。

晚宴结束之后，三人回到酒店。

林知书与梁嘉聿在房间里洗完澡，梁嘉聿为她吹干头发。林知书抬起双手，欣赏梁嘉聿为她买的第二枚钻戒。

没错，梁嘉聿又给她买了一枚钻戒。粉色透彻、八角切割，戒圈是一排碎钻。

"这次还是没能提前问你的意见，"梁嘉聿调小风速，"之后一定让你挑。"

林知书今晚其实喝醉了，她目光很难聚焦，声音也是："你还要给我买多少戒指？"

梁嘉聿笑，放下吹风机："理论上来说，是想要多少都可以。"

林知书"咯咯"地笑起来。她刚刚洗过澡，面颊还透着淡淡的绯红。或许也是因为她喝醉了。黑色的长发散落下来，梁嘉聿将人转过身，低下头问她："现在没有化妆，可以亲了吗？"

林知书摇头，偷笑道："你不能亲我，但是我可以亲你。"

梁嘉聿笑出了声："我和你讲人人平等，你和我讲特权。"

林知书点头："是呀，因为梁嘉聿爱我。"

她目光是涣散的，聚焦到梁嘉聿脸上的时候需要靠很近。梁嘉聿低下头，轻轻地吻她。她有些喝醉了，因此梁嘉聿没再费事给她穿睡衣。

林知书说："我跟上你了，梁嘉聿。"

梁嘉聿："嗯。"

她意识有些模糊了："你以前走得……太快了，我跟得很辛苦。"

梁嘉聿："抱歉，小书。"

林知书摇头："不是的……不要你和我说抱歉。是我走得太慢了。"

梁嘉聿抚摸她的脸庞，问她："那现在你走得快了吗？"

林知书笑起来："我现在在飞了。"

梁嘉聿就把林知书抱起来。高高地，林知书被抱在高高的空中。两个人一起跌入柔软的被子里。

林知书想，她和梁嘉聿那时分开，谁也没有错。她不必为她那时的惴惴不安与七上八下道歉，他也不必为他没有及早给出天长地久的承诺而道歉。

那时他们只是走在一起,却并没有走在相同的频率。梁嘉聿走得太快了,而她跟得很辛苦。有时候他抬手带带她,叫她错以为自己跟上了。而当他放手的时候,她又跟得很痛苦。他们谁都没有错,只是相遇在错误的时候。

"现在我跟上你了,梁嘉聿。"林知书在笑,又问他,"那我们去哪里?"

梁嘉聿躺在洁白的被子上,林知书高高地坐在他的身上。

"你现在是船长了。"他说。

林知书笑起来,圆润纤瘦的肩头轻轻颤动。

"我现在是船长了,梁嘉聿。"她于是双手撑在梁嘉聿的胸膛,黑色的长发落下。

她问他:"梁嘉聿,那你现在想去哪里?"

梁嘉聿安静地看着她,抬手捏住她心脏的位置。

十月初,林知书和梁嘉聿一起去看了林暮。

那天天气很好,太阳晒得林知书一直出汗。但是心里很安静,觉得一切尘埃落定,在朝好的方向发展。

梁嘉聿把花放在墓碑前,左手揽住林知书的肩头。林知书鼻头有些酸,但并没有流泪。她站得有些久,可最终没有说什么话。她不是没有话说,而是觉得在墓碑前自说自话是一件奇怪的事。千言万语都在心里、梦里和父亲说过百遍,不必在梁嘉聿面前表演什么孝顺。他从来都懂她。

回到车上,冷气缓慢地吹动。

梁嘉聿给她拧开矿泉水瓶盖,林知书抬手喝了三大口。

"我们回家?"梁嘉聿问她。林知书点点头,流下一行眼泪。

梁嘉聿没有启动汽车,他把林知书抱在怀里。很多很多年前,他也曾经这样抱过林知书,她的泪水一如既往沾湿他的衬衫。

十月十六日,梁嘉聿约了民政局登记。他特地挑了和第一次一样的日期。

这一次,梁嘉聿亲手写自己的名字,做过一遍的流程,如今再做却是截然不同的心情。

回到公寓,律师已在楼下等候。他们没有签婚前协议,梁嘉聿请律师公证,将他的婚姻状况翻译成英文,同步到他英国的证件信息上。

林知书以为这就结束了,梁嘉聿却说没有。他的财产经纪人随后进门,为林知书披露梁嘉聿名下的所有财产。

经纪人离开时,屋外天色已经昏暗。

梁嘉聿对她说如果还有什么不清楚的,之后可以重新安排时间,再讲详细些。

林知书只摇头,说道:"梁嘉聿,我现在离婚立马就是亿万富翁!"

梁嘉聿也不收敛地笑了起来:"你不用离婚也是。"

林知书笑了,紧抿双唇克制住想哭的冲动,只说:"我们结婚了,梁嘉聿。"

梁嘉聿点头:"是啊,小书,我们结婚了。"

晚饭在外面解决,他们并没有任何热烈庆祝的意思,只是在外面吃了一顿纪念这一天。或许是因为这一天来得并不容易,因此就连庆祝都变得小心翼翼。又或许是因为一年内的其他三百六十四天也如这天一样幸福、甜蜜,因此不必有额外的庆祝。

晚餐过后,两人依旧手牵手散步。

梁嘉聿问她婚礼想在哪里举行。林知书脚步轻盈,问他伦敦行不行?

梁嘉聿欣然点头:"当然可以。"

"你不喜欢也可以换其他地方。"林知书记得他从前说过不喜欢伦敦。

"我现在很喜欢。"

"为什么?"

梁嘉聿偏过头去看她:"因为我曾在那里过了一个愉快的生日。"

林知书笑得别过脸去,拉着他的手摆动幅度更大:"这么久了还记得哦?"

"我记忆力不错,"梁嘉聿说,"那你又为什么选伦敦?"

林知书扬扬眉毛:"当然是因为伦敦天气好啦。"梁嘉聿也就随着她,一本正经地道:"的确天气挺好,一年没几天不下雨。"

林知书笑得前俯后仰,梁嘉聿把人揽进怀里。有风温柔地将他们包裹,而后吹起林知书的长发。她轻轻地握住梁嘉聿的手掌,觉得面颊上的笑容沉淀、沉淀,最后心脏沉稳地跳动。这不是寻常的一天,不是平凡生活里随随便便挑出来的一天,这天是他们的结婚纪念日。

"梁嘉聿。"林知书喊他的名字。

梁嘉聿偏头,看见林知书清澈而认真的双眼。她随后把目光安静地投去前方，语气平稳道："你知道吗？我从前在洛杉矶读书的时候看过一个纪录片。那里面涉及很多宗教的内容，虽然我并不信奉任何宗教，但有句话我一直忘不掉。"

梁嘉聿问她："是什么？"

林知书看了他一眼，说道："我看过一本书，书里说，神分割人类，是为了让他们互相认识。"

林知书安静了片刻，像是为梁嘉聿留出思索的时间。随后，她继续说道："我其实一直都不明白这句话的具体意思，却把这句话记了好久好久。我不明白神为什么要分割人类，又为什么要让他们互相认识。如果他们一开始就不认识，那有什么分割之后再认识的必要。而如果他们一开始就互相认识，又为什么要把他们强行分割，再重新认识。"

梁嘉聿停下了脚步。他们站在路边，高悬的黄色灯光将他们轻轻笼罩。

她并非在谈论一个随意的、无关紧要的话题，因此梁嘉聿想要停下来认真地聆听。

林知书被他轻轻地抱在怀里，她的心脏在炙热地跳动，因此声音也变得缓慢而慎重："我或许仍然没能从宗教大义的高度完全理解这句话，但是梁嘉聿，"林知书抬头看着他，"从我和你的角度，我有一瞬间明白了。

"神分割我和你，是为了让我们重新认识。"林知书把脸埋在梁嘉聿怀里用力地擦了擦，又抬起来，"我重新认识一个会为了我一直飞去洛杉矶的梁嘉聿，会不需要我的承诺就为我戴上戒指的梁嘉聿，会因为我是林知书而爱我的梁嘉聿。而我重新认识的，是一个独立、自由的林知书，她想一辈子陪在你的身边，不是因为她需要依赖你，而是因为她爱你。"

林知书眼眶有些潮热。她想，她未必从人类的高度理解了这句话，但她从她和梁嘉聿的身上理解了这句话。他们从前的分开绝非无意义的、不必要的，因为只有分开，他们才会真正地重新认识。

梁嘉聿一直没有说话，他将林知书抱在怀里，想起很久很久以前的一些事。

他并非从来不对生日抱有期望，年纪更小些的时候，每逢生日前夕，他也会对母亲的到来感到欢兴雀跃。被送到金家寄养，他没对任何人说过那些哭泣的夜晚。

梁嘉聿曾经也是真实的梁嘉聿，只不过麻木与薄情给他带来太多的保护。

因此很久很久，梁嘉聿忘记真实的感受。他忘记真实的痛，也忘记真实的快乐。

——直到林知书出现。

他因为她真实地快乐过，因此想要把她长久地留在身边，即使他们的开始是错误的。梁嘉聿曾经以为那就是爱的全部。但是此刻此刻，他确定自己曾经大错特错。

林知书离开的两年里，梁嘉聿感受到真实而长久的痛。才知道，痛也是爱的一部分。

分开怎么会是没有意义的。

他认识到新的林知书，也认识到新的自己。

"我大概也理解这句话的意思。"梁嘉聿说道。

林知书抬头看着他，梁嘉聿背着光，因此他的面容其实并不清晰，然而林知书似乎能看见他安静注视的双眼，有未说出口的千言万语。

她没有问，那你如何理解。林知书想，每个人都可以有自己不一样的理解。

她只是看着梁嘉聿笑了笑，而后重新拉住他的手，沿着这条路往下走。

一路安安静静，牵着的手却从未放开。行至公寓门口，林知书抬手打开门，听见梁嘉聿在她身后说："我爱你，小书。"

林知书回头，笑着说："我也爱你，梁嘉聿。"

他们一起站在玄关处换鞋，林知书说："我想把这句话写下来。"

梁嘉聿说："写在你从前的那个笔记本上？"

林知书笑："你还记得？"

梁嘉聿也轻轻地笑："当然。"

两人换完鞋，林知书朝书房走去。她从书柜深处精准地找出那个被她封存过一段时间的笔记本，而后翻开，抽来黑色钢笔。

神分割人类，是为了让他们互相认识。

林知书将这句话写在当年被梁嘉聿撕去的那页纸张之后，或许冰冷的离婚日期并不合适成为他们曾经分开的终点。而今天的这句话，为他们曾经的分开注写上意义深远的情有可原。

"你有什么想写的吗?"林知书放下笔问。

梁嘉聿看着她,朝笔记本伸出了手。

"可不能再撕了!"林知书"郑重"道。

梁嘉聿笑了起来:"我只是想翻页。"

他随后捏住林知书刚刚写过的那一页,轻轻地翻了过去,像是翻开只属于他们的新篇章。

洁白纸张,空白内容。

林知书偏头问他:"你想写什么?"

梁嘉聿安静了片刻,他用手揽住林知书的肩头,说道:"我也很想像你一样说些意义深远、富有哲学的话,写在今天的第一页。但是抱歉,小书,我其实也不是个可以免俗的男人。"

林知书看着他:"什么意思?"

梁嘉聿笑了起来。他的笑声很轻,但很慎重,确定此时此刻自己所写,要以从今往后的一生去践行。但他早已做好准备。

梁嘉聿将林知书手中的笔拿来,落笔之前,他俯身再次亲了亲林知书的脸庞。

黑色签字笔在空白纸张上留下清晰的痕迹,梁嘉聿说道:"小书,今天我只想写'新婚快乐,百年好合'。"

番外　新婚快乐，百年好合

这年冬天，乌雨墨再次来到伦敦。

林知书和梁嘉聿的婚礼定在平安夜，似乎是故意为之，不想要太多不相干朋友的打扰。

乌雨墨带来了她的爷爷、奶奶，金鸣没有告知金瑶，一个人前来。

梁嘉聿的父母在婚礼举办的一周前分别飞来了伦敦，他们带着各自的家人，分别与梁嘉聿和林知书碰面。

这是林知书第一次从梁嘉聿的身上感受到"攻击"的状态，他自然并未说或是做任何冒犯的事情，但是林知书感受到他在保护她。在梁嘉聿的父亲试图审视林知书时，梁嘉聿告知他："希望你不要说出任何冒犯的话。"语气冷静，也如利刃。

梁嘉聿的母亲在之后的一天到来，她带来她今年刚刚五岁的孙女。林知书以为她要问问他们是否也有要小孩的计划，但是梁嘉聿的母亲只说："恭喜你们，新婚快乐！"

"她是一个很自由的人。"林知书对梁嘉聿耳语。

梁嘉聿点头，笑着说："她自由的代价是离开我。"

林知书转头，考虑这句话是否伤到了梁嘉聿，梁嘉聿却只低头亲了亲她的面颊。

"我不会离开你。"林知书说。

梁嘉聿笑着看她："我记得你说过，你这只小鸟哪天也许还会再飞走。"

林知书也笑，而后振振有词道："但我和你结婚了，我对你有责任心，梁嘉聿，我不会离开你。"林知书当然知道，有结婚，也就有离婚。但此时此刻，她想和梁嘉聿过一辈子的心是真的。

这年实在发生了太多事，回国、和好、毕业典礼、新公司上班、重新领取结婚证、到准备婚礼。因此原本见梁嘉聿父母这事该叫人紧张紧张，也在诸多重要的事情面前变得寻常。更何况梁嘉聿从不叫林知书把这当成重要的事。梁嘉聿从来没有变过，他所有的真情实意从来只给值得的人。

梁嘉聿的父母并不参加婚礼，主要是两方都不想见面，梁嘉聿也乐得轻松。因此婚礼除了金鸣、乌雨墨、乌雨墨的爷爷、奶奶，就只有 Chloe 和准备婚礼的工作人员。

金鸣不禁吐槽："这个太简陋了，我去 KTV 唱个歌都比这来的人多！"

林知书笑得身子轻颤，乌雨墨也立马把眼线笔从她眼角移开。

"金鸣，你少讲几句笑话，"乌雨墨实在忍不住，憋着笑说道，"我这化个妆简直变成高危职业！"

林知书也跟着吐槽："你待在我这新娘房里半天了，是一点不去帮梁嘉聿的忙。"

金鸣这才蹙着眉毛"哼"了几声："嘉聿哥是一点不信任我，生怕我把活干砸。还不如，我就待在你这新娘房里，他进不来，正好还可以气气他！"

金鸣话毕，房间里三个人又一同大笑了起来。

梁嘉聿路过房间门口，脚步停留。心中有温热的情绪升起，他当然嫉妒金鸣此时此刻可以在房间里和林知书说话，可以看着她化妆，变成今晚的新娘。但或许，其实并非嫉妒。

有很淡的笑意不自觉浮现在梁嘉聿的面庞上，身后的花艺师轻声叫他，请他去过目花园里的鲜花布置。

婚礼就在伦敦的家里举行。仪式简单，并不冗长。但这不代表简陋。

婚礼场地的布置从一个月前就开始，所有的园艺全部重新修整，鲜花订购了几十万英镑，把伦敦的冬天装扮成春天。请来世界闻名的交响乐团演奏乐曲，当然还有著名餐厅的厨师团队。

林知书在卧室里化妆，乌雨墨说："按照我们中国人的传统，在婚礼正式开始之前，新郎不能再见新娘了哦！"

梁嘉聿于是再未踏入卧室。

他想问,此刻是否真的是冬天?要不然为何他一点也感受不到寒冷。心脏有力地跳动,就连手指都是温热的。

花艺师带着他前行至花园,那里已是春天。偌大的花园里,绽放着五彩缤纷的花朵。

一切准备妥当。

乌雨墨从卧室里跑出来,问什么时候开始,她们已经都准备好了。Chloe告知她们四点一刻下楼即可。

林知书选了简单的婚纱,缎面鱼尾,头发高高盘起,露出纤细的脖子。乌雨墨最懂她,妆容化得干净、纯粹。

四点一刻,林知书推开了卧室的门。她没想到此刻会响起音乐,她以为一切是在花园里开始。但是轻快的音乐已裹挟她的步伐,林知书想笑,眼角却泛出晶莹的泪。

> 愿我会揸火箭,带你到天空去。
> 在太空中两人住。
> 活到一千岁,都一般心醉。
> 有你在身边多乐趣。
> ············

很多年前,林知书在一个平安夜的晚上,做梁嘉聿的限时女友。她为他唱这首歌,希望他开心、快乐。很多年后,林知书在这个平安夜的晚上,做梁嘉聿的合法妻子。他为她放这首歌,希望她开心、快乐。

顺着楼梯走下去,哪还能再看到任何别人的目光。模糊的视线里,只有他的样子最清晰。

接过她的手,他问她:"好不好听?"

林知书笑得流下眼泪,还装模作样道:"什么歌?从来没听过。"

梁嘉聿更握紧她的手,陪她演戏:"这么好听的歌你都没听过?"

"没有。"林知书摇头。

"是吗？我怎么记得你还唱过？"

"那一定是你女朋友太多，记错了！"林知书忍住笑意"骂"道。

梁嘉聿意味深长地说道："抱歉，的确是我记错了。不是你唱的。"

林知书这下来劲了，追问道："所以这首歌是谁唱的？"

梁嘉聿淡声道："好像是叫'宇宙第一美少女'。"

"梁嘉聿！"林知书大叫着他的名字要捂嘴，也扑到了他的怀里。

离地还有两三级台阶，梁嘉聿笑着将人抱了下来。

室外已变得完全不一样。那年安静、私密的花园，今天变成繁花盛开的地方。太阳将落未落，因此阳光变成浓郁的金色。乌雨墨拍的每张照片都自带"天长地久"的氛围感。

乐队换了柔和的歌曲演奏，主持人简短地串词。并没有新郎新娘互诉衷肠的片段，他们一致认为，有些情感不必也不能拿在明面上展示。他们有彼此才懂的语言，他们有彼此才理解的情感。不需要他人的认可，不需要他人的懂得。

但是，亲吻可以。摸着她纤细圆滑的肩头，梁嘉聿轻轻低下头。想问她冷不冷，但双臂已自动将她纳入怀中。

当然激动、欣喜若狂，可林知书更感觉到平静。一种可以延续到天长地久的平静，一种坐在静谧山林间同看湖水的平静。没有担忧，没有恐惧，没有患得患失，没有提心吊胆。在梁嘉聿身边的林知书是平静的，是喜悦的，是幸福的。

夕阳的光线将一切变成金色，他们的脸庞是金色的，圣洁的婚纱是金色的，爱人的目光也是金色的。乌雨墨在镜头之后轻擦眼泪，将这一切永久地定格。

太阳彻底落山之后，大家换上保暖的衣服。林知书披上毛毯，坐在梁嘉聿的身边。餐食开始缓慢地上桌，所有人都在热络地聊天。声音是热闹的，但是心是安静的。安静地听到内心的每一次大笑，安静地听到自己在说：梁嘉聿，我觉得好幸福。

结婚后的第二年春天，梁嘉聿带着林知书去看了他之前出资修建的学校，林知书在学校里转了一圈。背着书包的学生们从她的面前飞跑而过，阳光明媚，她不禁抬头去看太阳,又闭上眼睛。心中情绪万千,只觉得一切真圆满。

重新睁开眼睛,林知书说:"我从前也是他们中的一个。"

梁嘉聿当然知道她是什么意思,可他也说:"你不一样。"

林知书侧脸看他:"哪里不一样?"

梁嘉聿笑了起来:"因为你特别漂亮。"

哪还有什么忧伤情绪,林知书笑得别过脸去。

两人牵着手,又在校园里走了一圈。学校设施完善,操场足够精力充沛的孩子们奔跑。校长邀请两人中午一起吃饭,梁嘉聿婉拒。两人晃悠着,在镇上随便找了一家餐馆吃饭。饭食味道一般,但他们并不挑剔。餐馆大门敞开着,明亮的阳光洒进来。

一对年岁已高的夫妻正坐在他们附近的一桌吃饭,因点餐的问题,还吵了起来。可还没吵几句,老头就甘拜下风,讲了个笑话求饶。林知书和梁嘉聿默契地相视,而后把笑声憋进嘴角。

两人吃完,结账离开。一条窄窄的巷子,倒是适合散步。

"梁嘉聿,"林知书忽然开口,"我们以后也会那样吗?"

梁嘉聿牵住她的手:"应该吧。"

"应该是什么意思?"林知书问。

梁嘉聿看着她:"我不会因为吃饭的问题和你吵架,又或者说,我不会和你吵架。"

林知书抿嘴笑,偏要追问:"那就是说,只有我会吵啰?"

梁嘉聿看着她,也一本正经地回道:"你倒是不会吵,但是很会哭。"

"梁嘉聿!"林知书张口无声地警告他。

梁嘉聿笑出了声。

林知书装作要甩开他的手,谁知道梁嘉聿就真的松开了。可还没等林知书惊诧的目光看上去,梁嘉聿轻轻搂住了她的肩膀:"小书,我爱你。"

林知书闻言脸颊顿红:"怎么现在说这个?"

"想说所以就说了。"梁嘉聿面色不变。

林知书的耳朵热了,嘴角也开了:"什么什么啊。"可笑容哪里还遮得住,她的手臂也绕去梁嘉聿的身后,回揽住他。

那天阳光很好，他们吃完饭，就沿着这条小巷子散步。没有地图，没有导航，只是这样走下走、走下去。

林知书闭上双眼，重新变成那只小鸟，站在他的巨轮之上。

很多年前，他稍过她一程，去往只有他想要去的地方。而如今，他们依旧各有各的行程，只不过那遥远的目的地，写着对方的姓名。